맨스필드 파크

하

제인 오스틴 지음 / 이옥용 옮김

 범우

차 례

Ⅱ 부

제 25 장 · 5
제 26 장 · 25
제 27 장 · 39
제 28 장 · 56
제 29 장 · 72
제 30 장 · 85
제 31 장 · 96
제 32 장 · 112
제 33 장 · 133
제 34 장 · 145
제 35 장 · 161
제 36 장 · 176
제 37 장 · 189

제 38 장 · 202
제 39 장 · 220
제 40 장 · 227
제 41 장 · 236
제 42 장 · 249
제 43 장 · 258
제 44 장 · 265
제 45 장 · 278
제 46 장 · 291
제 47 장 · 307
제 48 장 · 325

☐ 작품 해설 · 341

☐ 연보 · 346

제 25 장

 이 시기가 되자 버트램 가문과 목사관 사이의 교제는 가을 무렵의 상태로 되돌아갔다. 그것은 과거에 친하게 지냈던 사람들 중에서 어느 누구도 두 번 다시 그렇게 될 것 같지 않다고 생각했던 일이었다. 물론 헨리 크로포드가 맨스필드로 돌아온 것과 윌리엄 프라이스가 도착한 것이 그 일에 큰 영향을 미쳤을 것이다.
 하지만 가장 중요한 이유는 목사관 측이 친교를 쌓기 위한 시도를 했으며, 토마스 경도 그것을 환영했다는 사실이었다. 그 당시에 토마스 경은 자신의 마음을 억압하고 있던 고생으로부터 해방되어서, 그랜트 부부와 크로포드 남매들이 진정으로 교제할 만한 가치가 있는 사람들이라고 분별할 수 있는 여유도 생겼다. 그러다가 토마스 경은 문득 헨리 크로포드가 조카딸에 대해 특별한 감정을 품고 있다는 사실을 눈치채게 되었다. 그렇기 때문에 목사관이 초대를 할 때마다 토마스 경은 좀처럼 거절할 수가 없었다.
 목사관에서 식사 초대를 할 때마다 토마스 경은 기꺼이 수락했다. 가끔씩 목사관은 버트램 가의 모든 사람들을 한꺼번에 초대하는 모험을 무릅쓰기도 했다. 물론 목사관의 식구들은 그런 초대를 하기 전에 진지하게 고민하는 것을 잊지 않았다. 버트램 가의 모든 사람들을 초대하는 것이 의미있는 것일까? 혹시 토마스 경이 별로 탐탁하게 여기지 않는 게 아닐까? 버트램 부인은 만사를 귀찮아하는 분이잖아. 만약 이 모임이 불쾌하게 끝난다면…….

그렇지만 이 초대도 오직 토마스 경에 대한 예의를 차리기 위한 것이었다. 그래서 누군가 이 일에 대해 의구심을 제기하기도 했지만, 결국 버트램 가의 모든 사람들을 초대하기로 결정했다. 헨리 크로포드는 아주 유쾌한 표정을 짓고 있었다. 헨리 크로포드는 매사에 자신이 마치 패니 프라이스의 숭배자라도 되는 것처럼 행동했다.

식사를 하는 동안 모든 사람들이 즐거운 마음으로 대화를 나누었다. 이야기를 하는 사람과 듣는 사람의 비율도 적절하게 잘 이루어지고 있었다. 게다가 목사관의 식탁에 차려진 만찬은 매우 훌륭한 진수성찬이었다. 그 자리에 참석한 모든 사람들이 배불리 먹고도 남을 만큼 풍성했다. 이 모임에 대해 불만스러운 감정을 품고 있었던 사람은 오직 노리스 부인뿐이었다. 노리스 부인은 커다란 테이블 위에 잔뜩 차려진 진수성찬을 보면서 인상을 찌푸렸다. 목사관에서 일하는 하인이 등 뒤로 그냥 지나가기만 했을 뿐인데, 노리스 부인은 마치 목사관에서 중대한 실수라도 저지른 것 같은 느낌을 받았다. 게다가 요리의 종류가 이렇게 많으니까, 그 중에서 몇 가지는 분명히 식어버렸을 것이라는 확신을 품게 되었다.

이윽고 밤이 되었다. 그랜트 부인과 매리 크로포드는 손님들을 위해 카드 게임을 할 수 있는 두 개의 탁자를 미리 마련해 두었다. 사각형 모양의 탁자는 휘스트 게임에 참가할 사람들을 위한 것이었다. 다른 하나는 원형 탁자였기 때문에 둥글게 둘러앉아서 게임을 할 수밖에 없었다. 그리고 이런 경우에는 거의 대부분 스페컬레이션(트럼프 게임의 일종:역주)을 하기 마련이었다. 그들은 즉시 스페컬레이션을 하기로 결정했다. 그런데 버트램 부인은 휘스트와 스페컬레이션 중에서 어떤 게임을 할 것인지 양자택일을 해야만 하는 질문을 받게 되었다. 난처한 상황에 처하게 되자, 버트램 부인은 도움을 요청하기 위해 남편을 쳐다보았다. 다행스럽게도 토마스 경이 옆에 있었던 것이다.

"어떻게 할까요, 토마스 경? 휘스트와 스페컬레이션 중에서 어느 쪽이 더 재미있을까요?"

"당신은 스페컬레이션을 하는 게 좋겠소."

잠시 후에 토마스 경이 대답했다. 사실 토마스 경은 휘스트를 무척 좋아하고 있었다. 어쩌면 토마스 경은 버트램 부인과 짝이 되어서 휘스트를 하면 재미가 없을 것이라고 생각했는지도 모른다.

"좋아요. 그렇다면 나는 스페컬레이션을 하도록 하겠어요. 하지만 그랜트 부인, 나는 이 게임에 대해 아무것도 모른답니다. 이제부터 패니에게 배우겠어요."

버트램 부인이 만족스러운 듯이 대답했다. 그러나 패니는 근심스러운 표정을 지으면서 자신도 스페컬레이션에 대해 전혀 모른다고 항의했다. 패니는 이제까지 그 게임에 참여한 적이 단 한 번도 없었으며, 구경조차 한 일이 없었던 것이다. 버트램 부인은 다시 망설이는 듯한 표정을 지었다. 그러자 다른 사람들이 스페컬레이션처럼 쉽고 재미있는 게임은 없다고 하면서 버트램 부인을 설득하기 시작했다.

"스페컬레이션은 카드 게임 중에서 가장 쉬운 것입니다. 제가 보증할 수 있어요. 만약 제가 버트램 부인과 프라이스 양 사이에 앉을 수 있다면, 두 분에게 열심히 가르쳐 드리겠습니다."

헨리 크로포드가 부드러운 미소를 지으면서 제안했다. 결국 버트램 부인은 그 제안을 받아들일 수밖에 없었다. 마침내 카드 게임을 즐길 사람들이 두 갈래로 나누어지게 되었다. 토마스 경과 노리스 부인과 그랜트 박사 부부가 위풍당당한 태도로 휘스트 탁자에 앉았다. 나머지 여섯 사람은 매리 크로포드 양의 지휘 아래 둥근 탁자에 빙 둘러앉았다.

이것은 헨리 크로포드에게 있어서 아주 좋은 기회였다. 패니의 바로 옆자리에 앉게 되었던 것이다. 게임을 하는 동안 헨리 크로포드가 해야 할 일은 아주 많았다. 헨리 크로포드는 자기 카드뿐만 아니라 버트램 부인과 패니의 카드도 열심히 보아야만 했던 것이다. 5분 가량 지난 후에 패니는 어느 정도 스페컬레이션의 규칙을 이해할 수 있었다. 하지만 그렇다고 해서 헨리 크로포드의 일이 끝난 것은 아니었다. 헨리 크로포드는 줄곧 패니가 승부에 관심을 가지고 정신을 집중하도록 격려했던 것이다. 그러나 패니의 경쟁 상대가 윌리엄이었을 경우에, 이것은 몹시 힘든 일이었다.

하지만 버트램 부인은 조금도 진전이 없었다. 결국 헨리 크로포드는 그날 밤 내내 버트램 부인의 카드를 관리해 나가야만 했다. 딜러가 카드를 돌릴 때마다, 버트램 부인은 번번이 자기 패를 확인하기 위해 카드를 들추려고 했다. 헨리 크로포드는 즉시 버트램 부인의 행동을 제지했다. 헨리 크로포드는 그 카드를 어떤 식으로 다루어야 하는지 마지막 순간까지 버트램 부인에게 지시할 수밖에 없었다.

헨리 크로포드는 뛰어난 계략과 임기응변의 지혜를 발휘하면서 자신만만하게 게임을 진행했다. 때로는 능청스러운 장난을 곁들이기도 하면서 게임을 재미있게 만들었다. 그 반면에 휘스트에 열중하고 있던 사람들은 침착하게 게임을 진행하고 있었다. 둥근 탁자와 또 다른 탁자의 분위기는 선명하게 대조를 이루고 있었다.

"어떻소? 게임이 잘 되고 있소?"

토마스 경이 버트램 부인을 쳐다보면서 두어 번 가량 질문을 던졌다. 하지만 그 순간에도 둥근 탁자에서는 웃음이 끊어지지 않았다. 세 판의 승부가 끝났을 때, 그랜트 부인이 의자에서 일어나더니 버트램 부인을 향해 다가갔다.

"게임이 재미있나요?"

"이런! 그래요. 정말 재미있어요. 참 이상한 게임도 다 있네요. 도대체 어떻게 된 영문인지 알 수가 없어요. 딜러가 카드를 돌려도 자기 패를 볼 수가 없어요. 헨리 크로포드 씨가 도와주지 않았다면, 나는 아무것도 할 수가 없었을 거예요."
 버트램 부인이 호들갑을 떨면서 대답했다.
 한참 후에 사람들이 게임에 대해 약간 흥미를 잃기 시작했을 때, 헨리 크로포드가 에드먼드를 쳐다보면서 말을 걸었다.
 "어제 오후에 집으로 돌아오는 길이었다네. 아주 흥미로운 일이 있었지."
 어제 두 사람은 말을 타고 사냥을 나갔던 적이 있었다. 한창 사냥감을 뒤쫓고 있던 도중에, 그만 헨리 크로포드가 타고 있던 말의 발굽이 빠지고 말았다. 그곳은 맨스필드에서 제법 멀리 떨어져 있는 지역이었다. 그래서 헨리 크로포드는 사냥을 포기하고 그대로 돌아갈 수밖에 없었다.
 "나는 주목 나무가 자라고 있는 낡은 농가 근처에서 길을 잃어버리고 말았지. 그렇지만 다른 사람에게 길을 묻거나 하는 것은 딱 질색이야. 그런데 다행스럽게도 운이 좋았어. 나는 항상 운이 따르는 편이야. 어떤 일을 하다가 실수를 하더라도, 나중에 그 일로 인해 이득을 보는 경우가 아주 많으니까……. 어느 사이에 나는 오래 전부터 한 번 꼭 찾아가고 싶었던 장소에 서 있었어. 약간 급경사가 진 밭모퉁이를 막 돌아서자, 완만한 언덕으로 둘러싸인 조용하고 작은 마을이 나타났지. 마을 어귀에는 시냇물이 졸졸 흐르고 있었다네. 그 시냇물을 건너자 오른쪽 언덕 위에 교회가 우뚝 서 있는 모습이 보였어. 교회는 마을의 규모에 비해서 눈에 뜨일 정도로 크고 훌륭하더군. 그 주위에는 아담한 집도 한 채 있었어. 아마도 그것은 목사관이었을 거야. 언덕과 교회 바로 근처에 자리잡고 있었으니까……. 그 당시에 나는 손턴 레이시에 가 있었던 거야."
 "아무래도 그런 것 같군. 그런데 크로포드, 자네는 슈엘 농장을 지나서 어느 쪽으로 돌아갔던 거야?"

에드먼드가 어깨를 으쓱거리면서 반문했다.

"그런 질문에는 대답하지 않겠어, 버트램. 자네가 한 시간 동안에 걸쳐서 수많은 질문을 퍼붓는다고 하더라도 그곳이 손턴 레이시가 아니었다는 것을 증명할 수는 없어. 그곳은 분명히 손턴 레이시였으니까······."

"그렇다면 그곳의 주민에게 물어 보았나?"

"아니야. 나는 절대로 다른 사람에게 물어보는 성질이 아니라네. 하지만 생울타리를 손질하고 있던 남자에게 이곳이 손턴 레이시라고 말했다네. 그 남자도 고개를 끄덕이면서 그렇다고 하더군."

헨리 크로포드가 카드를 만지작거리면서 말했다.

"자네는 기억력이 아주 좋은 모양이군. 그 마을에 대해서 그렇게 자세히 알고 있었다니······. 나는 완전히 잊어버리고 있었어."

에드먼드는 고개를 돌려서 매리 크로포드를 힐끗 쳐다보았다. 손턴 레이시는 이제 곧 헨리 크로포드가 유산으로 물려받게 되어 있는 마을이었다. 매리 크로포드는 윌리엄 프라이스가 갖고 있는 잭 카드를 손에 넣기 위해 열을 올리고 있었다.

"그래서 그 마을을 구경한 소감이 어떤가? 자네 마음에 들었나?"

에드먼드가 나지막한 목소리로 물었다.

"아주 마음에 들었다네. 정말로 자네는 운이 좋은 사람이야. 그 집을 제대로 손질하자면 적어도 5년 가량은 고생해야 할 거야. 고쳐야 할 곳이 아주 많았어."

"아니야. 그 정도로 형편없는 곳은 아니었어. 물론 앞마당의 채소밭은 다른 곳으로 옮겨야 할 거야. 하지만 그 이외에는 괜찮을 거야. 집 자체는 별로 나쁘지 않아. 채소밭을 옮기고 나면 아쉬운 대로 적당한 정원이 마련될 거야."

"채소밭은 완전히 없애고, 나무를 더 심도록 하게. 대장간을 감출 수 있도록……. 지금은 현관이 북쪽으로 나 있더군. 현관도 동쪽을 향하도록 고쳐야만 할 거야. 현관과 자주 사용하는 방들이 동쪽을 바라보도록 만드는 거야. 자네가 말하는 정원 역시 동쪽을 향하도록 만들게. 동쪽의 전망이 너무나 좋으니까……. 틀림없이 그렇게 할 수 있을 거야. 지금의 정원을 대폭 손질하는 셈이지. 그리고 집 뒤에 새로운 정원을 만들게. 그렇게 하고 나면 집의 외관이 아주 멋질 거야. 나는 교회와 집 사이의 길을 따라 50야드 가량 올라가서 주위를 둘러보았어. 지형도 아주 좋더군. 남동쪽을 향해 비스듬히 내리막길이 나 있으니까 말이야. 나는 앞으로 어떻게 해야 좋을지 단번에 알아차릴 수 있었어. 그건 누워서 떡먹는 것처럼 쉬운 일이야. 정원에서 조금 떨어진 곳에 목초지가 보이더군. 아주 아름다운 목초지였어. 군데군데 나무가 서 있는 풍경이 썩 마음에 들었어. 그것도 목사관 영내에 포함되어 있겠지? 만약 그게 아니라면 당장 사들여야 하네. 그리고 나에게 몇 가지 더 좋은 생각이 있어."

"나에게도 몇 가지 좋은 생각이 있다네. 그 중에 하나는 손턴 레이시에 대한 자네의 계획들 중에서 정작 실행으로 옮길 수 있는 건 얼마 되지 않는다는 거야. 호화로운 장식이나 아름다운 목초지에 대해서는 그냥 꿈을 꾸는 것으로 만족해야 할 거야. 집과 정원을 꾸미는 일에는 그다지 많은 돈을 들이지 않고도 얼마든지 할 수 있을 거야. 나는 신사가 살아갈 수 있을 정도의 집이라면 충분히 만족하네. 나에 대해 관심을 갖고 있는 분들도 그 정도 선에서 만족할 거라고 생각하네."

에드먼드가 차분한 목소리로 대답했다. 매리 크로포드는 에드먼드가 마지막으로 자기의 희망에 대해 말한 것을 주의 깊게 들었다. 하지만 매리 크로포드는 에드먼드에 대해 불만이 많았다.

갑자기 매리 크로포드는 단번에 게임을 끝내겠다는 듯이 윌리엄 프라이스가 갖고 있던 잭 카드를 깜짝 놀랄 만한 값으로 사들였다.

"자, 저는 용기있는 여자답게 갖고 있는 돈 전부를 걸겠어요. 소심하고 조심스러운 행동 따위는 싫어요. 저는 원래 가만히 앉아서 속수무책으로 당하는 성격이 아니에요. 비록 승부에서 지는 한이 있더라도 최선을 다하고 싶어요. 열정이 부족하다는 말은 듣고 싶지 않으니까요."

이번 게임의 승리는 매리 크로포드에게 돌아갔다. 하지만 매리 크로포드는 게임에서 승리하기 위해 투자했던 밑천을 모두 다 건질 수는 없었다. 어느 정도 손해를 감수해야만 했던 것이다.

잠시 후에 새로운 게임이 시작되었다. 헨리 크로포드는 또다시 손턴 레이시에 대한 말을 꺼냈다.

"물론 내 계획이 가장 좋다고 말할 수는 없어. 치밀하게 계획을 세운다고 하더라도 별로 시간이 없으니까……. 하지만 상당히 많은 곳을 손질해야만 한다네. 그곳은 충분히 그럴 만한 가치가 있는 곳이라네. 만약 그 가치를 전부 나타낼 수 없는 그런 상태에서 머무르게 된다면, 자네도 역시 불만스러울 거야. 죄송합니다, 버트램 부인. 카드를 보시면 안 됩니다. 맞아요. 그냥 앞에 내려 두시기만 하세요. 버트램, 자네는 그 집을 신사의 거처로 꾸미고 싶다고 그랬지. 자네는 얼마든지 그렇게 할 수 있다네. 앞마당에 있는 채소밭을 다른 곳으로 옮겨 놓기만 하면 되는 거야. 손질만 잘 한다면, 그 집은 신사의 거처로 손색이 없을 거야. 그저 그런 목사관이 아니라 진정한 집이 되는 셈이지. 그 집은 정말 훌륭하게 변할 거야. 관리비에 들어가는 돈도 1년에 수백 파운드로는 어림도 없다는 인상을 갖게 하는 집은 여태껏 본 적이 없다네. 천장도 낮지 않고 방들도 오밀조밀하지 않아. 듬직한 인상을 주면서도 무게를 느낄 수 있다네. 방들도 아주 많지. 마치 영주의 대저택과 같은 집이라네. 이 지역에서 손꼽힐 만한 유서 깊은 집안이 2백 년에 걸쳐서 대대손손 살고 있으며, 지금도 1년에 3천 파운드는 쓰고 있을 거라고 생각할 거야."

그 순간 매리 크로포드는 열심히 오빠의 말에 귀를 기울이고 있었다.
"어쩌면 그럴 수도 있겠지."
에드먼드가 고개를 끄덕이면서 동의했다.
"진정한 신사의 집처럼 꾸미도록 하게. 그저 손을 보기만 하면 반드시 그렇게 될 거야. 그 집은 정말로 멋있으니까……. 잠깐만 기다려, 메리. 버트램 부인께서 그 퀸을 12점에 사시겠다고 하신다. 아니야. 그게 아니야. 12점은 너무 많아. 버트램 부인은 12점이라고 말하지 않았어. 아무것도 사지 않을 거야. 자, 계속 진행해요. 지금 내가 말한 대로 손질한다면 훌륭한 집을 얻게 될 거야. 굳이 내 계획대로 하라는 건 아니야. 그렇지만 이왕 말이 나왔으니까 하는 말인데, 나의 계획보다 더욱 좋은 계획을 생각할 수 있는 사람은 아무도 없을 거야. 얼마든지 고급스러운 느낌을 풍길 수 있어. 영주의 장원처럼 고칠 수도 있어. 적당히 손질하면 그저 단순한 신사의 집에서 훌륭한 교육과 고상한 취미 그리고 정중한 예의범절을 모두 갖추고 있는 유서 깊은 가문의 상속자가 사는 집이 되는 거야. 자네는 충분히 그런 느낌을 낼 수가 있어. 그 지역을 여행하는 사람들은 모두 이 집 주인이 마을의 대지주라고 생각하게 될 거야. 인근에는 그 집의 경쟁 상대가 될 만한 진짜 지주의 집이 없으니까……. 우리끼리 하는 말이지만, 환경이 좋아지면 그 사람의 지위도 한층 높아지는 법이라네."
헨리 크로포드는 다시 패니를 향해 고개를 돌렸다.
"당신도 나와 같은 생각을 하고 있겠죠, 프라이스 양? 혹시 그 땅을 본 적이 있으세요?"
헨리 크로포드가 부드러운 목소리로 질문을 던졌다.
"아뇨."
패니는 얼른 손사래를 치면서 이 화제에 대한 자신의 관심을 감추기 위해 열심히 윌리엄의 카드에 신경을 집중하려고 노력했다. 윌리엄은 지금 패니의 손에 들어 있는 퀸을 사겠다고 제안했다. 하지만 윌리엄이 제시한 가격은 터무니없는 헐값이었다. 윌리엄은 노골적으로 패니에게 속임수를 쓰고 있었던 것이다.

"그럴 수 없어요. 퀸을 버리면 안 됩니다. 비싼 값으로 산 거잖아요. 오빠가 말하는 값은 그 반도 안 돼요. 안 됩니다. 절대로 안 돼요. 그만 물러나세요. 프라이스 양은 절대로 퀸을 내놓지 않을 겁니다. 이미 결정했어요."

헨리 크로포드가 앞으로 나서면서 완강하게 반대했다. 패니는 어쩔 수 없다는 듯이 윌리엄을 쳐다보면서 싱긋 미소를 지었다.

"이번 판은 당신이 이긴 겁니다. 분명히 당신이 이긴 겁니다."

헨리 크로포드가 패니를 쳐다보면서 말했다.

"하지만 패니는 윌리엄이 승리하기를 바라고 있는걸. 가엾은 패니! 마음대로 속아줄 수도 없다니!"

에드먼드는 패니를 향해 미소를 보냈다. 몇 분 후에 매리 크로포드가 말문을 열었다.

"버트램 씨, 당신도 알고 계시죠? 헨리 오빠는 대단한 기술자랍니다. 만약 손턴 레이시에서 그런 일을 벌이게 된다면, 도저히 오빠의 도움을 받지 않을 수 없어요. 오빠의 재능이 소더튼에서 얼마나 큰 도움이 되었는지 몰라요. 매우 훌륭한 결과를 낳게 되었어요. 8월의 무더운 날, 우리는 모두 소더튼을 방문했었어요. 그리고 멋진 저택을 둘러보면서 오빠의 천재성이 유감없이 발휘된 것을 지켜보았어요. 그런 다음에 우리는 다시 맨스필드 파크로 돌아왔잖아요. 정말 감동적인 일이었어요."

그 순간 패니는 헨리 크로포드에게 약간 비난의 기색이 담겨 있는 눈빛을 보냈다. 하지만 정작 헨리 크로포드와 시선이 마주친 순간, 이내 다른 곳으로 눈길을 돌렸다. 헨리 크로포드는 어색한 표정을 지으면서 누이동생을 바라보았다.

"소더튼에서는 별로 대단한 일을 할 수가 없었어. 그 날은 무척이나 더웠지. 그래서 우리 모두 땀을 닦느라고 어쩔 줄을 몰랐어."

"맞아요."

매리가 고개를 끄덕이면서 맞장구를 쳤다. 다른 사람들이 서로 의견을 나누는 틈을 타서, 헨리 크로포드는 재빨리 패니 한 사람을 향해 나지막한 목소리로 한 마디 덧붙였다.

"소더튼에서 보낸 하루만으로 저의 능력을 판단해서는 곤란합니다. 지금은 사물에 대한 사고방식이 완전히 바뀌었습니다. 한층 성숙해졌다고 말할 수 있습니다. 그 당시의 일을 보고 저를 평가하지 말아주세요."

소더튼이라는 말이 노리스 부인의 귓전을 울렸다. 때마침 노리스 부인은 토마스 경의 능숙한 게임 운영 덕분에 그랜트 박사 부부의 노련한 솜씨를 따돌리고 승리를 거둔 순간이었다. 노리스 부인은 느긋한 마음으로 승리감을 즐기다가 그 말을 듣게 되었던 것이다.

"소더튼! 그래요. 아주 훌륭한 저택이었어요. 정말 즐거운 하루였지요. 윌리엄, 너는 참으로 재수가 없었어. 하지만 네가 이 다음에 다시 맨스필드를 방문하게 되면 러시워스 부부도 집에 있을 거야. 두 사람도 너를 친절하게 맞이할 거야. 내가 보증해도 좋아. 네 사촌들은 절대로 친척을 잊거나 하는 성품이 아니니까 말이야. 게다가 러시워스 씨는 성품이 아주 좋은 사람이지. 지금은 브라이튼에서 머무르고 있지만……. 그곳의 일류 호텔에서 숙박하고 있단다. 그건 아주 당연한 일이야. 러시워스 씨는 굉장한 재산을 소유하고 있으니까……. 나중에 포트무스로 돌아가면, 한 번 찾아가서 인사를 드리도록 해라. 포트무스와 브라이튼 사이의 거리가 얼마나 되는지 정확히 알 수는 없지만, 그래도 별로 멀진 않을 거야. 마침 잘 되었구나. 내가 러시워스 씨에게 보내고 싶어하던 작은 선물 꾸러미가 있단다. 그걸 좀 전해 주렴."

"물론 기꺼이 심부름을 하겠어요, 이모님……. 하지만 브라이튼은 비치 헤드 근처에 있답니다. 아주 먼 거리입니다. 하지만 그곳까지 찾아간다고 해도 제가 그곳에서 환영받게 될 리가 없습니다. 저는 초라하고 가난한 소위 후보에 불과하니까요."

윌리엄이 어깨를 으쓱거리면서 대답했다.

"그렇지 않을 거야. 러시워스 씨는 좋은 사람이란다."

그러나 노리스 부인은 러시워스 씨가 친절하게 대해 줄 것이라고 완강하게 주장했다.

"네가 브라이튼을 방문하는 것을 그다지 권유하고 싶지는 않단다, 윌리엄. 굳이 그렇게 하지 않더라도 얼마 있지 않아서 자연스럽게 서로 만날 기회가 찾아올 거라고 생각한다. 물론 네 사촌들이 너를 만나게 되면 무척 기뻐할 것은 당연한 일이란다. 그리고 러시워스 씨도 역시 우리 일가친척을 모두 자기의 친척처럼 여기면서 진심으로 반겨 주겠지."

토마스 경이 근엄한 목소리로 노리스 부인의 말을 가로막았다.

"알겠습니다."

윌리엄이 고개를 끄덕이면서 나지막하게 대답했다. 토마스 경은 미소를 지으면서 주위를 둘러보았다. 그러다가 토마스 경은 한 가지 흥미로운 점을 발견하게 되었다. 지금까지 토마스 경은 헨리 크로포드의 행동 중에서 유별나게 눈에 뜨이는 점을 발견하지 못하고 있었다. 그런데 여섯 번의 승부가 끝나고 휘스트 테이블이 해산되었을 때, 토마스 경은 헨리 크로포드와 패니 사이에서 감도는 이상한 기류를 감지하게 되었던 것이다.

그랜트 박사와 노리스 부인은 조금 전에 끝난 휘스트 게임에 대해 이런저런 의견을 나누고 있었다. 토마스 경은 다소 느긋한 마음으로 둥근 탁자에서 진행되고 있는 스페컬레이션 게임을 관전하고 있었다. 토마스 경은 자신의 조카딸이 헨리 크로포드로부터 다소 노골적인 구애를 받고 있다는 사실을 깨달았다. 헨리 크로포드는 패니에게 열렬히 사랑을 고백하고 있었던 것이다.

헨리 크로포드는 자신만만한 태도로 손턴 레이시에 대한 또 다른 계획을 설명하고 있었다. 하지만 에드먼드는 더 이상 손턴 레이시에 대해 관심을 갖고 있지 않았다. 그러자 헨리 크로포드는 자신의 아름다운 이웃을 향해 제법 진지한 목소리로 자세히 말하고 있었다.

헨리 크로포드가 말하는 계획의 요지는, 이 다음 겨울철에 자신이 그 집에 세들어서 살겠다는 것이었다. 헨리 크로포드는 이 지역에 자신의 거처를 갖고 싶어하던 참이었다. 그것은 그저 단순하게 사냥철에 여우를 잡기 위한 것만은 아니었다. 헨리 크로포드는 패니에게 이 사실을 주지시키기 위해 애쓰고 있었다. 물론 헨리 크로포드가 충동적으로 그런 말을 했던 것은 아니었다. 이 점에 대해서 어느 정도 깊이 생각했던 것이 분명했다.

그랜트 박사는 항상 헨리 크로포드를 친절하게 대하고 있었다. 하지만 헨리 크로포드와 그의 말이 목사관에서 머무르는 것은 사실 굉장히 불편한 일이었다. 헨리 크로포드는 이 지역에 대해서 커다란 애착을 갖게 되었다. 헨리 크로포드는 단지 1년 중에서 한 시즌을 재미있게 보내기 위해 거처를 마련하려고 하는 것이 아니었다. 만약 그런 생각이었다면 목사관에서 지내는 것으로도 충분했을 것이다. 헨리 크로포드는 자신이 언제든지 찾아가서 자유롭게 지낼 수 있는 별장을 원하고 있었다. 그 계획이 이루어지면 맨스필드 파크의 사람들과 계속 친분을 유지하면서 자신의 비밀스러운 속셈도 달성할 수 있는 것이다. 헨리 크로포드는 시간이 흐르면서 패니의 가치를 더욱 높이 평가하게 되었던 것이다.

하지만 토마스 경은 헨리 크로포드의 태도를 보면서 별로 불쾌한 기분은 들지 않았다. 젊은이의 말투에는 예의에 벗어난 점이 전혀 없었다. 패니도 역시 조심스럽고 예의바르게 행동하고 있었다. 패니는 헨리 크로포드를 유혹하는 듯한 기색도 보이지 않았다. 그야말로 두 사람의 태도는 나무랄 만한 점이 하나도 없었던 것이다.

패니는 별로 입을 열지도 않았으며, 다만 가끔씩 고개를 끄덕이면서 동의하는 뜻을 나타낼 뿐이었다. 헨리 크로포드가 쏟아놓는 찬사의 일부를 자신에게 보내진 것으로 받아들이거나 혹은 그의 시선을 끌기 위해 호들갑스럽게 행동하지도 않았다.

문득 헨리 크로포드는 토마스 경이 자신을 주의 깊게 바라보고 있다는 사실을 깨달았다. 헨리 크로포드는 편안한 목소리로 토마스 경에게 말을 걸었다.

"단지 저는 여러분의 이웃에서 살고 싶을 뿐입니다, 토마스 경. 제가 프라이스 양에게 했던 말을 들으셨을 거라고 생각합니다. 저의 의견에 찬성해 주시겠습니까? 그리고 아드님이 저에게 집을 빌려줘도 좋다고 허락해 주시겠습니까?"

"당신이 이 근처에 계속 살기를 바란다고 해도 그 방법만은 찬성할 수가 없소. 나는 에드먼드가 손턴 레이시의 자기 집에 살기를 바라고 있소. 에드먼드도 역시 그걸 원할 거라고 생각하오. 에드먼드, 그렇지?"

토마스 경이 정중한 태도로 대답했다. 갑자기 토마스 경으로부터 질문을 받게 되자, 에드먼드는 먼저 무슨 영문인지 파악하기 위해 노력했다. 이내 무슨 일인지 알게 되자 에드먼드는 조금도 망설이지 않고 대답했다.

"물론이지요. 저는 관할 목사관에서 사는 일 이외에는 달리 아무것도 생각하지 않고 있습니다. 그렇지만 크로포드, 집을 세놓는 일은 거절하지만 친구로서는 얼마든지 방문해도 좋다네. 해마다 겨울이 되면 그 집의 반은 자네의 것이라고 생각하도록 해. 나는 자네의 계획을 일부분 받아들일 의사가 있다네. 마구간도 충분히 늘릴 거야. 만약 봄이 되기 전에 더욱 좋은 생각이 떠오른다면, 그것도 모두 실천할 예정이라네."

"그건 우리의 입장에서 보면 참으로 괴로운 일이오. 에드먼드가 독립해서 살게 되면 가족의 숫자가 줄어들기 때문이오. 맨스필드와 손턴 레이시 사이의 거리가 비록 13km 밖에 안 된다고 하지만, 그래도 가족이 떨어져서 사는 건 마음에 들지 않소. 내 아들이라는 이유만으로 교구에서 생활하지 않는다면, 그건 대단히 유감스러운 일이오. 당신이 이 문제에 대해 별로 깊이 생각한 적이 없다는 것은 아주 자연스러운 일이오, 크로포드 씨. 그러나 교구에는 그곳에 상주하는 목사가 반드시 필요한 법이오. 그 목사가 아니라면 해결할 수 없는 일들이 있기 때문이오. 이것은 대리인이 도저히 처리할 수 없소. 손턴 레이시에서 맡게 된 에드먼드의 의무가 그저 기도하고 설교하는 것뿐이라면 굳이 맨스필드 파크를 떠나지 않아도 충분히 해낼 수 있을 거요. 일요일마다 명목상 살고 있는 것으로 되어 있는 목사관까지 말을 타고 가서 예배를 올릴 때만 나타나면 되니까……. 일요일마다 고작 하루 4시간 동안 손턴 레이시의 목사가 되는 것으로 만족할 수 있다면 말이오. 그러나 에드먼드는 절대로 만족하지 않을 거요. 에드먼드는 잘 알고 있소. 일주일에 한 번 하는 설교만으로는 절대로 인간을 신의 품으로 이끌 수 없다는 것을……. 에드먼드는 교구민들에게 더욱 많은 교훈을 줄 수 있을 거요. 에드먼드가 교구민과 더불어 살아가면서 스스로 모범이 되지 않는다면, 그들도 목사를 따르지 않을 거요. 그것은 교구민들을 위해서나 에드먼드를 위해서나 별로 도움이 되지 않는 일이오."

 토마스 경이 근엄한 목소리로 말했다. 헨리 크로포드는 지당한 말씀이라는 듯이 머리를 숙였다.

 "한 마디 덧붙이는 말이 되겠지만, 이 근처에서 크로포드 씨가 사는 것을 기쁜 마음으로 환영할 수 없는 집은 오직 손턴 레이시 뿐이오."

 토마스 경은 헨리 크로포드를 쳐다보면서 타이르듯이 말했다.

 "아버님께서는 확실히 교구 목사의 진정한 의무를 알고 계시는군요. 에드먼드는 자신의 의무를 훌륭하게 수행할 것입니다."

헨리 크로포드가 고개를 끄덕였다. 패니와 매리는 토마스 경의 이야기에 대해서 커다란 관심을 가지고 주의 깊게 귀를 기울이고 있었다. 하지만 패니와 매리는 토마스 경의 짧은 연설이 헨리 크로포드에게 현실적으로 어떤 효과를 미쳤는가에 대해서는 별로 관심이 없었다. 그렇지만 두 사람은 몹시 언짢은 기분이었다. 그 중에서 한 사람은 손턴 레이시가 그렇게 빠른 시일 내에 또한 그토록 완전하게 에드먼드의 거처가 되리라고는 여태까지 한 번도 생각하지 않았기 때문에 눈을 내리깔고 조용히 생각에 잠겼다. 만약 날마다 에드먼드를 만날 수 없게 된다면 어떤 일이 벌어질까? 또 다른 한 사람은 오빠가 들려주는 모험담에 귀를 기울이며 환상의 나라를 헤매고 있다가 문득 깨어나서 사랑하는 사람이 다른 곳으로 떠나간다는 냉엄한 현실 세계와 대면하게 되었다. 두 사람 모두 토마스 경에 대해 불만스러운 마음을 품고 있었지만 토마스 경의 인품과 태도에 눌려서 감히 입을 열 수가 없었다. 결국 두 사람은 에드먼드가 손턴 레이시로 떠나는 것에 대해 조롱할 만한 용기를 낼 수가 없었다.

이제 스페컬레이션 게임도 끝내야 할 때가 되었다. 토마스 경의 설교가 카드 게임에 대한 흥미를 잃도록 만들었던 것이다. 사람들은 저마다 벽난로 근처에 드문드문 모여서 이 모임이 어서 끝나기를 기다리고 있었다. 윌리엄과 패니는 인기척이 사라진 카드 탁자에 앉아서 마음 편히 이야기를 나누고 있었다. 그들은 주위의 일에 대해서는 일체 관심을 기울이지 않았다. 오직 서로에 대해서만 신경을 집중하고 있었던 것이다.

그런데 다른 사람들이 윌리엄과 패니에 대해서 주의를 기울이기 시작했다. 가장 먼저 헨리 크로포드의 의자가 두 사람을 향해 방향을 바꾸었다. 몇 분 가량 헨리 크로포드는 아무런 말도 없이 그들을 응시하고 있었다. 그 동안 헨리 크로포드는 그랜트 박사와 이야기를 나누고 있었던 토마스 경의 관찰을 받고 있었다.

"오늘 밤은 무도회가 열리는 날이야. 포트무스에 있었더라면 아마도 참석했을 거야."

윌리엄이 패니를 응시하면서 말했다.

"하지만 포트무스에 있었더라면 더욱 좋았을 거라고 생각하진 않겠지, 윌리엄 오빠?"

"물론이야, 패니. 그런 생각은 조금도 안 해. 나는 포트무스나 무도회보다 네가 훨씬 더 소중해. 게다가 무도회에 참석한다고 해도 별로 재미가 없을 거야. 파트너를 구할 수 없을 테니까……. 포트무스의 여자들은 아직 임관하지 않은 군인들은 거들떠보지도 않아. 소위 후보생 따위는 사람 축에도 못 들어. 정말이야. 그레고리 자매를 기억하고 있지? 이제는 놀랄 정도로 근사한 아가씨가 되었지. 하지만 나에게는 말도 제대로 걸어주지 않아. 루시의 애인도 소위란다."

"어머나! 너무해. 정말 너무해! 하지만 너무 속상해 하지 말아요, 윌리엄 오빠. 그건 오빠가 신경을 쓸 만한 일이 아니에요. 게다가 오빠 잘못도 아닌 걸요. 가장 위대한 해군 제독도 젊은 후보생 시절에 그런 일을 경험했을 거예요. 그렇게 생각하도록 해요. 선원 시절에 반드시 경험해야 할 어려움 가운데 하나라고 여기면서 맞서 나가도록 해요. 험난한 폭풍우를 극복하는 것처럼……. 그런데 좋은 점도 하나 있어요. 언젠가는 그 고생도 끝날 테니까요. 그런 일을 참지 않아도 될 때가 오는 거예요. 만약 오빠가 소위로 임관되면……. 한 번 생각해 봐요, 윌리엄. 오빠가 소위가 되고 나면 그런 시시한 일들 따위는 조금도 신경 쓰지 않게 될 테니까요."

오빠가 무시를 당했다는 생각이 들자, 패니의 뺨이 붉게 상기되기 시작했다.

"나는 아무리 많은 세월이 흘러도 소위가 될 수 없을 거라는 생각이 들어, 패니. 나를 제외한 다른 사람들은 모두 임관을 하고 있단 말이야."

"그게 무슨 말이죠, 오빠? 그런 말은 하지 말아요. 그런 식으로 실망하지 말아요. 이모부께서는 지금 아무런 말씀도 하지 않고 있지만, 틀림없이 오빠의 임관을 위해서 최선을 다해 주실 거예요. 이모부는 오빠 못지않게 그 일이 얼마나 중요한지 잘 알고 계신 걸요."

문득 패니는 이모부가 가까이 다가와 있다는 사실을 알고 입을 굳게 다물었다. 그리고 두 사람은 다른 화제를 꺼냈다.

"너는 무도회를 좋아하니, 패니?"

윌리엄이 질문을 던졌다.

"물론이죠. 아주 좋아해요. 하지만 춤을 추다보면 이내 피곤해져요."

"너를 무도회에 데려 가고 싶어. 네가 춤추는 모습을 보고 싶구나. 그런데 노스햄튼 카운티에서는 무도회가 열리지 않니? 너만 좋다면 나도 함께 춤을 추겠어. 여기에서는 나를 아는 사람이 아무도 없으니까……. 그리고 다시 한 번 너의 파트너가 되고 싶어. 우리는 언제나 함께 뛰어 놀았었지. 안 그래? 유랑 악단이 아코디언을 연주할 때처럼 말이야. 나는 춤을 아주 잘 춘단다. 그렇지만 분명히 네가 나보다 훨씬 더 잘 출 거야. 이모부, 패니가 춤을 잘 추지요?"

윌리엄이 토마스 경을 향해 고개를 돌리면서 물었다. 패니는 생전 처음 들어보는 이런 말에 어쩔 줄을 모르면서 허둥거렸다. 어느 쪽으로 얼굴을 돌려야 좋을지, 어떤 태도로 그 질문에 응답해야 좋을지 알 수가 없었던 것이다. 아마도 토마스 경은 엄격하게 오빠를 질책하는 말을 할 것이다. 그렇지 않으면 지독할 정도로 냉담하게 오빠의 말을 무시할 수도 있었다. 오빠는 난처한 표정을 짓게 되겠지…….

그런데 토마스 경의 대답은 너무나 뜻밖이었다. 그는 패니가 전혀 예상하지 못했던 말을 한 것이다.

"유감이지만 나는 그 질문에 대답할 수가 없구나. 어린 아이였을 때를 제외하고는 패니의 춤을 본 적이 없으니까……. 그렇지만 적당한 기회가 생기면 숙녀의 체면에 부끄럽지 않게 춤추는 패니의 모습을 볼 수 있을 거라고 생각한다. 그런 점에서는 우리의 의견이 일치할 거란다. 어쩌면 얼마 있지 않아서 그런 기회가 올지도 모르지."
"나는 프라이스 양의 춤을 본 적이 있어요, 윌리엄."
헨리 크로포드가 한 걸음 앞으로 나서면서 말했다.
"그게 정말인가요?"
윌리엄이 반색을 하면서 물었다.
"그 점에 대해서는 모든 궁금증을 완전히 충족시킬 만한 대답을 해드릴 수 있지요."
그 순간 헨리 크로포트는 패니가 난처한 표정을 짓고 있는 모습을 보았다. 헨리 크로포트는 어색한 미소를 지으면서 말을 이어나갔다.
"그 문제에 대해서는 다음 기회로 미루기로 합시다. 지금 이곳에는 프라이스 양이 사람들의 입에 오르내리는 것을 꺼리는 분이 한 분 계시니까요."
헨리 크로포트는 패니가 미끄러지듯이 춤추는 모습을 한 번 본 적이 있으며, 또한 그녀의 춤이 너무나 우아했다고 당장이라도 보증하고 싶었다. 그러나 사실은 패니의 춤이 어떤 모습이었는지 아무리 생각해도 잘 떠오르지 않았다. 다만 패니가 그 당시에 무도회장에 있었을 것이라는 짐작만으로 그녀의 춤을 보았다고 말했을 뿐이었다. 사실 헨리 크로포트는 패니에 대해서 아무것도 기억하고 있지 않았던 것이다.
윌리엄은 자신이 직접 목격한 여러 지방의 춤에 대해 이야기하고 있었다. 토마스 경은 기분이 좋은 것 같았다. 토마스 경도 앤티가 섬에서 벌어졌던 무도회에 대해 설명했다. 그렇기 때문에 마차가 도착했다는 말도 잘 듣지 못하고 있다가, 노리스 부인이 수선을 떨기 시작하자 겨우 그 사실을 깨닫게 되었다.
"자, 패니. 뭘 그렇게 꾸물거리고 있니? 어서 돌아가자. 지금 이모님께서 마차에 오르고 있다는 걸 모르니? 서둘러! 윌콕스 할아범을 기다리게 하면 안 된다. 항상 마부와 말에 대한 배려를 잊지 않도록 해라. 그리고 토마스 경, 토마스 경과 에드먼드 그리고 윌리엄을 모셔가기 위해 마차를 다시 오도록 해 놓았어요."

토마스 경은 이의를 제기할 수가 없었다. 이것은 미리 토마스 경이 결정해 놓았던 일이었기 때문이었다. 토마스 경은 사전에 이러한 일정을 아내와 노리스 부인에게 말해 놓았던 것이다. 하지만 노리스 부인은 벌써 그런 사실을 까마득하게 잊어버리고 있었다. 노리스 부인은 자신이 직접 모든 결정을 내렸다고 생각하면서 만족스러운 표정을 짓고 있었던 것이다.

마침내 집으로 돌아갈 때가 되었다. 목사관에서 나서기 전에 패니는 마음속으로 약간 실망하고 말았다. 에드먼드가 하인으로부터 조용히 숄을 건네받아서 패니의 어깨에 막 걸쳐주려고 하던 참이었다. 그런데 헨리 크로포트의 손이 조금 더 빨랐다. 결국 패니는 지나칠 정도로 호들갑스러운 헨리 크로포트의 신세를 지지 않을 수가 없었던 것이다.

제 26 장

 윌리엄은 진정으로 패니가 춤추는 모습을 보고 싶었다. 윌리엄의 바람은 토마스 경의 마음속에 깊은 인상을 심어 주었다. 그래서 토마스 경이 얼마 후에 그런 기회가 찾아올지도 모른다고 말했던 것이다.
 토마스 경은 윌리엄의 마음을 만족시키고 패니의 춤을 보고 싶어하는 다른 사람들도 기쁘게 해 주고 싶었다. 노스햄튼 카운티의 모든 젊은이들에게 즐거움을 선사하고 싶다는 생각으로 심사숙고한 토마스 경은 다음날 아침 식사를 하는 자리에서 자신의 생각을 밝혔다. 토마스 경은 윌리엄이 했던 말들을 다시 거론하면서 칭찬을 한 후에 한 마디 덧붙였다.
 "윌리엄, 네가 패니의 춤을 보지 못한 채 맨스필드를 떠나게 하고 싶지는 않구나. 나도 네가 패니와 춤을 추는 모습을 보는 게 즐거울 거란다. 노스햄튼 카운티에서도 분명히 무도회가 열린단다. 그리고 네 사촌들도 가끔씩 무도회에 참석한 적이 있었지. 하지만 우리가 무도회에 참석하기 위해 직접 그곳까지 가는 건 무리가 있을 것 같구나. 이모도 많이 피로한 모양이니까 노스햄튼의 무도회를 생각할 수는 없지. 그 대신에 우리가 집에서 무도회를 여는 게 더욱 좋을 것 같구나. 그리고 만약에……."

"토마스 경! 그 다음에 무슨 말을 하려고 하는지 알겠어요. '만약 줄리아가 집에 있거나 마리아가 소더튼에 있다면 무도회를 여는 이유도 적당하고 기회도 좋은 것 같구나. 그러니까 젊은이들을 위해 맨스필드 파크에서 댄스 파티를 열도록 배려하겠다' 라고 말씀하려는 것이었죠? 맞아요. 분명히 그렇게 될 거예요. 줄리아와 마리아가 참석해서 무도회의 꽃이 되어준다면, 이번 크리스마스에 맨스필드 파크에서 무도회를 여시겠지요? 윌리엄, 이모부님에게 고맙다고 인사를 드리거라."

노리스 부인이 말을 가로막았다.

"내 딸들은 브라이튼에서 즐겁게 지내고 있으며, 아주 행복할 거라고 생각하고 있소. 내가 맨스필드 파크에서 무도회를 개최하려고 하는 것은 줄리아나 마리아를 위한 일이 아니라 패니와 윌리엄을 위한 일이오. 모든 가족들이 한 자리에 모일 수 있다면 더할 나위가 없을 정도로 좋은 일이지만, 내 딸들이 없다고 해서 패니와 윌리엄의 행복이 방해를 받아서는 안 된다고 믿소."

토마스 경이 엄숙한 어조로 노리스 부인의 말을 가로막으면서 대답했다. 토마스 경의 말과 얼굴에서 확고한 결단의 의지를 읽은 노리스 부인은 더 이상 할 말이 없었다.

'나에게 단 한 마디의 의논도 없이 맨스필드 파크에서 무도회를 열다니……. 게다가 줄리아와 마리아도 없는데…….'

노리스 부인은 충격과 분노를 가라앉히기가 힘들었다. 노리스 부인이 다시 평정을 되찾기까지는 몇 분 동안 무거운 침묵이 필요했다. 그러나 노리스 부인은 자신이 모든 일을 처리하고 지휘해야 한다는 사실을 깨닫고 조금이나마 위안을 받았다. 버트램 부인에게는 어떤 걱정거리나 수고스러움도 끼칠 수가 없었다. 만사가 자신의 두 어깨에 짊어져 있었던 것이다. 무도회가 열리는 날 밤에 자신이 주인 역할을 맡아야 한다는 사실을 생각하자, 노리스 부인의 분노도 서서히

제26장 27

가라앉았다. 노리스 부인은 이내 다른 사람들과 어울리면서 기쁨과 감사의 말을 나누기도 했다.

에드먼드와 윌리엄, 그리고 패니는 제각기 얼굴 표정과 말의 표현 방법은 달랐지만 무도회가 열리게 될 것을 진심으로 기뻐하고 있었다. 그런 모습을 지켜보고 있었던 토마스 경도 마음이 흐뭇해졌다. 에드먼드는 지금까지 아버지가 패니와 윌리엄에게 이토록 만족할 만한 호의와 친절을 베풀거나 보여준 적이 없었다고 생각했다.

버트램 부인은 매우 만족스러운 듯이 일이 진행되고 있는 것을 지켜보았다. 버트램 부인은 무도회에 대해 아무런 반대도 하지 않았다. 토마스 경도 되도록 버트램 부인을 귀찮게 하지 않겠다고 약속했다.

"귀찮은 것은 조금도 겁나지 않아요. 실제로 귀찮은 일이 벌어질 거라는 생각조차 들지 않는군요."

버트램 부인도 부드러운 목소리로 토마스 경을 안심시켰다. 노리스 부인은 무도회장으로 어느 방을 쓰는 것이 가장 적당할 것인가에 대한 의견을 말했지만, 그런 것은 벌써 예정되어 있었다. 어느 날짜가 좋을지에 대해 의논하려고 하자, 그것도 이미 다 결정되어 있었다. 토마스 경은 이미 무도회에 관한 전체적인 윤곽을 그려놓고 있었던 것이다. 노리스 부인이 입을 다물고 그 계획을 조용히 경청하자, 곧 파티에 초대할 이웃 사람들의 명단까지도 알려 주었다.

토마스 경은 준비 기간이 짧다는 사실을 감안하더라도 열두 쌍에서 열네 쌍 정도의 젊은이들이 맨스필드 파크로 모일 것이라고 추정했다. 그리고 무도회가 열리는 날을 22일로 잡았던 이유에 대해서도 자세히 설명했다. 윌리엄은 적어도 24일까지는 포트무스에 가 있어야만 했다. 그렇기 때문에 22일은 윌리엄이 맨스필드 파크에서 머무를 수 있는 마지막 날이었다. 무도회를 준비할 수 있는 날이 불과 며칠밖에 남지 않아서 22일보다 더욱 빠른 날짜를 잡는 것도 그다지 현명한 일이 아니었다. 이런 사정을 고려해서 토마스 경은 22일로 날짜를 잡았던 것이다. 노리스 부인은 자신의 생각도 똑같았으며, 22일이 가장 적당한 날이라는 제안을 하려고 했었다고 말하는 것으로 만족해야만 했다.

마침내 무도회 파티에 관한 계획이 모두 결정되었다. 곧이어 무도회에 참석하기로 내정되어 있는 사람들에게 초대장이 발송되었다. 그날 밤에 패니와 무도회 초대를 받은 수많은 젊은 아가씨들이 행복한 생각에 잠긴 채 잠자리에 들었다.

그러나 패니의 마음속을 채우고 있던 걱정이 때때로 행복감을 밀어내기도 했다. 패니는 아직 나이도 어리고, 경험도 없고, 선택의 기회도 적고, 초라하고, 자신의 취향에 대해 자신감을 가질 수도 없었다. 어떤 옷을 입으면 좋을까? 이런 고민을 하는 것도 괴로운 일이었다. 무엇보다도 액세서리가 가장 큰 고민거리였다. 윌리엄이 시실리 섬에 다녀온 기념으로 사다주었던 아름다운 호박 십자가가 패니의 유일한 액세서리였다.

그런데 패니는 그것을 목에 걸고 싶어도 리본이 하나밖에 되지 않아서 걸 수가 없었다. 지난번에는 리본 하나로 목걸이를 한 적이 있지만, 이번에는 그런 일이 허용되지 않을 것 같았다. 다른 아가씨들은 모두 호화로운 액세서리를 하고 올 것이다. 그러나 그 십자가를 걸지 않으면! 윌리엄은 금줄도 사주고 싶어했지만, 수중에 돈이 별로 없어서 그럴 수가 없었던 것이다. 하지만 십자가를 걸지 않으면 윌리엄이 무척 서운하게 생각할 것이다. 이러한 여러 가지 생각들이 머리 속에서 맴돌고 있었다. 토마스 경은 패니를 기쁘게 해 주려고 무도회를 열었지만, 정작 그녀는 의기소침하게 지내고 있었다.

시간이 흐르면서 무도회 파티 준비는 잘 진행되고 있었다. 버트램 부인은 아무런 불편도 겪지 않고 그저 소파에 앉아 있기만 했다. 버트램 부인은 특별한 용건이 있을 때마다 가정부를 몇 차례 불렀으며, 하인에게는 새 옷을 빨리 완성하라고 재촉했다.

토마스 경은 부지런히 지시를 내렸으며, 노리스 부인은 분주하게 이리저리 뛰어다녔다. 이런 모든 일들이 일어날 때에도 버트램 부인은 전혀 귀찮게 여기지 않았다. 그리고 버트램 부인을 성가시게 할 만한 일도 발생하지 않았다.

최근에 에드먼드는 좀처럼 걱정을 떨칠 수가 없었다. 에드먼드의 마음은 바로 눈앞에 닥친 두 가지 중대한 일에 대한 생각으로 가득 차 있었다. 그것은 에드먼드의 인생에 있어서 가장 중요한 일이었다. 그것은 바로 목사 안수와 결혼에 대한 것이었다. 에드먼드는 이런 중대한 일을 눈앞에 두고 있었기 때문에 무도회도 별로 의미가 없는 것처럼 느껴졌다. 무도회 파티가 끝나면, 곧바로 두 가지 일들 중에서 한 가지가 일어나게 될 것이기 때문이었다.

에드먼드는 23일에 피터보러(노스햄튼 카운티 북단에 위치한 도시:역주) 근처에서 살고 있는 친구의 집으로 떠날 생각이었다. 그 친구와 함께 크리스마스 주간에 목사 안수를 받기로 예정되어 있었던 것이다. 그 무렵이 되면 운명의 절반이 단번에 결정되는 것이다. 그런데 나머지 절반은 그렇게 순순히 이루어지지 않을지도 몰랐다. 목사로서의 사명은 확실히 결정되지만 그 사명을 함께 수행하고 그의 노력에 대해 칭찬하면서 때로는 용기를 북돋아줄 수 있는 아내는 아직 얻지 못했던 것이다.

에드먼드는 매리 크로포드의 마음을 완전히 사로잡았다는 확신이 서지 않았다. 에드먼드와 매리 크로포드의 생각이 일치되지 않았던 점도 많았으며, 그녀의 태도가 절망적이었던 순간도 있었다. 에드먼드는 매리 크로포드의 애정을 믿고 빠른 시일 내에 이런 일들을 정리하고 그녀에게 청혼을 할 생각이었다. 하지만 그 결과가 어떤 것일지 걱정스러워서 오랜 시간을 주저하고 있었다. 만약 매리 크로포드가 자신의 청혼을 거절한다면…….

물론 매리 크로포드가 에드먼드를 사랑하고 있다는 확신이 들었던 순간들도 있었다. 그런 때에는 오랫동안 매리 크로포드가 보여준 호의적인 태도를 되새겨 보았다. 그러나 어떤 때에는 의심과 불안이 희망의 마음을 흩뜨려 놓기도 했다. 매리 크로포드는 한적한 곳에서 조용히 지내는 생활이 싫다고 공언한 적이 있었으며, 호화로운 런던 생활을 좋아하고 있었다. 그런 사실을 생각하면 청혼한다고 하더라도, 거절 이외에 다른 대답을 기대하기란 무척 어려울 것 같았다. 설사 승낙을 한다고 하더라도 매리 크로포드는 다른 조건을 제시할 것이다. 에드먼드는 매리 크로포드가 원하는 것이 무엇인지 너무나 잘 알고 있었다. 결국 에드먼드는 그 결혼을 포기할 수밖에 없을 것이다. 매리 크로포드는 에드먼드에게 목사의 임무나 사명감을 포기하도록 요구할 것이다. 그리고 에드먼드는 양심상 절대로 그렇게 할 수 없을 것이다.

두 사람의 결혼은 오직 한 가지 조건에 달려 있었다. 에드먼드를 사랑하기 때문에 매리 크로포드가 지금까지 포기할 수 없다고 생각했던 것들을 포기할 마음이 있는지, 사랑으로 인해 그것들을 가능하게 할 수 있는가에 달려 있었던 것이다. 에드먼드는 마음속으로 끊임없이 이 문제에 대해 질문을 던져 보았다. 때로는 매리 크로포드가 '예스'라고 대답할 것 같다는 생각이 들었지만, 때때로 '노'라고 대답할 것 같다는 생각이 들기도 했다.

얼마 후에 매리 크로포드는 맨스필드 파크를 떠날 예정이었다. 이런 사정을 감안하면서 에드먼드는 다시 한 번 마음속으로 질문을 던져 보았다. 여전히 매리 크로포드의 대답은 '예스'와 '노'를 반복하고 있었다. 에드먼드는 매리 크로포드가 두 눈을 반짝이면서 이야기하는 것을 지켜보고 있었다. 오랫동안 런던을 방문할 수 있도록 초대해 주었던 친구의 편지와, 헨리가 이대로 1월까지 남아 있다가 런던까지 동행해 주기로 한 친절에 대해서 이야기했다. 매리 크로포드는 한껏 신이 나서 여행의 즐거움에 대해 이야기를 늘어놓았다. 에드먼드는 매리 크로포드의 태도가 자신의 청혼에 대한 '노'라는 대답처럼 들렸다.

그러나 이것은 매리 크로포드의 여행이 결정된 첫 날, 그 즐거움이 최고조에 이르렀던 처음 한 시간 동안에 벌어진 일이었다. 그 당시에는 런던을 방문해서 만나게 될 친구에 관한 일 이외에는 아무런 관심도 없었던 것이다. 그렇지만 시간이 조금 지나자 매리 크로포드의 마음속에서 다른 생각이 떠올랐다. 매리 크로포드는 다정한 목소리로 자신의 생각들을 털어 놓았다. 가장 먼저 떠올랐던 생각은 그랜트 부인과 헤어지는 것이 아쉬운 일이라는 것이었다. 그리고 런던에서 만나게 될 친구나 여행의 즐거움도 모두 다 좋지만, 문득 이곳에 남겨두고 떠나야 하는 것들이 더욱 소중하다는 생각이 들기 시작했다고 말했다. 물론 런던으로 떠나는 것은 흥분되는 일이었다. 일단 그곳에 가면 즐거운 시간들을 보내겠지만, 런던에 도착하기도 전에 벌써부터 다시 맨스필드 파크로 돌아올 날을 손꼽아 기다리고 있다고 말했다. 매리 크로포드의 이야기 속에는 '예스'라는 대답이 숨어 있는 것이 아닐까?

에드먼드는 청혼을 하는 것에 대해 생각에 생각을 거듭하고, 마음속에 수많은 상념을 잔뜩 쌓아 올렸다가 무너뜨리고 또다시 쌓아 올리고 있었다. 에드먼드는 모든 사람들이 하나 같이 큰 관심을 가지고 기다리고 있는 밤의 무도회에 대해서는 아무런 생각도 하지 않았던 것이다.

패니와 윌리엄이 즐거울 것이라는 사실을 제외한다면, 그날 밤의 무도회는 에드먼드에게 있어서 매리 크로포드의 가족을 만나는 일상적인 모임 이상의 가치를 갖는 것이 아니었다. 에드먼드는 어떤 경우라도 일단 서로 만나기만 하면 매리 크로포드의 애정에 대한 확신을 얻을 수 있다는 희망을 품고 있었다. 그렇지만 꽃이 춤추는 듯한 화려한 무도회장은 사랑의 감정을 진지하게 표현하는 일에 적합하지 않은 장소였다.

 처음 두 번의 춤을 함께 추기로 미리 매리 크로포드와 약속을 해 두었던 것만이 에드먼드가 선택할 수 있는 행복의 전부였다. 주위에서는 아침 일찍부터 저녁 늦은 시간까지 무도회를 준비하는 일에 분주했다. 그렇지만 에드먼드가 할 수 있는 무도회 준비는 고작 매리 크로포드와 춤을 추겠다는 약속뿐이었다.

 무도회가 열리는 날은 목요일이었다. 수요일 아침이 되었지만, 여전히 패니는 무슨 옷을 입어야 할 것인지 아직 결정을 내리지 못하고 있었다. 패니는 무도회장의 분위기를 잘 알고 있는 그랜트 부인과 매리를 만나서 이 문제에 대해 의논하는 게 좋겠다고 생각했다. 다른 사람들이 즐기는 취향대로 한다면, 그다지 흠이 잡히지 않는 옷차림을 할 수 있을 것 같았다.

 때마침 에드먼드와 윌리엄은 노스햄튼을 방문하고 있었으며, 헨리 크로포드도 외출 중이었다. 다른 사람들 모르게 은밀히 의논할 수 있게 되기를 바라고 있었던 패니에게 있어서 아주 좋은 기회가 찾아온 것이다. 패니는 다른 사람들의 이목에 대해 걱정하지 않고 편안한 마음으로 목사관을 찾아갔다. 패니는 자신이 옷차림으로 인해 고민한다는 사실을 창피하게 여기고 있었던 것이다.

 목사관에 거의 다 도착했을 무렵, 패니는 매리 크로포드와 마주치게 되었다. 때마침 매리 크로포드는 패니를 만나기 위해 집을 나섰던 길이었다. 매리 크로포드는 예의상 패니를 향해 목사관으로 가자고 제안했다. 하지만 매리 크로포드는 계속 산책을 하고 싶어하는 눈치였다. 패니는 곧 자신이 이곳까지 찾아온 용건을 솔직하게 털어 놓았다. 그리고 만약 무도회에 입고 갈 옷차림에 대한 조언을 들을 수만 있다면, 목사관이든 숲속이든 간에 아무런 상관도 없을 것이라고 덧붙였다.

 매리 크로포드는 이런 부탁을 받고 흐뭇한 표정을 지었다. 매리 크로포드는 잠시 동안 생각하더니, 조금 전보다 훨씬 더 진심이 담긴 마음으로 목사관으로 가자고 권유했다. 그리고 자신의 방으로 올라가면 응접실에 있는 그랜트 부부에게 방해가 되지 않으면서 편안한 마음으로 이야기할 수 있다고 말했다.

이것은 패니에게 있어서 더할 나위가 없을 정도로 좋은 제안이었다. 매리 크로포드는 너무나 친절한 사람이었다. 패니는 정말 고맙다고 거듭 인사를 하면서 목사관으로 향했다. 두 사람은 이층에 위치하고 있는 매리 크로포드의 방으로 들어갔다.

곧이어 두 사람은 흥미진진한 이야기에 빠져들었다. 매리 크로포드는 패니가 자신에게 도움을 요청한 것이 무척 기쁜 것 같았다. 매리 크로포드는 여러 가지 상황에 대해 의논하면서 자신이 생각하는 최상의 견해와 취향을 말해 주었다. 그리고 모든 일을 즐겁게 받아들일 수 있도록 격려해 주었다. 옷차림에 대한 문제는 모두 해결되었다.

"하지만 목걸이는 어떻게 할 거예요?"

매리 크로포드가 의아스러운 듯이 물었다.

"잘 모르겠어요."

패니가 고개를 숙이면서 대답했다.

"윌리엄이 선물한 십자가는 하지 않을 건가요?"

매리 크로포드가 다시 조심스럽게 질문을 던졌다. 그러더니 매리 크로포드는 종이 꾸러미를 펼치기 시작했다. 그것은 패니가 매리 크로포드를 처음 만났을 때부터 줄곧 들고 있던 것이었다.

패니는 목걸이에 대한 고민도 솔직하게 털어놓았다. 십자가를 목에 걸어야 좋을지, 아니면 걸지 않는 것이 더욱 좋을지 판단을 내릴 수가 없었던 것이다. 그러자 매리 크로포드는 대답을 하는 대신에 패니 앞에 작은 보석 상자를 내려 놓았다. 그리고 금줄과 목걸이가 여러 개 있으니까, 이 중에서 하나를 고르라고 제안했다. 매리 크로포드가 손에 들고 있었던 종이 꾸러미는 바로 이 보석 상자였다. 매리 크로포드가 패니를 만나기 위해 집을 나섰던 것도 바로 보석 상자를 패니에게 보여주기 위한 것이었다.

매리 크로포드는 목걸이 중에 하나를 골라서 패니에게 내밀었다. 매리 크로포드는 매우 상냥한 목소리로 자신의 생각을 털어 놓았다. 처음에 패니는 이 제안을 받고 깜짝 놀라면서 사양했다. 그러자 매리 크로포드는 패니의 마음을 달래주기 위해 애썼다.

"보석 상자 속에는 많은 종류의 목걸이가 있어요. 너무 많아서 지금까지 한 번도 사용하지 않았던 것도 있어요. 그런 목걸이가 있다는 것조차 잊어버리고 있었던 걸요. 새 것을 드리려고 하는 것도 아니에요. 그냥 쓰던 목걸이 중에서 하나를 가지라고 하는 것뿐인 걸요. 실례가 되지 않는다면, 나의 선물을 받아 주세요."

매리 크로포드가 다정한 목소리로 말했다.

"그럴 수 없어요."

그래도 패니는 진심으로 사양했다. 그것은 아무리 쓰던 물건이라고 하더라도 너무나 값비싼 선물이었다. 하지만 매리 크로포드도 좀처럼 포기하지 않고 애정이 담긴 진실한 마음으로 권유했다.

"윌리엄이 선물한 십자가를 걸지 않을 건가요? 만약 그렇게 한다면 윌리엄이 무척 실망할 거예요. 무도회의 분위기, 그리고 나의 정성도 한 번 생각해 주세요."

매리 크로포드가 차분한 목소리로 설득했다. 결국 패니도 양보하지 않을 수가 없었다. 더 이상 사양하면 자존심이 지나치다거나 또는 냉담하다거나 혹은 마음이 좁다거나 하는 비난을 받을 것 같기도 했기 때문이었다.

"정말 고마워요."

패니는 고개를 끄덕이면서 목걸이를 고르기 시작했다. 어느 것이 가장 값싼 것인지 알고 싶었다. 마침내 패니는 한 개를 골랐다. 어떤 목걸이 하나가 다른 어느 것보다도 패니 앞에 자주 놓여지는 것 같았다. 그것은 금으로 된 목걸이였는데, 아주 아름답게 세공되어 있었다. 패니는 더욱 길고 심플한 디자인이 자신에게 잘 어울릴 것 같았다. 그렇지만 일부러 매리 크로포드가 자주 보여준다는 생각이 드는 것을 선택했다. 매리 크로포드가 즐겨 사용하지 않는 목걸이를 선택하는 것이 좋겠다는 생각이 들었던 것이다.

매리 크로포드는 매우 만족스러운 미소를 지었다. 금방 그 목걸이를 패니의 목에 걸어주면서 잘 어울린다고 말했다. 패니는 그 목걸이에 대해서 한 마디도 이의를 제기할 수가 없었다. 매리 크로포드의 말처럼, 패니에게 아주 잘 어울렸던 것이다.

물론 패니는 지금이라도 매리 크로포드의 친절을 사양하고 싶었다. 그렇지만 다른 한편으로는 자신에게 꼭 어울리는 목걸이를 가질 수 있어서 무척 기뻤다. 어차피 신세를 질 바에야 차라리 다른 사람의 도움을 받았다면 더욱 좋았을 것이라는 생각도 들었지만, 그런 생각은 옹졸한 것이었다. 매리 크로포드는 미리 패니의 고민을 짐작하고 있었다. 게다가 패니의 걱정을 해결하기 위해 노력했던 진정한 친구라는 사실이 증명되었다.

"이 목걸이를 할 때에는 언제나 크로포드 양을 생각하겠어요. 그리고 따뜻한 마음씨도 함께 느낄 거예요."

패니가 말했다.

"그 목걸이를 목에 걸 때에는 비단 나 혼자만이 아니라 헨리도 생각해 주세요. 왜냐하면 그 목걸이는 오빠로부터 받았던 선물이에요. 그 목걸이와 더불어, 그 목걸이를 처음 선물해 주었던 사람을 생각할 의무도 함께 드리겠어요. 이제 당신은 한 가족을 기억하게 되겠군요. 내가 생각나면 헨리 오빠도 따라서 생각나는 법이니까요."

매리 크로포드가 활짝 웃으면서 대답했다. 그 순간 패니는 깜짝 놀라서 갈피를 잡을 수가 없었다. 그래서 그 목걸이를 다시 돌려주려고 노력했다. 다른 사람으로부터 받은 선물을 자신이 다시 받을 수는 없는 일이었다. 더구나 헨리의 선물을 받는다는 것은 불가능한 일이었다.

패니는 몹시 당황하면서 어쩔 줄을 모르고 있었다. 그 목걸이를 다시 보석 상자에 내려놓고 다른 것을 가질까? 그렇지 않으면 아무것도 받지 말아야 할까? 패니는 갈팡질팡하면서 아무런 결정도 내릴 수가 없었다. 매리 크로포드는 이제까지 한 번도 패니가 지금처럼 귀엽게 수줍어하는 모습을 보지 못했다.

"패니, 왜 걱정하는 거죠? 그 목걸이는 내 것이에요. 패니가 그 목걸이를 가졌다고 해서 헨리가 이상하게 생각할 것 같아요? 아니면 패니의 고운 목에 그 목걸이가 걸려 있는 것을 보고 헨리가 행복한 표정을 지을 거라고 생각하는 건가요? 물론 헨리가 선물한 것이지만, 그것은 벌써 3년 전의 일이에요. 그 당시에는 헨리도 이 세상에 패니처럼 예쁜 목이 있을 것이라는 사실을 미처 몰랐겠지요."

매리 크로포드가 웃으면서 말했다.

"하지만······."

패니는 얼굴을 붉혔다.

"그렇지 않으면 혹시 우리 남매가 서로 짜고 하는 일이라고 생각하는 건가요? 내가 헨리의 부탁을 받고 하는 일이라고 의심하는 건가요?"

매리 크로포드가 장난스러운 표정을 지으면서 물었다.

"아니에요."

패니는 얼른 그런 생각은 하지 않는다고 부정했다.

"자, 그렇다면 이 일에 어떤 불순한 의도가 있다고 짐작하지 마세요. 평소의 패니답게 당당한 태도로 이 목걸이를 받아 주세요. 그리고 더 이상 아무런 말도 하지 않기를 바래요. 헨리가 나에게 준 선물이라고 해도 패니가 이것을 갖는 일에 아무런 문제 없어요. 왜냐하면 이것을 패니에게 주고 싶은 내 마음이 아주 확고하니까요. 정말이에요. 이제까지 헨리는 나에게 많은 선물을 주었어요. 받은 선물이 너무나 많아서 일일이 소중하게 간직할 수도 없을 지경이에요. 헨리도 자신이 준 선물을 아마 절반도 기억하지 못할 거예요. 이 목걸이는 지금까지 대여섯 번이나 사용했을까. 예쁘긴 하지만 평소에는 그냥 보석 상자 속에 보관되어 있었을 뿐이에요. 내가 가진 것들 중에서 어느 것이든지 패니가 원한다면 기꺼이 드릴 거예요. 그렇지만 지금 패니가 고른 것은 내가 가장 선물하고 싶었던 것이었어요. 패니에게 가장 잘 어울릴 것 같았으니까요. 그러니까 제발 더 이상 사양하지 말고 내 정성을 받아 주세요. 이렇게 긴 말을 늘어놓을 필요조차 없을 정도로 보잘것 없는 물건입니다."

매리 크로포드가 진지한 태도로 말했다. 패니는 굳이 더 이상 사양하지 않았다.

"정말 고마워요."

패니는 그 목걸이를 받기로 결심했다. 그렇지만 조금 전에 느꼈던 기쁜 마음은 많이 반감되었다. 아무래도 이해가 되지 않는 매리 크로포드의 야릇한 표정과 눈빛을 보았기 때문이었다.

패니는 헨리 크로포드의 태도가 변한 것을 이미 눈치채고 있었다. 오래 전부터 그 사실을 알고 있었던 것이다. 헨리 크로포드는 분명히 패니의 시선을 끌기 위해 노력하고 있었다. 정중하고 세심하게 배려하는 태도가, 이전에 마리아 언니와 줄리아 언니를 대하던 태도와 비슷했다. 아마도 헨리 크로포드는 언니들에게 했던 것처럼 패니의 마음을 빼앗기 위해 시도하고 있을지도 모른다. 과연 이 목걸이에 헨리 크로포드가 어느 정도 관계되어 있을까? 그런 게 아니라고 단언할 수는 없었다. 왜냐하면 매리 크로포드는 오빠의 말을 충실하게 잘 따르는 편이었기 때문이었다. 게다가 여자나 친구의 입장에서 보면, 무책임한 사람이기도 했다.

"내가 왜 목걸이를 받았을까?"

패니는 나지막한 한숨을 내쉬었다. 아무래도 이 일에 헨리 크로포드가 연관되어 있다는 의심을 떨칠 수가 없었다. 간절하게 원했던 것이 자신의 손에 들어와 있음에도 불구하고 패니는 일말의 만족감도 들지 않았다.

패니는 다시 걸어서 맨스필드 파크로 돌아갔다. 그런데 얼마 전에 이 길을 지나갔을 때처럼 근심과 걱정은 조금도 줄어들지 않았다. 단지 그 내용이 조금 바뀌었을 뿐이었다.

제 27 장

집에 도착하자마자 패니는 곧장 자신의 방으로 올라갔다. 전혀 예상하지 못하고 있다가 갑작스럽게 선물받은 목걸이. 어쩐지 꺼림칙한 기분이 드는 목걸이. 패니는 이 목걸이를 그냥 자질구레한 보물들을 넣어두는 상자 속에 보관할 생각이었다. 그 보물 상자는 평소에 패니가 무척 아끼던 것이었다.

패니가 막 방문을 여는 순간이었다. 그런데 놀랍게도 에드먼드가 책상 앞에서 무엇인가 종이에 글을 쓰고 있는 모습이 보였다. 지금까지 이런 일은 한 번도 없었다. 패니는 갑작스럽게 에드먼드를 만나게 되어서 반갑기도 했지만 몹시 놀라기도 했다.

"패니!"

에드먼드는 자리에서 벌떡 일어났다. 책상 위에 펜을 내려놓고 패니를 맞이하는 에드먼드의 손에는 작은 선물이 들려 있었다.

"미안해, 패니. 너의 허락을 받지 않고 함부로 들어와서……. 나는 너를 만나기 위해 찾아왔어. 네가 금방 돌아올 것 같아서 그냥 기다리고 있던 참이었어. 그러다가 내가 찾아온 용건을 적어두고 이대로 돌아가는 게 좋을 것 같아서 펜을 빌려 쓰고 있던 중이야. 너에게 보내는 메모가 책상 위에 놓여 있지만, 그건 쓰다 만 거야. 게다가 이제는 네가 돌아왔으니까 필요없게 되었어. 나의 용건을 말로 전하는 게 좋겠다. 패니, 보잘것 없는 선물이지만 이걸 받아 주었으면 좋겠어. 윌리엄이 선물한 십자가를 매달 수 있는 사슬이야. 원래는 일주일 전쯤에 줄 생각이었는데, 오빠가 예정보다 며칠 늦게 런던에 도착해서 그만 이렇게 늦어버렸어. 조금 전에 노스햄튼에서 받아온 거야. 그런데 이 사슬이 네 마음에 들었으면 좋겠구나. 패니, 단순한 것을 좋아하는 너의 취향을 고려해서 정성스럽게 골랐어. 아무튼 내 정성을 생각해서 그냥 받아 줘. 너의 가장 오래된 친구 가운데 한 사람이 베푸는 우정의 표시라고 생각하면 될 거야. 이 선물을 받아. 너에게 주는 거야."

에드먼드는 패니의 손에 선물 꾸러미를 넘겨 준 후에 서둘러 밖으로 나가려고 했다. 그 순간 패니는 에드먼드의 친절한 마음씨를 생각하면서 온통 흥분의 소용돌이에 휩싸이고 말았다. 말문이 막혀서 그 자리에 우뚝 선 채로 가만히 있을 뿐이었다.

"오빠, 잠깐만 기다려. 제발 부탁이야. 가지 마."

패니가 간신히 말문을 열면서 소리쳤다. 에드먼드는 고개를 돌려서 뒤를 돌아보았다.

"오빠, 고맙다는 말을 어떻게 표현해야 좋을지 모르겠어. 지금 내 마음을 도저히 말로 표현할 수가 없어. 이렇게 친절하게 나의 일에 관심을 가져 주다니……."

패니가 떨리는 목소리로 말했다.

"작은 선물이야, 패니. 잘 있어."

에드먼드는 미소를 지으면서 다시 돌아섰다.

"아니야. 오빠, 의논하고 싶은 게 있어."

패니는 거의 무의식적으로 방금 에드먼드로부터 받은 선물 꾸러미를 열었다. 그러자 패니의 눈앞에 보석 가게에서 솜씨 좋게 포장해 놓은 금사슬이 나타났다. 그것은 아주 단순하고 세련되었으면서도 간소한 느낌을 주었다. 패니는 이 금사슬을 보자 또다시 소리치지 않을 수가 없었다.

"어머! 정말 예뻐. 바로 이거야. 꼭 이런 걸 갖고 싶었어. 내가 갖고 싶었던 액세서리는 이것뿐이야. 내 십자가에 잘 어울려. 더구나 지금 선물을 주어서 정말 고마워. 오빠, 내가 얼마나 고마워하는지 오빠는 모를 거야."

패니는 눈물을 글썽거렸다.

"이런! 패니, 별 것도 아닌데……. 너는 이 일을 너무 크게 생각하는구나. 사슬이 네 마음에 드니까 다행이구나. 내일 열리는 무도회에서 쓸 수 있게 되어서 매우 기쁘긴 하겠지만 이렇게까지 인사하지 않아도 돼. 내가 이 세상에서 제일 기뻐하는 일은 너를 즐겁게 해 주는 거야. 네가 기뻐하는 걸 보니까 나도 기뻐. 그토록 완전하고 그토록 순수한 기쁨은 나에게 달리 없다고 해도 좋아."

에드먼드가 애정이 담긴 목소리로 말했다. 패니는 너무나 기뻐서 말 한 마디도 하지 않고 한 시간쯤은 얼마든지 견딜 수 있을 것 같았다.

"그런데 의논할 일이 뭐야?"

에드먼드가 잠시 동안 기다렸다가 질문을 던졌다. 그러자 하늘 위에 둥실 떠 있던 패니의 마음은 이내 땅 위로 뚝 떨어지는 것 같았다. 그것은 바로 매리 크로포드가 선물한 목걸이에 대한 일이었다. 매리 크로포드가 패니에게 주었던 목걸이. 그것은 헨리가 자신의 여동생에게 선물했던 것이었다. 그 사실을 알게 되자 패니는 진심으로 그것을 돌려주고 싶었다. 그리고 목걸이를 돌려주는 일에 에드먼드의 동의를 얻고 싶었다.

그래서 패니는 조금 전에 매리 크로포드의 집을 방문했던 일에 대해서 솔직하게 털어 놓았다. 에드먼드는 그 이야기를 듣고 무척 감동하는 것 같았다. 에드먼드는 매리 크로포드의 행동에 대해 매우 기뻐하고 있었다. 게다가 자신과 매리 크로포드의 생각과 행동이 똑같이 일치한 것에 대해서 대단히 만족했다. 에드먼드는 패니로 인한 기쁨보다 매리 크로포드로 인한 기쁨을 더욱 크게 여기고 있었다. 패니는 매리 크로포드가 에드먼드의 마음을 강력하게 지배하고 있다는 사실을 인정해야만 했다.

얼마 동안 에드먼드는 패니의 제안을 건성으로 들었다. 그리고 패니가 의견을 물어보아도 좀처럼 대답하지 않았다. 에드먼드의 마음속은 마치 꿈속을 헤매듯이 달콤한 느낌으로 빠져들었다. 이따금 감탄하는 말을 중얼거릴 뿐이었다.

에드먼드가 마음을 조금 가다듬자, 패니는 목걸이를 돌려주려고 하는 이유를 밝혔다. 그러나 에드먼드는 아주 분명하게 패니의 생각을 반대했다.

"아니야, 패니. 그 목걸이를 돌려주어서는 안 돼! 패니, 절대로 안 돼! 그건 크로포드 양에게 심한 모욕이 될 거야. 친구를 도우려는 마음에서 그리 비싸지도 않은 적당하고 알맞은 선물을 한 거잖아. 만약 자신의 선물이 거절당한다면 상당히 불쾌한 마음이 들 거야. 크로포드 양도 너에게 선물을 해서 무척 기뻐하고 있을 거야. 그런데 왜 너는 크로포드 양으로부터 그런 기쁨을 빼앗으려고 하는 거지?"

"처음부터 크로포드 양의 목걸이였던 것을 나에게 주었다면, 이대로 되돌려 주겠다는 생각은 하지 않았을 거야. 하지만 그것은 크로포드 씨로부터 받았던 선물이잖아. 만약 내가 갖고 싶다고 하지 않았다면, 크로포드 양도 절대로 내놓고 싶지 않았을 거야. 그렇게 생각하는 것이 옳지 않을까?"

패니가 어깨를 으쓱거리면서 반문했다.

"아니야, 패니. 네가 크로포드 양을 만나더라도 그 선물을 갖고 싶지 않았다거나, 받을 수 없다고 생각했다거나 하는 눈치조차 보여서는 안 돼. 크로포드 씨로부터 받은 선물이었다고 해도 역시 상관이 없는 일이야. 왜냐하면 그래도 크로포드 양은 너에게 주겠다고 했고,

너 역시 선물을 받았으니까……. 이제는 더 이상 망설이지 마. 내가 준 것보다도 더욱 좋고 무도회에도 잘 어울릴 것 같구나."

"아니야. 그렇지 않아. 그건 내 취향과 어울리지 않아. 윌리엄의 십자가에는 목걸이보다 사슬이 훨씬 더 잘 어울려."

"그냥 하룻밤 동안의 일이야, 패니. 너의 생각은 잘 알겠어. 하지만 단지 하룻밤 동안만 네가 양보하면 안 될까? 잘 생각해 봐. 크로포드 양은 너를 위해 이렇게 마음을 써 준 거야. 그런 사람을 상심하게 만드는 건 올바른 일이 아니야. 차라리 네 생각을 접는 것이 낫지 않을까? 너는 틀림없이 그렇게 생각할 거야. 나는 지금 너에 대한 크로포드 양의 배려가 과분하다고 말하는 게 아니야. 단지 그것이 크로포드 양의 진심이었다는 사실을 강조하고 있는 거야. 그러니까 네가 그 목걸이를 걸지 않는다면 어쩌면 은혜를 모르는 사람이라고 오해를 받을 수도 있어. 난 네가 그런 식으로 행동하지 않을 것이라고 생각해. 네가 은혜도 모르는 사람이 아니라는 것은 분명하니까……. 내일 밤에는 매리 크로포드 양과 약속한 대로 목걸이를 걸어. 그리고 내가 선물한 사슬은 평소에 쓰도록 해. 그렇게 하는 게 좋을 것 같아. 너와 크로포드 양 사이에 냉담한 관계는 그림자조차도 비치게 하고 싶지 않아. 두 사람이 사이좋게 지내는 모습을 보니까 나는 너무나 기뻐. 성격도 두 사람이 서로 많이 닮은 것 같아. 한치의 거짓도 없는 순수한 마음, 타고난 섬세한 감각 등은 아주 많이 닮았어. 물론 두세 가지 약간 다른 점도 있지. 하지만 그것은 환경의 차이 때문에 생긴 것이니까, 친한 친구가 되는 일에 아무런 걸림돌도 되지 않을 거야. 너와 크로포드 양의 사이가 멀어지는 일이 없었으면 좋겠어."

에드먼드는 차분한 목소리로 설득했다. 그러다가 에드먼드는 나지막하게 한 마디 덧붙였다.

"이 세상에서 내가 가장 아끼는 두 사람이니까……."

잠시 후에 에드먼드는 방에서 나갔다. 혼자 남게 된 패니는 마음을 진정시키려고 애를 썼다.

'그래도 나는 에드먼드가 가장 아끼는 두 사람 가운데 한 명이야!'

패니는 이런 생각을 하면서 자신을 위로했다. 하지만 또 다른 한 사람. 에드먼드가 가장 사랑하는 첫번째 사람은 바로 매리 크로포드였다. 패니는 에드먼드가 지금처럼 자신의 마음을 솔직하게 드러내면서 말하는 것을 아직까지 한 번도 들어보지 못했다. 물론 훨씬 전부터 알고 있던 일이기는 하지만, 그래도 마음이 아팠다. 왜냐하면 이번에 에드먼드는 자신의 확고한 결심과 생각을 털어놓았기 때문이었다. 에드먼드는 매리 크로포드와 결혼하고 싶은 것이다. 어느 정도 예상했던 일이지만, 그것이 사실로 드러나자 패니는 가슴이 아팠다.

패니는 자신이 에드먼드가 가장 아끼는 두 사람 중의 한 명이라고 여러 번이나 되풀이하면서 말했다. 그렇게 하지 않으면 그 말은 아무런 감동도 주지 못한 채 훌쩍 사라질 것 같았기 때문이었다. 매리 크로포드가 정말로 에드먼드와 잘 어울리는 사람이라면, 이 아픔을 잘 참을 수 있을 것 같았다. 하지만 에드먼드는 매리 크로포드를 너무나 과대평가하고 있었다. 매리 크로포드가 전혀 갖추지 못한 덕목도 있었다. 그러나 에드먼드는 매리 크로포드가 그런 덕목을 갖추고 있다고 인정했다. 결점도 그대로 가지고 있는데, 이제 에드먼드의 눈에는 그것이 보이지 않았다.

패니는 에드먼드가 매리 크로포드에 대해 과대평가하고 있다는 생각 때문에 눈물을 참을 수가 없었다. 한참 동안이나 울고 난 후에 패니는 겨우 마음의 동요를 가라앉힐 수 있었다. 에드먼드의 행복을 기원하는 기도를 드리자, 비로소 의기소침했던 마음이 조금씩 안정을 되찾았다.

패니는 에드먼드를 사랑하고 있었지만, 그것이 분수에 넘치는 일이라고 생각했다. 그리고 욕망을 모두 억제하는 것이 자신의 의무라고 느꼈다. 실연이라든가 실망이라든가 하는 말을 쓰는 것도, 또한 그런 상상을 하는 것도 모두 지나친 허영심이라고 생각했다. 패니는 달리 표현할 수 있는 말을 찾을 수 없을 정도로 겸손한 마음을 품고 있었다.

매리 크로포드의 처지라면 얼마든지 에드먼드를 사랑할 만한 자격이 있었다. 그러나 패니의 경우는 사정이 달랐다. 패니가 에드먼드에 대해 어떤 감정을 품고 있든지 간에 그것은 두 사람의 관계에 아무런 영향도 미칠 수가 없었다. 패니에게 있어서 에드먼드는 사랑하는 친구 이상의 그 어떤 사람도 될 수가 없었다.

그런데 어째서 꾸중을 들어야 할 만큼 에드먼드에 대한 생각이 간절한 것일까? 어째서 엄격하게 금지할 필요가 있을 정도로 에드먼드를 향하는 감정이 생기는 것일까? 상상 속의 한 구석에서라도 떠오르면 안 되는 생각인데…….

패니는 이성을 되찾기 위해 애써 노력했다. 매리 크로포드가 갖고 있는 성격의 장단점을 판단하는 권리와, 에드먼드를 진심으로 걱정하는 특권을 가진 사람으로서 결코 부끄럽게 행동하고 싶지 않았다. 패니는 건전한 지성과 정직한 마음을 유지하기 위해 자신의 감정을 억누르고 있었다.

패니는 자신의 의무를 지키면서 얼마든지 이성적으로 행동할 수 있었다. 하지만 아직 나이가 젊기 때문에 그리고 인간이기 때문에 생기는 뜨거운 감정도 품고 있었다. 그런 감정의 소용돌이에서 벗어나고 자기 본연의 모습을 지키기 위해 패니는 애써 에드먼드에 대한 감정을 떨쳐 버렸다.

잠시 후에 패니는 에드먼드가 자신에게 주기 위해 쓰다만 종이 쪽지를 더할 나위가 없을 정도로 소중한 보물인 양 집어들었다.

진정으로 사랑하는 나의 패니.
이 선물을 받아주기 바란다.

에드먼드가 남긴 메모에는 이런 내용이 적혀 있었다. 이것은 이제까지 패니가 받았던 선물 중에서 가장 소중한 것이었다. 패니는 이 쪽지를 사슬과 함께 챙겨 넣었다. 에드먼드에게 받은 편지는 오직 이것뿐이었다. 어쩌면 이제 두 번 다시 받지 못할지도 모른다. 그 편지의 내용으로 미루어 볼 때, 지금처럼 패니에게 만족감을 안겨주는 편지를 다시 한 통 더 받는다는 것은 있을 수 없는 일이었다. 어떤 유명한 작가의 글에서도 이처럼 귀중한 두 줄의 글이 발견된 적은 없었다.

사실 패니에게 있어서 에드먼드의 필적 그 자체가 아주 큰 선물이었다. 에드먼드가 쓴 것이라면 비록 그 내용이 대수롭지 않더라도 매우 소중했을 것이다. 그런데 이 쪽지는 그 내용까지도 완벽했다. 비록 이 쪽지는 급하게 흘려서 쓴 것이기는 하지만, 결점이라고는 하나도 없었다. 맨 처음의 문장이었던 '진정으로 사랑하는 나의 패니'라고 쓴 네 단어의 배치는 너무나 훌륭해서 아무리 읽어보아도 싫증이 나지 않았다. 패니는 다시 나약해지는 마음을 억누르면서 스스로 마음을 달랬다.

얼마 후에 패니는 아래층으로 내려갔다. 패니는 버트램 이모 곁에서 여느 때처럼 일을 시작했다. 패니의 모습은 겉으로 보기에는 조금도 기분이 상한 것 같지 않았다. 패니는 평소와 다름없이 묵묵히 집안일을 돌보고 있었다.

희망과 행복의 날로 예정되었던 목요일이 되었다. 이윽고 아침 식사가 끝나자 윌리엄에게 호의로 가득 차 있는 헨리 크로포드 씨의 편지가 전달되었다. 그 편지는 이런 내용을 담고 있었다.

내일 아침에 런던에 가야 할 일이 생겼습니다. 며칠 다녀올 예정입니다. 그래서 나에게 동행자가 있었으면 합니다. 그러니까 예정보다 반나절가량 일찍 맨스필드 파크를 출발할 생각이 있다면, 나의 마차를 함께 타고 갔으면 합니다. 런던에는 숙부의 저녁 식사 시간 무렵에 도착할 것 같습니다. 윌리엄도 제독의 저택에서 나와 함께 식사를 해 주었으면 좋겠습니다.

　이 제안은 윌리엄에게 있어서 매우 즐거운 일이었다. 사두마차를 타고, 게다가 마음씨 좋은 유쾌한 친구와 함께 특급 여행을 하게 된 것이다. 그것은 생각만 해도 즐거운 일이었다. 윌리엄은 자신의 심정을 승전보를 전달하는 전령의 마음에 비유했다. 윌리엄은 헨리 크로포드의 제안이 너무나 마음에 들었던 것이다.
　패니도 그 사실을 알고 무척 기뻐했다. 하지만 그것은 윌리엄과 다른 이유에서 비롯되었다. 원래의 계획대로라면 윌리엄은 다음날 밤에 노스햄튼에서 우편마차를 타고 가도록 예정되어 있었다. 그렇게 하면 다시 포트무스 행 마차로 갈아타야 하는데, 휴식 시간이 한 시간도 안 되었던 것이다. 헨리 크로포드의 제안으로 인해 패니가 윌리엄과 함께 있을 수 있는 시간이 많이 줄어들었지만, 그래도 윌리엄의 여정이 그렇게 힘들지 않아도 되는 것이 무엇보다도 기뻤다.
　토마스 경 역시 또 다른 이유로 인해 이 제안에 전적으로 찬성했다. 윌리엄이 크로포드 제독을 만나게 되면, 나중에 커다란 도움을 받을 수 있을 것이라고 생각했던 것이다. 크로포드 제독은 분명히 해군의 고위직 간부들을 많이 알고 있을 테니까……
　헨리 크로포드의 편지는 이러한 여러 가지 이유들로 인해서 무척 반가운 소식을 전해 주었다. 패니의 마음도 오전 내내 기쁨으로 가득 차 있었다. 게다가 패니의 마음 한 구석을 울적하게 만들던 헨리 크로포드도 윌리엄과 함께 떠날 예정이었던 것이다.
　마침내 무도회가 코앞으로 다가왔다. 패니는 잔뜩 기분이 들떠 있었다. 그러면서도 한편으로 어쩐지 마음이 불안하고 걱정거리가 많았다. 가슴이 설렐 만큼이나 즐거운 것은 당연한 일이었다. 물론 이 파티에 초대받은 다른 아가씨들도 몹시 기뻐하고 있을 것이다. 똑같이 파티를 기다리고 있었지만, 다른 아가씨들과 패니가 느끼는 감정은 사뭇 달랐다. 다른 아가씨들도 파티에 대해 잔뜩 기대하고 있었지만, 그렇다고 해서 특별한 설렘을 품고 있지는 않았다. 그러나 패니의 마음은 다른 아가씨들이 느낄 수 없는 신기함과 특별한 기쁨으로 가득 차 있었다.

이 무도회에 초대받은 손님의 절반가량이 패니에 대해 알고 있는 것은 고작 이름뿐이었다. 이제 비로소 패니는 사교계에 첫발을 내딛게 되었다. 하룻밤의 여왕으로 인정받게 되는 것이다. 지금 이 순간 패니보다 더욱 행복한 사람은 아무도 없을 것이다.

그러나 패니는 사교계에 처음으로 발을 내딛는 것이 과연 어떤 것인지 한 번도 교육받지 못했다. 무도회가 열리면 다른 사람들이 패니에 대해 어떻게 생각하고 있을지 알 수가 없었다. 차라리 그것은 다행스러운 일이었다. 만약 패니가 그 사실을 알고 있었다면 더욱 마음이 불안했을 것이다. 행여나 실수하지 않을까? 무도회에 참석한 사람들이 온통 관심을 갖게 되면 어떻게 될까? 이런 걱정을 하면서 더욱 불안에 떨었을 것이다.

별로 다른 사람들의 눈에 뜨이지 않는 것, 얌전하게 춤추는 것, 파트너 신청을 받는 것, 에드먼드와 행복하게 춤추는 것, 헨리 크로포드와 너무 많이 춤추지 않는 것, 윌리엄이 즐기는 모습을 구경하면서 노리스 이모로부터 멀리 떨어져 있는 것. 이것이 지금 패니가 간절히 바라고 있는 소원이었다. 하지만 패니의 소원이 모두 이루어질 것이라고 바랄 수는 없는 일이었다.

패니는 아침 내내 마음이 울적했다. 패니는 두 이모의 시중을 들면서 아침 시간을 흘려보냈다. 윌리엄은 맨스필드 파크에서 보내는 마지막 하루를 마음껏 즐기기로 결심하고 도요새 사냥을 나갔다. 에드먼드는 목사관을 방문하기 위해 떠났다. 패니는 혼자 외롭게 노리스 부인의 잔소리를 들어야만 했다. 노리스 부인은 야식을 준비하는 가정부가 자신의 충고를 듣지 않는다고 버럭 화를 내고 있었다. 노리스 부인은 잠시도 쉬지 않고 불만을 터뜨렸다. 결국 패니는 너무나 지쳐서 무도회가 열리는 것이 재난이라고 생각하게 되었다.

패니는 마치 쫓겨나듯이 그 자리에서 빠져나왔다. 그리고 옷을 갈아입기 위해 자신의 방으로 올라갔다. 패니의 걸음걸이에서 생기라곤 전혀 찾아볼 수가 없었다. 행복과는 거리가 멀어 보였으며, 무도회로부터 완전히 소외된 사람 같았다.

계단을 천천히 올라가면서, 패니는 어제 오전에 있었던 일을 떠올렸다. 그 당시에 패니는 이제 막 목사관에서 돌아온 후에 방으로 올라가고 있었다. 패니는 어제 방에서 에드먼드와 만났던 장면을 생각했다.

"오늘도 에드먼드가 와 있으면 얼마나 좋을까?"

패니는 달콤한 공상에 사로잡힌 채, 나지막한 목소리로 중얼거렸다. 그런데 바로 그 순간 에드먼드의 목소리가 가까운 곳에서 들렸다.

"패니!"

패니는 깜짝 놀라면서 고개를 돌렸다. 반대쪽 복도의 계단 끝에 서 있는 에드먼드의 모습이 보였다.

"몹시 지친 얼굴이구나, 패니……. 먼 곳까지 산책을 갔다가 돌아온 거야?"

에드먼드가 패니를 향해 다가오면서 질문을 던졌다.

"아니야. 나는 한 번도 집 밖으로 나가지 않았어."

"그렇다면 집에서 힘든 일을 하고 있었구나. 차라리 산책을 나갔으면 좋았을걸……."

에드먼드가 걱정스러운 표정을 지었다. 패니는 더 이상 말하고 싶지 않아서 그냥 입을 굳게 다물고 있었다. 그게 가장 마음이 편안했다. 에드먼드는 평소처럼 다정한 눈길로 패니를 바라보고 있었다. 하지만 에드먼드는 어쩐지 울적한 것처럼 보였으며, 무엇인가 마음에 걸리는 일이 있는 것 같았다.

　두 사람은 다시 계단을 올라가기 시작했다. 에드먼드와 패니의 방은 모두 다 한 층 위에 있었던 것이다.

　"나는 이제까지 그랜트 박사 댁에 가 있었어."

　이윽고 에드먼드가 입을 열었다.

　"그래?"

　패니는 고개를 들고 에드먼드를 쳐다보았다.

　"패니, 무슨 일 때문이었는지 알겠지?"

　에드먼드가 패니의 마음을 의식하면서 말했다. 문득 패니의 머리 속에 에드먼드가 매리 크로포드에게 청혼을 하려고 찾아갔다는 생각이 떠올랐다. 다른 생각은 아무것도 떠오르지 않았다. 패니는 한 마디 말도 나오지 않을 정도로 기분이 나빠졌다.

　"가장 먼저 크로포드 양과 춤출 수 있도록 미리 약속을 받고 싶었어."

　에드먼드가 나지막한 목소리로 말했다. 그 순간 패니는 사그라들던 심지가 되살아나는 듯한 기분이 들었다.

　에드먼드는 패니의 대답을 기다리고 있는 듯한 눈치였다.

　"그래서 어떻게 되었는데?"

　패니가 질문을 던졌다.

　"그렇게 하겠다고 약속해 주더라. 그런데 갑자기 크로포드 양이 '당신과 춤추는 것은 이번이 마지막일 겁니다'라고 말하지 않겠니? 물론 그 말은 본심이 아니었을 거야. 분명히 본심이 아니라고 생각해. 하지만 그런 말은 듣고 싶지 않았어. 크로포드 양은 지금까지 목사님과 춤을 춘 적이 한 번도 없었다고 말했어. 이번이 처음이라는 거야. 그리고 앞으로는 목사님과 절대로 춤추지 않겠다고 하는 거야. 지금 내 마음은…… 그러니까 차라리 오늘 밤에 무도회가 열리지 않앉으면 좋았을 거라는 생각이 들어. 내일이 되면 나는 이곳을 떠나야 하니까……."

에드먼드가 우울한 목소리로 말했다. 패니는 에드먼드를 위로하고 싶었다.

"정말 안 된 일이야. 마음이 편안하지 않겠네. 하지만 오늘은 즐거운 날이잖아. 이모부도 그렇게 되기를 바라고 계시잖아."

"물론이지. 즐거운 하루가 될 거야. 결국 모든 것이 잘 해결될 거야. 잠시 동안 난처한 상황에 처했다고 느꼈을 뿐이야. 정말로 무도회가 열리는 게 나쁘다고 생각하는 것은 아니야. 하지만 패니……."

갑자기 에드먼드가 패니의 손을 잡았다.

"왜?"

"무슨 일인지 알 수 있겠지? 내가 얼마나, 그리고 무엇 때문에 괴로워하는지……. 나보다 네가 더욱 잘 알고 있을 거야. 잠깐만 내 이야기를 들어 주겠니? 너는 친절하게 다른 사람의 이야기를 귀담아 잘 들어주잖아. 오늘 아침에 나는 크로포드 양의 태도 때문에 마음이 몹시 울적해. 지금까지도 마음이 진정되지 않아. 크로포드 양의 마음씨는 너 못지않게 다정하고 결점이 없어. 그런데 예전에 크로포드 양이 사귀던 사람들의 영향 때문인지 행동이나 말투에서 가끔씩 좋지 못한 점이 보여. 물론 악의가 있어서 그러는 것은 아닐 거야. 어쩌다가 그만 그렇게 말하는 것 같아. 장난삼아 그렇게 행동하는 것이라고 생각하지만, 나는 그런 점을 볼 때마다 정말로 슬프고 마음이 아파."

에드먼드가 진지한 목소리로 말했다.

"그건 교육 탓이야."

패니가 나지막한 목소리로 대답했다.

"그래. 그런 숙부에, 그런 숙모 밑에서 자랐으니까……. 그렇기 때문에 아주 섬세하던 마음이 그만 차갑게 변해버린 거야. 패니, 그런데 그건 단지 예절 문제만이 아니야. 마음 그 자체가 물들어버린 것 같아."
 에드먼드도 패니의 의견에 전적으로 동의했다. 에드먼드의 말을 듣게 되자, 패니는 자신이 경솔하게 매리 크로포드에 대해 함부로 판단을 내린 게 아닌가 하는 생각이 들었다.
 "그냥 이야기를 듣는 역할이라면 나도 오빠에게 도움이 될 수 있어. 하지만 나는 오빠에게 내 의견을 말할 자격은 없는 것 같아. 내 의견은 묻지 마. 그건 힘겨운 일이야."
 패니가 신중한 태도로 말했다.
 "당연하지, 패니. 다른 사람을 판단하는 일을 하기 싫어하는 것은 아주 당연한 일이야. 하지만 안심해. 크로포드 양의 성품에 대해서는 절대로 네 의견을 묻지 않을 거야. 이런 일에 대해서는 다른 사람의 의견은 별로 중요하지 않아. 차라리 듣지 않는 편이 나을 거야. 다른 사람에 대해 함부로 평가하는 사람은 좀처럼 없을 거야. 아무래도 양심에 걸릴 테니까……. 나는 단지 네가 내 이야기를 좀 들어 주었으면 하는 거야."
 "미안하지만 한 가지 더 말할 게 있어. 제발 신중하게 이야기를 해. 나중에 후회할 그런 말은 하지 마. 언제인가 때가 되어서……."
 패니가 말끝을 흐렸다. 패니의 뺨은 금방 분홍빛으로 물들었다.
 "사랑스러운 패니야."
 에드먼드는 패니의 손을 자신의 입술에 갖다대었다. 그 정열적인 태도는 패니를 크로포드 양으로 착각하고 있는 것 같았다.
 "정말 생각이 깊구나, 너는……. 하지만 그런 걱정은 필요 없어. 이제 나와 크로포드 양이 서로 가깝게 지낼 수 있는 기회가 전혀 없을 것 같다는 생각이 들어. 그럴 수 있는 가능성이 점점 더 작아지고 있어. 설사 크로포드 양과 잘 된다고 해도 상관없어. 우리는 지금 양심의 가책으로 인해 나중에 회상하기가 부끄러울 정도로 크로포드 양의 험담을 한 것은 아니잖아. 어쩌면 나중에 크로포드 양의 인품이

향상되어서 이전에 자신에게 이런 결점이 있었다고 회상하는 날이 올 수도 있겠지. 패니, 내가 이런 이야기를 할 수 있는 사람은 이 세상에서 오직 너 하나뿐이야. 하지만 내가 크로포드 양에 대해 어떤 감정을 품고 있는지, 너는 오래 전부터 잘 알고 있잖아. 패니, 나는 결코 사랑에 눈이 멀었던 것이 아니야. 우리 두 사람은 몇 번씩이나 크로포드 양의 사소한 과오에 대해서 이야기하곤 했잖아. 내 일은 걱정하지마. 크로포드 양과의 관계에 대해 진심으로 생각하는 것은 이제 그만 단념했으니까……. 그렇지만 너의 친절과 배려에 대해서는 언제나 고맙게 생각하고 있어. 그렇지 않으면 나는 목석과 다름이 없겠지."

에드먼드의 말은 열여덟 살 소녀의 영혼을 뒤흔들어 놓기에 충분했다. 에드먼드의 말은 패니에게 최근에 느껴보지 못한 행복감을 안겨 주었다.

"좋아, 오빠. 오빠가 하는 말이라면 나는 무엇이든지 들을 수 있어. 나는 오빠를 믿고 있으니까……. 더 이상 주저하지 않도록 해. 오빠가 하고 싶은 말은 무엇이든지 해."

패니가 밝은 표정을 지으면서 말했다. 이윽고 에드먼드와 패니는 3층에 도착했다. 갑자기 하녀가 나타나서 두 사람의 대화는 더 이상 이어지지 않았다. 패니를 위해 대화가 적당한 순간에 끝난 것이다. 만약 5분 가량 더 이야기를 했더라면, 에드먼드가 매리 크로포드의 결점과 실망스러운 행동에 대해서 모조리 털어 놓았을지도 모른다. 그러나 일이 그렇게까지 진행되지 않아서 다행이었다. 만약 그런 일이 벌어졌다면, 패니는 마음이 무척 불편했을 것이다. 에드먼드는 패니에 대한 감사의 마음을, 패니는 에드먼드에 대한 소중한 감정을 가슴에 품으면서 헤어졌다.

패니의 얼굴에 만족감이 떠올랐다. 아침에는 헨리 크로포드가 윌리엄에게 보낸 편지로 인해서 온통 기쁨으로 가득 차 있었다. 그러나 노리스 이모의 잔소리 때문에 기쁨은 사라지고 그 다음부터 정반대의 상태가 계속 이어졌다. 패니를 위로할 만한 사람은 주위에 아무도 없었다. 얼마 전까지만 해도 패니의 마음속에는 티끌만한 희망조차 없었다.

그런데 지금은 모든 것들이 달라졌다. 온 세상이 패니를 향해 미소를 던져주고 있었다. 패니는 다시 윌리엄에 대해 생각하기 시작했다. 윌리엄은 좋은 기회를 얻게 된 것이다. 점차 행복이 패니의 가슴을 채우고 있었다. 이제 곧 무도회가 열릴 것이다. 그야말로 즐거운 하룻밤이 눈앞에 다가와 있었다. 패니의 가슴이 마구 뛰기 시작했다. 패니는 무도회를 준비하기 위해 옷을 갈아입었다.

모든 것들이 잘 해결되었다. 거울에 비친 패니의 모습은 아주 아름다웠다. 또한 목걸이 문제도 원만하게 해결되었다. 가장 먼저 패니는 십자가를 꺼내서 매리 크로포드가 선물한 목걸이에 걸어 보았다. 별로 마음에 내키지 않았지만 에드먼드의 권유에 따르려고 했던 것이다. 그런데 아무리 애를 써도 십자가 고리가 들어가지 않았다. 목걸이의 줄이 너무 굵어서 십자가가 들어가지 않았던 것이다. 결국 에드먼드가 선물한 사슬을 사용하는 수밖에 없었다.

패니는 사슬과 십자가를 서로 연결해서 목에 걸었다. 패니가 진심으로 사랑하고 있는 두 사람의 선물이 하나로 모아졌던 것이다. 그것은 가장 소중한 사랑의 증거였다. 윌리엄과 에드먼드의 사랑이 가득 스며들어 있었던 것이다.

얼마 후에 패니는 아무런 거리낌도 없이 매리 크로포드가 선물한 목걸이도 거는 게 좋겠다는 마음의 여유까지 생겼다. 아무래도 그렇게 하는 것이 좋을 것 같았다. 매리 크로포드도 자신의 선물이 무시 당했다는 느낌을 받지 않게 될 것이다. 매리 크로포드가 선물한 목걸이와 에드먼드의 진심이 담긴 사슬을 동시에 목에 걸 수 있게 된 것이 무엇보다도 기뻤다. 패니는 그 목걸이도 즐거운 마음으로 걸었다.

목걸이는 아주 잘 어울렸다. 게다가 사슬과 목걸이가 완전히 조화를 이루고 있었다. 패니는 흐뭇한 마음으로 방에서 나갔다.

　버트램 부인은 평소와 다르게 머리가 아주 맑았다. 기분도 무척 상쾌했다. 문득 버트램 부인의 머리 속에서 패니가 떠올랐다. 무도회에 참석하기 위해 패니가 몸치장을 하고 있을 것이라는 생각이 들었다. 때마침 버트램 부인의 옷치장이 끝났을 무렵이었다. 버트램 부인은 자신의 몸종인 채프먼 부인을 불러서 패니의 옷치장을 도와주도록 하라고 명령했다.

　그러나 시간이 맞지 않아서 버트램 부인의 자상한 배려는 패니에게 아무런 도움도 되지 않았다. 채프먼 부인이 지붕 밑 다락방에 도착했을 때에는 이미 패니의 옷치장이 끝난 다음이었다. 패니는 벌써 옷을 갈아입고 방에서 나오고 있는 중이었다. 채프먼 부인과 마주치게 되자, 패니는 활짝 웃으면서 인사했다. 결국 아무런 도움도 받지 못했지만, 그래도 패니는 버트램 이모의 친절에 대해 진심으로 감사하다고 생각했다.

제 28 장

 패니는 서둘러 아래층으로 내려간 후에 응접실로 들어갔다. 그곳에는 토마스 경과 버트램 부인 그리고 노리스 부인이 소파에 앉아 있었다. 토마스 경은 패니에 대해 커다란 관심을 갖고 있었다.
 토마스 경은 패니의 품위가 넘치는 고상한 모습과 빼어나게 아름다운 얼굴을 바라보면서 흐뭇한 표정을 지었다. 그리고 패니를 향해 지금 입고 있는 옷이 아주 잘 어울린다고 말했다.
 "패니가 매우 아름다워졌어."
 패니가 응접실에서 나가자, 토마스 경이 부드러운 목소리로 칭찬했다.
 "그래요. 참 아름다워요. 조금 전에 제가 채프먼 부인더러 패니의 옷치장을 도와주라고 시켰어요."
 버트램 부인이 대답했다.
 "정말 아름답지요. 그런데 패니가 아름답게 보이는 건 너무나 당연한 일 아니에요? 패니는 이곳에서 많은 도움을 받고 있잖아요. 이집에서 양육되고, 마리아와 줄리아가 예의범절을 모범적으로 보이고 있으니까요. 어디 한 번 생각해 보세요, 형부. 패니가 얼마나 많은 도움을 받고 있는지……. 그게 다 형부와 저의 덕분이에요. 패니가 입고 있었던 드레스가 눈에 뜨이신 모양인데, 그것도 형부가 사 주신 것이에요. 마리아 결혼식 때 형부가 사 주셨잖아요. 만약 우리가 맡아서 기르지 않았더라면, 저 애는 지금쯤 어떻게 되었을지 알 수 없죠."

노리스 부인이 소리 높여 말했다. 하지만 토마스 경은 더 이상 아무런 말도 하지 않았다.

패니는 자신이 다른 사람들의 마음에 들었다는 사실을 느끼고 있었다. 그리고 아름답게 보이고 있다는 자신감이 패니를 더욱 아름답게 보이도록 만들었다. 여러 가지 일로 인해서 패니는 몹시 행복했다.

그런데 패니를 더욱 행복하게 만드는 일이 생겼다. 이모들의 뒤를 따라 방에서 나갈 때였다. 방문이 닫히지 않도록 잡아주고 있던 에드먼드가 나지막한 목소리로 패니를 향해 말했다.

"내 상대가 되어 주어야만 해, 패니. 나를 위해서 적어도 두 번의 기회를 주어야 한다구. 맨 처음만 아니라면 언제라도 상관없어."

이제 패니는 더 이상 바랄 것이 없었다. 지금처럼 마음이 들떠보기는 평생 처음인 것 같았다. 예전에 무도회가 열리는 날이면 마리아와 줄리아가 항상 잔뜩 들떠 있곤 했었는데, 비로소 패니도 그 이유를 알 것 같았다. 이것은 정말 즐거운 일이었다. 패니는 노리스 이모의 눈에 뜨이지 않도록 조심하며 응접실에서 스텝 연습까지 해 보았다.

맨스필드 파크의 집안 일을 돌보는 급사는 난롯불이 잘 타도록 미리 준비를 해 놓았다. 그러나 노리스 이모는 잘 타고 있는 난롯불을 헤집어서 엉망으로 만들어 놓고 있었다.

30분이 지났다. 다른 때 같았으면 몹시 지루한 기분이 들었겠지만, 패니는 행복감에 휩싸여서 시간이 가는 줄도 몰랐다. 에드먼드가 했던 말을 생각만 해도 행복했다. 노리스 이모는 가만히 앉아서 손님들을 기다리지 못하고 안절부절못하면서 이리저리 서성거리고 있었다. 버트램 이모는 하품을 하면서 지루한 표정을 지었다.

얼마 후에 에드먼드와 윌리엄이 다가와서 자리에 같이 앉았다. 그러자 마차가 도착하기를 기다리는 것도 즐거운 일이 되었다. 모든 사람들의 마음속에 안락함과 즐거움이 퍼져 나가고 있었다. 서로 이야기를 나누면서 활짝 웃음을 터뜨렸다. 그 속에는 즐거움과 희망이 깃들어 있었다. 에드먼드도 쾌활하게 웃고 있었다. 하지만 패니는 에드먼드가 즐거운 것처럼 보이기 위해 억지로 노력하고 있는 것이라고 생각했다. 그러나 그 노력 덕분에 모든 사람들이 기뻐할 수 있었다.

이윽고 마차 소리가 들리더니 서서히 손님들이 모이기 시작했다. 잔뜩 들떴던 패니의 기분은 조금씩 가라앉고 있었다. 많은 외부 사람들을 보자 다시금 마음이 움츠러들기 시작했다.

손님들은 방 안 여기저기에 몇 명씩 모였다. 커다란 원을 이루고 무겁고 엄숙한 굳은 표정으로 서 있었다. 토마스 경이나 버트램 부인도 이러한 분위기를 바꿀 수 있는 성격이 아니었다.

패니는 때때로 성가신 일을 견뎌야만 하는 곤란한 처지가 되었다. 토마스 경은 이 사람 저 사람에게 패니를 소개했다. 패니는 인사를 하고 무슨 말이든 간에 대답해야만 했다. 패니는 이럴 때마다 꼭 윌리엄에게 눈길을 보냈다. 윌리엄은 조금 떨어진 곳에서 느긋한 마음으로 서성거리고 있었다. 패니는 윌리엄에게 가서 그와 함께 있고 싶은 마음뿐이었다.

그랜트 부부와 크로포드 남매가 도착했다. 그러자 처음 만나서 어색하기만 하던 사람들도 자연스러운 분위기가 되었다. 많은 사람들과 안면이 있는 크로포드 남매는 모두를 스스럼없이 대했다. 모인 사람들의 마음도 풀리기 시작했다. 패니는 정말로 다행이라고 생각했다.

패니는 그저 형식적이기만 한 인사치레의 고역에서 벗어나 다시 행복해질 것만 같았다. 그러나 패니의 눈길은 에드먼드와 매리 크로포드 두 사람 사이를 오갔다. 패니는 그 두 사람으로부터 잠시도 눈길을 뗄 수가 없었다. 매리 크로포드는 정말 아름답게 보였다. 아무런 일도 일어나지 않는다고 장담할 수가 없었다.
 그러나 이러한 생각도 잠깐이었다. 패니의 눈앞에 헨리 크로포드가 서 있었던 것이다. 헨리 크로포드는 처음 두 번의 춤을 함께 추자고 패니에게 부탁했다.
 "좋아요."
 패니는 고개를 끄덕이면서 약속했다. 패니는 행복한 심정이었지만, 그 마음의 명암은 반반이었다. 우선 파트너를 확보한 것은 그야말로 운이 좋은 일이었다. 이제 파티를 시작할 시간이 얼마 남지 않았는데, 패니는 자신이 어느 정도로 평가되고 있는지를 전혀 알지 못하고 있었기 때문에 조금은 불안할 수밖에 없었던 것이다.
 만약 헨리 크로포드가 춤을 신청하지 않았더라면 틀림없이 마지막까지 함께 춤을 추자고 신청할 사람이 없었을 것이라고 생각했다. 그래서 헨리 크로포드의 춤 신청이 정말로 다행이라고 믿었던 것이다.
 하지만 다른 한편으로는 이러한 생각도 했다. 파트너가 정해진다고 해도 서로 알아보아야 하고 북적거리는 인파 속에서 다른 사람들이 이러쿵저러쿵 하는 소리를 들어야만 했기 때문에 견딜 수 없을 것 같기도 했다.
 패니는 헨리 크로포드가 춤을 신청하는 태도도 별로 마음에 들지 않았다. 패니는 헨리 크로포드가 목걸이를 슬쩍 쳐다보더니 빙긋 웃었다고 생각했다. 그래서 패니는 얼굴이 붉어지고 마음이 상했다. 헨리 크로포드는 온화하고 친근한 태도로 대하는 것 같았지만, 그래도 패니는 어색한 느낌을 억누를 길이 없었다.
 "어쩌면 크로포드 씨가 눈치채고 있는 것이 아닐까?"
 패니는 나지막한 목소리로 혼자 중얼거렸다. 그러자 더욱 어색하기만 하고 파티에 어울릴 만한 흥이 나지 않았다.
 이윽고 헨리 크로포드가 고개를 돌리더니 누군가 다른 사람을 돌아보았다. 그렇게 되니까 패니의 기분도 차차 회복되었다. 파트너가 정해진 사실에 대해 마음속으로부터 만족스럽게 여길 수도 있었다.
 그곳에 모여 있던 모든 사람들이 무도회장으로 자리를 옮겼다. 패니는 매리 크로포드와 함께 걸어가게 되었다. 매리 크로포드의 시선은 곧바로 패니의 목걸이로 향했다. 매리 크로포드는 얼굴 가득히 미소를 머금었다. 헨리 크로포드의 행동보다도 더욱 분명해서 의심할 여지가 없었다.
 잠시 후에 매리 크로포드는 목걸이에 대해 이야기를 꺼냈다. 패니는 이 대화를 얼른 끝마치고 싶었다. 그래서 서둘러 십자가를 매단 사슬에 대해 설명했다. 매리 크로포드는 패니의 말에 조용히 귀를 기울였다.
 갑자기 매리 크로포드가 눈빛을 반짝이면서 탄성을 질렀다.
 "어머나! 그랬어요, 에드먼드가? 과연 에드먼드답군요. 다른 사람이라면 죽어도 그런 일은 생각하지 못했을 거예요. 정말 존경해요. 이루 말로는 다 표현할 수 없을 만큼 존경해요."
 매리 크로포드는 이렇게 말하면서 주위를 둘러보았다. 에드먼드에게 존경한다는 말을 해 주고 싶어하는 눈치였다. 그러나 에드먼드는 가까운 곳에 없었다.
 그 당시에 에드먼드는 몇 명의 부인들을 모시고 방에서 나가는 중이었다. 그랜트 부인이 매리 크로포드와 패니 곁으로 다가오더니 팔을 잡아당기면서 함께 가자고 제안했다. 그래서 두 사람도 그 부인들을 뒤따라갔다.
 패니는 다시 차분한 마음을 되찾았다. 그렇지만 매리 크로포드의 기분에 대해 생각할 만한 틈은 없었다. 파티장에 들어서는 순간 바이올린을 연주하는 소리가 울려퍼지고 있었던 것이다. 패니는 마음이 설레기만 할 뿐, 진지하게 무언가에 대해 생각을 집중시킬 수가 없었다. 전체적으로 파티 준비가 잘 되었는지 일의 진행을 보고 있어야만 했다.

"패니야, 무도회 약속은 있니?"
얼마 가량 지나자 토마스 경이 가까이 다가오면서 다정하게 물었다.
"네, 이모부. 크로포드 씨하고 약속이 되어 있어요."
패니가 고개를 끄덕이면서 대답했다. 이 대답은 토마스 경이 예상했던 그대로였다.
때마침 헨리 크로포드가 가까운 곳에 서 있었다. 토마스 경은 헨리 크로포드를 데리고 와서 무엇인가 말했다. 패니가 맨 처음으로 등장해서 무도회의 서막을 장식하도록 예정되어 있다는 것이었다. 이것은 전혀 뜻밖의 일이었다.
"제가 서막을 장식하는 것은 어울리지 않아요. 그렇게 하지 않도록 해 주세요."
패니가 깜짝 놀라면서 말했다. 패니의 입장에서 보면 토마스 경에게 자신의 의견을 주장한다는 것은 상상조차 할 수 없는 일이었다. 하지만 자신이 파티의 서막을 장식한다는 말을 듣고, 패니는 놀라운 마음을 진정시킬 수가 없었다. 패니는 토마스 경의 얼굴을 정면으로 바라보면서 계획을 바꾸어 달라고 요청했다. 그러나 그것은 허사였다.
토마스 경은 패니를 안심시켜 주려는 듯이 미소를 지었다. 그리고 아주 진지한 표정으로 단호하게 말했다.
"시키는 대로 해 봐, 응?"
토마스 경이 딱 잘라 말했다. 패니는 더 이상 한 마디도 말할 수가 없었다. 조금 정신을 차리고 나니까 헨리 크로포드가 패니의 손을 잡고 방 제일 안쪽으로 걸어갔다. 두 사람은 그곳에 나란히 서서 다른 사람들이 차례로 짝을 지어 들어오는 것을 기다리고 있었다.
패니는 도저히 믿을 수가 없었다. 이렇게 많은 우아한 아가씨들의 선두에 서다니! 이 명예는 정말 과분한 것이었다. 토마스 경은 패니를 자신의 두 딸과 동등하게 대우하고 있었다. 패니는 머리 속으로 사촌 언니들이 부재중이라는 사실을 떠올렸다.
"만약 언니들이 집에 있었다면 이 무도회의 주인공이 되었을 거야. 다 함께 참여했다면 언니들도 대단히 즐거워했을 텐데……."
패니가 아쉬운 듯이 중얼거렸다. 이것은 한치의 거짓도 없는 마음, 진실이 담긴 사랑의 마음이었다.
마리아와 줄리아는 자기 집에서 개최하는 무도회 파티가 무엇에도 비할 수 없는 행복이라고 몇 번이나 말하곤 했었다. 그런데 지금 집에서 무도회 파티가 열리고 있었지만, 언니들은 참석하지 않았다. 더구나 패니가 무도회의 서막을 장식하게 되었다. 그것도 헨리 크로포드를 파트너로 삼아서…….
패니는 매우 완벽한 조건을 갖추게 되었다. 이러한 입장이 되자, 갑자기 패니는 언니들의 질투를 받게 되지나 않을까 하는 걱정이 생겼다. 지금 열리고 있는 무도회와, 이전에 한 번 이 집에서 열렸던 무도회를 서로 비교해 보면, 현재의 이 상황은 거의 패니의 상상을 넘어선 것이었다.
마침내 무도회가 시작되었다. 패니는 헨리 크로포드의 손을 잡고 춤을 추었다.
"내가 무도회의 서막을 열고 있는 거야."
패니의 아름다운 얼굴에 살짝 미소가 떠올랐다. 춤을 추고 있는 동안, 패니는 가슴이 두근거려서 행복을 느낄 만한 겨를이 없었다. 그러나 헨리 크로포드는 자랑스러운 표정을 짓고 있었다. 헨리 크로포드는 그런 기분을 패니에게 그대로 전달하려고 노력했다. 그러나 패니는 잔뜩 겁을 먹고 있었다. 춤을 추면서 마음껏 즐기는 것이 아니라, 혹시 실수라도 저지르지 않을까 겁을 내고 있었던 것이다. 패니는 다른 사람들의 눈길을 의식하고 있었다.
패니는 젊고 아름답고 우아한 아가씨였다. 춤이 익숙하지 않고 서툴렀지만, 오히려 그것이 정숙하게 보였다. 그 자리에 모인 사람들

중에서 패니를 칭찬하지 않는 사람은 거의 없었다.
 "얌전하고 매력적인 처녀로군요. 토마스 경의 조카랍니다."
 얼마 후에는 헨리 크로포드가 내심 마음에 두고 있는 아가씨라는 소문이 퍼지게 되었다. 그러자 다른 사람들도 호감을 갖고 패니의 행동을 지켜보았다. 토마스 경은 패니가 춤추는 모습을 보면서 만족스러운 표정을 지었다. 토마스 경은 패니에게 모든 것을 제공한 사람이 바로 자신이라고 생각했다. 천성적으로 타고 난 패니의 용모만 제외한다면……. 이런 교육을 받고 예절을 갖춘 것을 비롯한 모든 것들이 자신의 덕분이라고 생각하면서 만족하고 있었던 것이다. 노리스 부인은 한 술 더 떠서 패니가 아름다운 용모를 갖추게 된 것도 맨스필드 파크에서 성장했기 때문이라고 생각했다.
 매리 크로포드는 토마스 경의 생각을 어느 정도 짐작하고 있었다. 토마스 경이 그런 생각을 한다는 것이 못마땅했지만, 어쨌거나 우선 기분을 맞추어 주는 것이 좋겠다고 생각했다. 적당한 기회가 되자, 매리 크로포드는 토마스 경을 향해 다가갔다. 그리고 패니에 대해 열심히 칭찬을 늘어놓았다. 토마스 경의 대답은 매리 크로포드가 짐작했던 그대로였다. 토마스 경은 예의가 바르고 말수가 적은 편이었지만, 패니에 대해서 열성적으로 칭찬했다.
 그러다가 매리 크로포드는 소파에 버트램 부인이 앉아 있는 모습을 보았다. 매리 크로포드는 버트램 부인을 향해 다가갔다. 매리 크로포드는 미소를 지으면서 패니의 모습에 대해 칭찬을 늘어놓았다. 그러나 버트램 부인의 태도는 다소 실망스러웠다.
 "그렇군요. 저 애가 참 아름답게 보이죠? 채프먼 부인이 패니가 옷 입는 것을 도와줬어요. 내가 채프먼 부인에게 패니를 도와주라고 시켰거든요."
 버트램 부인이 태연하게 말했다. 버트램 부인은 패니가 다른 사람들로부터 칭찬을 받는 게 기쁜 것이 아니었다. 패니에게 채프먼 부인을 보냈던 자신의 친절에 대해 매우 감동하고 있으며, 그것을 잊지 못하고 있었던 것이다.
 매리 크로포드는 노리스 부인의 인품을 잘 알고 있었다. 그러므로 패니를 칭찬하는 것이 노리스 부인을 기쁘게 만드는 일이라곤 생각하지 않았다. 그 대신에 매리 크로포드는 기회를 엿보다가 노리스 부인을 향해 이렇게 말했다.
 "어머나, 부인. 오늘 밤에 러시워스 부인이나 줄리아가 참석할 수 있었으면 정말 좋았을 거예요."
 그러자 노리스 부인은 매리 크로포드를 쳐다보면서 미소를 지었다. 두 사람은 대화를 나누기 시작했다. 그러나 노리스 부인은 무척 바쁜 몸이었기 때문에 그다지 많은 시간을 내지 못했다. 네 사람이 한 조가 되는 카드놀이를 하기 위한 테이블을 마련하고, 토마스 경에게 여러 가지 조언을 하고, 샤프롱(젊은 아가씨들이 사교계에 나갈 때, 보호를 하기 위해 따라온 부인들:역주)으로 함께 온 부인들을 방으로 안내하는 등 스스로 맡고 나선 일들이 많았던 것이다.
 매리 크로포드는 무도회장을 돌아다니면서 다른 사람들의 비위를 맞추었다. 그러나 패니를 만났을 때, 매리 크로포드는 그만 커다란 실수를 저지르고 말았다. 매리 크로포드는 패니가 행복한 설렘을 느끼도록 해 주고 싶었다. 사실은 패니가 매우 아름다운 아가씨라는 사실을 일깨워주고, 그 즐거운 기분으로 그녀의 가슴을 가득 채워주려고 노력했던 것이다. 매리 크로포드는 패니의 볼이 살짝 붉어진 것을 보았다. 매리 크로포드는 자신의 뜻대로 일이 진행되고 있는 중이라고 착각했다.
 "어쩌면 당신도 이미 알고 있을지 모르겠군요. 오빠가 왜 내일 런던으로 떠나는지 말이에요. 중요한 일이 있다고는 하지만 무슨 일인지 알려 주지 않아요. 이렇게 나한테까지 비밀로 하는 것은 이번이 처음이에요. 하지만 당신은 알 수 있을 거예요. 오빠도 당신에게는 감추지 않을 테니까요. 그러니까 당신에게 부탁하고 싶어요. 왜 오빠가 런던으로 가는지 알 수 있을까요? 도대체 무엇 때문에 헨리가 내일 런던으로 가려고 하는 걸까요?"

이윽고 두번째 춤이 끝나자, 매리 크로포드는 패니에게 다가가서 의미심장한 표정을 지으며 말했다.

"글쎄요."

패니는 무척 당황하면서 시종 자기는 모른다고 대답했다.

"아마도 다른 중요한 일이 있는 것이 아니라, 당신 오빠를 전송하기 위해서 런던으로 가려고 하는 것 같군요. 런던으로 가면서 두 사람이 당신에 대한 이야기를 주고받으며 맛보는 즐거움을 누리고 싶었기 때문이겠죠."

매리 크로포드가 웃으면서 대답했다. 패니는 너무나 난처해서 어쩔 줄을 몰랐다. 매리 크로포드의 태도가 못마땅했던 것이다. 매리 크로포드는 패니가 웃지 않는 모습을 보면서 이상하게 생각했다. 패니가 너무 긴장하고 있는 게 아닐까? 왜 이렇게 이상하게 행동하는 것일까? 왜 웃지 않는 것일까?

매리 크로포드는 혼자 그 이유를 추측하고 있었다. 그러나 패니가 헨리 크로포드의 관심을 달갑게 여기지 않고 있다는 사실은 꿈에도 생각하지 못했다.

패니는 오늘 밤의 무도회를 마음껏 즐기고 있었다. 애초부터 패니는 헨리 크로포드의 관심 따위는 아무런 상관도 없었다. 헨리 크로포드의 신청도 별로 받고 싶지 않았다. 조금 전에 헨리 크로포드는 노리스 부인에게 밤참 시간이 언제인지 물어보았다. 아마도 그 질문 속에는 그 무렵에 패니의 곁에 있겠다는 저의가 담겨 있었을 것이다.

패니는 헨리 크로포드의 접근을 피할 수 있는 도리가 없었다. 사실 헨리 크로포드의 목적은 패니에게 자신의 친절을 느끼도록 만드는 것이었다. 헨리 크로포드가 불쾌감을 안겨 주었다거나 예의에 어긋나는 말을 했다거나 경솔한 행동을 했던 것은 아니었다. 게다가 윌리엄이 화제에 오르더라도 결코 이야기가 통하지 않는 일은 없었다. 헨리 크로포드는 패니를 만날 때마다 자상하고 친절한 마음씨를 보여 주었다. 그렇지만 헨리 크로포드의 친절은 패니의 행복과는 아무런 관계가 없었다.

패니가 행복했던 것은 윌리엄을 물끄러미 바라보면서 대화를 나누었을 때였다. 윌리엄은 마음껏 무도회를 즐기고 있었다. 잠시 동안 여유가 생기자, 패니는 윌리엄과 함께 나란히 거닐었다. 윌리엄은 활짝 미소를 지으면서 자기 파트너에 대한 이야기를 늘어놓았다. 패니는 윌리엄의 이야기를 듣는 것이 마냥 행복했다.

패니는 아직도 사람들의 눈길이 약간 두려웠다. 하지만 다른 사람들이 모두 찬탄의 눈길로 자신을 바라보고 있다는 사실을 알게 되자 몹시 행복했다. 그리고 앞으로 에드먼드와 두 번이나 춤을 출 수 있는 즐거움이 남아 있어서 더욱 행복했다. 그날 밤에 패니의 인기는 정말 대단했다. 그래서 에드먼드와의 약속은 자꾸만 다음번으로 연기되고 있었다.

마침내 에드먼드와 춤을 추게 되자, 패니는 두 눈을 살며시 감고 행복을 음미했다. 그렇지만 에드먼드는 활기에 넘치지도 않았으며, 행복했던 그 날 아침처럼 다정하고 정중한 말을 들려주지도 않았다.

"나는 완전히 지쳐버렸어. 지금까지 춤을 추면서 상대방과 너무나 많은 이야기를 나누었단 말이야. 오늘 밤 내내 잠시도 쉬지 않고 대화를 나누었다니까. 그것도 별다른 화제도 없이……. 그렇지만 패니, 너와 함께 있으면 안심이야. 너는 내가 아무 말도 하지 않아도 되니까……. 자, 즐겨볼까? 침묵이라는 사치를……."

에드먼드가 어깨를 으쓱거리면서 말했다. 패니는 에드먼드의 심정을 충분히 이해할 수 있었다. 아마도 에드먼드는 아침나절의 우울한 기분을 떨치지 못하고 있을 것이다. 패니는 에드먼드의 마음을 위로

하고 싶었다. 두 사람은 누가 보더라도 흠을 잡지 못할 정도로 차분하게 춤을 주었다.

그 날 밤에 에드먼드는 별로 즐거운 것 같지 않았다. 매리 크로포드는 처음에 에드먼드와 춤을 추었을 때에는 재잘거리면서 신나게 떠들었다. 하지만 에드먼드는 명랑한 매리 크로포드의 태도에도 불구하고 전혀 즐겁지 않았다. 오히려 더욱 우울한 기분이 들 뿐이었다. 그리고 첫번째 춤이 끝난 후에 에드먼드는 매리 크로포드에게 다시 한 번 춤을 추자고 신청했다. 그렇게 하지 않으면 견딜 수가 없을 것 같았기 때문이었다. 매리 크로포드는 고개를 끄덕이면서 에드먼드의 신청을 받아들였다.

결국 두 사람은 다시 한 번 춤을 추게 되었다. 하지만 두번째 춤도 전혀 즐겁지 않았다. 매리 크로포드는 분명히 에드먼드의 기분을 상하게 하는 태도로, 그가 앞으로 맡게 될 직업에 대한 말을 꺼냈다. 두 사람은 서로 대화를 나누었다. 에드먼드는 성직자의 도리에 대해 설명했다. 그러자 매리 크로포드는 노골적으로 에드먼드를 놀렸다. 마침내 두 사람은 서로 화가 치밀어서 헤어지고 말았다.

패니는 한참 동안이나 두 사람의 행동을 물끄러미 지켜보고 있었다. 패니는 내심 만족스러운 표정을 짓고 있었다. 에드먼드가 괴로움을 당하고 있음에도 불구하고 행복한 기분이 든다는 것은 아주 심술궂은 일이었다. 그러나 자신도 모르게 흐뭇한 마음이 드는 것은 어떻게 할 도리가 없었다. 에드먼드가 고통받고 있다는 것은 매리 크로포드 양과 잘 되고 있지 않다는 것을 의미하기 때문이었다.

패니는 몇 차례에 걸쳐서 에드먼드와 춤을 추었다. 그 춤이 끝날 무렵이 되었을 때, 패니는 더 이상 춤을 출 수 없을 정도로 힘이 빠지고 말았다. 토마스 경은 패니가 춤을 춘다기보다는 걷는 것 같은 스텝으로, 천천히 움직이는 모습을 발견했다. 패니는 가쁜 숨을 헐떡거리면서 겨우 옆구리에 손을 짚고 있을 뿐이었다.

토마스 경은 패니를 쳐다보면서 이제 그냥 자리에 앉아 있도록 하라고 말했다. 그러자 헨리 크로포드도 덩달아 자리에 앉고 말았다.

"가엾어라, 패니!"

윌리엄이 잔뜩 지쳐 있는 패니를 향해 다가오면서 말했다. 윌리엄은 자기 파트너의 부채를 빌리더니 마치 생사가 달려 있기라도 하듯이 힘차게 패니를 향해 부쳤다.

"금방 녹초가 되었구나. 이제부터가 한창 재미있을 텐데……. 앞으로 두 시간은 더 즐기고 싶은데, 왜 이렇게 금방 지쳐버린 거야?"

"금방이라니? 지금이 벌써 3시야. 이런 시간에 깨어 있는 것은 패니에게 처음이지."

토마스 경이 시계를 꺼내들면서 말했다.

"그렇다면 패니, 너는 내일 아침에 내가 출발하기 전에 일어나면 안 된다. 나는 상관하지 말고 실컷 늦은 시간까지 잠을 자도록 해."

"오빠."

패니가 볼멘 목소리로 외쳤다.

"그게 무슨 말이지? 그렇다면 네가 출발하기 전에 패니가 잠자리에서 일어날 거라고 생각했단 말이냐?"

토마스 경이 깜짝 놀라면서 물었다.

"네, 그래요."

패니는 큰 소리로 대답하고 난 후에 자리에서 벌떡 일어나더니 이모부를 향해 다가갔다.

"어떤 일이 있더라도 아침 일찍 일어나서 오빠와 함께 식사를 하겠어요. 마지막 아침 식사인 걸요."

패니는 토마스 경에게 허락해 달라고 부탁했다.

"안 된다. 이런 이야기는 그만 두는 게 좋겠다. 9시 30분까지 아침 식사를 끝내고 출발해야만 하니까……. 크로포드 씨, 마중을 와 주시는 건 9시 30분이었지요?"

토마스 경이 단호한 태도로 말했다.
"이번이 마지막이잖아요."
그러나 패니는 눈물까지 글썽거리면서 졸랐다.
"그래, 알았단다."
더 이상 거절할 수 없게 된 토마스 경은 어쩔 수 없이 고개를 끄덕이면서 아침 식사를 하는 자리에 패니도 참석하는 것을 허락했다.
"그렇다면 내일 아침에 정확히 9시 30분까지 오도록 하겠습니다. 시간을 꼭 지키겠어요. 나에게는 아침 일찍 일어나서 배웅할 정도로 친절한 누이가 없으니까요."
헨리 크로포드가 막 자리에서 일어나려고 하는 윌리엄을 향해 말했다. 윌리엄은 헨리 크로포드를 쳐다보면서 빙긋 미소를 지었다.
"저는 몇 가지 물건들을 주섬주섬 챙긴 후에 쓸쓸히 떠날 뿐입니다. 내일 아침에 우리가 떠날 때 당신의 오빠와 저의 기분은 완전히 다를 겁니다."
헨리 크로포드가 패니를 향해 고개를 돌리더니 나지막한 목소리로 한 마디 덧붙였다.
"크로포드 씨, 혼자 식사하지 말고 조금 일찍 이곳으로 오도록 하는 게 어떻겠소? 여기 와서 다 함께 식사하는 것도 좋을 것 같은데……. 나도 참석하도록 하겠소."
토마스 경이 잠시 동안 생각을 정리한 후에 제안했다. 토마스 경이 헨리 크로포드를 초대한 것은 두 가지 의미를 담고 있었다. 일단 토마스 경은 헨리 크로포드에 대해 예의를 지키려고 했을 것이다. 그리고 또 다른 하나는 헨리 크로포드가 패니를 사랑하고 있다고 생각했기 때문에 이런 기회를 만든 것이 분명했다.
그렇지만 정작 패니는 조금 전에 이모부가 한 제안이 별로 고맙게 여겨지지 않았다. 마지막 날 아침에는 혼자 윌리엄을 독점하려고 결심했기 때문이었다. 그런데 이루 말로 다 표현할 수 없을 만큼이나 즐거운 일을 다른 사람들에게 양보해야만 했던 것이다.

그러나 패니는 자기 뜻대로 되지 않았다고 해서 군소리를 늘어놓을 사람이 아니었다. 오히려 패니는 다른 사람이 그녀의 생각에 대해 물어보거나 그녀가 생각한 대로 일이 잘 진행되는 것에 대해서 별반 익숙하지 않았다

이 정도라도 자기의 주장이 관철된 것에 대해 기뻐하는 마음이 더욱 컸기 때문에 다른 것들은 얼마든지 양보할 수 있었다. 그리고 그런 일들에 대해 전혀 불만스럽게 여기지 않았다.

그런데 얼마 후에 토마스 경이 또다시 패니의 기분을 망치고 말았다. 이제는 그만 돌아가서 잠자리에 들라고 충고했던 것이다.

"패니, 그만 자도록 하거라."

비록 토마스 경이 부드러운 목소리로 말했지만, 그것은 절대적인 힘을 가진 충고였다. 결국 패니는 토마스 경의 충고에 따르기 위해 자리에서 일어날 수밖에 없었다.

"잘 자요."

헨리 크로포드가 다정한 목소리로 패니를 향해 작별 인사를 던졌다. 패니는 조용히 방에서 나갔다. 방문을 열기 전에, 패니는 브랭스 홀름 홀의 마님(19세기의 시인 스코트의 작품 속에 등장하는 인물:역주)처럼 한 순간 발걸음을 멈추고 뒤를 돌아보았다. 행복한 광경들이 패니의 시야에 들어왔다. 대여섯 쌍의 사람들이 아직까지도 열심히 춤을 추고 있었다. 패니는 고개를 돌린 후에 중앙 계단을 따라 천천히 올라갔다.

무도회의 흥겨운 음악이 패니의 등 뒤에서 물결치고 있었다. 발이 욱씬욱씬 아프고 지칠 대로 지치고 술기운이 돌아서 몹시 힘들었다. 하지만 역시 무도회 파티란 참으로 즐거운 것이라는 생각이 들었다.

사실 패니를 억지로 올려보낸 토마스 경의 속셈은 조카딸의 건강을 염려했기 때문만이 아니었다. 오늘 밤에는 헨리 크로포드가 제법 오

랫동안 패니와 함께 머물렀다. 토마스 경은 헨리 크로포드에게 자신의 조카딸이 좋은 아내감이라는 사실을 은근히 암시하고 싶었다. 그래서 패니가 분별력이 있는 여자라는 사실을 보여주기 위해 침실로 올려 보냈던 것이다.

제 29 장

　마침내 무도회가 끝났다. 다음 날 아침 헨리 크로포드는 자신이 말한 대로 정각에 도착했으며, 아침 식사는 눈 깜짝할 사이에 끝나고 말았다. 윌리엄은 패니와 키스를 교환한 후에 길을 떠났다. 패니는 마지막 순간까지 윌리엄을 배웅했다.
　이윽고 패니는 쓸쓸한 마음을 달래면서 조찬실로 돌아갔다. 패니는 허전한 마음으로 텅 비어버린 방을 둘러보았다. 윌리엄과 헤어진 슬픔이 파도처럼 한꺼번에 밀려들었다. 토마스 경은 친절하게도 패니가 혼자 마음껏 눈물을 흘릴 수 있도록 가만히 내버려 두었다. 윌리엄의 접시에 남아 있는 돼지고기 뼈와 겨자, 헨리 크로포드의 접시 위에 남아 있는 부스러진 달걀 껍데기가 패니의 애처로운 마음을 달랠 수 있을지도 모른다고 생각하는 것 같았다. 패니는 조금 전까지만 해도 윌리엄이 앉아 있었던 의자에 털썩 주저앉았다. 패니는 이모부가 짐작했던 것처럼 마음껏 눈물을 흘렸다. 그러나 그것은 남매 사이의 애정이 담긴 것이었지, 그 이상은 아니었다.
　패니는 윌리엄이 멀리 떠나갔다는 사실을 뼈저리게 느꼈다. 그리고 막상 이제 와서 생각하니까 윌리엄이 머물렀던 기간의 절반가량을, 그와는 아무런 상관도 없는 다른 것들에 대한 근심과 공연한 걱정 따위로 낭비해 버렸다는 생각이 들었다.
 마음씨 착한 패니는 노리스 이모에 대한 걱정을 하지 않을 수가 없었다. 노리스 이모가 그 작은 집에서 검소하고 외롭게 산다는 것을 생각하면, 얼마 전 함께 있었을 때 이모에게 좀더 자상하게 마음을 쓸 걸 그랬다는 후회가 밀려들었다. 그래서 패니는 자기 자신을 책망하지 않을 수가 없었다.
 패니는 지난 이주일 동안 자신의 마음을 온통 윌리엄에게 바치고 싶었다. 하지만 다른 분주한 일들 때문에 도저히 그렇게 할 수가 없었다. 그래서 자꾸만 윌리엄에게 좀더 잘 대해 주지 못했다는 아쉬움으로 인해 마음이 편안하지 않았다.
 어쩐지 답답하고 우울한 아침이었다. 이윽고 에드먼드도 맨스필드 파크를 떠났다. 에드먼드는 간단하게 작별 인사를 하고 일주일 간의 예정으로 피터버러를 향해 말을 타고 떠났다. 패니가 사랑하는 사람들이 하나둘씩 그녀의 곁에서 떠나고 있었다. 어제 밤의 일은 겨우 추억만 남아 있을 뿐 이야기를 나눌 만한 상대도 없었다. 패니는 버트램 부인에게 말을 걸어 보았다. 누군가에게 무도회에 대한 이야기를 하지 않고는 도저히 견딜 수가 없었기 때문이었다.
 그러나 버트램 부인은 무도회에 거의 참여하지도 않았으며 관심도 없었으므로 도무지 이야기를 나눌 수가 없었다. 버트램 부인은 누가 어떤 옷을 입었는지, 다과회 시간에 누가 어느 자리에 앉았는지도 기억하지 못했다. 분명하게 기억하고 있는 것은 오직 자기에 관한 일뿐이었다.
 "생각이 잘 나지 않는구나. 그게 무슨 말이었지? 매덕스 집안의 아가씨들 가운데 누군가에 대해서 무슨 소문을 들었던 것 같은데……. 그리고 그건 또 뭐였더라? 프레스코 부인이 너에 대해 뭐하고 말씀을 하셨는데……. 해리슨 대령이 누군가를 가리키더니 무도회에 참석한 사람들 중에서 가장 훌륭한 젊은이라고 하셨는데, 그게 헨리 크로포드 씨였는지 아니면 윌리엄이었는지 잘 모르겠구나."

 이것은 버트램 부인의 기억 중에서 그래도 온전한 편이었다. 그 밖의 일에 대해서는 전혀 모르고 있었다.

 "그래, 맞았어. 아주 좋았지. 그래? 그가 그랬었나? 그건 못 보았는데……. 어느 쪽인지 잘 모르겠구나."

 패니가 무도회에 대해 말을 할 때마다 버트램 부인은 그저 건성으로 고개를 끄덕일 뿐이었다. 도무지 이야기가 되지 않았다. 노리스 이모의 톡톡 쏘는 대답보다는 좀 나은 정도일 뿐이었다.

 노리스 이모는 병이 난 하녀에게 먹이겠다고 하면서 남은 젤리를 몽땅 챙겨 들고 집으로 돌아갔다. 패니와 버트램 부인이 대화를 나누는 동안 시간은 평화롭고 조용하게 흘러갔다. 밤이 되어도 이런 답답한 분위기는 조금도 변하지 않았다.

 "내가 왜 이럴까? 머리가 무겁구나. 어제 밤에 너무 늦은 시간까지 잠을 안 자서 그런가 보구나. 패니, 아무래도 무슨 수를 좀 써야 하겠다. 안 그러면 자리에 앉은 채 끄덕끄덕 졸게 될 것 같구나. 일을 할 수도 없고……. 그래, 카드를 가지고 오너라. 정말 머리가 무거워."

 차를 마신 후에 버트램 부인이 패니를 쳐다보면서 말했다. 패니는 공손하게 카드를 갖고 왔다. 그리고 잠자리에 들 때까지 버트램 부인과 함께 크리배지 게임을 했다. 토마스 경은 독서에 열중하고 있었다. 그러므로 두 시간 동안 카드의 점수를 계산하는 소리 이외에는 아무런 소리도 들리지 않았다.

 "자, 31이 되었어요. 손 안의 것과 바닥에 깔려 있는 것을 합치면……. 이모가 먼저 하실 차례예요. 제가 대신 할까요?"

 패니는 몹시 답답하다는 생각이 들었다. 불과 하루만에 맨스필드 파크 전체가 송두리째 변한 것이다. 어제 밤에 이곳은 희망과 웃음으로 가득 차 있었다. 수많은 사람들이 마음껏 무도회를 즐겼던 것이다. 그런데 지금은 적막하고 쓸쓸할 뿐이었다.

 하지만 하룻밤을 푹 자고 나니까 기분이 좋아졌다. 그래서 다음 날에는 더욱 밝은 마음으로 윌리엄에 대한 생각을 할 수 있게 되었다. 게다가 오전 중에는 목요일 밤의 일에 대해 그랜트 부인과 매리 크로포드를 상대로 이야기를 나눌 수 있는 기회가 있었다. 그것도 아주 훌륭하게 말이다. 그들은 서로 농담을 주고받으면서 실컷 웃음을 터뜨렸다. 패니는 무도회의 추억을 고스란히 가슴 깊이 담아둘 수가 있었다. 그러므로 그 이후로는 별로 애를 쓰지 않고 평소의 마음 상태로 돌아갈 수 있었다. 패니는 점차 단조로운 일상생활에 적응할 수 있게 되었다.

 맨스필드 파크는 몹시 쓸쓸했다. 최근 들어서 이렇게 하루 종일 쓸쓸했던 적이 없었던 것이다. 에드먼드가 자리를 비우자, 맨스필드 파크에는 아무도 살지 않는 것 같은 느낌이 들었다. 에드먼드의 빈 자리가 너무나 컸던 것이다. 가족들이 모임을 갖거나 식사를 할 때마다 활기찬 분위기를 만들어 나갔던 사람이 멀리 떠나갔던 것이다.

 패니는 이런 분위기에 빨리 적응하는 것이 좋겠다고 생각했다. 에드먼드가 이 집을 완전히 떠날 시기가 얼마 남지 않았던 것이다. 패니는 이모부와 나란히 앉아서 조용히 대화를 나누었다. 처음에는 몹시 슬프고 처연한 기분이 들었지만, 이내 그런 마음에서 벗어날 수가 있었다.

 "두 명의 젊은이가 없으니까 무척 쓸쓸하구나. 에드먼드와 윌리엄 말이다."

 토마스 경은 입을 열 때마다 이런 말을 잊지 않았다. 토마스 경도 두 젊은이가 남긴 공백을 느끼고 있는 모양이었다. 이제 식탁에 나란히 둘러앉는 사람들의 숫자는 훨씬 줄어들었다.

 그들이 떠나고 난 다음날, 토마스 경은 패니의 눈에 눈물이 고인 것을 보자 더 이상 이야기를 하지 않고 두 사람의 건강을 위해 건배만 했다. 하지만 그 이튿날에는 다소 자세한 이야기를 늘어놓았다. 윌리엄에 대한 칭찬과 승진을 바라는 화제도 나왔다.

"앞으로는 윌리엄이 더욱 자주 방문하게 될지도 모르겠구나. 에드먼드는 기대하지 않고 지내도록 해야지. 그 애가 지금처럼 집에 있는 것은 올 겨울이 마지막일 테니까……."

토마스 경이 나지막한 목소리로 말을 꺼냈다.

"아마도 그럴 거예요."

버트램 부인이 고개를 끄덕였다.

"나는 떠나는 것을 원하지 않아. 그냥 집에 남아있어 주었으면 좋겠는데……."

토마스 경이 중얼거리듯이 말했다. 그것은 줄리아에게 바라는 것이었다. 얼마 전에 줄리아가 마리아와 함께 런던으로 갈 수 있도록 허락해 달라고 요청했던 것이다. 토마스 경은 섭섭하지만 두 딸에게 런던으로 가는 것을 허락해 주는 것이 좋겠다고 생각했다. 버트램 부인도 굳이 남편의 결정에 대해 반대하지 않았다.

그래서 줄리아의 귀가 예정이 변경되고 말았다. 그렇지 않았다면 벌써 돌아오고도 남았을 것이다. 토마스 경은 여러 가지 이유를 들면서, 아내에게 이런 결정을 납득시키려고 노력했다. 토마스 경은 좋은 부모라면 자식들의 요청을 존중해 주어야만 한다고 말했다.

"그렇군요."

버트램 부인은 고개를 끄덕이면서 조용히 동의했다. 그리고 15분가량 곰곰이 생각한 끝에 다시 입을 열었다.

"여보, 패니를 데리고 오기를 정말 잘 했다는 생각이 들어요. 다른 아이들이 모두 집을 떠나고 나니까 그런 생각이 더욱 절실해요."

"그렇소. 그건 우리가 패니를 정말로 좋은 아이라고 생각하고 있다는 증거요. 지금 우리 두 사람이 패니를 앞에 두고 칭찬하고 있으니까 말이오. 패니는 우리의 조카이기도 하지만 소중한 말벗이기도 해요. 지금까지 우리는 패니에게 친절히 대한 적도 있었고 그렇지 못했던 적도 있었소. 그렇지만 지금은 우리에게 없어서는 안 될 존재가 되었소."

토마스 경은 좋은 기회라고 생각하면서 차분한 목소리로 말했다.

"그래요. 게다가 패니는 언제까지나 우리와 함께 있을 수 있다고 생각하니까 마음이 놓인답니다."

버트램 부인이 웃으면서 대답했다.

"패니가 이 집에서 나갈 때에는 다른 집의 초대를 받았을 경우에 한해서였으면 싶소. 여기에서 맛본 것보다 더욱 큰 행복이 보장되어 있는 그런 경우에 한해서 말이오."

토마스 경은 입을 다물고 살짝 미소를 짓더니 패니를 쳐다보았다.

"그런 일은 별로 없을 것 같아요, 여보. 누가 패니를 초대해 주겠어요? 가끔씩 마리아가 패니를 소더튼으로 초대해 줄지도 모르지만 말이에요. 하지만 마리아도 패니가 그곳에서 계속 머무르는 것은 원하지 않을 거예요. 또한 패니도 그냥 우리 집에서 지내는 것이 훨씬 더 편할 거예요. 게다가 패니가 없으면 저는 몹시 불편할 거예요."

맨스필드 파크의 일주일은 아주 조용하고 평화롭게 지나갔다. 하지만 목사관의 형편은 전혀 달랐다. 두 집안의 아가씨가 지난 일주일 동안에 각각 느낀 심정은 완전히 다른 것이었다. 패니는 평화롭고 안락한 나날을 보냈지만, 매리 크로포드는 몹시 지루하고 짜증스러운 시간을 보내고 있었다. 그것은 두 사람의 성격과 습관 차이에서 오는 것이기도 했다. 패니는 이내 체념하고 포기할 수 있었지만, 매리 크로포드는 참는 일에 전혀 익숙하지 않았다.

몇 가지 측면에서 두 사람은 제각기 서로가 정반대의 입장에 놓여 있었다. 패니에게 있어서 에드먼드의 부재는 어느 정도 마음이 놓이는 일이었다. 그러나 매리 크로포드에게 있어서 에드먼드의 부재는 어느 모로 보나 괴로운 일이었다. 매리 크로포드는 사랑하는 에드먼드와 함께 지낼 수 없다는 것이 날마다, 아니 거의 시간마다 마음에 걸렸다. 매리 크로포드는 너무나 쓸쓸했다. 그러므로 에드먼드가 피터버러를 향해 떠나게 된 이유를 생각하면 버럭 짜증이 치밀었다.

 에드먼드는 어쩌면 그토록 좋은 생각을 떠올렸을까? 에드먼드가 자신의 주가를 올릴 생각이었다면, 지금과 같은 시기에 일주일 동안 집을 비우는 것이 무엇보다도 효과적이었다. 그녀의 오빠인 헨리 크로포드와 윌리엄이 이곳을 비운 시기에 에드먼드도 없다는 것이 빈 자리를 더욱 크게 느껴지도록 만들었다. 활기에 넘치던 시간이 완전히 막을 내린 것이다. 그것은 몹시 견디기 힘든 일이었다. 매리 크로포드는 줄곧 내리는 비와 눈으로 인해 목사관에 갇혀서 밖으로 나갈 수도 없었다. 그렇기 때문에 마땅히 할 일도 없었으며, 앞으로 무슨 변화가 생길 수 있다는 기대조차 할 수가 없었던 것이다.

 매리 크로포드는 에드먼드가 자기의 주장을 끝까지 고집했던 일에 대해 잔뜩 화가 나 있었다. 에드먼드는 매리 크로포드의 만류에 대해 조금도 귀를 기울이지 않았던 것이다. 결국 매리 크로포드는 너무나 화가 나서 무도회가 끝난 후에 에드먼드와 제대로 인사조차 나누지 않았다. 그러나 지금 에드먼드가 자리를 비우게 되자, 끊임없이 그에 대한 생각을 떠올리고 있었다. 에드먼드는 장점이 아주 많은 사람이었다. 불과 며칠 전까지만 해도 두 사람은 거의 날마다 만나면서 사랑을 나누었다. 이제는 그 일이 아득하게 그리울 정도였다.

 매리 크로포드를 자극하기 위한 일이었다면, 에드먼드는 일주일 동안이나 집을 비울 필요가 없었다. 매리 크로포드는 에드먼드가 오랫동안 집을 떠나서 여행하는 계획을 세운 것 자체가 괘씸하게 생각되었다. 얼마 후에는 매리 크로포드도 맨스필드 파크를 떠날 예정이었기 때문이었다. 그런 다음에 매리 크로포드는 자기 자신에 대해 책망하기 시작했다. 에드먼드와 헤어지기 전에 나누었던 대화에서 그렇게 심한 말투를 쓰지 않았다면, 그리고 목사 이야기가 나왔을 때 무엇인가 경멸하는 듯한 말투를 쓰지 않았다면 좋았을 것이라고 후회했던 것이다. 그 당시에 매리 크로포드의 말과 태도는 별로 조심성이 없었다. 매리 크로포드는 진심으로 그 말을 취소하고 싶었다.

이러한 고통은 일주일이 지난 후에도 끝나지 않았다. 이것만으로도 참기 힘든 일이었는데 그보다 더욱 마음이 상하는 일이 생겼다. 금요일이 되어도 에드먼드는 돌아오지 않았고, 토요일이 되어도 그의 모습은 보이지 않았다. 매리 크로포드는 어떻게 된 일인지 알아보기 위해 노력했다. 일요일이 되자, 매리 크로포드는 겨우 약간의 정보를 알아낼 수가 있었다. 에드먼드가 집으로 편지를 보냈던 것이다. 그런데 에드먼드는 그 편지에서 집으로 돌아오는 일정을 연기했다는 사실을 알리고 있었다. 앞으로 며칠 동안 친구의 집에서 머무르기로 약속했다는 것이다.

그 사실을 알기 전까지만 해도 매리 크로포드는 몹시 초조한 마음으로 자신의 행동에 대해 후회하고 있었다. 내가 에드먼드에게 하면 안 되는 말을 했구나. 너무 심하게 말했어. 매리 크로포드는 진심으로 걱정하고 있었다. 그런데 사정이 이렇게 되고 나니까 그 초조함과 걱정이 열 배도 넘는 후회로 돌변했다. 에드먼드에 대한 분노가 매리 크로포드를 엄습했다. 매리 크로포드는 생전 처음으로 경험하는 불쾌한 감정과 싸우게 되었다. 그것은 바로 질투였던 것이다. 그의 친구 오인 씨에게 몇 명의 누이가 있을까? 혹시 그녀들에게 매력을 느끼고 있지 않을까? 매리 크로포드는 이런 불안감을 떨칠 수가 없었다.

매리 크로포드는 이제 곧 런던으로 떠날 예정이었다. 이미 오래 전부터 그런 계획을 세워두고 있었던 것이다. 매리 크로포드가 여행을 앞두고 있는 이런 시기에 에드먼드가 자리를 비우고 있다는 것은 도저히 감당하기 어려운 일이었다. 에드먼드가 나흘 가량 후에 돌아왔더라면, 지금쯤 매리 크로포드는 헨리의 말대로 맨스필드 파크에서 떠났을 것이다.

사정이 이렇게 되자 매리 크로포드는 패니를 만나서 좀더 자세한 이야기를 들어보고 싶었다. 더 이상 지금처럼 비참한 기분으로 살아갈 수는 없었다. 매리 크로포드는 일주일 전까지만 하더라도 달리 어쩔 도리가 없다고 생각했던 진흙길을 무릅쓰고 맨스필드 파크로 갔다. 에드먼드에 대해 좀더 자세한 이야기를 들을 수 있지 않을까? 그의 이름만이라도 들을 수 있지 않을까? 매리 크로포드는 이런 기대를 안고 맨스필드 파크를 방문했다.

그렇지만 처음 30분 동안은 그런 기대를 충족시킬 수가 없었다. 왜냐하면 패니와 버트램 부인이 함께 있었기 때문이었다. 패니와 단 둘이 남게 되지 않으면 에드먼드에 대해 한 마디도 물어볼 수가 없었다. 다행스럽게도 잠시 후에 버트램 부인이 방에서 나갔다.

"그런데 당신은 어떻게 생각하죠? 에드먼드가 이렇게 오랫동안 집을 비운 채 다른 지방에 가 있는 것에 대해서 말이에요. 젊은 사람들 중에서 집에 남아 있는 사람은 당신뿐이잖아요. 그러니까 당신이야말로 에드먼드의 부재로 인해 가장 큰 피해를 입고 있다고 생각해요. 무척 쓸쓸하죠? 에드먼드가 일정을 늦추었다는 소식을 듣고 놀라셨나요?"

매리 크로포드는 음성을 가다듬으면서 말을 꺼냈다.

"그래요. 일정보다 늦게 돌아올 거라고 예상했던 것은 아니었으니까요."

패니는 잠시 동안 망설이다가 대답했다.

"이런 일이 자주 있었나요? 에드먼드가 예정했던 것보다 늦게 집으로 돌아오는 일이……. 젊은 남자분들은 대개가 그러니까요."

"아니에요. 그렇지 않아요. 지난번에 오인 씨 댁을 방문했을 때에는 그렇지 않았어요."

패니는 단호하게 머리를 흔들었다.

"아무래도 지금 묵고 있는 집이 그 전에 머물렀던 집보다 더 마음에 들었나 보군요. 거기에 계신 분은 아주 상냥한 분인가 봐요. 나는 그 일이 자꾸만 마음에 걸린답니다. 런던으로 떠나기 전에 한 번 더 만날 수 있는 기회가 없을 것 같아서……. 지금과 같은 형편이라면 아무래도 만나기가 어려울 것 같군요. 날마다 나는 헨리가 어서 빨리 돌아오기를 기다린답니다. 헨리가 돌아오기만 하면, 이제 내가 맨스필드 파크에 남아 있어야 할 이유가 없거든요. 솔직하게 말하자면 한 번만 더 에드먼드를 만났으면 좋겠어요. 하지만 이제는 당신에게 부탁해서 안부를 좀 전해 달라고 하는 수밖에 없을 것 같네요. 나중에 에드먼드를 만나면 잘 지내도록 하라고 전해 주세요. 그런데 정말 안타까운 일이에요, 패니. 우리가 쓰는 말은 어중간한 감정을 잘 표현할 수가 없어요. 잘 지내도록 하라는 것과, 그리고 또 사랑하고 있다는 것 사이의 감정을 어떻게 표현해야 할까요? 우리의 친근한 교제에 꼭 알맞은 말이 무엇인지 모르겠어요. 우리는 지난 몇 달 동안에 걸쳐서 서로 많은 말들을 했지만, 이제는 고작 잘 지내라는 말 밖에 할 수 없으니까요. 이 말로 충분할지 모르겠군요. 에드먼드의 편지는 긴 것이었나요? 지금 무슨 일을 하고 있나요? 여러 가지 다른 사정이 있나요? 집으로 돌아오지 않는 이유가 크리스마스 축하 때문일까요?"

"나는 그 편지를 보지 못했어요. 그저 편지의 일부를 전해 들었을 뿐이에요. 그 편지는 이모부님께 보낸 것이었으니까요. 하지만 무척 짧은 편지였어요. 정말 몇 줄 정도에 불과했다니까요. 그냥 친구 분이 며칠 더 머물렀다가 돌아가라고 권유해서 그렇게 하기로 결정했다는 말뿐이었어요. 앞으로 이틀이나 사흘이라고 했는지, 아니면 며칠 더라고 했는지 확실하지 않아요."

"어머나! 토마스 경에게 보낸 편지였나요? 지금까지 나는 버트램 부인이나 당신에게 보냈을 것이라고 생각하고 있었어요. 하지만 아버님에게 보낸 것이라면 편지가 짧아도 당연한 것이겠죠. 도대체 어느 누가 토마스 경에게 편지를 써서 이러쿵저러쿵 이야기를 할 수가 있겠어요? 만약 당신에게 보낸 것이었다면 당연히 상세한 이야기가 담겨 있었을 거예요. 무도회 이야기를 비롯해서 여러 가지 흥미로운 일에 대한 내용을 담아서 편지를 보냈을 거예요. 그런데 오인 씨 댁의 아가씨는 몇 명이나 되는지 아세요?"

"세 명이에요."

"음악은 할 줄 아나요?"

"그런 건 전혀 몰라요. 들어본 적도 없는 걸요."

"그 점이 제일 알고 싶은 점이에요. 자기가 악기를 연주하게 되면 누구나 다른 여자에 대해서도 그 점을 물어보게 되더라구요. 하지만 그건 정말 어리석은 짓이죠. 아가씨들에 대한 일을 캐묻다니……. 다 자란 자매가 세 명이군요. 굳이 말을 듣지 않아도 어떤 사람들인지 알 것 같아요. 모두 다 착하고 교양을 갖추었겠죠? 게다가 그 중에서 한 명은 굉장한 미인일 거예요. 어느 집이든지 미인이 한 명은 있기 마련이니까요. 그건 정석과 같은 것이에요. 두 사람은 피아노를 치고 한 사람은 하프를 타지요. 그리고 모두 노래를 부르겠죠. 선생님에게 배우기만 한다면 잘 부르게 될 수 있으니까요. 어쩌면 선생님이 없더라도 잘 부를 수 있을 거예요."

매리 크로포드는 일부러 명랑한 척 하면서 별로 대수롭지 않다는 태도로 말했다.

"오인 씨 댁의 아가씨들에 대한 일은 전혀 몰라요."

패니가 나지막한 목소리로 대답했다.

"당신은 그 일에 대해서 모르고 있을 뿐더러 마음도 쓰지 않는다고 말하는군요. 그런 건 나와 아무런 관계도 없다고 하면서……. 맞아요. 전혀 마음을 써야 할 일이 없겠지요. 지금까지 한 번도 만난 적이 없는 사람인 걸요. 그런데 에드먼드가 돌아올 무렵에는 맨스필드 파크도 무척 조용하겠네요. 시끄러운 사람들은 모두 떠나고 없을 테니까 말이에요. 당신 오빠와 우리 오빠, 그리고 언니와 작별하는 것이 별로 마음에 내키지 않아요. 언니도 내가 떠나는 것을 기뻐하지 않거든요."

매리 크로포드가 우울한 표정을 지었다. 패니는 무슨 말이든지 해야 한다고 느꼈다.

"당신을 그리워하는 사람도 많이 있어요……."

패니가 고개를 들면서 말했다. 매리 크로포드는 패니를 향해 시선을 보냈다.

"어머나! 물론 그렇겠죠. 아무리 떠들썩한 말썽꾸러기라도 일단 없어지면 그리워지게 되죠. 있는 것과 없는 것은 무척 느낌이 다르니까요. 하지만 나는 그런 공치사를 듣고 싶은 것이 아니에요. 그러니까 신경쓰지 마세요. 나를 정말 그리워하는 사람이 있다면, 나중에 저절로 알 수 있는 걸요. 나를 찾아오는지 아닌지를 보면 단번에 알 수 있죠. 진정으로 나를 만나고 싶다면 말이에요. 나는 아주 멀리 떨어진 곳에 있는 무서운 나라로 가는 것이 아니니까요."

매리 크로포드가 어깨를 으쓱거리면서 말했다. 이렇게 되자 패니는 달리 할 말이 생각나지 않았다.

"오인 씨 댁의 아가씨들에 관한 말인데……."

매리 크로포드는 다시 말을 꺼냈다.

"어떤 말인가요?"

"만약 오인 씨 댁의 아가씨들 가운데 어느 한 사람이 손턴 레이시에서 살게 될 수도 있지 않겠어요? 그런 일이 벌어진다면 패니는 어떻게 생각하겠어요? 사실 조금 이상한 일이긴 하죠. 하지만 이것보다 더욱 이상한 일도 이 세상에는 많이 일어나고 있으니까요. 어쩌면 오인 씨는 그걸 노리고 있을지도 몰라요. 그건 당연한 일이기도 하죠. 아주 뛰어난 계획인 걸요. 아무도 이상하게 생각하지 않을 뿐더러 비난도 하지 않겠지요. 자기 자신을 위해 이로운 일을 한다는 것은 어느 누구에게나 당연한 일이겠지요. 토마스 버트램 경의 아들이라면 정말 대단하잖아요. 게다가 지금은 에드먼드도 그 집안과 같은 일을 하잖아요. 그들의 아버지도 목사님, 오빠도 목사님, 모두가 목사님인 걸요. 에드먼드는 이미 그 사람들의 일원이 되었을 거예요. 그 집안 사람이 된 거라구요. 당신은 아무런 말도 하지 않는군요, 패니. 하지만 솔직히 말해서 당신도 그럴 거라고 생각하지 않나요?"
"아니에요. 그런 생각은 전혀 하지 않아요."
패니는 분명하게 말했다.
"그래요? 그렇다면 당신은 에드먼드가 결혼을 하지 않을 거라고 생각하나요? 적어도 지금 당장은 말이에요."
매리 크로포드가 질문을 던졌다.
"네, 그래요."
패니는 조용한 목소리로 대답했다. 제발 그렇게 믿을 수 있었으면 좋겠다고 생각하면서……. 또한 그렇게 단정해도 잘못이 아니라면 좋겠다고 내심 기대하면서…….
매리 크로포드는 날카로운 시선으로 패니를 바라보았다. 패니는 어쩔 줄을 모르면서 얼굴을 붉혔다. 매리 크로포드는 짐짓 태연한 목소리로 화제를 바꾸었다.
"에드먼드는 지금 이 상태가 제일 좋아요."

제 30 장

　패니와 대화를 나눈 덕분에 매리 크로포드의 불안은 조금 가라앉았다. 매리 크로포드는 다시 진흙길을 걸어서 목사관으로 돌아갔다. 매리 크로포드의 기분은 앞으로 또다시 일주일 동안 똑같은 악천후의 시련에 시달리게 되더라도 흔들리지 않을 정도로 좋아졌다.
　그 날 밤에 헨리 크로포드가 여느 때나 다름없는 쾌활한 태도로 런던에서 돌아왔다. 매리 크로포드도 자연히 기분이 밝아지게 되었다. 그런데 헨리 크로포드는 런던에서 무슨 중요한 일을 처리하고 돌아왔는지 일언반구도 하지 않았다. 헨리 크로포드가 입을 다물고 있는 것이 오히려 매리의 마음을 들뜨게 만들었다. 불과 하루 전만 해도 그런 일이 벌어졌다면 몹시 짜증스러웠을지 모르지만, 지금은 즐거운 장난처럼 여겨졌다. 매리 크로포드는 뭔가 자신을 깜짝 놀라도록 만들기 위한 신나는 계획이 숨어 있을 것이라고 내심 짐작할 뿐이었다.
　실제로 그 다음날에 깜짝 놀랄 만한 일이 벌어졌다. 헨리 크로포드는 잠깐 맨스필드 파크를 방문해서 버트램 경에게 인사를 드리고 돌아오겠다고 말했다.
　"아마도 10분 후에는 돌아올 수 있을 거야."
　헨리 크로포드는 이렇게 말하고 난 후에 집을 나섰다. 그런데 한 시간이 지나도 돌아오지 않았다. 매리 크로포드는 초조한 마음으로 오빠가 돌아오기를 기다렸다. 오빠와 함께 정원을 산책하고 싶었던 것이다. 그러다가 매리 크로포드는 현관 앞 마찻길에서 오빠와 마주치게 되었다.
"오빠! 도대체 지금까지 어딜 다녀오는 거야?"
매리 크로포드가 소리쳤다.
"미안해. 버트램 부인과 패니를 만나서 이야기를 나누다가 늦었어."
헨리 크로포드는 부드러운 목소리로 사과했다.
"한 시간 반씩이나 같이 있었다는 거야?"
매리 크로포드는 그만 깜짝 놀라고 말았다. 그러나 그 정도는 아무것도 아니었다. 곧이어 더욱 놀라운 일이 벌어졌던 것이다.
"그래, 매리."
헨리 크로포드는 동생을 향해 천천히 다가서더니 손을 내밀었다. 두 사람은 다정하게 팔짱을 꼈다. 그리고 마치 구름 속을 걷는 듯한 걸음걸이로 마찻길을 따라서 걷기 시작했다.
"도저히 빨리 돌아올 수가 없었어. 패니가 너무나 아름답게 보였기 때문이야. 마침내 나는 결정했어, 매리. 패니와 결혼하기로 말이야. 이제 내 마음은 더 이상 변하지 않을 거야. 놀랐니? 아니야. 너는 그렇지 않을 거야. 너는 이미 어느 정도 눈치채고 있었을 테니까……."
이것이 바로 헨리 크로포드가 마음속 깊이 감추고 있었던 놀라운 계획이었다. 비록 헨리 크로포드 자신은 그 동안 동생에게 어떤 암시를 주었다고 생각하는지 몰라도, 매리는 오빠가 이런 생각을 가지고 있을 것이라곤 꿈에도 상상하지 못했다. 여동생의 얼굴에는 그러한 놀라움이 고스란히 드러나 있었다. 그래서 헨리 크로포드는 자기가 한 말을 다시 한 번 좀더 자세하고 진지하게 되풀이해야만 했다.
매리 크로포드는 오빠의 결심이 확고하다는 사실을 깨달았다. 매리 크로포드는 오빠의 선택에 대해 별로 반대하고 싶지 않았다. 그럴 만한 이유가 전혀 없었던 것이다. 심지어 놀라움과 기쁨이 뒤섞였다. 매리 크로포드는 내심 버트램 가에 대해 우호적인 감정을 품고 있었기 때문에 오빠가 다소 신분에 어울리지 않는 결혼을 한다고 하더라도 기분이 상하지는 않았다.

"그렇단다, 매리."

헨리 크로포드는 결론을 내리듯이 말했다.

"두 사람은 잘 어울릴 거야."

충격으로 인해 입을 열지 못했던 메리가 말문이 트이자마자, 이렇게 소리쳤다.

"맞아. 나는 보기 좋게 사로잡힌 거야. 너도 알다시피 처음에는 별다른 생각없이 시작했지. 그러나 결국은 이렇게 되고 말았어. 패니도 나에 대해 상당한 호감을 갖고 있는 것 같아. 나는 그 사실이 너무나 자랑스럽단다. 내 마음은 완전히 결정되었어."

"정말로 운이 좋은 아가씨야! 사랑하는 헨리 오빠, 솔직히 처음에는 패니에게 과분한 결혼이라는 생각이 들었어. 하지만 지금은 진심으로 오빠의 선택에 대해 찬성해. 내 모든 마음과 정성을 다해서 오빠의 행복을 기원해 줄 거야. 패니는 정말 아름답고 귀여운 아내가 될 거야. 감사와 헌신의 정에 넘치는 오빠에겐 그야말로 꼭 들어맞는 아내지. 패니는 정말 훌륭한 신랑감을 얻었어! 노리스 부인은 언제나 패니가 운이 좋다고 말했는데, 이 소식을 들으면 뭐라고 할까? 온 집안이 모두 얼마나 기뻐하겠어! 더구나 패니를 진정으로 아껴주는 친구들도 있잖아. 그들은 또 얼마나 기뻐하겠어! 그건 그렇고, 한 마디도 빼지 말고 전부 털어놓도록 해, 오빠. 도대체 언제부터 패니를 진정으로 사랑하게 된 거야?"

이런 질문에 대답하는 것만큼 불가능한 일은 또 없을 것이다. 물론 이런 질문을 받는 것만큼 즐거운 일도 없겠지만 말이다. 헨리는 '이 즐거운 번뇌가 언제 그에게 숨어들었나'(18세기의 시인 화이트헤드의

시구:역주)라는 질문에 대해 선뜻 대답할 수가 없었다. 그래서 똑같은 심정을 세 번씩이나 약간 다른 말로 표현하려고 애를 쓰고 있을 때, 매리 크로포드가 신이 나서 끼어들었다.

"오빠, 그래서 런던에 갔었던 것이구나. 중요한 일이라는 게 이거 아니었어? 패니와 결혼하겠다고 결심하기 전에 작은 아버지를 만나서 의논하려고 했었던 거지?"

"그건 아니야."

헨리 크로포드는 고개를 흔들면서 아니라고 부정했다. 작은 아버지의 품성을 너무나 잘 알고 있었기 때문에 결혼 문제를 그와 의논할 생각은 추호도 없었다. 작은 아버지인 크로포드 제독은 결혼이라는 제도를 무척 싫어했다. 더구나 더 이상 부러울 것이 없는 재산을 가진 젊은이가 결혼한다는 것은 도저히 이해할 수 없는 일이라고 생각하고 있었다.

"작은 아버지도 일단 패니를 만나게 되면 무척이나 귀여워하실 거야. 패니야말로 작은 아버지 같은 사람의 편견을 모두 없애 줄 수 있는 여자야. 패니는 작은 아버지가 이 세상에 없다고 생각하는 바로 그런 여성이니까 말이야. 만약 패니를 만나게 되면, 작은 아버지는 도저히 이 세상에 존재할 수 없는 여성이라고 말씀하실 거야. 물론 작은 아버지가 자기 생각을 제대로 표현할 수 있을 만큼 세련된 말씨를 익히셨다면 말이야. 하지만 일이 완전히 매듭지어질 때까지, 그래서 전혀 반대할 염려가 없다고 판단될 때까지는 작은 아버지에게 알리지 않을 거야. 그런데 매리, 지금 보니까 너는 내가 런던에 간 이유를 완전히 오해하고 있구나."

"알았어. 결혼을 의논하는 문제가 아니더라도 어쨌거나 패니와 관련된 일이겠지? 그 일에 대해서는 나중에 기회가 있을 때 듣도록 하겠어. 패니와 결혼을 하다니? 오, 정말 멋진 일이야! 맨스필드 파크가 이처럼 오빠의 결혼에 도움이 될 줄은 몰랐는데! 오빠가 운명의 상대를 맨스필드 파크에서 찾다니! 너무나 잘 된 일이야. 이보다 더 좋은 사람을 선택할 수는 없을 거야. 패니는 이 세상에 둘도 없는 좋은 아가씨란 말이야. 게다가 오빠에게 더 이상의 재산은 필요하지 않으니까 말이야. 게다가 패니의 집안을 보아도 훌륭해. 버트램 가는 이 지방에서 아무런 흠도 잡을 데가 없는 일류 가문이야. 패니는 토마스 버트램 경의 조카잖아. 그것만으로도 세상에서는 충분히 알아주지. 오빠, 빨리 말해 봐. 앞으로 어떻게 할 거야? 패니는 자기에게 찾아온 이 행운을 알고 있긴 한 거야?"

"아니."

"오빠, 왜 아직까지 말하지 않았어?"

"글쎄……. 나는 지금 좀더 확실한 기회를 기다리고 있는 거야. 메리, 패니는 그 사촌들과는 달라. 하지만 설마 거절당하지는 않을 거라고 생각해."

"오, 그야 물론이지. 그런 일은 없을 거야. 설사 오빠가 약간 호감을 얻지 못했거나, 혹은 패니가 이미 그 전부터 오빠를 좋아하고 있는 게 아니라고 해도 말이야. 솔직히 나는 절대로 그럴 리는 없다고 생각하지만……. 패니는 얌전하고 은혜를 아는 사람이니까 머지않아 오빠의 마음을 받아들일 거야. 하지만 패니가 아무런 애정도 없이 오빠와 결혼할 거라고는 절대로 생각하지 않아. 만약 이 세상에서 야심으로 마음이 흔들리지 않는 사람이 있다면 그건 바로 패니일 거야. 패니에게 오빠를 사랑해 달라고 부탁해. 패니는 결코 오빠의 요청을 거절할 수 없을 거야."

마침내 매리는 들뜬 기분을 가라앉히면서 입을 다물었다. 헨리 크로포드는 매리가 귀를 기울일 준비가 되자, 기쁜 마음으로 자신의 이야기를 꺼냈다. 그 뒤로 이어진 대화는 비단 헨리 크로포드뿐만 아니라, 매리에게도 몹시 흥미진진한 것이었다. 물론 헨리 크로포드는 오직 자신의 감정만을 되풀이하면서 말할 뿐이었지만 말이다.

헨리 크로포드의 머리 속은 온통 패니가 갖고 있는 매력에 대한 생각으로 가득 차 있었다. 패니의 아름다운 얼굴과 태도, 패니의 얌전한 몸짓, 상냥한 마음씨 등은 끝도 없이 이어지는 화제였다. 그리고 차분하고 경솔하게 행동하지 않는 부드러운 성격에 대해서 열정적으로 장황하게 이야기를 늘어놓았다.

남성의 눈으로 보았을 때, 상냥함이란 모든 여성의 가치 중에서 결코 빼놓을 수 없는 중요한 부분이었다. 때로는 상냥하지 않은 여자를 사랑하기도 하지만, 상냥함이 전혀 없는 여자는 상상할 수조차 없었다. 헨리 크로포드가 패니의 성품을 믿고 칭찬한 것은 충분히 그럴 만한 이유가 있었다. 헨리 크로포드는 패니가 괴롭고 힘든 일을 당하는 것을 이미 여러 번이나 보았다. 가족들 중에서 에드먼드를 빼놓고, 패니에게 어떤 식으로든지 끊임없는 인내와 감수를 요구하지 않은 사람이 있었던가?

패니는 결코 냉정한 사람이 아니었다. 에드먼드와 함께 있을 때를 보라! 패니의 따뜻한 마음씨가 결코 그녀의 얌전한 태도에 뒤처지지 않는다는 것을 그보다 더 잘 보여줄 수 있는 증거가 또 있을까? 그녀의 사랑을 얻게 되기를 원하는 남성에게 있어서 이토록 용기를 가지게 하는 일이 또 있을까? 게다가 패니의 머리가 현명하고 지혜롭다는 것은 의심할 여지도 없었다. 패니의 행동은 그녀의 겸손하고 우아한 마음을 그대로 비추어주는 거울이었던 것이다.

패니의 장점은 비단 그뿐만이 아니었다. 헨리 크로포드는 아내가 될 사람의 올곧은 행실이 소중하다는 것을 모를 만큼 어리석지 않았다. 다만 그런 문제를 심각하게 생각하는 일에 별로 익숙하지 않아서 뭐라고 불러야 할 것인지 적당한 명칭을 모르고 있을 뿐이었다. 하지만 패니가 얼마나 품행이 단정하며 명예를 소중하게 여기고 예의범절을 잘 지키는가에 대해서 헨리 크로포드가 열변을 토하는 소리를 들으면, 어느 누구라도 패니의 신의와 정결함에 대해서 신뢰하지 않을 수 없었다. 헨리 크로포드는 무엇보다도 패니가 결코 도리에 어긋나지 않는 올바른 사고방식을 가지고 있으며 신앙심이 깊다는 것을 알고 난 후에 몹시 감탄했다는 사실을 강조했다.

"패니라면 하나부터 열까지 모든 것을 믿을 수가 있어. 그것이 바로 내가 원하는 거야."

헨리 크로포드가 목소리에 힘을 주면서 말했다. 매리 크로포드도 패니에 대한 오빠의 의견이 결코 과장된 것이 아니라는 사실을 잘 알고 있었다. 그렇기 때문에 오빠의 장래를 위해서 오빠와 패니가 결혼한다는 것을 당연히 기뻐했다.

"생각하면 생각할수록 오빠가 내린 결정이 참으로 올바른 것 같아. 솔직하게 말하자면 얼마 전까지만 해도 패니가 오빠의 마음을 사로잡게 될 줄은 몰랐어. 하지만 이젠 알겠어. 패니야말로 오빠를 행복하게 만들 수 있는 유일한 사람이야. 오빠도 처음에는 그저 장난삼아 패니의 마음을 한 번 흔들어 보려고 시도했었지. 그런데 그것이 이렇게 좋은 결과를 낳게 되다니……. 이건 두 사람 모두에게 매우 좋은 일이야."

"좋지 못한 짓이었어. 정말로 좋지 못한 짓이었어. 패니에게 그런 장난을 하다니……. 하지만 그 당시에는 내가 아직까지 패니의 진정한 가치를 모르고 있었어. 그러니까 그 때의 일로 인해서 더 이상 패니를 슬프게 하는 일은 없을 거야. 나는 패니를 더할 나위가 없을 정도로 행복하게 만들어 줄 테니까 말이야. 매리, 나는 패니가 지금까지 느꼈던 것보다 그 이상으로, 그리고 다른 어떤 사람보다도 더욱 더 행복하게 해 줄 거야. 패니를 노스햄튼 주 밖으로 데리고 나가지는 않을 거야. 에버링검은 세를 놓고 이 근처에 저택을 새로 구할 예정이야. 어쩌면 스탠윅스 로지에 구할지도 몰라. 에버링검은 7년 계약으로 세를 주도록 하지 뭐. 조금만 알아보면 틀림없이 적당한 사람이 나설 거야. 지금 당장이라도 이쪽에서 요구하는 조건대로 무조건

빌리겠다는 사람들이 세 명이나 있거든."
 "와, 노스햄튼 주에서 살겠다니……. 그게 정말이야? 그렇다면 우리 모두가 함께 살 수 있겠네. 정말 좋은 생각이야."
 매리는 자신도 모르게 큰 소리로 외쳤다. 그러나 다음 순간 아차 싶었다. 방금 한 말을 다시 주워 담고 싶었다. 그러나 매리가 그렇게 당황할 필요는 없었다. 왜냐하면 핸리는 매리를 단지 맨스필드 목사관의 동거인으로 여기고 있었기 때문이었다. 그러므로 더할 나위 없이 친절한 태도로 매리를 자기의 집으로 초대하겠다고 약속했다. 그리고 매리를 돌보아줄 의무와 권리는 어느 누구보다도 자신에게 있다고 주장했다.
 "네가 가진 시간의 절반 이상을 우리를 위해 써주어야만 해. 왜냐하면 우리 두 사람 모두 너에 대해 권리를 가지고 있으니까 말이야. 이제 패니는 너와 진정한 자매가 될 거야!"
 핸리 크로포드가 부드러운 목소리로 말했다. 매리는 그저 고맙다는 인사를 하면서 무난한 말로 맞장구를 치는 수밖에 없었다. 하지만 마음속으로는 오빠 집에서나 혹은 언니 집에서나 결코 몇 달씩 머무르면서 폐를 끼치지는 않겠다고 굳게 결심하고 있었다.
 "그렇다면 1년 동안 런던과 노스햄튼 주로 나누어서 살게 되겠네?"
 "그래."
 "그게 좋겠어. 런던에서는 물론 오빠네 집에서 살겠지? 작은 아버지 집에서는 같이 살지 마. 작은 아버지로부터 독립하는 것이 오빠를 위해서 좋은 일이야. 작은 아버지의 나쁜 버릇이 오빠한테 전염되면 안 되니까 말이야. 작은 아버지처럼 오빠도 무례한 사람이 되거나, 그 시시한 사고방식에 전염될지도 몰라. 마치 만찬이야말로 인생 최대의 행복이라는 듯이 질질 끌면서 식사하는 습관을 배우기 전에 빨리 독립해. 오빠는 그 집에서 나오는 게 좋다는 걸 잘 모르고 있어. 작은 아버지를 존경하니까 눈이 어두워진 거지. 하지만 내가 보기에는 빨리 결혼해서 독립하는 것이 제일 좋을 것 같아. 오빠가 차츰차츰 나이 들어서 말이나 행동, 표정이나 몸짓이 작은 아버지와 똑같아지는 걸 보게 되면 내 마음은 찢어질 거야."

"그만! 그만 해! 그 점에 대해서는 너와 내가 생각이 좀 다르구나. 물론 작은 아버지도 결점은 있어. 하지만 그래도 참 좋은 분이야. 게다가 나에게는 아버지 이상이셨어. 이만큼이나 아들을 자유롭게 지내도록 해 주시는 아버지도 그리 많지 않을 거야. 매리, 패니에게 이상한 선입견을 심어주어서는 안 돼. 두 사람이 서로 사랑하도록 만들어야 하니까……."

매리 크로포드는 더 이상 자신의 생각을 말하지 않았다. 아마 이 세상에서 성격이나 태도가 그만큼 서로 다른 남매도 없을 것이다. 매리는 오빠도 결국에 그 사실을 알게 될 것이라고 생각했다. 하지만 매리는 크로포드 제독에 대해서 한 마디 덧붙이지 않을 수가 없었다.

"오빠, 나는 패니를 매우 좋아하고 높이 평가하고 있어. 그러니까 만약 장차 새로운 크로포드 부인이, 학대받고 돌아가신 가엾은 작은 어머니의 절반만큼이라도 남편의 이름을 증오할 만한 이유를 가지게 될 거라고 생각했다면 이 결혼을 방해하고 싶어했을 거야. 그렇지만 나는 오빠의 인격을 잘 알고 있어. 오빠가 사랑하는 아내는 이 세상 그 어떤 여자보다도 행복할 테니까……. 그리고 설사 오빠의 애정이 식었을 때라고 하더라도 오빠로부터 여전히 관대하고 예의바른 대우를 받을 것이라고 생각해."

매리 크로포드의 말을 듣고 있던 헨리는 패니를 행복하게 만들기 위해서라면 어떤 일이든지 마다하지 않을 것이며, 패니를 사랑하지 않게 될 이유가 없다고 대답했다.

"매리, 내가 오늘 아침에 만났던 패니의 모습을 너도 보았어야만 했는데……."

헨리 크로포드는 계속 말을 이어나갔다.

"패니는 이루 말할 수 없는 상냥함과 인내심을 발휘하면서 노리스 부인이 시키는 일을 하고 있었어. 그 모습을 정말 너에게 보여주고 싶었어. 바느질감 위로 몸을 숙이고 있는 패니의 얼굴은 아름다운 붉은 빛으로 곱게 물들여져 있었지. 그런 다음에 자기 자리로 돌아가기 전에 노리스 부인의 명령에 따라 쓰다 만 엽서의 나머지 부분을 마저 써 주었지. 패니는 이런 모든 일들을 아무런 말도 없이 순순히 처리했지. 마치 단 한 순간이라도 자기 마음대로 할 수 있는 시간이 없는 게 지극히 당연하다는 듯이 말이야. 여느 때나 마찬가지로 단정하게 빗어서 조그맣게 감아올린 머리카락이 글씨를 쓰고 있는 동안에 앞으로 늘어질 때마다 패니는 손으로 가만히 쓸어 올렸어. 그리고 그런 와중에도 이따금 나한테 말을 걸어왔어. 내가 하는 이야기를 열심히 들어주기도 하고……. 마치 내가 하는 말에 귀를 기울이는 것을 좋아한다는 듯이 말이야. 매리, 네가 만약 그 모습을 보았더라면, 너라도 내 마음을 지배하는 그녀의 힘이 언제인가 끝나게 될 날이 있으리라고는 꿈에도 생각하지 않았을 거야."

"어머나, 오빠."

매리 크로포드는 잠시 동안 말을 끊었다.

"정말 기뻐. 오빠가 패니를 그토록 열렬히 사랑하고 있다니까 말이야. 그런데 나중에 러시워스 부인이나 줄리아가 이 사실을 알면 뭐라고 할까?"

매리 크로포드는 부드러운 미소를 머금은 채 물었다.

"알게 뭐야. 그 사람들이 뭐라고 하든, 어떻게 생각하든 나는 전혀 상관하지 않을 거야. 그 사람들도 지금쯤은 똑똑히 알 테지. 나처럼 분별있는 남자의 마음을 사로잡을 수 있는 요소를 갖춘 여자가 어떤 사람인지……. 러시워스 부인과 줄리아도 그 사실을 알고 무엇인가 깨닫는 점이 있었으면 좋겠어. 그리고 사촌에 대해서 어떤 대접을 해야 하는지도 좀 배울 필요가 있겠지. 아무쪼록 진심으로 자신들의 행동을 부끄럽게 여겼으면 좋겠어. 자기들이 패니를 얕잡아보고 불친절하게 대해 온 사실을 후회하길 바래. 그 사람들도 화가 나겠지?"
 헨리 크로포드는 잠시 동안 입을 다물었다가 더욱 냉정한 투로 이렇게 덧붙였다.
 "러시워스 부인은 무척 화를 낼 거야. 그녀에게는 이 일이 마치 쓰디 쓴 약처럼 느껴지겠지. 그렇지만 다른 쓴 약과 마찬가지로 두어 번 눈을 깜박이는 동안 꿀꺽 삼켜버리면 머지않아 잊혀지게 될 거야. 그녀의 괴로운 마음이 다른 평범한 여성 이상으로 오랫동안 지속되리라고는 생각하지 않아. 설사 내가 그 대상이었다고 하더라도 말이야. 매리, 이제부터 나의 패니는 아주 많은 것들이 달라지는 것을 느끼게 될 거야. 하루하루, 매 순간마다 가까운 사람들의 태도가 확연하게 달라지게 되는 것을 말이야. 그것은 나의 가장 커다란 행복이기도 해. 패니를 그렇게 만들 수 있는 사람이 바로 나야. 나야말로 패니에게 어울리는 신분을 가질 수 있도록 만들어준 사람이지. 그 사실이 나를 행복하게 만들어. 비록 지금은 패니가 한낱 식객의 처지로 전락했으며, 친구도 없이 무시당하고 있지만 말이야."
 "아니야, 오빠. 모든 사람들이 다 그렇지는 않아. 친구도 없는 것이 아니야. 무시당하고 있는 것도 아니야. 에드먼드는 결코 패니를 잊어버리지 않고 있어."
 "에드먼드……. 그렇군. 에드먼드는 대체로 패니에게 친절하지. 그러고 보니까 토마스 경도 그 나름대로 조금은 친절하지. 그렇지만 그건 부자이고 자존심이 세고 까다로운 말투를 쓰는 고집쟁이 아저씨의 방식일 뿐이야. 토마스 경과 에드먼드가 힘을 합쳐 하나가 되어서 패니를 위한다고 하더라도 과연 무엇을 할 수 있겠니? 그들이 패니에게 행복과 안정, 명예, 품위를 선사할 수 있을까? 지금 내가 하려고 시도하는 일에 비해서 그 두 사람이 대관절 무슨 일을 하고 있단 말이야?"

제 31 장

 다음 날 아침에 헨리 크로포드가 또다시 맨스필드 파크를 방문했다. 그저 일상적인 방문이라고 생각하기에는 너무나 이른 시간이었다. 버트램 부인과 패니는 식당에 있었다. 다행스럽게도 헨리 크로포드가 식당으로 들어왔을 때, 버트램 부인은 이제 막 방에서 나가려던 참이었다.
 버트램 부인은 거의 방문 앞까지 걸어간 상태였다. 그러므로 이제 와서 다시 되돌아설 수도 없는 노릇이었다. 버트램 부인은 정중히 인사를 받은 후에, 잠깐 볼 일이 있다고 짤막하게 대답했다.
 "토마스 경에게 크로포드 씨가 오셨다고 알려 드려라."
 버트램 부인은 하인을 향해서 한 마디 말을 던진 후에 식당에서 나갔다. 헨리 크로포드는 버트램 부인이 나간다는 사실이 너무나 기뻐서 얼른 인사를 하고 그 뒷모습을 지켜보았다. 그리고 이내 패니를 향해 빙글 돌아서더니 몇 통의 편지를 꺼내 들었다.
 "이렇게 고마운 일이 있을까요? 누구에게 고맙다는 인사를 해야 할지 모르겠군요. 이렇게 당신만 혼자서 뵐 수 있는 기회를 얻다니요. 제가 얼마나 우리 두 사람만 있을 수 있는 때를 기다려왔는지 짐작도 못하실 겁니다. 누이동생으로서 당신의 심정이 어떤지를 잘 알고 있기에, 저는 다른 집안 식구들이 아무도 없는 자리에서 맨 먼저 당신에게 이 소식을 알려 드리고 싶었습니다. 패니, 윌리엄이 장교가 되었어요. 이제 오빠는 소위랍니다. 오빠의 승진을 축하하게 되어서 저 또한 더할 나위 없이 기쁘군요. 이것이 그 발령을 알리는 편지입니다. 방금 받았어요. 읽어보고 싶으시죠?"

헨리 크로포드가 활기찬 표정으로 말했다. 패니는 아무런 말도 할 수가 없었다. 헨리 크로포드도 굳이 패니가 어떤 대답을 해 주기를 원하지 않았다. 패니의 눈빛과 표정, 안색의 변화를 바라보고 그리고 의심이 혼란으로 그리고 혼란이 이루 말할 수 없는 행복감으로 점차 달라지는 감정의 물결을 지켜보는 것만으로도 충분했다. 패니는 손을 내밀어서 헨리 크로포드가 건네주는 편지봉투를 받아 들었다.

첫번째 편지는 크로포드 제독이 조카인 헨리 크로포드에게 보낸 것이었다. 그 편지 속에는 윌리엄 프라이스의 승진 건이 잘 처리되었다는 내용이 짤막하게 담겨 있었다. 그런데 편지봉투 속에는 두 통의 편지가 함께 동봉되어 있었다. 한 통은 해군 대신의 부관이 자신의 친구에게 보낸 것이고(크로포드 제독은 바로 이 사람에게 일을 부탁했었다), 다른 한 통은 그 친구가 크로포드 제독에게 보낸 것이었다. 그 편지들은 대략 다음과 같은 내용을 담고 있었다.

'해군 대신은 찰스 경의 추천을 받아들이는 것을 무한한 영광으로 여기며, 찰스 경은 크로포드 제독에 대한 경의를 증명하는 이와 같은 기회를 얻게 된 것을 아주 기쁘게 생각한다. 윌리엄 프라이스를 영국 해군 슬루프 함(마스트가 하나인 소형 보조 함정의 일종:역주) 슬러시 호의 소위로 임관 발령한 것에 대해 고위층 인사들은 매우 기뻐하고 있다.'

편지를 들고 있던 패니의 손이 바들바들 떨렸다. 그 편지를 차례로 읽어나가는 동안, 패니의 마음은 기쁨으로 인해 한껏 부풀어 올랐다.

"이 일에 대한 저의 기쁨도 아주 크지만, 거기에 대해서는 아무런 말도 하지 않겠습니다. 저의 머리 속에는 오직 패니, 당신에 대한 일 밖에 들어 있지 않으니까요. 사실 이 소식을 듣고 당신만큼 기뻐할 사람이 또 누가 있겠습니까? 제가 당신보다 먼저 이 사실을 알게 된 것이 유감스러울 정도랍니다. 이 소식은 이 세상 어느 누구보다도 당연히 당신이 가장 먼저 아셔야 할 일이니까요. 그러나 저는 잠시도 시간을 허비하지 않았어요. 비록 오늘 아침에 우편물이 늦게 배달되었지만, 그 이후로 저는 단 한 순간도 지체하지 않았답니다. 이 일 때문에 당신이 얼마나 애를 태웠으며 얼마나 정성을 다했는지는 짐작하고도 남으니까요. 제가 런던에서 머물렀던 기간 동안 이 일을 완전히 마무리 짓지 못해서 얼마나 유감스러웠고 실망을 했는지 모르실 겁니다. 혹시라도 내일은 이 일이 해결되지 않을까? 하루만 더 기다리면? 저는 런던에서 지내는 동안 줄곧 이런 생각을 하고 있었답니다. 이처럼 중요한 일이 아니었더라면 결코 맨스필드 파크를 떠나지 않았을 겁니다. 다행스럽게도 작은 아버지는 최선을 다해서 저의 소원을 들어 주셨답니다. 작은 아버지는 조금도 지체하지 않고 즉각 손을 써주셨죠. 하지만 어떤 친척은 부재중이었고, 또 어떤 사람은 너무 일이 바빠서 여러 가지로 어려움이 있었어요. 그래서 일이 완전히 마무리될 때까지 기다릴 수가 없었던 겁니다. 그나마 믿을 수 있는 사람에게 이 일을 부탁해 놓았다는 것을 알고 있었으므로, 며칠 내로 좋은 소식이 올 거라는 소망을 품고 월요일에 돌아왔답니다. 세상에서 제일 마음씨 좋은 작은 아버지가 힘을 써주신 것이지요. 물론 당신의 오빠 윌리엄을 만나보시면, 반드시 힘을 써 주실 거라고 내심 믿고 있었어요. 작은 아버지도 윌리엄을 보고 무척 기뻐하셨습니다. 하지만 어제는 작은 아버지가 얼마나 좋아하셨는지, 또 얼마나 침이 마르도록 칭찬을 하셨는지 그 절반도 말씀드릴 수가 없었습니다. 마침내 오늘 밝혀진 것처럼, 작은 아버지의 칭찬이 결코 빈 말이 아니었다는 사실이 입증될 때까지 참고 기다려야만 했으니까요. 하지만 이제는 분명히 말씀드릴 수 있겠군요. 어떤 간절한 애원이나 강력한 추천의 말도, 윌리엄과 함께 저녁 시간을 보내신 후에 작은 아버지께서 자발적으로 보여주신 것과 같은 그런 지대한 관심을 끌어내지는 못했을 겁니다."

헨리 크로포드는 열정적으로 이 일에 대한 자신의 커다란 관심을 밝혔다.

"그렇다면 이 모든 일을 당신이 처리해 주셨다는 말인가요? 이런! 어쩌면 좋아요? 이토록 친절하시다니……. 당신이 정말 이 일을 해 주셨단 말인가요? 당신이 원해서? 아니, 죄송해요. 하지만 지금은 너무나 내 마음이 혼란스럽군요. 크로포드 제독이 직접 추천을 해 주셨다구요? 어떻게 그럴 수가 있죠? 무슨 영문인지 통 모르겠어요."

패니가 얼굴을 붉히면서 말했다. 물론 헨리 크로포드는 기쁜 마음으로 이 상황을 패니가 좀더 알기 쉽게 설명해 주었다. 지금까지 윌리엄의 승진을 위해서 자신이 했던 일들을 하나씩 자세하게 알려 주었던 것이다.

지난번에 런던으로 갔었던 것은 윌리엄을 작은 아버지에게 소개하고, 크로포드 제독을 설득해서 그의 출세를 위해 모든 영향력을 행사하도록 하기 위한 것이었다. 헨리 크로포드는 지금까지 아무에게도 이 사실을 말하지 않았다. 심지어 매리에게도 이 사실을 감추고 있었다. 확실한 결과가 나올 때까지는 어느 누구의 간섭도 받고 싶지 않았기 때문이었다.

이 일은 전적으로 헨리 크로포드가 혼자 처리해야 할 문제였다. 헨리 크로포드는 자신이 얼마나 노심초사했는가에 대해 열정적으로 털어놓았다. 그리고 '보다 깊은 관심'이라든가, '두 가지의 동기'라든가, '말로 표현할 수 없는 간절한 소망' 등을 비롯한 아주 강렬한 표현들을 늘어놓았기 때문에, 만약 패니가 조금이라도 주의를 기울여서 잘 듣고 있었다면, 그가 말하려고 하는 의도를 충분히 눈치 챘을 것이다. 그러나 패니는 윌리엄이 소위로 임관되었다는 소식을 듣고 너무나 기쁜 나머지 거의 제정신이 아니었다. 그러므로 헨리 크로포드가 숨을 돌리려고 잠시 말을 멈추었을 때, 그저 이렇게 말했을 뿐이었다.

"정말 친절하시군요. 우리에게 이런 큰 친절을 베풀어 주시다니……. 정말 감사합니다. 크로포드 씨, 정말 큰 신세를 졌군요. 오, 윌리엄, 윌리엄!"

패니는 자리에서 벌떡 일어나더니 다급하게 문을 향해 걸어가면서 커다랗게 소리쳤다.

"얼른 이모부한테 가서 이 소식을 알려 드려야 하겠어요."

그러나 그럴 수는 없는 일이었다. 헨리 크로포드는 두 번 다시 찾아올 수 없는 이 좋은 기회를 그냥 놓칠 수가 없었다. 더 이상 자기의 감정을 억누를 수 없었던 헨리 크로포드는 단숨에 패니의 뒤를 쫓아갔다.

"패니, 가지 마세요. 5분만 더 기다려 주세요."

헨리 크로포드는 패니의 손을 잡아 끌면서 다시 자리에 앉혔다. 그리고 패니가 정신을 차릴 틈도 없이 다시 말을 이어나갔다. 마침내 그 이유를 알게 되었을 때, 그리고 자신이 그의 마음속에 지금까지 한 번도 경험해보지 못한 감정을 불러일으켰으며, 그가 윌리엄을 위해서 한 모든 일들이 자신에 대한 강렬하고 넘치는 애정 때문이었다는 사실을 믿어달라는 요청을 받고 있다는 사실을 깨달았을 때, 패니는 너무나 기가 막혀서 한참 동안이나 아무런 말도 할 수가 없었다. 이 모든 일들이 사람을 속이기 위한 말도 안 되는 농담이고 짓궂은 장난으로 여겨졌던 것이다. 이것은 너무나 부당하고 괘씸한 처사이며 자신이 이런 대우까지 받아야 할 까닭이 없다는 마음뿐이었다. 그와 동시에 그것은 과연 헨리 크로포드다운 행동이며, 이전에 보았던 바람둥이적인 기질에 딱 들어맞는 행동이라는 생각이 들었다.

그렇지만 패니가 자신의 불쾌한 심정을 헨리 크로포드에게 그대로 드러낼 수는 없는 일이었다. 왜냐하면 헨리 크로포드로부터 받았던 은혜는 아무리 그가 경박하게 행동했다고 해서 가볍게 취급될 수 없는 것이기 때문이었다. 윌리엄의 승진으로 인해 기쁨과 감사의 마음으로 가득 찬 패니는 자기 자신 이외에는 아무런 피해가 없는 일 때문에 헨리 크로포드를 심하게 원망할 수가 없었다.

패니는 두 번이나 손을 빼내고 얼굴을 돌리려고 했지만, 헨리 크로포드의 방해로 인해 뜻대로 되지 않았다. 마침내 패니는 자리에서 벌떡 일어났다. 패니는 몹시 흥분한 어조로 이렇게 말했다.

"그만 하세요. 크로포드 씨. 제발 그만 하세요. 부탁이에요. 이런 종류의 이야기는 너무나 불쾌하군요. 저는 여기 더 이상 참고 앉아 있을 수가 없어요."

그러나 헨리 크로포드는 자기의 애정이 진심이라는 것을 계속 설명하고 그에 대해 대답해 줄 것을 간청했다. 결국 헨리 크로포드는 매우 분명한 말로 자신의 심정을 밝혔다.

"패니! 저 자신을, 결혼을, 재산을, 저의 모든 것을 다 받아들여 주세요."

헨리 크로포드는 진심으로 이렇게 말했다. 패니는 깜짝 놀라고 너무나 혼란스러워서 제정신을 차릴 수 없을 지경이 되었다. 이제는 가만히 서 있기도 힘들 지경이었다.

"저의 청혼을 받아들여 주세요."

헨리 크로포드는 빨리 대답해 줄 것을 요구했다.

"아니, 아니, 아니……."

패니는 얼굴을 가리면서 소리쳤다.

"이건 정말 터무니없는 일이에요. 더 이상 저를 곤란하게 만들지 마세요. 도저히 그런 말은 듣고 있을 수가 없군요. 물론 윌리엄에게 베푸신 친절은 말로 다할 수 없을 만큼 고마워요. 하지만 이런 이야기는 듣고 싶지도 않을 뿐더러 듣고 있을 수도 없어요. 또한 들어서도 안 될 말이라고 생각해요. 아니, 제 생각 따위는 하지 마세요. 하긴 당신은 애초부터 제 생각 따위는 하지도 않으시겠죠. 이 모두가 헛소리라는 걸 저는 잘 알고 있어요."

패니는 헨리 크로포드의 손길을 뿌리치고 밖으로 달려 나갔다. 그 순간 그들이 있는 방으로 오는 길에서 하인에게 뭐라고 말하는 토마스 경의 목소리가 들려왔다. 이제는 더 이상 패니에게 맹세를 하거나 탄원하거나 이해시킬 수 있는 형편이 아니었다.

하지만 낙천적이고 자신감에 넘치는 헨리 크로포드는 자기가 구하고 있는 행복을 방해하고 있는 것은 오직 패니의 지나치게 조심스러운 태도뿐이라고 생각했다. 헨리 크로포드는 이런 순간에 패니와 더 이상 얘기를 할 수 없다는 것이 몹시 괴로웠다. 그렇지만 지금은 어쩔 수 없는 일이었다.

패니는 토마스 경이 다가오는 쪽과 반대편에 있는 문으로 뛰어나갔다. 그리고 서로 모순되는 심정과 극도로 혼란스러운 마음을 주체할 길이 없어서 동쪽 방 안을 왔다 갔다 하면서 걷고 있었다. 방 안에서는 토마스 경이 정중하게 인사를 하고, 헨리 크로포드가 기쁜 소식을 전하는 소리가 들려왔다.

패니는 흥분과 행복감, 비참함, 무한한 감사와 순수한 분노, 이 모든 감정들을 동시에 느끼면서 부들부들 몸을 떨고 있었다. 도저히 믿을 수 없는 일이 벌어졌다. 결코 용서할 수 없고 이해하기 어려운 행동인 것이다.

그러나 헨리 크로포드는 평소에도 그랬다. 무슨 일을 해도 불쾌한 점이 있었다. 먼저 이 세상에서 가장 행복한 기분이 들도록 만든 다음에 모욕을 주는 심사를 그녀로서는 알 수가 없었다. 패니는 그의 행동이 진심에서 우러나온 것이라고 생각하지 않았다. 만약 그것이 단순한 농담이었다면, 그런 말을 하고 그런 제안을 한 것에 대해서 그 자는 도대체 뭐라고 변명을 할 것인가?

　그러나 윌리엄은 소위가 되었다. 이것은 의심할 여지가 없는, 의심할 수 없는 분명한 사실이었다. 패니는 '오빠가 소위가 된 것만 생각하고 다른 일은 모두 잊어버리자. 크로포드 씨도 두 번 다시 그런 불쾌한 이야기를 하지 않겠지. 그런 장난이 나에게 얼마나 기분 나쁜 일인지 이제는 잘 알았을 거야. 그렇게 되면 윌리엄에게 호의를 베풀어 주었다는 점에서 진심으로 감사하고 그를 존경할 수도 있을 거야.'

　패니는 마음속으로 이렇게 다짐했다. 패니는 헨리 크로포드가 집에서 떠난 것이 확실해질 때까지 동쪽 방에서 큰 계단 아래로는 더 이상 나오지 않았다. 패니는 헨리 크로포드가 돌아간 것을 확인하고 난 후에야 비로소 즐거운 마음을 품고 아래층으로 내려왔다. 그리고 버트램 이모를 만나서 화기애애하게 서로 기쁨을 나누었다. 이모부는 윌리엄의 장래가 어떻게 될 것인가에 대해 자신이 아는 대로, 또한 상상하고 있는 대로 자세히 이야기를 들려주었다. 토마스 경은 대단히 기뻐하면서 아주 다정하게 많은 이야기를 해 주었다. 패니도 이모부를 상대로 윌리엄에 대해 아무런 거리낌도 없이 이야기를 나누었다. 그러는 동안 헨리 크로포드의 경박한 행동으로 인해 발생했던 불쾌한 일도 서서히 잊혀지게 되었다. 패니의 마음은 다시 가볍게 밝아졌다.

　그러다가 패니는 한 가지 놀라운 사실을 알게 되었다. 헨리 크로포드가 조금 후에 다시 찾아와서 저녁 식사를 함께 하겠다고 약속했다는 사실을 알게 되었던 것이다. 이것은 전혀 반갑지 않은 소식이었다. 설사 헨리 크로포드가 조금 전의 일을 아무렇지도 않게 생각하고 있다고 해도, 이렇게 금방 그와 다시 만난다는 것은 패니에게 있어서 무척 괴로운 일이었다.

　패니는 어떻게 해서든지 그런 불쾌한 기분을 떨쳐 버리려고 애를 썼다. 또한 만찬 시간이 다가옴에 따라 평소와 같은 기분과 태도를 취하려고 최선을 다해서 노력했다. 그러나 헨리 크로포드가 방으로 들어왔을 때에는 몹시 수줍어져서 그 자리에 앉아 있기가 거북했다. 윌리엄의 승진 소식을 전해 듣게 된 첫 날에 이렇게 여러 가지 괴로운 상념을 하게 될 줄은 상상도 하지 못했다.

헨리 크로포드는 그냥 가만히 앉지 않고 패니를 향해 가까이 다가왔다. 헨리 크로포드는 누이동생 매리가 쓴 편지를 전해 주었다. 패니는 헨리 크로포드의 얼굴을 제대로 쳐다볼 수가 없었다. 하지만 그저 목소리만 들어도 헨리 크로포드에게 전혀 미안한 기색이 없다는 사실을 알 수 있었다.

패니는 재빨리 편지를 펼쳐 들었다. 어쨌거나 다른 할 일이 생겨서 기뻤던 것이다. 편지를 읽고 있는 동안, 그 자리에 함께 참석한 노리스 이모 덕분에 다른 사람의 시선을 피할 수 있는 것이 다행이었다.

사랑하는 패니.

앞으로는 언제든지 당신을 이렇게 불러도 되겠군요. 그 덕분에 말하기가 훨씬 편해졌어요. 왜냐하면 최근 몇 주일 동안 프라이스 양이라고 부르려니까 사실은 좀 어색했거든요.

오빠가 패니를 만나러 간다고 하기에 축하 인사를 드리려고 이렇게 몇 자 적었어요. 오빠의 생각에 대해 나 또한 진심으로 동의하고 있다는 말을 전하고 싶군요.

사랑하는 패니, 두려운 생각을 품지 말고 그대로 따르세요. 걱정할 일은 아무것도 없을 거예요. 나도 오빠의 의견에 대해 기쁜 마음으로 동의했다는 사실이 패니에게 다소 도움이 될 거라고 생각해요.

부디 오늘 오후에는 오빠에게 당신의 그 다정한 미소를 보여 주세요. 오빠가 그곳으로 갈 때보다 더욱 행복해진 모습으로 돌아오길 바래요.

그럼 안녕.

매리 크로포드

하지만 이 편지도 패니에게는 아무런 도움이 되지 못했다. 너무나 혼란한 상태에서 황급히 읽었기 때문에, 매리 크로포드 양이 무슨 말을 하려고 하는지 분명히 알 수 없었다. 하지만 어쨌거나 오빠의 구혼을 축하하고 심지어 그것이 진심이라고 여기는 것이 확실했다.

패니는 도대체 이 일을 어떻게 처리하면 좋을지, 어떻게 생각해야 하는지 도무지 알 수가 없었다. 만약 매리 크로포드가 정말로 그렇게 생각한다면 세상에 이보다 더 비참한 일이 있을까? 어디를 둘러보아도 온통 난처하고 혼란스러운 일뿐이었다.

패니는 헨리 크로포드가 말을 걸어올 때마다 몸 둘 바를 몰랐다. 헨리 크로포드는 너무나 자주 말을 걸어왔을 뿐만 아니라, 말을 거는 음성과 태도도 다른 사람에게 말을 걸고 있을 때와는 전혀 달랐다. 이제는 마음 놓고 식사도 할 수가 없었다. 거의 아무것도 목구멍으로 넘어가지 않았다. 이런 모습을 보고 토마스 경은 오히려 흐뭇하게 여겼다.

"패니는 지금 무척 기뻐서 식욕까지 없어진 모양이군."

토마스 경이 부드러운 목소리로 말했다. 패니는 몹시 창피한 생각이 들었다. 헨리 크로포드가 이 말을 어떻게 해석할까? 패니는 두려운 마음에 얼른 도망치고 싶을 뿐이었다. 패니는 어떤 일이 있어도 헨리 크로포드가 앉아 있는 오른 쪽으로는 시선을 돌리지 않으려고 애썼다. 하지만 헨리 크로포드의 눈길이 줄곧 자기 쪽으로 향하고 있다는 것을 느낄 수 있었다.

패니는 굳게 입을 다물고 있었다. 윌리엄이 화제에 올랐을 때에도 거의 대화에 끼여들지 않았다. 사실 윌리엄의 소위 임관은 전적으로 헨리 크로포드의 도움에 의지한 것이었기 때문에 그 관계를 생각하면 다른 사람들과 어울려서 대화하기가 편하지 않았다.

버트램 부인은 평소보다 훨씬 더 늑장을 부리고 있었다. 패니는 점차 이 자리를 영원히 벗어날 수 없을 것 같은 절망적인 기분이 들기 시작했다. 하지만 어느 정도 시간이 흐르자 모두들 응접실로 나갔다. 비로소 패니도 마음 편히 혼자만의 생각에 잠길 수 있었다. 옆에서는 두 이모가 자기들 나름대로 윌리엄의 임관에 대해 결론을 내리고 있었다.

노리스 이모가 무엇보다도 기뻐한 것은 토마스 경이 돈을 절약하게 되었다는 사실이었다.

"이제는 윌리엄도 독립할 수 있겠지. 그렇게 되면 이모부의 생활에도 상당한 변화가 올 거야. 지금까지 윌리엄이 이모부에게 얼마나 많은 폐를 끼쳤는지 몰라. 아마 나에게도 어떤 변화가 있겠지. 어쨌거나 윌리엄과 헤어질 때, 내가 무엇인가를 해 주었다는 게 참으로 뿌듯하구나. 그나마 그 때에는 별다른 물질적인 어려움이 없어서 나에게 윌리엄을 도와줄 만한 여력이 있어서 다행이었지. 그 애에게 상당한 도움을 줄 수 있었으니까 말이야. 물론 상당한 도움이라고 해 봐야 내 형편에서 하는 말이지만……. 아무리 그래도 생각만큼 많이 줄 수는 없는 노릇이지. 그래도 윌리엄의 선실에 가구를 장만하는 데에는 약간의 도움이 될 거야. 여러 가지 사야 할 것도 있을 테니까 약간의 돈이 필요하겠지. 너의 부모도 어느 정도 뒷바라지를 해 주었겠지만 말이다. 아무튼 서로 성의를 다한 것은 매우 기쁜 일이야."

"네가 윌리엄에게 상당한 금액의 돈을 주었다니까 정말 잘 했구나. 나는 고작해야 10파운드 밖에 주지 않았거든."

버트램 부인은 순진한 얼굴로 태연하게 말했다.

"그게 무슨 말이죠?"

노리스 부인은 얼굴을 붉히면서 소리쳤다.

"그렇다면 그 애는 정말로 한 몫 단단히 챙겨서 떠났군요. 더구나 런던까지 여행은 전부 공짜였잖아요."

"네 형부가 10파운드면 충분하다고 하셨단다."

버트램 부인은 오히려 노리스 이모의 반응이 의아하다는 듯이 말했다. 노리스 부인은 물론 버트램 부인의 믿음에 의문을 던질 생각은 조금도 없었다. 그래서 슬쩍 이야기의 방향을 다른 쪽으로 돌렸다.

"알고 보면 정말 놀랄 정도예요. 젊은 사람들을 길러서 세상에 내보내기까지 친척들이 얼마나 많은 부담을 떠안게 되는지 말이죠. 그런데도 정작 본인들은 그 돈이 얼마나 되는지, 부모나 이모부나 이모들이 자신을 위해 해마다 얼마를 지불하는지 거의 생각조차 하지 않는단 말이에요. 윌리엄이나 패니를 비롯한 프라이스 동생네 아이들에게 해마다 형부가 지출하고 있는 경비가 얼마나 되는지 들으면, 아마 아무도 믿지 못할 걸요. 내가 별도로 해 주는 건 따지지 않는다고 하더라도 말이에요."

"정말 그래. 네가 말한 대로야. 하지만 가엾게도 그 애들은 그렇게 하는 수밖에 없지 않니? 그렇지만 다행스럽게도 형부에게는 별로 대단한 금액이 아니라는 걸 너도 알잖니."

버트램 이모는 조용히 입을 열었다.

"패니야, 만약 윌리엄이 인도에 간다면 내 숄을 잊지 않고 사 오라고 하거라. 그밖에도 값나가는 물건이라면 무엇이든지 사 오라고 하자꾸나. 나도 인도에 가게 된다면 좋겠는데……. 멋진 숄을 가질 수 있을 테니까. 패니, 숄을 두 장 사 오라고 할까?"

노리스 부인이 잔뜩 흥분한 목소리로 말했다. 패니는 어쩔 수 없는 경우에만 마지못해 입을 열곤 했다. 그리고 머리 속으로는 오직 크로포드 남매의 진정한 의도를 파악하는 데에만 정신을 쏟고 있었다. 헨리 크로포드의 말과 태도를 제외하면, 이 세상의 모든 조건을 따져 보아도 두 사람이 진심이라고 생각할 수가 없었다. 그것은 도저히 자연스럽거나 합리적이거나 있을 법한 일이 아니었다. 그들의 신분과 사고방식, 게다가 그녀 자신의 결점을 생각하면 가당치도 않았다. 어떻게 자기가 그런 사람의 마음을 사로잡을 수 있겠는가? 그토록 많은 사람들을 보아왔고 그토록 많은 사람들에게서 존경을 받고 있으며 그녀보다도 훨씬 지체 높은 수많은 여자들과 사귀어 본 사람이 아닌가? 더구나 심지어 다른 사람들이 그를 기쁘게 해 주려고 애를 써도 별로 깊은 인상을 받지 않는 것처럼 보이는 사람 아닌가? 그런 측면에 있어서는 너무나 경박하고 무관심하고 둔감한 사람 아닌가? 그리고 자신은 누구에게나 가장 소중한 존재요, 다른 사람은 누구나 다 보잘 것 없는 존재라고 생각하고 있는 사람 아닌가? 자신의 누이동생인 매리의 결혼에 대해서는 그토록 야단스럽고 세속적인 사고방식을 가진 사람이 나 같은 여자를 진지하게 결혼상대로 생각한다는 것은 상상조차 할 수 없는 일이었다. 어느 경우로 보아도 이처럼 부자연스러운 일은 없었다.

　패니는 이런 고민을 하는 것 자체가 부끄러웠다. 이 세상에서 자신을 진심으로 사랑하는 사람이 왔다거나 혹은 그 일을 진심으로 축하하는 사람이 없을 것으로 확신했기 때문이었다.

　패니의 마음속에 이런 확신이 섰을 때, 토마스 경과 헨리 크로포드가 응접실로 들어왔다. 문제는 그 확신을 헨리 크로포드가 방에 들어온 이후에도 흔들리지 않고 어떻게 그대로 유지해 나가느냐 하는 것이었다. 한두 번 헨리 크로포드의 시선이 자기에게 쏠린 듯 했는데, 그 눈빛은 도저히 예사롭다고 말할 수 없었다. 그러나 패니는 그것도 별 것이 아니라고 믿고 싶었다. 헨리 크로포드가 사촌 언니들에게나 다른 수많은 여성들에게 이따금 표현하는 작은 관심에 불과하다고 생각했다.

　하지만 헨리 크로포드는 다른 사람들 몰래 패니와 단 둘이 이야기하고 싶은 눈치였다. 그날 밤 내내 가끔씩 토마스 경이 방에서 나가거나 노리스 부인과 이야기를 나누기 위해 정신을 쏟고 있을 때마다 그는 기회를 노리고 있는 것 같았다. 그래서 패니는 그에게 기회를 주지 않으려고 조심했다.

　마침내 헨리 크로포드가 집으로 돌아가겠다고 말했다. 신경이 잔뜩 곤두서 있었던 패니의 입장에서 보면 '드디어 가는구나' 하는 생각이 들었지만, 사실 그렇게 늦은 시각은 아니었다. 어쨌거나 돌아가겠다는 헨리 크로포드의 말을 듣자, 일단 마음이 놓였다. 그런데 헨리 크로포드가 패니를 돌아보면서 말을 걸었기 때문에 패니는 다시 바싹 긴장하지 않을 수 없었다.

"매리에게 전할 말씀은 없습니까? 편지의 회답은요? 아무것도 없다면 매리가 실망할 겁니다. 한 줄이라도 좋으니까 써 주십시오."

"알겠어요. 곧 편지를 써 오겠어요."

패니는 얼른 자리에서 일어났다. 패니는 지금 무척 서두르고 있었다. 그것은 패니가 당황하고 있다는 사실을 보여주는 증거였다.

패니는 언제나 이모의 편지를 대필해 주는 책상으로 걸어가서 필기도구를 꺼냈다. 그런데 도대체 뭐라고 써야 좋을지 아무런 생각도 나지 않았다. 매리 크로포드의 편지는 한 번밖에 읽어보지 않았다. 그래서 그 내용을 정확하게 이해하지 못했다. 그런 상태에서 답장을 쓰기란 대단히 곤란한 일이었다. 그리고 이런 종류의 편지를 쓰는 데에는 전혀 익숙하지 못했다. 여유가 있었다면 어떤 문체로 써야 할까 하고 고민하고 주저했겠지만, 지금은 당장 무엇인가를 써야 할 형편이었다. 그래서 아주 조금이라도 헨리 크로포드의 제안에 대해 진정으로 생각하고 있다는 오해만은 받지 않겠다는 한 가지 마음에만 신경을 쓰면서 편지를 쓰기 시작했다. 패니의 심장이 두근거리고 손이 바들바들 떨렸다.

크로포드 양에게.

친절하신 축하 말씀이 사랑하는 윌리엄에 관한 것이라면 기꺼이 받아들이겠습니다. 그러나 편지의 나머지 내용은 아무런 의미도 없는 것으로 알고 있겠어요. 저는 이런 종류의 일에는 전혀 어울리지 않는 사람이랍니다. 그러니까 앞으로는 부디 이런 생각을 하지 않도록 하세요.

오빠를 종종 뵙고 있으므로, 그 분의 태도를 전혀 이해하지 못하는 것은 아니에요. 하지만 만약 그 분이 저를 조금이라도 이해하셨더라면, 아마도 저에 대해서 달리 행동하셨을 거라고 생각해요.

제가 무슨 말을 쓰고 있는지 저도 잘 모르겠군요. 어쨌거나 이 일에 대해서는 두 번 다시 아무런 말도 하지 않기를 부탁드립니다. 그렇게 해 주신다면 정말 고맙겠어요.

호의에 감사드립니다. 그럼 이만.

안녕히 계십시오.

패니

마지막 부분에 가자, 패니는 마음이 더욱 심란해서 서둘러 편지를 끝맺고 말았다. 왜냐하면 헨리 크로포드가 편지를 구실 삼아 또다시 자기가 있는 쪽으로 다가오고 있었기 때문이었다.

"굳이 재촉할 생각은 없습니다. 설마 제가 그런 생각을 가지고 있을 거라고 여기지는 않겠지요? 천천히 쓰도록 하십시오."

패니가 몹시 당황하고 있다는 사실을 알아차린 헨리 크로포드가 말했다.

"감사합니다. 이제 끝났어요. 마침 다 썼답니다. 곧 편지를 드리겠어요. 죄송합니다만 이것을 크로포드 양에게 전해 주세요."

헨리 크로포드는 정중하게 손을 내밀어서 패니의 편지를 받아 들었다. 패니는 이내 다른 곳으로 눈길을 돌렸다. 패니는 다른 사람들이 앉아 있는 난로 쪽으로 걸어갔다.

마침내 헨리 크로포드가 돌아가야 할 시간이 되었다. 패니는 오늘처럼 괴로운 일과 기쁜 일이 한꺼번에 일어난 날도 없다고 생각했다. 그러나 다행스럽게도 기쁜 일은 그날 하루로써 금방 끝나버릴 가벼운 것이 아니었다. 새로운 날이 밝을 때마다 윌리엄이 승진했다는 사실을 떠올리면서 마음껏 기뻐할 수 있을 것이다. 하지만 고통스러운 일은 아마도 두 번 다시 되풀이되지 않을 것이라는 희망을 가질 수 있었다.

물론 그 편지는 형편없었고, 말투는 아이들이 보기에도 창피한 것이었다. 너무나 곤란한 지경에서 이것저것 생각할 여유도 없이 썼기 때문이다. 그러나 패니는 적어도 자신이 헨리 크로포드의 구애에 속아 넘어가지도 않았고 기뻐하지도 않았다는 사실을 크로포드 남매가 분명히 깨달았을 것이라고 생각했다.

제 32 장

다음날 아침에 눈을 떴을 때, 패니는 제일 먼저 헨리 크로포드를 떠올렸다. 그리고 어제 자신이 쓴 편지의 내용을 생각하고 전날 저녁처럼 그 결과에 대해서 낙관적인 기대를 가졌다. 패니는 진심으로 헨리 크로포드가 다른 곳으로 떠나기를 바라고 있었다. 그 사람만 다른 곳으로 가버리면 모든 일들이 죄다 자연스럽게 해결되는 것이었다.

원래 크로포드 남매는 맨스필드 파크를 떠날 예정이었다. 사실 헨리 크로포드가 맨스필드 파크로 다시 돌아온 이유도 바로 그 때문이었다. 그런데 왜 아직까지 떠나지 않는 것인지 알 수가 없었다. 매리 크로포드도 더 이상 이곳에서 머뭇거리고 싶지는 않을 것이다. 패니는 어제 헨리 크로포드가 찾아왔을 때, 언제 떠날 것이라는 구체적인 말이 나올 것이라고 생각했다. 그러나 헨리 크로포드는 얼마 있지 않아서 여행을 갈 것이라는 말밖에 하지 않았다.

어쨌거나 패니는 크로포드 남매가 자신의 편지를 읽었다면, 더 이상 그 문제로 고민할 일은 없을 것이라고 생각하면서 완전히 안심하고 있었다. 그런데 우연히 창 밖을 내다보다가 깜짝 놀라지 않을 수 없었다. 헨리 크로포드가 또다시 찾아오고 있었던 것이다. 그것도 어제처럼 이른 시간에 말이다.

제32장 113

　비록 패니에게 용건이 있어서 찾아온 것은 아니겠지만, 가급적이면 얼굴을 마주치지 않는 편이 좋겠다고 생각했다. 때마침 3층으로 가는 길이었기 때문에, 패니는 헨리 크로포드가 돌아갈 때까지 누가 부르지 않는 한 절대로 3층에서 내려오지 말아야 하겠다고 굳게 결심했다. 다행스럽게도 노리스 이모가 아직 도착하지 않았기 때문에 굳이 그녀가 내려갈 일도 없었다.
　패니는 잠시 동안 안절부절못하면서 잔뜩 신경을 곤두세우고 있었다. 혹시라도 누군가 자기를 부르지나 않을까 마음이 불안하고 초조했다. 그러나 아무도 동쪽 방으로 다가오는 소리가 들리지 않았기 때문에 조금씩 마음의 안정을 되찾기 시작했다.
　마침내 패니는 차분한 마음으로 자리에 앉아서 일을 할 수 있게 되었다. 어쩌면 헨리 크로포드가 왔다가 돌아갈 때까지 이대로 모르는 척하고 숨어 있을 수 있을 것이라는 희망도 생겼다.
　이윽고 30분 가량 지나자, 패니는 마음이 홀가분하게 되었다. 그런데 갑자기 패니가 있는 방을 향해 다가오는 무거운 발소리가 들렸다. 귀에 익지 않은 발소리였다. 그곳으로 오고 있는 사람은 바로 이모부였다. 패니는 이모부의 목소리만큼이나 발자국 소리도 얼른 알아들을 수 있었다. 이 발소리를 듣고 두려움에 몸을 떨었던 적이 몇 번이나 있었기 때문이었다. 이번에도 이모부가 무엇인가 할 말이 있어서 찾아오고 있을 것이라는 생각이 들었다. 그런 생각이 들자 벌써부터 몸이 떨리기 시작했다. 도대체 무슨 용건일까?
　잠시 후에 정말로 토마스 경이 패니의 방을 찾아왔다. 토마스 경은 방문을 열더니 패니에게 잠시 들어가도 괜찮은지 물어보았다. 그 순간 패니는 이모부가 예전에 가끔씩 이 방으로 찾아왔을 때의 두려움이 한꺼번에 되살아나는 듯 싶었다. 또다시 프랑스어나 영어 시험을 보자는 것이 아닐까 하는 생각이 들었다.
　패니는 자리에서 벌떡 일어난 후에 토마스 경 앞으로 의자를 내놓

앉다. 그리고 이모부가 자기 방을 찾아주신 것을 영광으로 여긴다는 마음을 표현하고자 애썼다. 하지만 너무나 당황하고 있었기 때문에 자기 방이 어떤지는 전혀 생각하지 못하고 있었다.

토마스 경은 일단 방으로 들어오자마자, 우뚝 걸음을 멈추더니 깜짝 놀란 듯이 말했다.

"오늘 같은 날에 왜 불을 지피지 않았지?"

정원에 눈이 잔뜩 쌓여 있는 날이었음에도 불구하고 패니는 불을 지피지 않고 숄을 두른 채 의자에 앉아 있었던 것이다. 패니는 잠시 대답을 망설였다.

"저는 별로 춥지 않아요, 이모부. 특히 요즘에는 이 방에 오래 앉아 있는 일이 없으니까 괜찮아요."

"그렇다면 평소에는 불을 지피겠지?"

"아뇨."

"뭐라구? 도대체 이게 어떻게 된 일이냐? 무엇인가 크게 잘못 되었구나. 나는 네가 이 방이 편해서 여기를 쓰는 것이라고 생각했는데……. 지금까지 내가 크게 착각하고 있었구나. 너를 그냥 이대로 둘 수는 없다. 이렇게 추운 곳에 앉아 있다니……. 아무리 잠깐이라고 하더라도 이 한 겨울에 난로도 없는 방에 앉아 있는 것은 안 되지. 게다가 별로 튼튼한 몸도 아니면서……. 지금도 몸이 얼어 있는 게 아니냐? 네 이모가 이런 사실을 알고 있을 리가 없지."

패니는 뭐라고 대답할 말이 없었다. 그러나 이모를 변호하기 위해서라도 한 마디 하지 않을 수가 없었다.

"노리스 이모는……."

"다 안다."

패니가 말을 꺼내자마자, 이모부가 손을 내저으면서 말문을 막았다. 그리고 더 이상 들으려고도 하지 않고 언성을 높였다.

"나도 다 알고 있다. 노리스 이모가 평소에 뭐라고 주장하는지 말이다. 물론 그것은 전적으로 다 옳은 말이야. 젊은 사람을 필요 이상으로 사치스럽게 키워서는 안 된다는 게 이모의 생각이지. 하지만 무슨 일이든지 정도라는 게 있는 법이란다. 하기야 자신이 그렇게 건강하다 보니까 다른 사람의 어려움을 헤아리기가 어렵겠지. 이모의 사고방식이 나쁜 건 아니지만, 분명히 네 경우에는 도가 지나쳤다고 생각한다."

토마스 경은 패니가 받고 있었던 부당한 대우에 대해 상당히 화가 나 있었다.

잠시 후에 토마스 경은 마음이 조금 가라앉은 듯이 다시 말을 이었다.

"때때로 네가 부당한 차별 대우를 받고 있다는 걸 알고 있단다. 그러나 패니야. 너는 착한 애니까 그런 일로 인해 달리 원한을 품지는 않을 것이라고 생각한다. 너는 분별이 있으니까 어느 한 쪽만 생각하고 지난 일에 대해 지나친 판단을 내리지는 않겠지? 옛날 일들을 가만히 돌이켜보고 지난 사정을 생각해 보면, 결코 모두 나쁜 마음에서 그랬던 것은 아니라는 사실을 알 수 있을 거란다. 부디 너를 데려다가 교육하고 훈련시켜서 중산층 정도의 생활을 하도록 해 주는 것이 좋겠다고 생각하고, 너에게 신경을 써 준 것이라고 생각했으면 좋겠구나. 결과적으로 그런 친척들의 염려가 너에게 불필요한 것이었는지는 몰라도, 역시 그것은 선의에서 우러나온 행동이라고 봐야지. 그리고 이것만은 확실하단다. 사소한 부자유나 속박이 가해질 때, 사람은 오히려 자신이 누리는 유복함에 대해 더욱 커다란 고마움을 느낄 수 있는 법이야. 그러니까 부디 내가 이모를 과대평가했다고 생각하지는 말아다오. 언제나 노리스 이모를 공경하고 잘 보살펴 드려라."

비로소 토마스 경은 자기가 왜 패니를 찾아왔는지 이유를 떠올리고 화제를 바꾸었다.

"이제 이런 이야기는 그만 두자. 잠깐 여기 좀 앉아라. 네게 할 이야기가 있단다. 그리 많은 시간이 걸리진 않을 거란다."

패니는 눈을 아래로 내리깔고 얼굴을 붉히면서 이모부가 시키는 대로 자리에 앉았다. 토마스 경은 잠시 뜸을 들이더니 떠오르는 미소를 참으면서 말을 이었다.

"너는 미처 모르고 있었겠지만 오늘 아침에 손님 한 분이 찾아 왔었단다. 아침 식사를 마친 후에 방으로 돌아가서 쉬고 있었단다. 그런데 얼마 후에 헨리 크로포드 씨가 왔더구나. 아마 용건은 너도 짐작이 가겠지?"

패니의 얼굴이 더욱 어두워졌다. 패니는 어쩔 줄을 모르면서 말도 못하고 얼굴도 들지 못했다. 토마스 경은 패니로부터 시선을 돌리더니, 계속 헨리 크로포드의 방문에 대해서 이야기를 늘어놓았다.

헨리 크로포드의 용건은 자신이 패니를 사랑하고 있다는 사실을 알리기 위한 것이었다. 그리고 패니에게 청혼을 하기 위해, 부모의 대리인이라고 할 수 있는 이모부의 동의를 얻으려고 노력했다. 헨리 크로포드의 태도는 더할 나위가 없을 정도로 훌륭했고 솔직하며 예절에 어긋남이 없었다. 토마스 경도 자신이 헨리 크로포드에게 한 대답과 의견이 아주 적절했다고 생각하고 있었다.

토마스 경은 흐뭇한 마음으로 자신과 헨리 크로포드 사이에 오고 간 이야기를 패니에게 자세히 전달했다. 지금 패니의 심정은 전혀 눈치채지 못한 채, 당연히 그녀도 이 제안을 듣고 기뻐할 것이라고 굳게 믿고 있었던 것이다.

토마스 경은 한참 동안 이야기를 늘어놓았다. 그러나 패니는 대답을 하기 위해 입을 열 만한 기운조차도 없었다. 그렇게 하려는 생각조차도 불가능했던 것이다. 지금 패니의 머리 속은 너무나 혼란스러웠다. 패니는 시선을 창문 밖으로 고정시킨 채 이모부의 이야기를 듣고 있었다. 패니의 마음은 어지럽기만 했다.

잠시 후에 이모부가 말을 중단했다. 하지만 패니는 그런 사실조차

제32장 117

도 깨닫지 못했다.
 "좋아, 패니. 이제 나의 임무는 절반 가량 끝난 셈이구나. 만사가 튼튼한 토대 위에 세워진 것처럼 확실하고 한 치도 흠잡을 만한 데가 없다는 걸 너에게 알려 주었으니까 말이다. 이제 남은 절반의 임무도 끝내고 싶은데……. 패니, 나와 함께 아래층으로 내려가지 않겠니? 나도 이야기 상대로는 꽤 괜찮은 편이라고 자부하는 사람이지만, 유감스럽게도 지금 너는 나보다 헨리 크로포드 씨와 더 이야기를 나누고 싶겠지? 너도 벌써 짐작했겠지만, 헨리 크로포드 씨는 아직까지 집으로 돌아가지 않고 너를 기다리고 있단다. 지금 내 방에 있어. 너를 만나려고 말이다."
 토마스 경이 자리에서 일어나면서 말했다. 하지만 이 말을 들었을 때 패니의 얼굴에 떠오른 표정이나 동작, 말소리는 토마스 경의 예상과는 전혀 달랐다. 더구나 패니가 단호하게 소리치는 말을 듣자, 토마스 경의 놀라움은 더욱 커졌다.
 "싫어요, 이모부. 안 돼요. 정말 안 돼요. 저는 아래층으로 내려가고 싶지 않아요. 저는 헨리 크로포드 씨를 만날 수가 없어요. 헨리 크로포드 씨도 그 이유를 알고 계실 거예요. 어제 자세하게 말씀드렸으니까 말이죠. 사실은 어제 저도 그 분이 하는 말을 들었어요. 그래서 제 마음을 솔직하게 밝혔어요. 그것은 저로서는 조금도 원하지 않는 일이에요. 저는 그 호의를 받아들일 수 없어요."
 "나는 네 말 뜻을 잘 모르겠구나."
 토마스 경이 다시 의자에 앉으면서 입을 열었다.
 "그 호의를 받아들일 수가 없다니! 그건 무슨 뜻이냐? 헨리 크로포드 씨가 어제 너에게 이 이야기를 먼저 했다는 말은 이미 들었다. 그리고 너의 반응에 대해서도 알고 있어. 물론 헨리 크로포드 씨의 말을 듣고 네가 보여주었던 행동에 대해서는 나도 크게 만족했단다. 정숙한 숙녀의 조심스러운 태도는 크게 칭찬할 만한 것이지. 그러나 이제 이렇게 헨리 크로포드 씨가 정식으로 청혼을 해 왔으니까 더 이상 망설일 것도 없지 않겠니? 도대체 뭐가 염려가 된다는 거냐?"

"이모부님께서 잘못 아신 거예요. 그런 게 아니에요. 어째서 헨리 크로포드 씨가 오늘 이모부님께 그런 말씀을 드렸는지는 잘 모르겠어요. 하지만 저는 어제 그 분에게 희망적인 이야기는 하나도 하지 않았어요. 정확하게 기억나지는 않지만 분명히 이렇게 말했어요. '이런 이야기는 듣고 싶지 않습니다. 저로서는 어떤 측면에서 보더라도 참으로 불쾌한 일이니까 제발 두 번 다시 그런 말씀은 하지 마세요'라고 말이죠. 어쩌면 그보다도 더욱 심하게 말한 것 같기도 해요. 그 분이 오늘 또다시 이모부님께 이런 이야기를 할 줄 알았다면, 좀더 단호하게 말을 할 걸 그랬어요. 하지만 그렇게 하는 것은 싫었어요. 상대방의 의사가 무엇인지 정확히 알지도 못하는 상태에서 미리 지레짐작하기는 싫었거든요. 그런데 일이 이렇게 되다니 정말 견딜 수가 없어요."

패니는 더 이상 말을 계속 이어나갈 수가 없었다. 화가 치밀어서 거의 숨이 끊어질 지경이었다.

"그렇다면 너는 이제부터 어떻게 하겠다는 거냐? 헨리 크로포드 씨의 청혼을 거절하겠다는 말이냐?"

토마스 경은 잠시 동안 침묵한 끝에 물었다.

"네, 이모부."

"분명히 거절한다는 뜻이지?"

"네."

"헨리 크로포드 씨의 청혼을 거절하다니! 무슨 구실로? 무슨 이유로?"

"저는 헨리 크로포드 씨와 결혼할 정도로 그 분을 좋아할 수 없어요."

"정말 이상한 일이구나."

토마스 경은 조용하면서도 불쾌한 어조로 말했다.
"뭐가요?"
"아무래도 내가 모르는 무엇인가가 있는 것 같구나. 누가 보더라도 멋진 청년이 너에게 청혼을 하고 있는데, 너는 그게 싫다니 말이다. 게다가 그는 모든 조건을 다 갖추고 있어. 신분이나 재산, 인품뿐만 아니라, 인상도 좋고 행동거지와 말하는 태도 등은 어느 누구에게라도 호감을 주잖니? 그리고 어제 오늘에 갑자기 알게 된 사람도 아니고 얼마 동안 충분히 알고 지내던 사람 아니냐? 어디 그뿐이냐? 그의 누이동생은 너의 친구이고 윌리엄을 위해서도 그렇게 수고를 아끼지 않았니? 그 정도만으로도 그 사람이 좋아지기에는 충분하다고 보는데……. 과연 내가 부탁을 했다면, 윌리엄이 승진할 수 있었을지 정말 의심스럽구나. 어쨌거나 그 사람은 그런 것까지도 당장 해결해 주지 않았니?"
"네."
패니는 안으로 기어 들어가는 듯한 목소리로 간신히 한 마디 대답을 하고는 부끄러워서 고개를 푹 숙였다. 이모부가 이렇게 차근차근 설명해 주고 이해시켜 주었음에도 불구하고 헨리 크로포드 씨를 좋아할 수 없는 자신이 부끄럽게 여겨졌던 것이다.
"너도 얼마 전부터 눈치를 챘겠지. 너에 대한 헨리 크로포드 씨의 태도가 특별하다는 사실을 말이다. 그러니까 이번 일도 뜻하지 않은 사건이라고 볼 수는 없지. 사실은 나도 그 동안 헨리 크로포드 씨가 여러 모로 너에게 애정을 표현하고 있었다는 사실을 알고 있단다. 그럴 때마다 너의 태도 역시 언제나 예절에서 벗어나지 않았지. 그런 점에서는 무엇 하나 나무랄 데가 없단다. 하지만 나는 그의 애정 표현이 너에게 불쾌한 일이 되리라고는 한 번도 생각하지 못했지. 패니, 아무래도 너는 정작 너의 본심조차도 잘 모르고 있는 것 같구나."
토마스 경이 차분한 목소리로 말했다.

"아니에요, 이모부님. 저의 마음은 잘 알고 있어요. 그 분이 제 일에 신경을 써 주는 것을 이전부터 알고 있었어요. 하지만 아무래도 그분이 좋아지지 않아요."

토마스 경은 더욱 놀라는 표정으로 패니를 바라보았다.

"나는 도무지 뭐가 뭔지 잘 모르겠구나. 설명을 하지 않고서는 말이야. 너는 아직 나이가 어리고 만난 사람도 거의 없잖아. 네가 혹시 딴 사람을……."

토마스 경은 말을 끊고 물끄러미 패니를 바라보았다. 패니의 입술이 '아니에요'라고 말하는 듯이 보였지만, 목소리는 또렷하지 않았다. 패니의 얼굴은 부끄러움으로 인해 새빨갛게 물들어 있었다. 그러나 토마스 경은 수줍음 많은 소녀가 이런 말을 듣고 얼굴이 빨개지는 일은 얼마든지 있을 수 있다고 생각했다. 그래서 적어도 겉으로는 납득한 시늉을 하고 서둘러 말했다.

"오냐, 알았다. 그거야 의심할 여지도 없는 것이지. 절대로 있을 수 없는 일이니까……. 아무튼 더 이상은 할 말이 없구나."

토마스 경은 몇 분 동안 잠자코 있었다. 그리고 혼자 깊은 생각에 잠겼다. 패니도 역시 생각에 빠졌다. 어떤 질문을 받아도 절대로 흔들리지 않고 마음을 단단히 하겠다고 결심했던 것이다. 토마스 경의 예리한 지적이 진실이라고 인정하느니 차라리 죽는 편이 나았다.

이번에는 토마스 경이 아주 부드러운 어조로 말을 꺼내기 시작했다.

"헨리 크로포드 씨의 선택이 과연 올바른 것인가 하는 문제와 별개로, 나는 이렇게 일찍 결혼식을 올리려고 하는 헨리 크로포드 씨의 생각이 마음에 든단다. 나는 조혼에 대해 찬성하는 입장이야. 물론 거기에 어울리는 경제력을 갖추는 것이 전제되어야 하겠지만 말이다. 적당한 수입이 있는 젊은 남자라면, 스물네 살만 되어도 하루 빨리 가정을 갖는 것이 좋다고 생각한단다. 그런 측면에서 보자면, 톰에 대해서는 유감이 많지. 톰은 좀처럼 결혼할 것 같지 않으니까…….

지금 내가 보기엔 결혼 따위는 그 애의 계획에도, 머리 속에도 전혀 들어 있지 않은 것 같구나. 톰이 좀더 차분하게 안정된 생활을 해 주면 좋으련만."

토마스 경은 힐끗 패니를 바라보더니 다시 말을 이었다.

"에드먼드는 성격으로 보나 행실로 보나 아무래도 형보다는 빨리 결혼할 것 같구나. 요즘 내 생각으로는 그 아이가 분명히 좋아할 만한 여자를 만난 것 같기는 한데 말이다. 톰은 좋아하는 사람이 없다는 것을 분명히 알고 있지만, 에드먼드는 어떤지……. 너도 그렇게 생각하니?"

"네, 이모부."

패니의 말투는 얌전하면서도 차분했다. 그래서 토마스 경은 두 아들에 대해서는 안심했다. 그러나 그렇다고 해서 패니의 입장이 나아진 것은 아니었다. 패니가 헨리 크로포드의 청혼을 거절하는 이유를 도무지 알 수 없다는 생각이 들자, 토마스 경은 더욱 불쾌한 생각이 들었다.

토마스 경은 자리에서 벌떡 일어나더니 험악한 얼굴로 방 안을 서성거렸다. 패니는 차마 눈을 들어서 이모부를 바라볼 만한 용기가 나지 않았다. 곧이어 토마스 경은 엄숙한 목소리로 말했다.

"헨리 크로포드 씨에 대해서 좋지 않게 생각할 어떤 이유라도 있는 거냐?"

"아니에요, 이모부."

패니는 '하지만 그 분의 사고방식은 좋지 않다고 생각해요'라고 한 마디 덧붙이고 싶었다. 하지만 그런 말을 하면 날벼락이 떨어질 것 같아서 차마 입을 열 수가 없었다. 아무리 설명을 해도 이모부는 아마 납득하지 못할 것이다.

패니가 헨리 크로포드에 대해 나쁘게 생각하는 것은 주로 자신의 눈으로 본 사실에 근거를 두고 있었다. 그것은 사촌들의 체면과도 밀접한 관계가 있는 만큼 그들의 부친인 이모부에게 솔직히 털어놓을 수 없는 일이었다.

　마리아와 줄리아, 그 중에서도 특히 마리아는 헨리 크로포드의 단정하지 못한 품행과 밀접한 관계가 있었다. 그러므로 자신의 생각대로 헨리 크로포드의 인품을 평가하게 되면 두 사촌을 배신하는 일이 될 것이다. 이모부처럼 통찰력이 있고 명예를 소중히 여기며 선한 사람이라면, 그저 싫다는 말 한 마디로 충분할 것이라고 패니는 생각했었다. 그런데 불행하게도 현실은 그렇지 않았다.

　패니는 잔뜩 겁에 질린 채 처량하게 앉아 있었다. 토마스 경은 패니를 향해 가까이 다가오더니 냉엄한 어조로 말했다.

　"더 이상 너를 타일러도 아무런 소용이 없을 것 같구나. 이렇게 답답한 이야기는 그만 두는 것이 좋을 것 같다. 언제까지나 헨리 크로포드 씨를 기다리게 할 수는 없지. 그렇지만 한 마디만 덧붙이겠다. 너의 태도에 대한 내 의견을 말해 주는 것이 나의 의무라고 생각하니까 말이다. 이번 일로 인해 지금까지 너에 대해 갖고 있던 내 생각이 완전히 달라졌단다. 비로소 알게 되었지만 네 성격은 내가 지금까지 생각했던 것과는 완전히 정반대였구나. 패니, 너도 짐작했겠지만 나는 영국에 돌아왔을 때부터 너를 높이 평가했었단다. 지금까지 너의 행동을 보면서 나는 고집을 부린다거나 우쭐거린다거나 제멋대로 행동하려는 측면을 한 번도 찾아 볼 수가 없었단다. 요즘 젊은 처녀들의 행실은 대부분 보기 흉하고 불쾌하지만, 너는 달랐단다. 그런데 지금의 너는 어떠냐? 마음대로 고집을 부리고, 무슨 일이든지 혼자 일을 결정하려고 하고, 또한 결정했다고 생각하고 있지 않느냐? 너를 지도할 권리를 가지고 있는 사람들에게 존경심을 가지고 그들의 의견을 묻거나 상의할 생각조차 하지 않고 있구나. 오늘 보여 주었던 너의 태도는 그 동안 내가 생각하고 있었던 것과는 너무나도 다르다. 너는 너의 집안 식구들, 부모나 남동생, 여동생들에 대해서는 전혀 생각조차 하지 않는 것 같구나. 만약 네가 헨리 크로포드 씨에게 시집을 간다면, 그들이 얼마나 많은 도움을 받을지, 또한 얼마나 기뻐할지, 그런 것들은 너에게 아무런 문제가 되지 않는 것이구나. 너는 네 자신의 감정만을 생각하고 있는 듯 보이는구나. 그리고 헨리 크로포드 씨에 대해서는 젊은이들이 행복에 필요하다고 생각하는 점이 느껴지지 않는다고 해서 그렇게 당장 거절하겠다고 결심해 버리다니……. 좀 생각할 여유를 달라고 하지도 않고, 잠깐 동안이라도 냉정히 생각하고 자신의 본심을 진지하게 검토해 보는 일도 없이 말이다. 너는 어리석게도 두 번 다시 찾아올 수 없는 좋은 기회를 팽개쳐 버린 거야. 평생 동안 안정된 조건에서 살아갈 수 있는 좋은 기회를……. 나는 헨리 크로포드 씨는 더할 나위가 없을 정도로 훌륭하고 멋진 혼처라고 생각한다. 어쨌거나 이런 이야기는 이제 두 번 다시 하지 않을 생각이란다. 인품도 성격도 태도도 재산도 흠잡을 만한 곳이 하나 없는 청년이 단지 너를 좋아한다는 이유만으로, 너의 조건에는 전혀 개의치 않고 너에게 결혼을 신청한 것이란다. 패니, 네가 앞으로 또다시 18년을 산다고 해도 헨리 크로포드 씨가 가진 재산의 절반, 아니 10분의 1 만큼이라도 가진 남자로부터 청혼을 받기가 어려울 것이다. 나라면 기꺼이 딸들 중에서 하나를 주었을 거야. 물론 마리아는 좋은 곳으로 시집을 갔지. 그러나 만약 헨리 크로포드 씨가 줄리아와 결혼하고 싶다고 하면, 나는 기꺼이 허락했을 것이다. 마리아를 러시워스에게 보냈을 때 이상으로 진심에서 우러난 만족감을 느끼면서 말이다."

토마스 경은 잠시 동안 침묵한 후에 다시 말을 이었다.

"나라도 몹시 놀랐을 거란다. 만약 딸 가운데 하나가 결혼 신청을 받았는데 내 의견이나 생각은 물어보지도 않고 당장 거절했다고 하면 말이다. 설사 그 혼처가 헨리 크로포드 씨의 절반에도 미치지 못하는 자리라고 하더라도, 그런 일을 당한다면 무척 놀라고 속이 상했을 것이다. 그건 부모에 대한 의무와 경의에 매우 어긋나는 행동이니까 말이다. 물론 너는 내게 자식으로서의 의무는 없으니까 조금은 사정이 다르겠지. 그렇지만 패니야, 만약 네가 스스로의 마음에 비추어서 이런 행동이 배은망덕한 게 아니라고 말할 수 있다면……."

토마스 경은 그만 이야기를 중단했다. 패니가 너무나 서글프게 흐느끼고 있었기 때문에, 아무리 화가 났다고는 하지만 더 이상 뭐라고 야단칠 수가 없었던 것이다.

이모부가 자기를 이렇게 보고 있다니……. 패니의 마음은 고통으로 인해 찢어질 것만 같았다. 이런 비난을 받다니! 제 마음대로 행동하고 고집쟁이며 이기적일 뿐만 아니라 은혜를 모른다고 판단하다니! 이모부는 패니에 대해 완전히 실망하고 있었다. 이모부의 기대를 저버리고 실망을 시켜드린 것이다. 앞으로 어떻게 해야 될까?

"정말 죄송해요."

패니는 눈물을 닦으면서 더듬거리듯이 말했다.

"정말 죄송스럽게 생각합니다."

"죄송하다고? 암, 그렇게 생각해야지. 아마 앞으로 두고두고 오늘 일을 죄송하게 생각하게 될 것이다."

"이모부. 저도 다른 길이 있었으면 좋겠어요. 그런데 저에게는 그분을 행복하게 할 힘이 없고, 저 자신도 행복해질 수 없다는 것을 확실히 알고 있어요."

패니가 떨리는 목소리로 말했다. 하지만 또다시 울음이 터져 나왔다. 토마스 경은 패니의 울음에도 불구하고, 또한 불행 운운하는 불길한 말에도 불구하고 패니의 마음이 다소 누그러졌거나 생각이 달라졌을 것이라고 여겼다. 그리고 본인 스스로 직접 설득하면 일이 잘 풀릴 것이라고 생각했다. 패니가 매우 내성적이며 예민한 성격이라는 것을 알고 있었기 때문이었다.

지금 패니의 마음 상태를 봐서는 조금 여유를 두고 다소 밀었다 당졌다 하면서 다시 재촉해 보는 식으로 진행하는 것이 좋을 것 같았다. 헨리 크로포드가 그렇게 잘 진행시키다 보면 여느 때처럼 기대할 만한 결과가 나올 수도 있을 것이다. 지금은 여자가 별다른 반응을 보이지 않아도, 남자가 계속 애정을 가지고 끈기 있게 행동하면 모든 일이 잘 풀릴 것이다.

이런 생각이 들자, 토마스 경은 기분이 다소 밝아졌다. 그러므로 엄숙하면서도 노기를 감춘 어조로 말했다.

"패니, 그만 눈물을 닦아라. 운다고 모든 문제가 해결되는 건 아니잖니? 우는 것은 아무런 도움이 되지 않는단다. 어쨌거나 헨리 크로포드 씨를 너무 오랫동안 기다리게 했구나. 이 문제는 네가 직접 내려가서 대답을 하거라. 그렇지 않으면 그 사람도 충분히 납득할 수 없을 테니까 말이다. 오직 너밖에는 설명할 수 있는 사람이 없다는 것을 너도 알고 있겠지? 나는 그런 일에는 맞지 않는단다. 네가 네 입으로 직접 자신의 심정을 말하거라."

그렇지만 패니는 헨리 크로포드 씨를 만나기 위해 밑으로 내려가야 한다는 생각을 하자, 그만 마음이 무거워져서 더욱 더 어두운 표정이 되었다. 토마스 경은 잠깐 생각하더니, 일단 그녀의 주장을 들어주는 것이 좋겠다고 판단했다. 그와 동시에 두 남녀에게 걸었던 그의 희망도 약간 시들었다.

하지만 너무 울어서 눈과 뺨이 엉망이 된 패니의 모습을 보자, 지금 이 상태로 만나면 득실이 반반일지도 모른다는 생각이 들었다. 토마스 경은 별로 뜻도 없는 말을 한두 마디 중얼거리고는 혼자 밑으로 내려갔다. 뒤에 혼자 남은 불쌍한 패니는 그 자리에 털썩 주저앉았다. 그리고 자신의 처지를 생각하면서 서글프게 울었다.

패니의 마음은 천 갈래 만 갈래 갈라졌다. 과거와 현재, 미래가 모두 무섭기만 했다. 그러나 무엇보다도 가슴 아픈 일은 이모부를 실망시켜 드린 것이었다. 이모부에게 이기적이고 배은망덕한 인간으로 보이다니! 이제 자신은 영원히 불행한 신세가 될 수밖에 없다고 생각했다. 자신의 편을 들어 주는 사람도, 조언해 주는 사람도, 변호해 주는 사람도 없게 된 것이다.

패니의 유일한 친구인 에드먼드는 지금 집을 비우고 있었다. 혹시 에드먼드라면 이모부의 마음을 풀어 주었을지도 모른다. 그러나 지금은 모두들 패니를 이기적이며 배은망덕하다고 생각할 것이다. 앞으로도 이러한 비난을 무수히 참아야만 할 것이다. 패니는 그러한 비난이 그치지 않을 것이고, 자기가 관계한 모든 일에도 비난이 쏟아질 것이라는 사실을 알고 있었기 때문에 마음을 다부지게 먹었다.

헨리 크로포드 씨에 대해서도 원망스러운 마음이 들었다. 그러나 만약 그 사람이 정말로 자기를 사랑하고 있으며, 그 일로 인해 괴로워하고 있다면! 그렇다면 이보다 더 비참한 일은 없을 것이다.

15분 가량 지나자, 토마스 경이 다시 동쪽 방으로 돌아왔다. 패니는 토마스 경의 모습을 보기만 해도 기절할 것 같았다. 그러나 그는 엄격한 표정도, 나무라는 기색도 없이 조용히 말했다.

"패니야."

패니는 다소 마음이 놓였다. 토마스 경은 조금 전과는 다르게 패니를 위로하면서 이렇게 말했다.

"헨리 크로포드 씨는 방금 돌아갔단다. 그 사람과 나누었던 이야기의 내용은 너에게 말하지 않으마. 지금은 네 마음의 짐만으로 무거울 텐데, 상대방의 생각까지 말해서 너를 더욱 힘들게 만들고 싶진 않으니까 말이다. 어쨌거나 그 사람의 태도는 매우 신사적이며 너무도 너그러웠단다. 그 깊은 이해심과 온화한 심성, 착한 성격이 참으로 훌륭하다고 또 한 번 느끼지 않을 수가 없었다. 네가 얼마나 번민하고 있는지 말해 주었더니, 너를 만나는 것은 나중으로 미루겠다고 먼저 말을 하더구나."

패니는 여기까지 이야기를 듣고는 다시 얼굴을 숙였다.

"물론 조만간에 너와 단 둘이서 5분 동안만이라도 이야기를 하고 싶다고 요청할 거란다. 이것은 자연스러운 요구이니까 거절할 수 없겠지. 아직 시간을 정한 것은 아니지만, 네 기분이 충분히 가라앉은 내일 정도라면 어떻겠니? 당면한 문제는 네가 마음의 안정을 되찾는 일이란다. 울지 마라, 패니. 피곤해지기만 하니까……. 너도 전적으로 내 말을 무시할 생각은 아니겠지? 그렇다면 이렇게 흥분하지 말고 마음을 좀 가다듬고, 이성적으로 따져 보거라. 바깥에 나가서 바람을 쐬고 오는 것이 좋을 것 같구나. 그렇게 하면 마음도 좀 밝아지겠지. 한 시간쯤 산책을 하고 돌아오너라. 지금 정원 숲에는 아무도 없으니까……. 가벼운 운동과 바깥 공기가 너의 기분을 가라앉혀 주겠지. 그리고 패니야, 오늘 일에 대해서는 아무에게도 말하지 않았다. 버트램 이모에게도 말하지 말도록 하자꾸나. 공연히 다른 사람들을 실망시킬 필요는 없으니까 말이다. 그러니까 너도 아무 말 하지 않는 게 좋겠다."

그것이야말로 패니도 간절히 원하는 바였다. 패니는 이모부의 자상함을 가슴 깊이 느꼈다. 이모부의 배려로 인해 노리스 이모의 끝없는 잔소리를 모면할 수 있게 된 것이다.

토마스 경이 방에서 나간 후에도, 패니의 가슴 속에는 이모부에 대한 따사로운 감사의 마음이 남아 있었다. 노리스 이모의 잔소리만 피할 수 있다면 무슨 일이든지 참을 수 있을 것 같았다. 어쩌면 헨리 크로포드 씨를 만나는 일도 그것보다는 덜 고통스러울 것이다.

패니는 이모부의 권고에 따라 바깥으로 걸어 나갔다. 가급적 그 충고대로 실행하려고 노력했다. 눈물을 참고 흥분을 가라앉히면서 마음을 굳게 가지려고 애썼다. 자기가 이모부의 마음을 편안하게 해 드리길 원하고 있으며, 그의 호의를 다시 얻으려고 노력한다는 사실을 증명하고 싶었던 것이다. 게다가 이모부는 패니가 그렇게 노력해야 할 또 다른 한 가지 강한 동기를 부여해 주었다. 이 모든 일들을 이모들에게 비밀로 해 준 것이다. 이 비밀을 지키려면 이모들에게 의심받지 않도록 어떻게 해서든지 표정을 관리하고 자연스러운 태도를 취해야만 했다. 패니는 노리스 이모의 잔소리만 피할 수 있다면 어떤 일이라도 할 수 있을 것 같았다.

마침내 산책에서 돌아와 다시 동쪽 방으로 들어갔을 때, 패니는 깜짝 놀라지 않을 수가 없었다. 불이 지펴져서 활활 타오르고 있는 난로가 제일 처음 눈에 들어왔던 것이다.

"불이라니……."

패니는 분에 넘친다는 생각이 들었다. 더구나 이런 때에 이 같은 호사를 허락하시다니, 이모부에 대한 고마운 마음으로 가슴이 저렸다. 토마스 경은 이런 세세한 점까지 신경을 써 주고 있었다. 불을 살피러 온 하녀는 더욱 대단한 사실을 알려 주었다. 앞으로는 매일 이렇게 하라고 토마스 경이 명령했다는 것이었다.

"이 은혜를 잊는다면 짐승이나 다름이 없어."

패니는 나지막한 목소리로 혼자 중얼거렸다.

"하느님, 제발 그런 일이 없도록 도와주세요."

그 이후로는 이모부도, 노리스 이모도 만나지 않아도 되는 자유로운 시간이었다. 그러므로 식사 때가 되어서야 비로소 서로 얼굴을 대하게 되었다. 그 때에도 이모부의 태도는 지금까지와 거의 다를 바가 없었다. 이모부는 분명히 태도를 바꿀 생각이 없는 것 같았다. 이제부터는 무엇인가 다르게 대하시지 않을까 걱정했던 것은 패니의 기우에 지나지 않았다.

그러나 노리스 이모는 곧 패니를 꾸중하기 시작했다. 자신에게 알리지도 않고 밖으로 산책을 나갔다는 이유 때문이었다. 단지 그 정도의 일만으로도 이모가 이토록 심하고 불쾌하게 화를 내는 것을 보자, 패니는 헨리 크로포드 씨의 일을 감추어준 이모부의 배려가 더욱 고맙게 느껴졌다.

"진작 네가 외출하는 줄 알았더라면, 우리 집에 가서 내니에게 내 말을 좀 전달해 달라고 부탁했을 거란다. 그걸 몰라서 불편하게도 내가 직접 전달하러 가야만 했잖니. 그 시간이 여간 아깝지가 않구나. 네가 외출한다고 한 마디만 했더라면 그런 수고는 하지 않아도 되었을 게 아니냐? 정원 숲을 산책하는 일이나 우리 집까지 갔다오는 일이나 어차피 그게 그거잖니?"
"정원 숲을 산책하라고 권유한 사람은 바로 나였소. 그래도 그 길이 제일 가까우니까 말이오."
참다 못한 토마스 경이 한 마디 던졌다.
"어머나!"
노리스 부인은 한 순간 말문이 막혔다.
"정말 친절하기도 하셔라. 그런데 그건 형부가 잘 몰라서 그러는 거예요. 우리 집까지 가는 길도 그리 힘들지 않아요. 그 길로 가더라도 패니는 역시 즐거운 산책을 할 수가 있었을 거예요. 게다가 이모를 돕는다는 장점도 있잖아요. 어쨌거나 이 일은 패니가 잘못한 거예요. 나간다고 미리 말만 해 주었어도 이런 일은 없었을 텐데……. 그런데 패니에게는 약간 이상한 점이 있어요. 이전부터 여러 번 눈에 뜨인 일이지만, 어떤 일을 한 가지 하더라도 자기 방식대로만 하거든요. 다른 사람의 지시를 받기가 싫은 거죠. 자기 마음대로 원하는 시간에 산책을 나가는 것만 보아도 알 수 있죠. 확실히 좀 비밀이 많고 방자하고 엉뚱한 데가 있어요. 이 애의 이런 점은 고치도록 하는 게 좋다고 생각해요."
토마스 경은 패니에 대한 이런 식의 비난이 전적으로 부당하다고 생각했다. 그러나 조금 전에 자기도 패니에게 이런 말을 했기 때문에 노리스 이모의 말에 아무런 대꾸도 하지 않고 화제를 바꾸려고 노력했다. 그러나 완전히 화제를 바꿀 때까지는 몇 번의 노력을 거듭해야만 했다.

아무런 눈치도 없는 노리스 이모는 토마스 경이 얼마나 패니를 높이 평가하고 있는지 전혀 모르고 있었다. 그리고 조카딸을 헐뜯으면서까지 자기 딸들의 장점이 돋보이기를 바라는 사람이 아니라는 것을 전혀 모르고 있었다. 그러므로 노리스 이모는 식사 중간까지 패니에게 잔소리를 멈추지 않고, 아무런 말도 없이 혼자 산책을 나간 일에 대해 계속 비난을 퍼부었다. 그러나 그것도 식사가 끝나자 가까스로 끝이 났다.

이윽고 저녁 어둠이 밀려 올 무렵이 되자, 패니도 안정을 되찾았다. 그토록 폭풍우 같은 아침나절을 보냈다고 생각할 수 없을 만큼 기분이 밝아졌다. 패니는 무엇보다도 자기가 한 행동이 옳았으며, 올바른 판단을 내렸다고 믿었다. 자신의 결단과 행동의 의도는 순수함 그 자체였다. 그리고 새로운 희망도 가질 수 있었다. 이모부의 상한 마음이 어느 정도 가라앉고 있으며 앞으로 시간이 흐르면서 더욱 가라앉을 것이라는 생각이 들었기 때문이었다.

토마스 경은 모든 사물을 공평하게 생각하는 사람이었다. 그러므로 애정 없는 결혼을 하는 것이 얼마나 비참하고 용납되지 않는 일인지, 얼마나 절망적이며 옳지 않은 일인지를 이해할 수 있을 것이라고 생각했다.

패니는 이제 내일 치러야 할 헨리 크로포드와의 면담만 끝나면 된다는 달콤한 생각에 젖어 있었다. 결론은 이미 내려졌다. 헨리 크로포드가 맨스필드 파크를 떠나기만 하면 언제 그런 일이 있었느냐 싶게 모든 일이 잘 해결될 수 있을 것이다 라고 생각했다. 헨리 크로포드가 그녀에 대한 애정 때문에 오랫동안 괴로움에 잠기는 일이 생길 것이라곤 믿고 싶지도 않았으며, 또한 믿을 수도 없는 일이었다. 헨리 크로포드는 절대로 그런 성격의 사람이 아니었던 것이다. 런던에 가면 이곳에 있었던 일들을 씻은 듯이 깨끗하게 잊어버릴 것이다. 그리고 패니에게 열중했던 일에 대해 자기 자신도 이상하게 여기게 될 것이다. 어쩌면 패니가 덩달아 제 정신을 잃지 않은 것을 고맙게 여길지도 모르는 일이었다. 그 덕분에 불행한 결과로 빠지는 일을 모면했으니까 말이다.

패니의 마음은 이러한 희망적인 생각으로 가득 차 있었다. 그러는 동안 이모부는 차를 마시고 곧이어 방에서 나갔다. 그것은 흔히 있는 일이므로 패니는 대수롭지 않게 여기고 별다른 생각도 하지 않았다. 그런데 10분 후에 집사가 나타나서 패니를 향해 걸어오더니 이렇게 말했다.

"토마스 경께서 하실 말씀이 있답니다. 방에서 말입니다."

그 순간 패니는 무슨 일이 일어나고 있는지 짐작했다. 불길한 생각이 떠올랐다. 패니의 두 볼에서 핏기가 싹 가셨다. 그러나 언제까지 지체할 수는 없는 노릇이었다.

패니는 즉시 자리에서 일어나 토마스 경에게 가려고 했다. 그런데 노리스 이모가 패니를 붙잡았다.

"기다려, 기다려라. 패니! 도대체 뭘 하는 거니? 어디로 가는 거니? 그렇게 당황하지 말거라. 토마스 경이 용무가 있는 건 분명히 네가 아니라 나일 테니까……. 너는 정말 주제넘은 곳이 있구나. 토마스 경이 네게 무슨 볼 일이 있겠니? 당연히 나에게 볼 일이 있는 것이겠지, 배들리? 지금 곧 간다고 말씀드리게. 토마스 경이 찾는 건 패니가 아니라 나지?"

그러나 배들리는 손을 내저으면서 완강히 부인했다.

"아닙니다. 마님. 패니 아가씨입니다. 분명히 패니 아가씨를 부르셨습니다."

그 말과 함께 배들리의 입가에 엷은 웃음이 떠올랐다. 그 웃음 속에는 당신은 아무런 볼 일도 없다는 뜻이 담겨 있었다. 노리스 이모는 무척 못마땅한 표정을 지었다. 하지만 어쩔 수 없이 다시 자리에 앉아서 바느질을 하기 시작했다.

패니는 두근거리는 가슴을 안고 이모부의 방으로 걸어갔다. 그리고 1분 후에는 예상한 대로 헨리 크로포드와 단 둘이 서 있게 되었다.

제 33 장

　헨리 크로포드와의 면담은 패니가 예상했던 것과 달리 길고 지루하기만 했다. 그럼에도 불구하고 결정된 것은 아무것도 없었다. 헨리 크로포드는 패니의 결정에 대해 좀처럼 납득하려고 하지 않았다. 패니는 완강하게 거절했지만, 헨리 크로포드는 여전히 끈질기게 버티고 있었다. 사실 이런 고집스러운 태도는 토마스 경이 내심 바라는 것이기도 했다.
　헨리 크로포드는 자부심이 무척 강한 사람이었다. 헨리 크로포드는 몇 가지 이유로 인해 자신의 결심을 굽히지 않았다. 첫째, 아직 나이가 어려서 미처 깨닫지 못하고 있는 것일 뿐, 사실은 패니도 자신을 좋아한다고 생각했다. 둘째, 패니가 현재 자신의 진실한 감정을 모르고 있다는 것을 깨닫게 된다면, 얼마 있지 않아서 그녀의 마음이 자기가 원하는 방향으로 바뀔 것이라고 확신했다.
　지금 이 순간 헨리 크로포드는 진정한 사랑을 하고 있었다. 패니와의 깊은 사랑에 빠져 있었던 것이다. 그러나 그 사랑의 마음은 적극적이고 낙관적이고 따뜻한 마음에서 우러나온 것이 아니라 혈기에 의해 지배된 것이었다. 헨리 크로포드는 패니의 사랑을 받을 수 없게 되자, 그것이 더욱 소중하게 여겨졌다. 그래서 무슨 수를 써서라도 그 사랑을 쟁취했다는 영광과 행복을 자신의 것으로 만들겠다고 생각했다.
 헨리 크로포드는 절대로 물러서고 싶지 않았다. 도중에서 그만 둘 생각 따위는 아예 하지도 않았다. 물론 헨리 크로포드가 패니에게 반할 만한 이유는 충분했다. 헨리 크로포드는 잘 알고 있었다. 패니의 다정한 성품은 분명히 아름답고 사랑스러운 아내가 될 수 있을 것이다. 패니와의 결혼 생활은 부족한 점이 전혀 없을 것만 같았다. 그렇기 때문에 헨리 크로포드가 패니에게 거는 희망은 시간이 흐를수록 더욱 커져만 갔다. 자신의 청혼을 거절하는 패니의 행동은 그녀의 청렴하고 섬세한 인품을 더욱 잘 드러내고 있었다. 그것은 결과적으로 헨리 크로포드의 결심을 보다 완강하게 만들어주고 있었다.
 그러나 헨리 크로포드가 미처 모르고 있는 사실이 있었다. 그것은 이미 패니에게 사랑하는 사람이 있다는 점이었다. 하지만 헨리 크로포드는 이 사실을 전혀 눈치채지 못하고 있었다. 헨리 크로포드는 패니를 두고 아직 한 번도 이 문제에 대해서 생각한 적이 없었다. 패니는 그럴 가능성이 전혀 없는 여자라고 굳게 믿고 있었던 것이다.
 헨리 크로포드는 그저 단순하게 미덕이 패니를 지키고 있는 것이라고 믿었다. 패니의 마음은 육체의 젊음에 못지않을 정도로 아름다웠다. 아직 나이가 어리기 때문에 패니는 지금 지나치게 조심하고 있을 뿐이다. 그렇기 때문에 자신이 고백한 청혼의 뜻을 제대로 알지 못하고 있는 것이다. 그리고 전혀 뜻하지도 않게 갑자기 사랑의 고백을 받아서 어리둥절한 상태에 빠져 있는 것이다. 낯설고 새로운 상황에 아직까지 적응하지 못하고 멍청한 상태에 처해 있다고 믿었다.
 그것은 별로 중요한 문제가 아니었다. 청혼자의 마음을 충분히 이해시키기만 하면 일이 저절로 순조롭게 풀릴 것이다. 헨리 크로포드는 이런 생각에 대해 추호도 의심하지 않았다.
 "나는 패니를 이토록 사랑하고 있어. 나와 같은 조건을 갖춘 사람은 두 번 다시 만나기 힘들 거야. 좋아. 인내심을 가지고 밀고 나가기만 하면 반드시 성공할 수 있어. 그것도 멀지 않은 장래에⋯⋯."
 헨리 크로포드는 나지막이 혼잣말을 하면서 행복한 상상에 빠졌다. 헨리 크로포드는 가까운 장래에 패니가 자기를 사랑할 것이라고 확신했다. 그렇기 때문에 지금 당장 패니가 자기를 사랑하지 않는다는 것에 대해서도 별로 섭섭하게 여기지 않았다. 다소의 어려움을 극복해야 한다는 것도 헨리 크로포드의 입장에서 보면 그다지 싫은 일이 아니었다. 패니의 거절은 오히려 헨리 크로포드를 더욱 분발하도록 만드는 자극제가 되었다. 지금까지 헨리 크로포드는 너무나 쉽게 다른 여자들의 마음을 사로잡았던 것이다. 지금의 경우는 아주 새롭고 신나는 일이었다.
 그런데 패니의 입장은 사뭇 달랐다. 패니는 지금까지 거절당한 경험을 너무나 많이 갖고 있었다. 그래서 그런 식의 태도에 대해 아무런 매력도 느끼지 않았다. 오히려 헨리 크로포드의 이런 행동을 전혀 이해할 수가 없었다. 물론 패니는 헨리 크로포드가 손쉽게 물러서지는 않을 것이라고 짐작했다. 그러나 어째서 그런 일이 가능한지 도저히 이해할 수가 없었다.
 "저는 당신을 사랑하고 있지 않아요. 게다가 사랑할 수도 없어요. 앞으로도 결코 사랑하지 않을 거예요. 지금의 내 마음은 변하지 않을 거예요. 앞으로도 변하지 않을 테니까 절대로 기대하지 마세요. 이러한 이야기를 하는 것만으로도 저는 충분히 고통받고 있어요. 그러니까 제발 두 번 다시 이런 말을 꺼내지 말았으면 좋겠어요. 지금 헤어지고 난 다음부터는 이런 일이 없었으면 좋겠어요. 이 일은 이제 깨끗하게 결말이 났어요. 이 문제에 대해서 더 이상 생각하지 않기를 바래요."
 패니는 단정적으로 딱 잘라 말했다. 그래도 헨리 크로포드가 단념하지 않자, 이렇게 한 마디 덧붙였다.

"저는 우리 두 사람의 성격이 완전히 다르다고 생각합니다. 그러니까 서로 사랑하는 일은 있을 수 없어요. 우리는 태어난 것부터 교육과 습관에 이르기까지 모든 것들이 서로 맞지 않아요."

패니는 진심으로 이렇게 말했다. 그런데 아직도 헨리 크로포드를 포기시키기에는 부족했다. 헨리 크로포드는 비록 두 사람의 성격이 서로 맞지 않는 점이 있고, 처지가 다르다고 하더라도 얼마든지 사랑할 수 있다고 단호하게 선언했다. 그리고 자신은 여전히 패니를 사랑하고 있으며, 희망을 버리지도 않겠다고 분명히 말했다.

패니는 자기가 헨리 크로포드를 만나서 무슨 말을 했는지 알고 있었다. 그런데 말하는 태도에 대해서 얼마나 단호하게 대처했는지 판단이 서지 않았다. 평소에 패니의 태도는 언제나 온순하기 짝이 없었다. 그렇기 때문에 헨리 크로포드에게 자신의 확고한 의지가 어느 정도로 약화되어서 전달되었는지 알지 못했다.

패니의 성격은 내성적이고 은혜에 민감했으며 유순했다. 당신을 사랑할 뜻이 없다고 말하는 한 마디 한 마디가 거의 일부러 애를 써서 그렇게 보이려고 하는 행동 같았다. 적어도 헨리 크로포드가 괴로워하고 있는 것에 못지않게 패니 자신도 괴로워하고 있는 것처럼 보였던 것이다.

상대방인 헨리 크로포드도 이제는 옛날의 그가 아니었다. 몰래 다른 사람들의 눈을 피해서 은근슬쩍 조심스럽게 마리아에게 관심을 비치던 시절의 그가 아니었던 것이다. 그 당시에 패니는 진정으로 헨리 크로포드를 혐오했다. 얼굴을 마주 대하는 것도 싫어했을 뿐 아니라 말하는 것도 싫어하고 좋은 점이 있다고 여기지도 않았으며 그의 능력이나 상냥한 점도 거의 인정하지 않았었다.

그런데 지금의 헨리 크로포드는 아주 뜨겁고 정열적이고 사심없는 사랑을 받아달라고 패니에게 호소하고 있었다. 마음가짐도 무척 떳떳하고 예의바른 것 같았으며, 행복이란 모름지기 애정에 의한 결혼에 달려 있다고 생각하는 사람처럼 보였다. 그리고 자기가 보았던 패니의 장점에 대해 한치의 꾸밈도 없이 말하고, 자신의 애정이 얼마나 크고 깊은지 여러 번 되풀이하면서 설명했다. 재기발랄한 남자의 입담과 어조와 기백을 가지고 자기가 패니를 사랑하는 것은 그녀의 정숙함과 선량함 때문이라는 사실을 증명하고 있었다. 게다가 헨리 크로포드는 패니의 소원대로 윌리엄이 승진할 수 있도록 길을 마련해 주었던 장본인이었다.

이 엄청난 변화가 서서히 효과를 나타내고 있었다. 이전 같았으면 패니도 분노를 담은 숙녀의 차가운 태도로 헨리 크로포드를 깔보고 멸시할 수도 있었을 것이다. 그러나 그것은 이미 소더튼의 영지에서 벌어진 과거의 일이었다. 지금 패니에게 접근하고 있는 헨리 크로포드는 얼마든지 그녀에게 특별한 대우를 요구할 권리를 가지고 있었다. 패니는 정중한 태도로 헨리 크로포드를 대해야만 했다. 자기 문제를 생각하든 오빠 일을 생각하든 간에, 언제나 깊은 감사의 마음을 가져야만 했다.

이러한 사실 모두가 결과적으로 미안하고 안절부절못하는 태도로 나타났던 것이다. 패니가 조심스럽게 거절의 말을 던질 때에도 그 속에는 감사와 염려를 나타내는 표현이 섞일 수밖에 없었다. 그러므로 자부심이 강하고 낙천적인 성격을 가진 헨리 크로포드가 패니의 말에 대해 의심하는 것은 너무나 당연한 일이었다. 그렇다고 해서 헨리 크로포드가 패니의 생각만큼이나 억지를 부리는 것도 아니었다. 헨리 크로포드는 인내심을 가지고 기다리겠다고 하면서 자신의 사랑을 결코 포기하지 않겠다고 선언했다.

헨리 크로포드는 미련을 가지고 못내 아쉬워하는 마음으로 패니가 방에서 나가는 것을 허락해야만 했다. 하지만 두 사람이 헤어질 때, 헨리 크로포드의 얼굴에는 자신의 기대가 어긋난 것에 대한 절망의 빛은 하나도 찾아볼 수 없었다. 패니에게 앞으로 이런 일이 두 번 다시 없을 것이라는 기대를 걸게 하지도 않았다.
 사정이 이렇게 되고 보니까 패니는 화가 나서 견딜 수가 없었다. 헨리 크로포드의 자기중심적이고 고집스러운 태도에 대해 울화가 치밀어 올랐다. 이전에도 싫다고 느끼고 있던 바로 그 섬세하지 못하고 상대방에 대한 몰이해가 다시 눈에 거슬렸던 것이다. 또다시 헨리 크로포드의 단점들, 이전에 몹시 싫다고 생각했던 점들이 조금씩 드러났다. 자기의 형편과 관계된 일이라면 다른 사람들의 사정은 안중에도 없을 것이 뻔한 일이었다. 더구나 자신의 욕망을 제어할 수 있는 절제심이라곤 손톱만큼도 찾아볼 수 없었다. 헨리 크로포드가 그런 점만 갖추고 있었더라도 지금처럼 싫어하지는 않았을 것이다. 어쨌거나 패니는 헨리 크로포드에 대해 의무감은 갖고 있었다. 그러나 만약 아직까지 좋아하는 사람이 없었다고 하더라도 도저히 그런 사람을 좋아할 수가 없었다. 패니는 헨리 크로포드가 너무나 한심하다고 생각했다.
 패니는 혼자 조용히 슬픈 생각에 잠겼다. 지붕 밑 다락방의 난로라는 고맙고 과분한 사치 앞에 앉아서 골똘히 생각에 잠겼다. 과거와 현재의 상황에 대해 깜짝 놀라고, 미래에 다가올 일들을 생각했다. 패니는 앞으로 어떻게 하는 것이 좋을지 알 수가 없었다. 그러나 한 가지 분명한 것은 어떤 상황에 놓이게 되더라도 헨리 크로포드를 사랑하게 되지 않을 것이라는 확신이었다. 패니는 불을 쬐면서 마음을 정리했다.
 토마스 경은 어쩔 수 없이 다음날 아침까지 억지로 참고 있었다. 다음날 아침에 토마스 경은 헨리 크로포드를 만난 자리에서 어제 젊은 두 사람 사이에서 어떤 일이 있었는지에 대해 들었다. 처음에 토마스 경은 몹시 실망했다. 패니가 헨리 크로포드의 마음을 어느 정도 수용했을 것이라고 믿었기 때문이었다. 토마스 경은 헨리 크로포드와 같은 청년이 한 시간만 설득하면 패니처럼 마음씨 고운 아가씨의 생각이 많이 달라질 것이라고 생각했다. 그러나 토마스 경의 예상대로 되지 않자 그만 실망하게 되었던 것이다. 그러나 헨리 크로포드가 여전히 자신만만한 태도를 보이고, 초지일관하는 마음으로 굳건히 버티고 서서 물러서지 않자 이내 안심했다. 본인이 이처럼 성공에 대해 추호도 의심하지 않는 태도를 보이자, 토마스 경의 기대감도 줄어들지 않았던 것이다.

토마스 경은 자기편에서도 한치의 실수 없이 헨리 크로포드에게 호의를 보임으로써 이 계획에 도움이 되고자 노력했다. 헨리 크로포드의 굳은 의지는 칭찬할 만한 것이며, 패니는 훌륭한 처녀라고 하면서 이 혼담이 정말 바람직한 것이라고 말했던 것이다. 그리고 맨스필드 파크에는 언제든지 찾아와도 환영이며, 앞으로 오고 싶을 때에는 조금도 주저하지 말고 몇 번이든지 방문하라고 말했다. 패니의 가족이나 친지들 모두 이 문제에 대한 결론이 하나뿐이라고 말했다. 그리고 모두들 힘을 모아서 아낌없이 헨리 크로포드를 도울 것이라고 말했다. 토마스 경은 진심으로 헨리 크로포드를 격려했다. 헨리 크로포드도 그 격려를 모두 감사와 기쁨의 마음으로 받아들였다. 두 신사는 둘도 없는 벗이 되어서 작별했다.

토마스 경은 상황이 매우 순조롭고 희망적이라고 판단했다. 그래서 더 이상 패니가 귀찮게 여길 정도로 강요하는 일은 하지 않고, 노골적인 참견도 하지 않겠다고 결심했다. 패니와 같은 성격의 아가씨에게는 따뜻하게 대해주는 일이 제일 효과적이라고 생각했던 것이다. 패니를 달래는 일은 한쪽에서만 진행하는 것이 좋았다. 가족들은 그냥 잠자코 있지만, 가족들이 바라는 것이 어떤 것인가를 패니가 잘 알고 있을 것이라고 믿었던 것이다. 이것이 일을 올바르게 추진하는 가장 확실한 방법이었던 것이다.

토마스 경은 적당한 기회가 되자 패니에게 말했다. 온화하고 엄숙하면서도 위압적인 태도였다.

"패니야, 헨리 크로포드 씨를 만나서 너희 둘 사이가 어떻게 되었는지 들었다. 헨리 크로포드 씨는 무척 비범한 청년이더구나. 결국 마지막 순간에 어떻게 되든지 간에 너도 느끼는 바가 있어야 한다.

그 사람에게 뜨거운 애정을 갖도록 만들었으니까 말이다. 너는 아직 젊으니까 애정은 순간적이며 변하기 쉽고 그리 오랫동안 지속되지 않는다는 사실을 잘 모르고 있겠지. 하지만 헨리 크로포드의 태도는 그렇지 않았단다. 그러니까 나는 정말 놀랄 수밖에 없지. 너는 잘 모르겠지만 헨리 크로포드 씨가 지금처럼 변하지 않는 사랑을 한다는 것은 정말 놀라운 일이란다. 시작 단계에서부터 어려움이 있었지만, 그런 것에 굴복하지 않고 여전히 너를 사랑하고 있잖니? 이 문제는 전적으로 헨리 크로포드 씨의 마음에 달려 있단다. 내가 보기엔 헨리 크로포드 씨 정도라면 아무런 장애도 되지 않을 것 같은데? 만약 그 사람에게 다소 문제가 있다면, 나라도 왜 미련을 버리지 못하고 자꾸 매달리느냐고 야단쳤을 거란다."

"이모부. 저는 지금 너무나 난처해요. 헨리 크로포드 씨가 언제까지……. 저도 알고 있어요. 그분의 청혼이 저에게 명예로운 일이며 분에 넘치는 영광이라는 것을……. 하지만 저는 그분의 사랑을 받아들일 수가 없어요. 그건 불가능한 일이에요. 이것이 저의 진심이에요. 또한 그분에게도 이미 말했어요."

"패니야, 그런 말은 하지 않아도 된단다. 너의 마음은 나도 잘 알고 있고, 너도 나의 바라는 바와 유감의 뜻도 잘 이해하고 있겠지. 더 이상 말할 것도 없단다. 앞으로 이 이야기는 절대로 반복하지 말기로 하자. 네가 염려하거나 고민할 필요는 없단다. 너도 이 이모부가 본인이 싫다고 하는 결혼을 억지로 하라고 설득하는 사람은 아니라는 사실을 알고 있을 테니까……. 나는 너의 행복, 너의 이익밖에 생각하지 않는단다. 너는 다만 헨리 크로포드 씨와 가끔씩 만나기만 하면 되는 거야. 그 사람은 너의 행복과 자기의 행복이 서로 다르지 않다는 점을 설득하기 위해 노력하겠지. 물론 가능성은 반반이라는 사실을 그 사람도 알고 있단다. 네 입장이 곤란할 것은 전혀 없어. 헨리 크로포드 씨가 찾아오면 언제나 너를 만날 수 있도록 하겠다는 것만 약속하고 왔단다. 이런 일이 없었다면 너도 기꺼이 그렇게 했을 테니까……. 여러 사람들이 있는 자리에서 그 사람을 만나도록 해라. 평소와 같은 태도로 말이다. 그리고 가급적 불쾌했던 기억은 모두 잊어버리도록 하거라. 얼마 있지 않아서 그 사람도 노스햄튼을 떠난다고 하더라. 그러니까 너에게 조금만 양보해 달라는 요구가 그렇게 흔하지는 않을 거란다. 그 다음에 생기는 문제들은 어떻게 될 것인지 전혀 모르는 채로 묻어둘 수밖에 없지. 자, 패니야. 우리 사이에 이 문제는 이것으로 끝내도록 하자."

패니에게 만족스러운 기분이 든 것은 헨리 크로포드가 다른 곳으로 떠날 것이라는 기대뿐이었다. 패니는 이모부의 부드러운 말씨와 관대한 태도가 무척 고맙다고 생각했다. 이모부는 진상을 전혀 모르고 계시니까 헨리 크로포드와의 관계를 고려해서 그렇게 애를 쓰시는 것이 당연하다고 여겨졌다.

토마스 경은 자신의 딸 마리아를 러시워스에게 시집보낸 사람이었다. 결혼에 대해 낭만적이거나 섬세한 마음을 기대하는 것 자체가 잘못이었다. 아직 열여덟 살밖에 되지 않았던 패니는 헨리 크로포드의 애정이 언제까지나 지속될 것이라고 믿을 수가 없었다. 패니가 항상 차갑고 냉정하게 대하면 언제인가는 헨리 크로포드의 사랑도 막을 내릴 것이라고 생각했다. 도대체 얼마 동안 그런 관계가 지속될 것인지에 대해서는 도무지 알 수가 없는 일이었다.

일단 더 이상 논의하지 않기로 했지만, 토마스 경은 또 한 번 이 문제에 대해 패니와 이야기하게 되었다. 토마스 경은 먼저 패니에게 마음의 준비를 단단히 시켰다. 그리고 두 이모에게 이 일의 대략적인 경위를 설명했다. 이모들에게 알리는 일만큼은 되도록 피하고 싶었지만 어쩔 수 없는 상황이 펼쳐졌던 것이다. 헨리 크로포드는 이 일을 은밀히 진행시키는 것에 대해 반대했다.

애초에 헨리 크로포드는 이 일을 숨기려는 의도가 전혀 없었다. 목사관에서는 이미 모두 다 알고 있는 사실이었다. 헨리 크로포드는 누님과 여동생을 앞에 놓고 자신의 장래 일에 대해 의논하곤 했다. 헨리 크로포드는 자랑스러운 듯이 패니에게 청혼했다고 떠벌였던 것이다.

결국 토마스 경은 당장 아내와 처제에게 자초지종에 대해 설명할 필요를 느꼈다. 패니의 처지를 생각하면 노리스 부인에게 이 사실을 알리는 것을 가능하다면 피하고 싶었다. 토마스 경도 패니만큼 이 일을 알리고 난 후의 결과를 염려했다. 토마스 경도 요즘 와서 노리스 부인에 대해 어느 정도 알게 되었던 것이다. 노리스 부인과 같은 부류의 사람들은 언제나 엉뚱하고도 불쾌한 짓을 저지르기 마련이었다.

그러나 그런 염려는 할 필요가 없었다. 토마스 경은 아내와 처제에게 이 문제에 대해서 패니에게 한 마디도 하지 말라고 신신당부했다. 결국 버트램 부인과 노리스 부인은 침묵을 지키겠다고 다짐했다. 노리스 이모는 그 약속을 성실히 지켰다. 노리스 이모는 단지 참을 수 없는 악의를 얼굴에 고스란히 나타낼 뿐이었다.

노리스 이모는 몹시 화를 내고 있었다. 패니에게 화가 난 것은 패니가 이 청혼을 거절했기 때문이 아니었다. 그것보다도 그런 청혼이 있었다는 사실 자체가 노리스 이모를 화나게 했다. 패니가 헨리 크로포드로부터 사랑 고백을 받았다는 것은 줄리아에 대한 모욕이며 실례라고 생각했다. 헨리 크로포드가 구혼했어야 할 사람은 패니가 아니라 줄리아라고 생각했던 것이다. 게다가 이 문제가 진행되는 동안 자신이 아무런 참견도 하지 못하게 되었다는 것도 못마땅한 일이었다. 노리스 이모는 패니의 이런 출세가 몹시 못마땅했다. 노리스 이모는 언제나 패니를 무시하고 멸시했기 때문이었다.

토마스 경은 노리스 이모가 패니에게 잔소리를 하지 않고 잘 참는 것을 보고 그녀의 분별심도 대단하다고 생각했다. 그러나 그것은 노리스 이모에 대한 과대 평가였다. 어쨌거나 패니는 노리스 이모의 못마땅한 표정을 눈으로 지켜보기만 할 뿐 귀로는 듣지 않아도 되어서 다행이었다.

이 문제에 대한 버트램 부인의 반응은 사뭇 달랐다. 버트램 부인은 부유하고 아름다운 여인이었다. 그래서인지 버트램 부인이 경의를 표하는 것은 미모와 돈뿐이었다. 따라서 패니가 부자 청년으로부터 청혼을 받았다는 말을 듣자, 패니에 대해 새로운 평가를 내리게 되었다.

그 당시까지만 해도 버트램 부인은 패니가 미인이라는 사실을 별로 깨닫지 못하고 있었다. 그런데 이제는 확실히 패니가 아름다운 미인이라고 느끼게 되었다. 가까운 장래에 좋은 곳으로 시집가게 될 조카딸을 가졌다는 사실만으로도 저절로 콧대가 높아지는 것 같았다.

"패니야."

나중에 패니와 단 둘만 있게 되자 버트램 부인이 은근히 입을 열었다. 사실은 오래 전부터 버트램 부인은 패니와 단 둘만 있고 싶다는 기대를 품고 있었다. 버트램 부인의 얼굴에는 평소와 달리 활기가 감돌고 있었다.

"패니야, 오늘 아침에는 뜻하지 않게 매우 기쁜 이야기를 들었구나. 아무런 말도 안 하려고 했었지만 이번 한 번만은 말해야 하겠구나. 이모부에게도 한 번만 말하겠다고 미리 말씀을 드려 놓았단다. 두 번 다시 이 문제에 대해서 말하지 않도록 하마. 그런데 너 참 잘 되었구나."

버트램 부인은 만족스러운 표정을 지으면서 한 마디 덧붙였다.

"음……. 우리는 확실히 미인의 혈통인가 봐."

패니는 자신도 모르게 얼굴을 붉혔다. 처음에는 무슨 말을 해야 좋을지 몰랐다. 그러다가 이모의 약점을 이용하는 게 좋겠다는 생각이 들었다.

"이모, 이모는 제가 그 청혼을 거절했으면 좋겠다고 생각하시죠?

이모는 제가 시집가는 걸 바라지 않으시죠? 제가 없으면 무척 불편하실 테니까요. 그렇지 않으세요? 틀림없이 제가 없으면 무척 불편하실 거예요. 그러니까 제가 시집가는 것을 바라실 리가 없어요."

"아니란다, 패니. 물론 네가 떠나면 조금 불편하게 될 거야. 하지만 그런 일 때문에 내가 너의 결혼을 반대하다니……. 이런 좋은 일을 앞두고 그런 말을 하면 안 되지. 네가 없어도 나는 얼마든지 잘 지낼 수 있단다. 네가 헨리 크로포드 씨처럼 그렇게 많은 재산을 가진 사람한테 시집가는 걸. 그리고 패니야, 정말 이런 나무랄 데 없는 청혼은 받아들이는 것이 젊은 처녀의 의무란다. 알겠니?"

지난 8년 6개월 동안 패니가 이모로부터 젊은 처녀의 행동거지에 대해 충고를 받았던 것은 이번이 처음이었다. 패니는 무슨 말을 해야 할지 알 수가 없었다.

패니는 그저 입을 묵묵히 다물었다. 더 이상 아무 말도 할 수가 없었다. 언쟁을 해도 소용이 없다고 생각했던 것이다. 더 이상 어떤 이야기를 할 수 있을까? 버트램 부인은 기분이 무척 좋은 것 같았다.

"좋은 이야기를 들려줄까? 아마도 그 사람이 너에게 반한 것은 무도회 파티가 벌어졌을 때였을 거야. 틀림없이 그 날 저녁일 거야. 너는 유난히 돋보였으니까 말이야. 모두들 그렇게 말했단다. 이모부도 그렇게 말씀하셨지. 아참! 그 날 채프먼 부인이 너의 몸치장을 거들어 주었지. 채프먼 부인을 너에게 보낸 것은 참 잘한 일이었어. 이모부도 그 날 저녁에 네가 헨리 크로포드 씨의 마음을 사로잡았을 것이라고 말씀하시더구나."

버트램 이모는 활짝 웃으면서 이렇게 덧붙였다.

"그리고 패니야. 이건 마리아에게도 하지 않은 말인데, 이번에 발바리가 새끼를 낳으면 너에게도 한 마리 줄 생각이란다."

제 34 장

 마침내 에드먼드가 목사 안수를 받고 집으로 돌아왔다. 그런데 전혀 예상하지 못했던 여러 가지 일들이 에드먼드를 기다리고 있었다. 에드먼드가 집을 떠나 있는 동안 많은 일들이 벌어졌던 것이다. 에드먼드는 맨스필드 파크로 돌아오는 도중에 우연히 헨리 크로포드와 그의 누이동생 매리 크로포드를 만나게 되었다. 말을 타고 오던 에드먼드는 산책을 하면서 마을을 빠져 나가고 있던 두 사람과 마주쳤다. 에드먼드는 두 사람이 이미 먼 곳으로 떠났을 것이라고 예상했기 때문에 그들의 모습을 보고 깜짝 놀랐다.
 에드먼드가 이주일 이상 집을 비우고 있었던 것은 매리 크로포드가 떠나는 모습을 보지 않기 위해서였다. 맨스필드 파크로 돌아왔을 때에는 슬픈 추억만을 기억하게 될 뿐이라고 생각했던 것이다. 에드먼드는 매리 크로포드와 함께 보냈던 다정했던 시간들을 추억으로 간직할 생각이었다. 그런데 매리 크로포드는 아직 떠나지 않고 있었다.
 매리 크로포드는 에드먼드를 보면서 호의적인 태도로 환영한다는 인사말을 던졌다. 불과 얼마 전까지만 해도 에드먼드는 매리 크로포드가 자신의 손길이 닿을 수 없을 정도로 까마득히 멀리 떨어져 있다고 생각했다. 그렇기 때문에 매리 크로포드가 아직 떠나지 않았을 것이라고는 상상조차 하지 못했다. 그런데 이렇게 만나게 되다니!

　매리 크로포드는 지금 에드먼드의 눈앞에서 뜻밖이라고 할 만큼 호의적이고 다정한 태도로 그를 맞이하고 있었다. 에드먼드는 매리 크로포드가 그토록 원하지 않았던 목사 안수를 받고 돌아오는 길이었다. 그러므로 매리 크로포드가 이렇게 미소를 머금은 얼굴로 부드럽고 다정하게 맞이할 줄은 상상조차 하지 못했던 것이다. 에드먼드의 가슴은 다시 뜨거워졌다.

　에드먼드가 집에 도착했을 때, 또 다른 의외의 사건이 기다리고 있었다. 가장 먼저 윌리엄이 승진했다는 소식과 함께 그 경위에 대해 자세하게 들었다. 에드먼드는 너무나 기쁘고 반가웠다. 에드먼드는 매리 크로포드의 호의적인 환영을 받고 가슴 속이 포근한 느낌으로 가득 차 있었다. 그러므로 윌리엄이 승진했다는 소식을 듣게 되자 기쁨은 더 한층 고조되었다. 에드먼드는 저녁 식사 시간 내내 기쁨을 감추지 못하고 가족들과 더불어 이야기를 나누었다.

　이윽고 저녁 식사가 끝났다. 토마스 경은 에드먼드와 단 둘만 남게 되자 패니에 대한 이야기를 들려주었다. 에드먼드는 맨스필드 파크에서 일어난 지난 이주일 동안의 사건들과 현재의 상황을 그제야 이해할 수 있었다. 패니는 지금 무슨 일이 벌어지고 있는지 알고 있었다. 토마스 경과 에드먼드가 평소보다 훨씬 오랫동안 식당에 앉아 있기 때문이었다. 패니는 틀림없이 자기에 관한 이야기를 나누고 있을 것이라고 생각했다.

　차를 마실 시간이 되어서야 겨우 에드먼드와 이모부가 밖으로 나왔다. 패니는 에드먼드와 얼굴을 마주치게 되자 다소곳이 얼굴을 붉혔다. 에드먼드는 천천히 패니를 향해 다가왔다. 그리고 패니의 손을 잡더니 다정하게 꼭 쥐어주었다.

　그 순간 패니는 자신의 가슴이 마구 두근거리는 것을 느꼈다. 패니는 차를 준비하기 위해 분주히 움직였다. 패니는 주위에 다른 사람들이 있는 것이 정말 다행이라고 여겼다. 만약 그렇지 않았더라면 정말 지나칠 정도로 에드먼드에게 자신의 감정을 표현할 뻔했던 것이다.

그러나 에드먼드는 이런 행동을 통해 패니의 결정에 대해 자신이 찬성하고 있다는 뜻을 나타낼 생각이 전혀 없었다. 에드먼드는 단지 패니와 관련된 일이라면 자기도 무관심하지 않다는 것을 표현한 것뿐이었다.

에드먼드는 패니의 결혼 문제에 대해서 전적으로 아버지의 생각과 똑 같았다. 하지만 패니가 헨리 크로포드의 청혼을 거절했다는 말을 들은 후에 아버지처럼 놀라지는 않았다. 에드먼드는 패니가 헨리 크로포드를 싫어하지 않는다면 거절할 리가 없다고 생각했다. 에드먼드는 평소에도 패니가 헨리 크로포드를 달갑지 않게 여긴다고 생각하고 있었기 때문이었다.

그럼에도 불구하고 에드먼드는 이 혼담이 무척 바람직한 것이라고 생각했다. 어쩌면 토마스 경보다도 더 이 혼담에 대해 적극적으로 찬성했다. 에드먼드는 패니와 헨리 크로포드의 결혼은 모든 측면에서 매우 바람직한 일이라고 생각했다. 지금은 패니가 결혼에 대해 무관심한 반응을 보이기 때문에 청혼을 거절했을 것이라고 여겼던 것이다. 에드먼드는 패니의 행동에서 조금도 나무랄 만한 점이 없다고 생각했다.

에드먼드는 토마스 경이 동의하지 않을 수 없을 만큼 강한 어조로 패니를 칭찬했다. 에드먼드는 이 혼담이 끝내 성사되기를 진심으로 바라고 있었다. 또한 반드시 그렇게 될 것이라고 굳게 믿었다. 에드먼드는 헨리 크로포드와 패니가 서로 사랑으로 결합되어서 호흡이 잘 맞는 부부가 될 것이라고 말했다.

헨리 크로포드는 모든 일에 있어서 지나칠 정도로 서둘렀다. 패니가 애정을 느낄 만한 시간의 여유조차도 주지 않았던 것이다. 하지만 에드먼드는 저토록 믿음직스러운 청년이 지속적으로 애정을 표현한다면 얼마 있지 않아서 반드시 좋은 결과가 있을 것이라고 생각했다. 그리고 패니는 성품이 유순하기 때문에 만사가 잘 풀릴 것이라고 굳게 믿었다. 에드먼드는 패니의 당혹스러운 표정을 짓는 것을 보고 앞으로는 그런 마음이 들지 않도록 하기 위해 세심한 주의를 기울였다. 에드먼드는 패니를 만날 때마다 말과 표정과 행동을 모두 조심했다.

다음 날 헨리 크로포드가 맨스필드 파크를 방문했다. 토마스 경이 에드먼드의 귀환을 축하하기 위해 함께 식사를 하자고 헨리 크로포드를 초대했던 것이다. 실제로 이것은 예의상으로도 필요한 일이었다. 헨리 크로포드는 기쁜 마음으로 그 초대를 받아들였다. 에드먼드는 이 기회를 이용해서 헨리 크로포드가 어느 정도로 패니를 사랑하는지, 또한 패니의 어떤 행동이 헨리 크로포드가 포기하지 않고 애정을 표현하도록 희망을 주는지 유심히 살펴보았다.

그런데 아무리 관찰해도 패니가 헨리 크로포드의 청혼을 받아들일 가능성은 전혀 보이지 않았다. 패니는 추호도 헨리 크로포드에게 다정한 모습을 드러내지 않았던 것이다. 헨리 크로포드가 말을 걸 때마다 패니는 몹시 당황하는 모습만 보일 뿐이었다. 두 사람이 결혼할 수 있는 가능성은 거의 찾아볼 수가 없었다. 에드먼드는 헨리 크로포드가 차갑고 냉담한 패니에게 그토록 끈질기게 애정을 표현한다는 것이 의아하게 여겨졌다.

물론 패니에게는 그만한 가치가 있었다. 오랫동안 참고 인내하면서 많은 노력과 정성을 쏟아도 아깝지 않을 만한 여자라고 생각하고 있었다. 그러나 이토록 싫다고 하는 여성에게 이 정도로 구애할 것 같지는 않았다. 청혼을 포기하지 않도록 하기 위해서는 조금이나마 사랑과 용기를 북돋아줄 만한 희망이 필요한데, 에드먼드의 관찰에 따르면 패니의 눈빛에서 그런 기미는 조금도 보이지 않았다.

에드먼드는 자신의 눈에는 전혀 보이지 않지만, 헨리 크로포드의 눈에는 어느 정도 희망이 보일 수도 있다고 생각했다. 저녁 식사를 하는 동안 헨리 크로포드의 관점에서 희망적인 결론에 도달하려고 해도, 패니의 행동들은 별로 큰 기대를 걸 만한 점이 전혀 없었다.

이윽고 밤이 되었다. 드디어 헨리 크로포드가 희망을 가질 만한 두세 가지 일이 생겼다. 에드먼드는 헨리 크로포드와 함께 응접실로 들어갔다. 버트램 부인과 패니는 조용히 앉아서 바느질에 몰두하고 있었다. 마치 달리 마음을 쓰는 일이 전혀 없다는 듯한 태도였다. 에드먼드는 마음 밑바닥까지 조용히 가라앉은 듯한 두 여인에게 조심스럽게 말을 꺼냈다.

"너무나 조용하기만 해서 숨소리도 못 내겠어요."

"줄곧 이렇게 조용하게 지냈던 건 아니란다. 조금 전까지 패니가 책을 읽어주었지. 너희가 오는 소리가 들려서 방금 그만 두었단다."

버트램 부인의 말대로 테이블 위에는 방금 책장을 덮은 것처럼 보이는 한 권의 책이 놓여 있었다. 그 책은 바로 셰익스피어였다.

"패니가 그 책을 읽어 주었단다. 무척 멋진 대사를 하는 도중이었지. '그 사람 이름이 뭐라고 했지, 패니?' 하고 물으려고 하는데, 그만 너희의 발소리가 들렸단다."

"제가 그 다음 부분을 읽어 드리겠습니다. 곧 찾아낼 수 있을 테니까요."

헨리 크로포드는 태연하게 그 책을 집어들었다. 헨리 크로포드는 주의 깊게 책장을 넘겼다. 그 흔적을 따라 패니가 읽다가 만 대목을 찾아내었다. 어쩌면 한두 페이지의 차이는 있었는지 모르지만, 아무튼 버트램 부인을 만족시키기에는 그 정도로 충분했다.

"울지 추기경이……"

"아, 맞아요. 바로 그 연설이에요."

헨리 크로포드가 울지 추기경의 이름을 대자마자, 버트램 부인이 반색하면서 말했다. 그러나 패니는 눈을 들지도 않고 거들려고 하지도 않았다. 패니는 입을 굳게 다문 채 한 마디 말도 하지 않았다. 패니의 주의력은 모두 바느질감에 집중되어 있었다. 다른 일에는 흥미를 갖지 말아야 하겠다고 결심한 것처럼 보였다.

그러나 아무리 외면해도 천성적으로 좋아하는 일은 어쩔 수가 없었다. 5분도 채 지나지 않아서 더 이상 모른 척할 수가 없게 되었다. 어느 사이에 패니는 헨리 크로포드의 책 읽는 소리에 열심히 귀를 기울이고 있었다. 헨리 크로포드의 낭독은 아주 훌륭했으며, 패니도 솜씨 좋은 낭독을 듣는 것을 좋아했기 때문이었다.

하지만 패니는 능숙한 낭독에 대해 오랫동안 익숙해져 있었다. 이모부도 잘 했고, 사촌들도 모두 능숙했다. 에드먼드는 정말 솜씨가 좋았다. 그럼에도 불구하고 헨리 크로포드의 낭독은 지금까지 패니가 대한 적이 없었던 여러 가지 좋은 점을 가지고 있었다. 국왕, 여왕, 버킹검, 울지, 크롬웰 등이 차례대로 다루어졌던 것이다.

헨리 크로포드는 아주 익숙한 듯이 교묘하게 군데군데 선택해서 읽어나갔다. 적당한 대목에서 자유자재로 여러 등장인물의 훌륭한 대사를 가려낼 수가 있었다. 헨리 크로포드는 위엄과 긍지, 용기, 애정, 후회, 탄식 등의 표현들을 하나 같이 자연스럽게 잘 구현했다.

패니는 헨리 크로포드의 낭독을 들으면서 연극이 얼마나 재미있는 것인지 처음으로 깨달았다. 그리고 지금 헨리 크로포드의 낭독은 그 연기를 다시 한 번 생각나도록 해 주었다. 게다가 패니가 기쁨을 느낀 정도는 이번이 훨씬 더 컸다. 왜냐하면 이것은 아무런 예정도 없이 갑작스럽게 벌어진 일이며, 또한 그 당시처럼 헨리 크로포드가 마리아와 같이 무대에 올라가 있는 모습을 보아야만 하는 것도 아니었기 때문이었다.

에드먼드는 패니가 헨리 크로포드의 낭독에 이끌려 들어가는 광경을 지켜보고 있었다. 바느질을 하는 패니의 손길이 점차 느려졌다. 이윽고 패니의 손길이 멈추어지자, 바느질감은 바닥으로 떨어졌다. 에드먼드는 그 모습을 쳐다보면서 만족스러운 표정을 지었다. 그리고 하루종일 외면하고 있었던 눈길도 마침내 방향을 바꾸어서 헨리 크로포드를 향하게 되었다. 패니의 눈동자는 헨리 크로포드에게 고정되어서 몇 분 동안이나 움직이지 않았다. 그 시선을 느낀 듯 헨리 크로포드의 시선도 패니를 향했다.

그 순간 헨리 크로포드는 자신도 모르게 책장을 덮고 말았다. 주문의 힘이 풀렸다. 패니는 다시 볼을 붉히면서 부지런히 뜨개질바늘을 움직였다. 하지만 에드먼드는 이것만으로도 패니와 헨리 크로포드 사이가 원만하게 진행될 가능성이 충분하다고 생각했다.

에드먼드는 헨리 크로포드에게 책을 멋지게 잘 낭독한 것에 대해 정중히 감사의 뜻을 표했다. 더불어 에드먼드는 패니의 속마음도 함께 표현되었으면 좋겠다고 생각했다.

"그 극은 자네도 무척 좋아하는 것 같군. 읽는 걸 보니까 내용을 잘 알고 있었던 것 같은데……."

"아니야. 지금까지 나는 셰익스피어를 읽어 본 적이 한 번도 없어. 그렇지만 지금 이 시간부터 무척 좋아하게 될 것 같군. 《헨리 8세》는 어디선가 본 듯한 기억이 있어. 어쩌면 그 책을 읽었던 사람으로부터 이야기를 들었을지도 모르지. 어느 쪽인지는 확실하지 않군. 셰익스피어는 어쩐지 친근감이 느껴지는 작품이야. 이미 영국인 체질의 일부가 되어 있어서 그런 것 같군. 그 생각, 그 아름다움은 모든 세상에 퍼져 있잖아. 어디를 가더라도 셰익스피어의 작품을 만나게 되니까. 셰익스피어의 작품을 보면, 순식간에 그 흐름 속으로 빨려 들어가게 되지."

"물론 영국인이라면 누구나 다 셰익스피어에 어느 정도 친숙하기 마련이지. 아주 어렸을 때부터 셰익스피어를 만나게 되고, 유명한 부분은 모두 인용하니까……. 우리가 읽는 책 가운데 절반 가량은 셰익스피어가 나오지. 우리가 이야기를 나눌 때에도 셰익스피어의 말을 인용할 때가 많아. 그 묘사를 빌려서 사물에 대해 설명하니까. 하지만 그것과 이건 완전히 별개의 문제야. 자네처럼 셰익스피어의 분위기를 훌륭하게 전달한다는 것은 쉬운 일이 아니지. 셰익스피어를 알고 있는 사람은 아주 많을 거야. 그러나 셰익스피어를 능숙하게 낭독한다는 것은 흔히 볼 수 있는 재능이 아니야."

에드먼드는 헨리 크로포드의 낭독에 대해 진심으로 칭찬했다.

"영광이네."

헨리 크로포드가 익살을 부리면서 머리를 숙였다. 헨리 크로포드와 에드먼드는 고개를 돌려서 패니를 힐끗 쳐다보았다. 그들은 패니로부터 칭찬의 말을 한 마디라도 들을 수 있지 않을까 내심 기대했다. 그러나 곧 두 사람은 그 소원이 이루어지지 않을 것이라는 사실을 알았다.

"정말 연극을 보고 있는 것 같은 기분이었어요. 이 자리에 토마스 경이 계셨더라면 좋았을 걸 그랬어요."

버트램 부인은 칭찬을 아끼지 않았다. 헨리 크로포드는 아주 만족스러운 표정을 지었다. 교양이라고는 전혀 없고 느리기만 한 버트램 부인이 이 정도로 감동했다면, 민감하고 지식도 갖추고 있는 패니는 느낀 점이 더욱 많았을 것이라는 생각이 들었기 때문이었다. 그것은 생각만 해도 마음이 들뜨는 일이었다.

"크로포드 씨, 당신은 연극에 재능이 많은가 보군요. 내 의견을 말해 볼까요? 무대를 만들면 좋겠어요. 아무 때라도 말이에요. 나중에 당신이 가정을 가지게 되면, 집에 무대를 만들면 좋을 것 같군요."

버트램 부인이 말했다.

"아니에요. 그럴 수는 없습니다. 그건 당치도 않은 말씀입니다. 집에 무대를 만드는 것은 곤란합니다. 안 됩니다."

헨리 크로포드는 의미있는 미소를 지으면서 패니를 바라보았다. 그것은 어쩌면 '이 아가씨가 집에 무대를 만드는 것을 허락하지 않을 걸요' 하고 말하는 것처럼 보였다.

에드먼드는 차분하게 헨리 크로포드와 패니의 행동을 지켜보았다. 패니는 마치 헨리 크로포드의 얼굴을 절대로 보지 않기로 굳게 결심한 것 같았다. 하지만 헨리 크로포드가 말을 할 때마다 패니는 그 목소리만 듣고도 무슨 뜻인지 재빨리 깨달았다. 에드먼드는 패니가 헨리 크로포드의 말에 이처럼 민감하게 반응하면서 빨리 이해하는 것을 보면 두 사람이 잘 될 가능성이 아주 많다고 생각했다.
　셰익스피어의 희곡을 낭독하는 일에 대한 화제는 줄곧 이야기의 꽃을 피웠다. 에드먼드와 헨리 크로포드는 난롯가에 선 채 대화를 이어 나갔다. 영국 남자를 위한 일반적인 교육 제도에서는 낭독 능력을 기르는 일이 거의 무시되고 있었다. 그렇기 때문에 성인이 된 이후에도 부자연스러울 정도로 무지하고 소양이 없게 된다. 사물을 올바르게 이해할 수 있는 지식을 갖춘 사람도 갑자기 낭독해야 할 입장에 놓이면 그만 실수를 저지르고 마는 것이다. 그것은 목소리의 조절, 소리의 높고 낮음, 예견이나 판단 등이 부족하기 때문에 생긴다. 이러한 일들이 발생하는 것은 어린 시절부터 충분한 소양을 기르지 못했기 때문이다. 두 사람은 이런 내용의 대화를 나누었다.
　패니는 점점 두 사람의 대화에 귀를 기울였다. 패니는 그 대화가 무척 재미있다고 생각했다.
　"내 직업에서도 낭독술이란 거의 연구되지 않고 있다네. 하지만 정확한 발음, 능숙한 화술은 사실 매우 중요해. 물론 지금은 옛날에 비해서 개혁의 기운이 높아지고 있지만 아직 미흡한 실정이야. 20년, 30년, 40년 전에 목사가 된 사람들 중에서 대부분은 낭독은 낭독, 설교는 설교라고 생각했을 거야. 그러나 지금은 그렇지 않아. 이 문제에 대해 좀더 올바른 각도에서 연구할 필요가 있다네. 어떤 주제에 대해 설교를 할 때에도 낭독의 기술이 매우 중요하지. 게다가 낭독술에 대해 교육을 받은 사람들이 점점 더 많아지고 있다네. 어느 교회에 가더라도 신자들 중에서 그 문제에 대해 어느 정도 지식을 갖추고 있고, 올바른 판단과 비판을 할 수 있는 사람들의 수가 늘어나고 있다네."

에드먼드는 안수식을 받은 이후에 예배를 한 번 인도한 적이 있었다. 이 사실을 알고 있었던 헨리 크로포드는 여러 가지 질문을 던졌다.

"예배를 진행할 때 어떤 기분이 들었지? 무사히 마쳤어?"

헨리 크로포드의 질문 속에는 우호적인 감정이 깃들어 있었다. 상대방을 놀리는 듯한 기색이나 경박한 태도, 즉 패니가 가장 싫어하는 측면은 전혀 보이지 않았다. 그렇기 때문에 에드먼드도 친절하고 기분좋게 대답했다.

헨리 크로포드는 예배 중에 어떤 문구를 어떻게 말하는 것이 가장 적절한가 하는 문제에 대해서도 에드먼드에게 물었다. 그리고 자기의 생각도 말했다. 헨리 크로포드는 그 문제에 관해서 자기도 이전에 생각한 것이 있었던 것이다. 에드먼드는 그의 생각이 정당하다고 생각했다. 그래서 에드먼드는 더욱 기분이 좋아졌다.

헨리 크로포드는 패니의 마음을 사로잡기 위해 노력했다. 헨리 크로포드는 패니의 마음을 얻으려고 정중한 몸가짐과 기지를 총동원하고, 또한 윌리엄을 돕기 위해 최선의 노력을 기울였다. 그러나 아무런 소용이 없었다. 그것만으로는 패니의 마음을 사로잡을 수 없었던 것이다. 패니의 마음을 얻으려면 진지한 문제에 대한 심도있는 성찰이 반드시 필요했다.

"성공회의 기도서에는 여러 가지 아름다운 기도문이 있지. 이것은 능숙한 솜씨로 읽지 않더라도 망치는 일이 거의 없어. 하지만 장황한 대목과 반복되는 부분도 있어서 잘 읽지 않으면 금방 서툴게 읽는다는 사실을 다른 사람들이 눈치채게 되지."

헨리 크로포드는 열심히 말을 하다가 갑자기 멈추었다.

"방금 무슨 말을 했나요?"

헨리 크로포드가 패니를 향해 걸어오더니 부드러운 목소리로 말을 걸었다.
 "아뇨."
 "정말입니까? 입술이 약간 움직이는 게 보였어요. 좀더 진지한 태도로 낭독해야 한다고 말하려는 게 아니었나요? 그렇지 않은가요?"
 "아니, 천만에요. 크로포드 씨가 잘 알고 계시는 일인데, 감히 제가 어떻게……. 하지만 만약……."
 패니는 무슨 말인가 하려고 하다가 이내 입을 굳게 다물었다. 함부로 말을 하다가는 난처한 입장이 될 것 같았기 때문이었다. 그 이후로 패니는 한 마디도 하지 않았다. 헨리 크로포드가 대답을 해 달라고 간청하면서 몇 분 동안이나 기다려 보았지만 소용이 없었다.
 헨리 크로포드는 어쩔 수 없이 다시 에드먼드가 기다리고 있는 난롯가로 돌아갔다. 그리고 패니의 행동 때문에 이야기가 중단된 것은 전혀 아랑곳하지 않으면서 말했다.
 "화술이 능란한 설교는 낭독을 잘 하는 기도보다도 더욱 드물지. 그 자체만 놓고 볼 때, 좋은 설교란 별로 드문 것이 아니지. 유창하게 말한다는 것은 좋은 문장을 만드는 일보다 훨씬 더 어려운 일이야. 하지만 지금까지는 훌륭한 화술보다 작문의 규칙이나 방법이 연구의 대상이 되는 수가 더 많았지. 훌륭한 설교가 훌륭한 화술에 의해서 이루어진다면 정말 기분이 좋아. 그럴 때에는 무한한 감탄과 존경심을 느끼게 된단 말이야. 때로는 나 자신도 성직에 참여해서 설교를 해 보고 싶다는 생각이 들기도 하지. 좋은 설교를 할 줄 아는 사람은 최고의 명성을 얻게 되지. 좋은 설교란 다양한 일에 종사하는 사람들의 심금을 울려서 감동시킬 수 있어야 해. 제목은 한정되어 있고 이미 오래 전에 다 들었던 이야기들이지만, 그래도 여전히 무엇인가 새롭고도 눈이 번쩍 뜨이는 주의를 끄는 말을 해야만 해. 듣는 사람들에게 거부감을 주지 않으면서도 지루한 느낌이 들게 하지 않는 이러한 설교를 할 수 있는 성직자야말로 아무리 존경해도 지나치다고 할 수 없는 사람이지. 나는 그런 사람이 되고 싶다네."

"그래?"

에드먼드가 **활짝** 웃었다.

"나는 지금까지 유명한 목사님의 설교를 들으면 일종의 선망을 느꼈다네. 하지만 나의 경우에 청중은 반드시 런던 사람이어야만 하네. 내가 설교할 수 있는 것은 교육받은 사람들 그리고 내 문장을 평가할 수 있는 사람들에게 **한정되어** 있다네. 설교의 횟수가 그리 많지 않았으면 좋겠네. 가끔씩 한다면 아주 괜찮을 거야. 청중들이 나의 설교를 학수고대하면서 기다리도록 만드는 거야. 도중에 시간적인 여유를 갖지 않고 계속 **변함없이** 나가는 건 안 돼."

패니는 듣지 않는 척 하면서도 사실은 에드먼드와 헨리 크로포드의 이야기에 귀를 기울이고 있었다. 그러다가 자신도 모르게 머리를 흔들었다. 그러자 헨리 크로포드가 다시 패니 옆으로 다가갔다.

"조금 전에 왜 머리를 흔들었죠?"

헨리 크로포드가 질문을 던졌다. 에드먼드는 헨리 크로포드가 의자를 끌어당겨서 패니의 옆자리에 바싹 붙어앉는 모습을 지켜보았다. 어쩌면 이번이 본격적인 구애의 기회가 될지도 모르는 것이다. 헨리 크로포드는 뜨거운 눈빛과 부드러운 목소리를 총동원해서 패니의 마음을 사로잡기 위해 노력할 것이다.

에드먼드는 구석으로 의자를 옮기고 등을 돌리고 앉아서 신문을 펼쳐 들었다. 귀여운 패니가 설득을 당한 나머지 머리를 흔들었던 이유를 설명하고, 헨리 크로포드를 납득시키게 되었으면 좋겠다고 진심으로 바라고 있었다. 에드먼드는 신문에 실린 여러 가지 의미없는 광고들을 읽으면서 두 사람의 대화에 온통 신경을 곤두세웠다. 신문에는 수렵용 말과 토지를 매매하거나 다양한 종류의 고지문들이 실려 있었다.

사정이 이렇게 되자 패니는 스스로에게 화가 치밀었다. 공연히 머리를 흔들어 일을 난처하게 만들었던 것이다. 그리고 에드먼드가 신경을 써준다고 일부러 구석자리에서 신문을 읽고 있는 것을 보니까 어쩐지 처량한 마음이 들었다. 패니는 비록 내성적이고 얌전한 성품이었지만, 지금은 무슨 수를 써서라도 헨리 크로포드의 시선과 질문을 피하려고 애썼다. 그러나 헨리 크로포드는 좀처럼 물러서지 않고 끈질기게 질문을 던졌다.

"지금 머리를 흔든 것은 무슨 뜻입니까? 무슨 생각을 표현하고자 한 것이었나요? 아마 찬성할 수 없다는 것이겠죠? 그렇다면 무엇이 마음에 들지 않았습니까? 내가 말한 것들 중에서 무엇이 당신의 기분을 상하게 했나요? 내 말이 경솔하고 조심성이 없는 것처럼 보였나요? 솔직하게 대답해 주세요. 내가 틀린 것이 있다면 지적해 주세요. 내가 잘못한 것이 있다면 즉시 고치도록 하겠습니다. 제발 부탁입니다. 잠깐만 그 일거리를 내려놓고 대답을 해 보세요. 방금 머리를 흔든 것은 무슨 뜻이지요?"

"그만 하세요. 제발 부탁이에요, 크로포드 씨."

패니는 정중한 목소리로 간청했다. 그러나 아무런 소용도 없었다. 헨리 크로포드는 끈질기게 계속 질문을 퍼부었다. 패니는 자리를 뜨려고 시도했다. 그러나 그럴 수도 없었다. 헨리 크로포드는 여전히 낮고 뜨거운 목소리로 패니의 귓전에 똑같은 질문만을 퍼붓고 있었다. 패니는 몹시 당황하면서 어쩔 줄을 몰랐다.

"당신은 너무 심하군요. 정말 놀랐어요. 어처구니가 없을 정도예요. 어떻게 그런……."

패니는 기분이 무척 상했다.

"놀라요? 어처구니가 없다구요? 내가 지금 이렇게 묻고 있는 것이 이상하다는 것입니까? 좋습니다. 지금 당장이라도 설명해 드리죠. 어째서 내가 이렇게 당신을 재촉하고 있는지, 또한 당신의 표정이나 행동 하나하나가 어째서 나에게 이토록 중요하고 호기심을 갖게 하는

지……. 이유를 알게 되면 그 의심도 이내 풀리게 될 겁니다."
 패니의 얼굴에서 무의식중에 가벼운 미소가 흘러 나왔다. 그러나 패니의 입술은 여전히 굳게 다물려 있었다.
 "당신이 머리를 흔든 것은, 내가 계속 변함없이 나가는 건 안 된다고 말했을 때였습니다. 그렇습니다. 바로 그렇게 말했습니다. 하지만 당신은 내 생각이 틀렸다고 여긴 것입니까?"
 "아마도 그랬을 거예요."
 헨리 크로포드의 끈기에 진 패니가 마침내 입을 열었다. 헨리 크로포드는 패니가 자신의 질문에 대답을 한 것이 기뻤다. 헨리 크로포드는 이야기를 계속 이어나가기 위해 노력했다.
 헨리 크로포드에게 극단적인 비난의 말을 퍼부어서 그의 입을 막을 작정이었던 패니의 기대는 완전히 어긋나고 말았다. 대화를 나눌수록 화제가 다른 것으로 옮겨질 뿐이라는 사실을 알게 되었던 것이다. 헨리 크로포드는 항상 대화를 나눌 수 있는 화젯거리를 갖고 있었다. 이번 기회는 너무나 좋았던 것이다. 토마스 경의 방에서 만나고 난 다음부터 이런 기회는 한 번도 없었으며, 그가 맨스필드 파크를 떠날 때까지 두 번 다시 찾아오지 않을 것이다. 버트램 부인이 테이블 바로 저쪽에 있는 것도 아무런 문제가 되지 않았다. 버트램 부인은 언제나 끄덕끄덕 졸고 있다고 생각하면 되는 것이다. 그리고 에드먼드는 신문을 읽는 일에 열중하고 있었다.
 얼마 동안 헨리 크로포드의 연속적인 질문과 패니의 마지못한 대답이 오고 갔다.
 "이전보다 훨씬 더 행복해졌어요. 당신이 나에 대해 어떻게 생각하는지 솔직한 의견을 들었고 좀더 분명히 알았으니까요. 당신은 내가 변덕스럽고 일시적인 분위기에 영향을 받고, 쉽게 유혹당하고, 옆길로 빠져 나간다고 생각하는 겁니다. 아까처럼 그런 의견을 가졌으니까 무리도 아닐 테지만……. 앞으로 차츰차츰 알게 될 거예요. 나는 굳이 지금 당신이 나에 대해 갖고 있는 생각이 잘못된 것이라고 말하지 않겠습니다. 나의 애정은 변하지 않을 것이라고 말해도 소용이 없다는 것도 알았습니다. 좋습니다. 앞으로는 행동으로 나의 결백과 사랑을 증명해 보이겠습니다. 당신과 어느 정도 거리를 두고 생각할 수 있는 시간을 가짐으로써 나 자신의 결백을 보이겠습니다. 그렇게 하면 증명이 되겠지요? 만약 당신에게 어울리는 남자가 있다면, 그 사람은 바로 나라는 사실이……. 당신은 나보다도 훨씬 훌륭한 사람입니다. 그것은 나도 잘 알고 있어요. 당신은 내가 지금까지 미처 상상하지도 못했을 정도의 장점들을 갖고 있어요. 나에게 아무리 많은 장점들이 있다고 해도 당신과는 비교조차 되지 않아요. 당신은 어딘가 천사와 같은 점이 있어요. 하지만 그렇다고 해서 나는 주저하지 않을 겁니다. 당신의 장점을 받아들이는 사람, 그것을 가장 존중하는 사람, 당신을 헌신적으로 사랑하는 사람이야말로 그 사랑을 받을 권리가 있는 것입니다. 그렇기 때문에 나는 자신이 있습니다. 그 권리에 의해 나는 지금도 또한 장래에도 당신에게 가장 적합한 사람입니다. 나의 애정은 지금 단언한 대로 결코 변하지 않을 것입니다. 당신을 잘 알고 있는 나는 절대로 희망을 버리지 않을 것입니다. 사랑스럽고 상냥한 패니."

헨리 크로포드가 나지막한 목소리로 말했다. 패니는 불쾌한 듯이 몸을 움츠렸다. 그 모습을 보고 헨리 크로포드는 말을 고쳤다.

"아, 미안해요. 내게는 아직 그렇게 부를 권리가 없지요. 하지만 그 밖에 무슨 이름으로 당신을 부르면 좋을까요? 당신의 모습이 다른 이름으로 나의 상상 속에 떠오른 적이 있다고 생각합니까? 아닙니다. 내가 하루 종일 생각하고 밤새도록 꿈꾸는 것은 패니, 바로 당신입니다. 당신 때문에 그 이름은 향기로움 그 자체가 되어 버렸어요. 이제는 다른 이름으로 당신을 묘사할 수가 없어요."

패니는 더 이상 가만히 앉아 있을 수가 없었다. 패니는 당장이라도 지금 이 자리에서 멀리 달아나고 싶었다. 다행스럽게도 그 순간 누군가의 발소리가 들렸다. 패니는 발소리의 주인이 어서 빨리 나타나기를 애타게 기다리면서, 왜 이렇게 시간이 많이 걸리는지 모르겠다고 생각했다.

이윽고 하녀들이 차 쟁반과 주전자, 케이크를 들고 나타났다. 배들리가 다른 하녀들을 이끌고 있었다. 하녀들은 몸과 마음이 감옥에 갇혀 있는 상태였던 패니를 구출해 주었다. 헨리 크로포드는 어쩔 수 없이 자리를 옮기지 않을 수가 없었다.

이제 패니는 자유를 되찾게 되었다. 해야 할 일이 생기는 바람에 헨리 크로포드의 손길에서 벗어날 수 있게 되었던 것이다. 에드먼드는 다시 한 번 헨리 크로포드와 대화할 수 있는 기회를 갖게 되었다. 에드먼드는 그 일이 별로 싫지 않았다. 그러나 헨리 크로포드에게 있어서 에드먼드와의 대화는 그저 답답하고 지루하게 느껴질 뿐이었다.

헨리 크로포드가 고개를 돌려서 패니의 얼굴을 물끄러미 쳐다보았다. 패니의 볼은 난처한 나머지 빨갛게 물들었다. 헨리 크로포드는 그래도 오늘 많은 이야기를 나누었으니까 패니도 무엇인가 생각하는 게 있을 것이라고 생각하면서 희망을 가졌다.

제 35 장

 에드먼드는 모든 것을 패니에게 맡기기로 결심했다. 헨리 크로포드와의 교제는 그들 두 사람 사이의 일이므로 모든 것을 전적으로 패니의 뜻에 맡기겠다고 다짐한 것이다. 만약 패니가 먼저 말을 꺼내는 것이 아니라면 자신이 먼저 그 이야기를 하지 않겠다고 결심했다.
 하루 이틀 시간이 지났다. 두 사람은 아무런 말도 주고받지 않았다. 서로 눈치만 보고 있었다. 그러다가 에드먼드는 아버지의 설득을 받고 자신의 생각을 바꾸었다. 자신이 한 마디 거드는 것이 헨리 크로포드에게 얼마나 큰 도움이 되는지 떠올렸던 것이다. 에드먼드는 자신이 직접 이 문제를 해결하기 위해 나서겠다고 작정했다.
 토마스 경은 곰곰이 생각에 잠겼다. 헨리 크로포드가 맨스필드 파크를 떠나야 할 날이 불과 며칠밖에 남지 않았던 것이다.
 '아무래도 이 청년이 맨스필드 파크를 떠나기 전에 내가 좀 도와주는 게 좋겠어. 패니가 조금이라도 마음의 문을 열 수 있도록……. 이 청년은 패니를 향한 자신의 사랑이 절대로 흔들리지 않겠다고 맹세했잖아. 그에게 희망을 주고 싶어.'
 토마스 경이 진심으로 원한 것은 헨리 크로포드의 인내였다. 헨리 크로포드가 굳은 마음으로 흔들리지 않고 지조를 지켜주기를 간절히 원했던 것이다. 그리고 헨리 크로포드의 사랑이 결실을 맺을 수 있는 최상의 수단은 그를 너무 오랫동안 기다리게 하지 않는 일이라고 생각하고 있었다.

　에드먼드도 아버지에게 설득당하고 말았다. 에드먼드는 자기가 이 일에 나서는 것이 썩 마음에 내키지 않았다. 하지만 에드먼드는 패니의 솔직한 심중을 알고 싶었다. 패니는 지금까지 어려운 일이 생기면 언제나 에드먼드에게 의논했다. 그런데 이번에는 한 마디도 의논하지 않고 마음을 털어 놓지도 않아 무척 서운하기도 했다. 에드먼드는 항상 패니에게 도움이 되기를 원했으며, 또한 도움이 될 수 있을 것이라고 믿었기 때문이었다.

　"패니……. 내가 아니라면 도대체 어느 누구에게 마음을 털어놓을 수 있단 말이야?"

　에드먼드는 아무래도 패니와 이야기를 나누는 것이 좋겠다고 생각했다. 패니에게 충고까지야 필요 없겠지만 그래도 서로 이야기를 나누면서 위로할 사람은 필요했을 것이다. 패니가 서먹서먹한 반응을 보이면서 말이 없어지고 거리감을 느끼는 것도 서운한 일이었다. 에드먼드는 이 벽을 깨뜨려야만 하겠다고 생각했다. 어쩌면 패니도 자신이 그 벽을 깨뜨려 주기를 바라고 있을지도 모른다. 에드먼드로서는 당연한 생각이었다.

　토마스 경이 패니를 설득해 보라고 권유했을 때, 에드먼드는 이렇게 약속했다.

　"알겠습니다. 아버지. 제가 말해 보겠습니다. 하루 빨리 기회를 만들어서 단 둘이 이야기를 나누어 보겠습니다."

　토마스 경으로부터 패니가 지금 혼자 정원을 산책하는 중이라는 말을 듣고, 에드먼드는 곧장 패니를 만나기 위해 찾아갔다.

　"함께 산책이라도 하고 싶은데……. 패니. 괜찮겠지?"

　에드먼드는 가볍게 말을 걸었다. 그리고 패니가 자신에게 팔짱을

끼도록 만들었다.

"정말 오랜만이군. 너와 함께 한가롭게 산책하는 게……."

하지만 패니는 아무런 대답도 하지 않고 그저 고개만 약간 끄덕일 뿐이었다. 패니는 지금 기분이 몹시 울적했던 것이다.

"하지만 패니, 지금 한가롭게 산책하면서 이 자갈길을 걷는 것 말고, 너에게 다른 것도 필요한 것 같구나. 나와 함께 이야기를 하는 것 말이야. 혹시 무엇인가 걱정거리가 있니? 무슨 생각을 하고 있는지 알 것 같구나. 나도 전혀 모르고 있다고는 할 수 없으니까 말이야. 그런데 나는 다른 사람들의 이야기는 필요하지 않아. 패니, 너에게 직접 이야기를 듣고 싶구나. 네가 이야기를 해 줄 수는 없니?"

"다른 사람들로부터 이미 들었다면, 내가 말할 것은 더 이상 아무 것도 없어."

패니는 풀이 죽은 듯한 목소리로 대답했다.

"사실에 대해서는 아마 그렇겠지. 하지만 난 네 기분이 알고 싶어, 패니. 그걸 말해 줄 수 있는 사람은 이 세상에서 오직 너뿐이잖니. 그렇지만 강요하지는 않겠어. 네가 싫다면 굳이 이야기하지 않아도 돼. 나는 네가 말을 하고 나면 마음이 가벼워질 것이라고 생각했거든."

"우리는 생각이 서로 너무 달라. 그러니까 지금 내 심정을 이야기해도 마음이 가벼워지지 않을 거야."

"어째서 너와 내 생각이 다를 거라고 생각하니? 나는 조금도 그렇게 생각하지 않는데……. 우리가 서로 의견을 말하다 보면 아마 지금까지 그래왔던 것처럼 너와 내 생각은 대체로 같다는 것을 알 수 있을 거야. 요점만 말하면 말이야. 나는 크로포드 씨의 청혼은 매우 적합하고 바람직하다고 생각해. 만약에 네가 그 사람의 애정을 받아들일 수 있다면 말이야. 우리 가족 모두가 그렇게 되기를 바라는 것도 지극히 자연스러운 일이지. 하지만 네가 그 사람의 사랑을 받아들일 수 없다면 그의 청혼을 거절하는 게 매우 당연해. 그렇지 않니? 그런데 이 점에서 우리의 의견에 차이가 있을까?"
 "없어. 하지만 나는 오빠가 나를 나무라고 있다고 생각했어. 내 생각에 반대하고 있다고 생각했지. 하지만 이제는 안심이야."
 "좀더 일찍 안심할 수 있었잖니, 패니? 네가 나에게 좀더 일찍 마음을 털어 놓았다면 말이야. 그래, 그런데 왜 내가 네 생각에 반대한다고 생각했지? 내가 사랑이 없는 결혼을 찬성할 거라고 생각했니? 설사 내가 누구의 결혼 같은 일에 무관심하다고 하더라도, 너의 행복이 달려 있는 일에 내가 무관심하다고 어떻게 생각할 수 있지?"
 "이모부는 내가 틀렸다고 생각하고 계셔. 그런데 이모부가 오빠에게 이야기하셨으니까 오빠도 그 이야기를 듣고…….."
 "나는 지금까지도 네가 전적으로 옳다고 생각해. 너는 헨리 크로포드의 청혼이 유감스럽기도 하고 깜짝 놀라기도 했겠지. 왜냐하면 너는 그에게 애정을 느낄 만한 시간조차도 없었으니까. 네가 한 행동이 옳다는 것에 대해서는 의문의 여지가 없어. 네가 그를 사랑하지 않는다면 그의 사랑을 받아들이지 않는 것이 당연하지."
 에드먼드가 차분한 목소리로 말했다. 패니는 지금처럼 편안한 마음이 되어보기는 정말 오랜만이었다.
 "너는 지금까지 아무런 실수도 저지른 게 없어. 너의 생각도 모르고 함부로 다른 걸 기대한 사람들이 잘못을 저질렀지. 그러나 문제는 그걸로 끝나는 게 아니라는 거야. 헨리 크로포드가 너를 사랑하는 마음이 보통이 아니거든. 그는 진심으로 노력하고 있어. 지금까지는 너에게 아무런 관심도 얻지 못했지만 앞으로는 더욱 큰 관심을 얻기 위해 노력할 거야. 여기에는 물론 어느 정도의 시간이 필요하겠지."
 애정이 깃든 미소를 지으면서 에드먼드는 차근차근 이야기했다.
 "패니야, 지금은 네 마음이 열리지 않아서 헨리 크로포드를 만날 때 냉담하게 행동하는 것이겠지? 하지만 앞으로는 그의 마음을 받아들이도록 노력해 봐. 이제 그의 소원을 들어주는 것이 어떻겠니? 패니, 너는 네가 옳다는 것을, 이해타산적인 것에 마음이 흔들리지 않는다는 것을 이미 보여 주었어. 그러니까 이번에는 감사하는 마음도 있다는 것을 보여 줘야지. 네가 마음씨 착한 사람이라는 것을 보여 주거라. 그렇게 하면 너는 완벽한 여성의 모델이 되는 거야. 나는 옛날부터 네가 그것을 위해 태어난 사람이라고 믿고 있었단다."

"그런 게 아니야. 정말 아니야. 내가 그의 소원대로 해 주는 일은 절대로 없을 거야."

패니가 너무나 강렬하게 부정하자, 에드먼드는 그만 깜짝 놀라고 말았다. 조금 후에 패니도 이성을 되찾으면서 흥분을 가라앉혔다. 패니의 얼굴이 붉게 상기되었다.

"절대로라니? 패니. 정말 단단히 결심한 모양이구나. 그런데 이건 너답지 않은 일이야. 사리를 분별할 줄 아는 평소의 네 모습도 아니고……."

"미래의 일을 얼마나 장담할 수 있을지는 모르지만, 내 생각에 따르면 나는 절대로 그 사람의 호의를 받아들일 수 없을 거라고 생각해."

패니는 슬픈 심정으로 조금 전에 했던 말을 정정했다.

"설마 그런 일은 없겠지. 나는 알고 있어. 너에게 사랑을 받고자 하는 남자는 무척 수고를 해야 한다는 것을……. 비록 너에게 사랑 고백을 했다고 하더라도 말이야. 그것은 모두 너의 어릴 적부터의 애착이나 습관 때문이겠지. 너의 마음을 차지하고 온전히 자신의 것으로 만들려면 먼저 나의 마음속 깊은 곳에 있는 단단한 뿌리를 찾아서 부드럽게 풀어 놓아야 할 거야. 그것도 오랜 세월에 걸쳐서 뿌리를 내린 만큼 단단하게 엉켜 있어서 풀어 놓는다고 하더라도 다시 헝클어질 테니까……. 그가 맨스필드 파크를 떠나간다는 생각만 해도 그에 대해 몸을 사리게 된다는 것은 얼마든지 이해할 수 있어. 그가 자신이 원하는 바를 너에게 말하지 않고 그대로 덮어 두었으면 좋았을 걸……. 나처럼 너에 대해 잘 알고 난 후에 너에게 구애를 했더라면 좋았을 거야. 패니, 헨리가 미리 나에게 조언을 구했다면 너의 사랑을 얻을 수 있었을 것이라고 생각해. 어쨌거나 시간을 두고 보면 그의 인격에 대해 알게 될 거야. 그의 변함없는 애정이 너의 사랑을 얻기에 충분하다고 생각될 거야. 그러면 그도 너의 사랑을 보답으로 받게 되겠지. 나는 그렇게 되기를 진심으로 바라고 있어. 너도 가능하면 그를 사랑하고 싶다는 바람이 조금은 있을 거야. 그것은 자연스러운 감사의 바람이니까……. 너 자신의 냉담한 태도가 조금은 유감스럽구나."

"크로포드 씨와 나는 닮은 데가 전혀 없어. 성격도 습관도 모두 너무나 달라. 우리가 같이 살게 되면 그럭저럭 행복할 거라는 생각도 들지 않아. 그것은 아주 불가능한 일이라고 생각해. 가령 내가 그를 좋아하게 된다고 하더라도 역시 결과는 마찬가지일 거야. 이 세상에서 우리만큼 동떨어진 사람도 없을 거야. 공통된 취미가 한 가지도 없고, 나중에는 서로가 비참해질 것 같아."

"그건 그렇지가 않아. 패니, 너와 그 사람의 차이는 별로 크지 않아. 오히려 너희 두 사람은 아주 닮은 데가 많이 있지. 똑같이 흥미를 느끼는 취미도 있고……. 정신적, 문학적인 취미는 똑같잖니? 두 사람 모두 따뜻한 마음과 다정한 감정을 소유하고 있지. 게다가 패니, 얼마 전의 저녁 시간을 생각해 봐. 그는 셰익스피어를 낭독하고 너는 거기에 푹 빠져 들어서 조용히 듣고 있었잖니? 이런 모습을 보고 누가 너희 두 사람이 어울리지 않는 짝이라고 생각하겠니? 너는 너의 존재를 잊고 있어. 분명히 너와 그의 성격 사이에는 차이가 있어. 그는 쾌활하고 너는 꼼꼼하지. 하지만 그게 더 좋은 거야. 네가 침체되었을 때 그의 활달한 성격은 너의 기분을 전환시켜 줄 거야. 너는 성격상 곧 풀이 죽어서 걱정거리를 실제 이상으로 커다랗게 생각할 때가 많아. 그의 쾌활함이 그것을 중화시켜 줄 거야. 그는 어떤 경우에도 곤란하다는 따위의 생각은 하지 않으니까……. 그의 유쾌하고 명랑한 성격이 너에게는 언제나 힘이 되어 줄 거야. 이 정도의 차이는 패니, 너희 두 사람이 함께 살아가면서 행복해지는 일에 절대로 방해가 되지 않아. 너희 두 사람이 너무 다르기 때문에 안 된다고는 생각하지 마. 나는 오히려 그런 점이 필요하고 그것이 좋다고 생각해. 나는 두 사람의 성격이 너무 똑같은 것보다 다른 것이 차라리 낫다고 생각해. 다르다고 해 봐야 사소한 일에 신경을 쓰는지 안 쓰는지의 차이라든지, 손님이 많은 것을 좋아하는지 적은 것을 좋아하는지, 말을 많이 하는지 적게 하는지, 꼼꼼한지 활달한지 하는 것들뿐이야. 내가 확신하는 건 이럴 때 다소 정반대의 성격을 가진 편이 결혼 생활의 행복을 위해 도움이 된다는 거야. 모든 측면의 성격이 아주 닮았다고 하면 극단적으로 가기가 쉽기 때문이지. 은근히 서로 반대되는 측면이 있어야 안전한 거야."

에드먼드의 생각이 어디에 있는지 패니는 죄다 알 수 있었다. 약간 침체되어 있었던 에드먼드는 메리 크로포드의 호의적인 태도로 인해 완전히 소생하고 있었다. 에드먼드는 집에 돌아온 다음부터 메리 크로포드에 대해 즐겁게 이야기하고 있었다. 에드먼드는 더 이상 그녀를 피하지 않았다. 어제는 목사관에서 식사도 같이 했다.

패니는 에드먼드가 행복한 감정에서 깨어나지 않도록 몇 분 동안 가만히 있었다. 그러다가 다시 조용히 입을 열었다.

"그저 단순히 성격 차이 때문만이 아니야. 그는 도무지 나에게 맞지 않아. 우리의 차이는 도무지 말이 안 될 만큼 너무나 커. 그의 쾌활한 성격에 저절로 입이 벌어질 때가 많으니까……. 하지만 그보다 더 나와 이루어질 수 없는 이유가 있어. 나는 그의 인품과 인격을 도저히 믿을 수가 없어. 나는 연극 연습을 할 때부터 그를 좋지 않게 생각했어. 그 당시에 보았던 그의 행동은 무척 경박하고 매정했었어. 이제는 진실을 말해도 상관없겠지. 모두 끝난 일이니까……. 그는 러시워스 씨에 대해서 경박하고 무례한 행동을 했어. 러시워스 씨에게는 아무리 악의적인 행동을 해도, 기분을 상하게 해도 괜찮다는 듯한 식이었지. 그리고 마리아를 상대로 애정을 표현했고……. 나는 그 당시에 받았던 나쁜 인상을 아무래도 잊을 수가 없어."

"패니!"

에드먼드는 패니의 말을 끝까지 듣지 않고 도중에 말을 가로막았다.

"부디 용서해 줘. 우리가 그 부질없는 소동을 피울 때의 모습으로 판단을 받는다면 도저히 구제받을 길이 없어. 누구든지 다 말이야. 그 연극 연습 때의 일은 생각하기도 싫어. 마리아도 잘못 했고 헨리 크로포드도 잘못 했어. 우리 모두가 하나 같이 잘못한 거야. 그 당시의 일을 떠올리자면 나만큼 잘못한 사람도 없어. 나에 비하면 다른 사람은 모두 죄가 없는 것과 다름이 없지. 나는 알고 있으면서도 그 바보짓을 했으니까……."

"나는 모든 것들을 곁에서 지켜보았어. 아마 오빠보다도 더 많은 것을 보았을 거야. 러시워스 씨는 정말 가엾은 처지에 놓여 있었어. 러시워스 씨는 크로포드 씨를 몹시 질투하고 있었어."

패니가 조심스럽게 말했다.

"얼마든지 있을 수 있는 일이지. 이상한 일이 아니야. 뭐니 뭐니 해도 그것만큼이나 경박한 짓은 없었을 테니까. 그 일에 대해 생각할 때마다 어처구니가 없어지지. 어떻게 해서 마리아가 그런 짓을 할 수 있었는지……. 하지만 마리아가 그 배역을 맡았으니까 그 밖의 일은 그리 놀랄 만한 것이 아니지."

"연극 연습을 하기 전에 줄리아는 크로포드 씨가 자기에게 구애하고 있다고 믿었어."

"줄리아라구? 이전에 누군가에게서 한 번 들은 적이 있어. 헨리 크로포드가 줄리아를 사랑하고 있다고 말이야. 하지만 그런 기미는 한 번도 보지 못했어. 그리고 말이야. 패니, 동생들을 두둔하는 것은 아니지만, 그런 일은 얼마든지 벌어질 수 있어. 둘 중에서 하나가 아니, 둘 다 헨리 크로포드의 호감을 얻고 싶어서 그런 기분을 함부로 노출시켰던 거야. 그러다가 다소 조심성을 잃은 것이겠지. 정확하지는 않지만 둘 다 그와 사귀고 싶어했던 것 같아. 그런 식으로 눈치를 주니까 헨리 크로포드처럼 활발하고 좀 신중하지 못한 남자는 덩달아 맞장구를 치게 되는 거야. 특별히 놀랄 만한 일은 아니야. 왜냐하면 그가 사랑하는 마음으로 그랬던 것은 아니니까……. 마음은 너를 위해 남겨 두었던 거야. 그리고 이렇게 말해서 어떨지 모르지만, 그 일 때문에 나는 그를 아주 다시 보게 되었어. 가정적인 행복과 순수한 애정의 고마움을 정확히 알고 있는 증거지. 그가 작은 아버지의 나쁜 영향에도 물들지 않았다는 거야. 이제 중요한 사실이 증명된 거야. 그는 내가 평소부터 이렇다고 믿고 싶었던 그대로의 사람이라는 것이……."

"나는 그의 생각이 잘못되었다고 생각해. 진지한 문제에 대해서는……."

"아니야. 오히려 진지한 문제에 대해서는 전혀 생각한 적이 없다는 말이 맞을지도 몰라. 그렇게 말할 수밖에 없지 않니? 그런 교육을 받고 그런 조언자가 곁에 있었으니까 말이야. 사실 남매 두 사람이 작은 아버지 댁에서 자라면서도 지금의 모습을 유지하고 있다는 것은 놀라운 일이 아닐까? 헨리 크로포드는 나도 솔직히 시인하지만, 지금까지는 너무 기분에 치우치면서 살고 있었어. 그 부족한 점을 네가 보충해 주는 거야. 그는 정말 운이 좋은 남자지. 패니야. 너도 좋은 배우자를 선택한 거란다. 그는 너를 행복하게 만들어 줄 거야. 패니, 그리고 너는 그를 네 뜻대로 하는 거야."

"그런 일은 맡고 싶지 않아. 그렇게 책임이 막중한 일은 말이야."
패니가 잦아드는 듯한 어조로 말했다.

"또다시 언제나 하던 대로 말하는군. 자기 자신에게는 아무런 힘도 없다고 생각하다니! 너는 무슨 일이든지 자신에게 주어진 짐이 너무 무겁다고 생각하겠지. 어쨌거나 지금 내 말을 듣고 당장 마음을 바꾸는 것은 불가능할 거야. 하지만 너도 오래 있지 않아서 그의 진심을 깨닫고 그의 마음을 받아들이게 될 거야. 솔직히 말해서 나는 그렇게 되길 진심으로 원해. 난 헨리 크로포드의 행복에 적잖은 관심을 갖고 있단다. 너의 행복을 생각하는 마음은 두말 할 것도 없고……. 패니, 나로서는 그의 일이 염려스럽단다. 너도 이미 눈치를 챘겠지? 내가 메리 크로포드에게 큰 관심을 가졌다는 걸 말이야."

물론 그것은 패니도 잘 알고 있는 일이었다. 에드먼드와 패니는 그대로 입을 굳게 다문 채, 정원을 산책했다.

잠시 후에 에드먼드가 먼저 말을 꺼냈다.

"어제 기뻤던 것은 이 문제에 대한 그녀의 말투였어. 특히 기뻤던 것은 그녀가 이 일 전반에 걸쳐서 올바른 관점에서 바라보고 있었다는 사실이었어. 그건 정말 예상 밖이었지. 그녀와 네가 무척 사이가 좋다는 건 나도 알고 있었지. 하지만 내가 염려스러웠던 것은 오빠에 대한 너의 가치를 올바로 평가하지 못하지는 않는지, 신분이 높거나 혹은 재산이 많은 여자를 선택하지 않았던 것에 대해 유감스럽게 여기지는 않았는지 하는 일이었어. 나는 이러한 세속적인 조건에서 오는 편견을 염려했었지. 그녀는 주위에서 그런 말을 너무나 많이 들어왔으니까 말이야. 하지만 사실은 아주 딴판이었어. 그녀가 너에 대한 말을 할 때의 말투에는 패니, 정말 나무랄 데가 없었어. 그녀는 아버지나 나 못지않게 열렬히 이 결혼을 바라고 있더구나. 우리는 이 일로 오랫동안 이야기를 나누었지. 내 쪽에서 먼저 이 문제를 이야기할 생각은 없었어. 그녀의 생각을 무척 알고 싶긴 했지만 말이야. 그런데 방에 들어가서 5분도 채 지나지 않았는데 그녀가 먼저 말하기 시작했지. 그녀는 솔직하게 자신의 생각과 심정을 털어놓았어. 그녀는 정말 다정한 태도로 말했단다. 그리고 그랜트 부인도 미소를 지으면서 그녀의 말에 귀를 기울이고 있었어."

"그랜트 부인도 방에 계셨어?"

"그래, 그 집에 도착했을 때 두 자매만 같이 나란히 앉아 있더라. 온통 너에 대한 이야기뿐이었어. 조금 후에 헨리 크로포드와 그랜트 박사가 들어 왔단다."

"벌써 일주일 이상이나 만나지 못했어."

"맞아. 그 사람도 그걸 안타깝게 여기고 있더구나. 만나지 않고 있는 것이 제일 좋을지도 모른다고 생각하면서도……. 그러나 그들이 떠나기 전에 한 번은 만나게 되겠지. 메리 크로포드도 너에게 무척 화를 내더라. 그건 각오해야 할 거야. 자기는 무척 화가 났다고 하더구나. 그녀가 화가 난 이유가 무엇인지 너도 짐작이 가지? 동생으로서 유감스럽기도 하고 실망하기도 했으니까 말이야. 그녀는 무슨 일이든지 오빠가 원하는 대로 되는 게 당연하다고 생각하니까. 그것이 그녀의 솔직한 심정이겠지. 마음이 상한 거야. 너도 윌리엄의 일이라면 그렇게 되지 않겠니? 하지만 그녀는 진심으로 너를 사랑하고 존경하고 있단다."

"이 문제로 인해 나에게 몹시 화를 낼 거라고 짐작했어."

"패니야."

에드먼드는 패니의 팔을 꽉 잡았다.

"그녀가 화가 났다고 해서 별로 신경 쓸 필요는 없어. 화가 났다고 해도 그냥 말뿐이지 정말로 그런 건 아니니까……. 그녀의 마음은 사랑과 친절로 가득 차 있어. 그녀는 절대로 너에게 원한을 품지 않아. 그녀가 너를 어떻게 칭찬했는지, 그 말을 너도 들을 수 있다면 좋을 텐데……. 너에게 '헨리의 아내가 되어 주었으면' 하고 말했을 때의 그녀의 얼굴을 네가 보았다면, 그녀의 마음이 얼마나 진실한 것인지 단번에 알 수 있었을 거야. 그리고 얼마 전에 겨우 알게 된 일이지만 그녀는 너를 언제나 '패니'라고 부르더라. 그 말 속에는 정말 자매다운 다정함이 담겨 있었지."

"그랜트 부인은, 그분께서는 뭐라고 말했어? 그 동안 줄곧 거기에 계셨어?"

"응. 동생의 말에 전적으로 동의하고 있었어. 패니, 네가 거절했다고 하니까 무척이나 놀란 눈치였어. 네가 헨리 크로포드와 같은 청년을 거절한다는 것은 이해할 수 없다는 듯한 눈치였어. 내가 가능한 한 네 입장을 변호했지만 말이야. 하지만 그 사람들의 이야기를 들어 보니까 되도록이면 빨리 네가 헨리 크로포드의 청혼을 받아들인다는 것을 보여 주어야만 할 것 같구나. 다른 것으로는 그 사람들이 납득하지 못할 테니까……. 그러나 이런 식의 이야기는 너를 괴롭힐 뿐이니까 그만 두기로 하자."

패니는 잠시 동안 생각에 잠겼다. 내가 잘못 생각한 걸까? 자꾸만 이런 생각이 들었던 것이다. 패니는 잠자코 있다가 용기를 내어서 말했다.

"여자라면 누구나 다 있을 수 있는 일이라고 생각할 거야. 남자가 여자에게 승낙을 받지 못한다는 것, 혹은 적어도 사랑을 얻지 못한다는 것 말이야. 비록 그 남자가 아무리 인기가 좋은 사람이라고 하더라도, 모든 측면에서 나무랄 데가 하나도 없는 남자라고 하더라도, 일방적으로 좋아하는 상대방 여자에게 꼭 받아들여질 것이라고 믿어 버리는 건 좋지 않다고 생각해. 헨리 크로포드가 누님과 동생의 생각으로는 유리한 조건을 모두 다 갖추었을지 모르지만, 내가 어떻게 그 사람들과 똑같은 마음을 가질 수 있겠어? 그의 기분에 맞추어서 그의 생각대로 받아들인다고 하더라도 말이야. 이건 정말 갑작스러운 일이야. 나는 지금까지 이런 일에 대해 한 번도 생각해 본 적이 없었어. 지금까지 나에 대한 그의 행동에 어떤 의미가 있었다고 생각하지 않아. 물론 내가 그를 좋아하도록 나 스스로 노력한 일은 없었어. 그가 나에게 관심을 가졌다고 해도 그것은 완전히 일시적인 장난감 정도로 밖에 생각하지 않는 것이라고 믿었으니까……. 나 같은 신분으로 크로포드 씨에게 기대를 걸었다면 자만심이 지나친 것이었겠지. 그랜트 부인과 크로포드 양도 그를 높이 평가하고 있으니까, 그가 진심으로 한 행동이 아니었을 경우에도 아마 대수롭지 않게 생각할 게 틀림없어. 그렇다면 어떻게 내가 그의 사랑을 받아들일 수 있겠어? 그가 나를 사랑한다고 말한 그 순간에 나도 그를 사랑하다니……. 당신의 말에 따라, 당신이 원하신다면 내 마음을 즉시 드리겠어요, 어떻게 이런 식으로 행동할 수가 있겠어? 그의 누나와 동생이 그를 생각하는 만큼 내 입장도 좀 생각해 주어야지. 그의 가치가 높아지면 높아질수록 나 같은 게 그를 생각한다는 일은 예의에 벗어나는 일이니까……. 그리고 또 여자에 대한 사고방식도 너무 달라. 그녀들이 이야기하는 것에 따르면 남자의 말을 듣자마자 당장 그 말을 받아들이고 애정을 바칠 여자가 있다고 생각하나 봐."

"알았다, 패니. 나도 이제 진실을 알게 되었어. 그런 마음이 드는 것은 너로서는 당연한 노릇이야. 나도 이전에 그게 네 심정이라고 생각했었어. 네 마음을 이해할 것 같다고 생각했지. 지금의 네 심정은 매리 크로포드나 그랜트 부인에게 내가 대변한 것과 너무나 똑같아. 두 사람 모두 내 말을 잘 알아들었어. 물론 다정한 네 친구는 아직 조금 화가 나 있지만……. 그것도 헨리를 사랑하는 나머지 그러는 거야. 나도 이미 말해 주었어. 패니, 너는 그 누구보다도 습관에 크게 지배받고 있으며, 새로운 것에 대해서는 좀처럼 마음을 열지 않는 사람이라고……. 그래서 헨리 크로포드의 청혼 자체가 대답하기 어려운 일이라고 말이야. 새롭고 돌발적인 일은 언제나 당황스럽기 마련이지. 너로서는 자기가 익숙하지 않은 일을 참을 수 없는 것이 당연하다고 말했지. 그 밖에 여러 가지 비슷한 취지의 말을 해서 그녀들에게 네 인품을 이해시키려고 애썼어. 매리 크로포드가 그녀의 오빠를 어떤 방법으로 격려하려는지 그 계획을 말했을 때에는 저절로 웃음이 터져 나왔어. 그녀는 오빠에게 그냥 이대로 버티라고 말하더군. 그러면 멀지 않아 사랑을 받게 될 거라고 하면서……. 한 10년 정도 행복한 결혼 생활을 이어나가면, 네가 구애의 말을 자연스럽고 친절한 마음으로 받아들일 거라고 하더군.”

패니는 웃는 얼굴을 보이기가 힘들었다. 기분이 몹시도 상해 있었다. 패니는 자신이 지금 잘못을 저지르고 있지는 않은지, 지나친 말을 하지는 않았는지, 너무 조심스럽게 행동한 나머지 한 가지 화를 막기 위해 또 다른 화를 불러들이는 길로 접어들지는 않았는지 걱정스러웠다. 또한 에드먼드가 매리 크로포드의 말을 이런 순간에 전달하는 것은 패니의 고통을 가중시키는 일이었다.

에드먼드는 패니의 얼굴에서 몹시 지루하고 난처한 표정을 읽었다. 그래서 더 이상 이 문제에 대해 논의하지 말자고 결심했다. 반드시 즐거운 일과 관련되지 않는 한 헨리 크로포드의 이름조차 거론하지 않겠다고 결심했다. 에드먼드는 자신이 세운 원칙대로 조용히 있다가 얼마 후에 입을 열었다.

“헨리 크로포드와 매리 크로포드는 월요일에 출발할 거야. 그러니까 너는 매리 크로포드와 내일 아니면 일요일에는 반드시 만나게 될 거야. 정말로 월요일에 떠난다고 하더라. 하마터면 나도 그 날까지 레싱비에서 머무를 뻔했어. 만약 그렇게 되었다면 사정은 꽤 달라졌을 거야. 거기서 엿새 가량 더 머물고 돌아왔다면 평생 후회하게 될 뻔했지. 그녀와 이렇게 다시 만나지 못했을 테니까…….”

“그 때까지 묵을 뻔했어?”

“응. 그 사람들이 간곡하게 권유했었거든. 만약 맨스필드 파크에서 편지가 와서 모두의 소식을 알았더라면 아마도 더 있다가 돌아왔을 거야. 하지만 나는 이주일 동안 여기에서 발생한 일들을 전혀 몰랐어. 그래서 내가 너무 오랫동안 집을 떠나 있었구나 하고 생각했지. 그래서 집으로 돌아온 거야.”

"그곳에서는 재미있게 보냈어?"

"물론이지. 재미있게 지낼 수 없었다면 내 성격이 나쁘다는 말이 되겠지. 모두들 정말 좋은 사람들이었으니까……. 그쪽에서도 과연 그렇게 생각하는지 약간 의심스럽지만 말이야."

"오인 씨의 딸들은 어땠어? 마음에 들었어?"

"그래. 무척이나 유쾌하고 상냥하고 순수한 아가씨들이었어. 하지만 패니, 나는 평범한 여성과 사귀는 것은 어울리지 않아. 그냥 마음씨가 좋고 순수한 아가씨란, 분별력이 있는 여성에게 익숙한 남자에겐 어울리지 않지. 이 둘은 전혀 다르니까. 나는 너와 매리 크로포드 덕분에 제법 눈이 높아졌거든."

그 말을 듣고 난 후에도 패니는 여전히 웃지 않았다. 패니는 줄곧 우울하고 걱정스러운 모습이었다. 얼굴빛만 보더라도 그런 사실을 알 수가 있었다. 에드먼드는 가벼운 농담을 던져서 기분을 바꾸어 보려고 노력했지만 소용이 없었다.

에드먼드는 더 이상 아무런 말도 하지 않았다. 패니와 다정하게 걸어갈 뿐이었다. 한참 동안이나 산책한 후에 두 사람은 집으로 돌아갔다.

제 36 장

　에드먼드는 패니와 헤어진 후에 매우 만족스러운 표정을 지었다. 패니의 속마음을 모두 알았다고 생각했기 때문이었다. 에드먼드는 자신의 짐작대로 헨리 크로포드가 너무 성급하게 구혼했던 것이라고 믿었다. 그리고 앞으로는 서서히 다가가도록 조언하는 것이 좋겠다고 생각했다. 우선 패니가 헨리 크로포드의 구애에 익숙하도록 만들고, 그 다음으로 그것이 감동을 일으키도록 이끌어 나가야만 했다. 패니가 헨리 크로포드의 사랑을 자연스럽게 받아들이는 것이 가장 중요한 일이었다. 그렇게 되면 패니가 마음의 문을 활짝 여는 날도 그리 멀지 않을 것이라고 확신했다.
　에드먼드는 패니와 나누었던 이야기와 자신의 생각을 아버지에게 말씀드렸다. 더 이상 패니에게 아무런 말도 하지 않는 것이, 헨리 크로포드의 구혼을 받아들이도록 설득시키기 위해 애쓰지 않는 것이 좋겠다고 말했다. 그리고 모든 것은 헨리 크로포드의 열의와 패니의 자연스러운 마음의 변화에 맡기자고 말했다.
　토마스 경도 그렇게 하기로 약속했다. 토마스 경도 패니의 성격을 잘 알고 있었던 것이다. 토마스 경은 패니라면 충분히 그런 생각을 할 것이라고 짐작했다. 그러면서도 토마스 경은 그러한 사실 자체를 유감스럽게 생각했다.
 토마스 경은 에드먼드처럼 미래에 펼쳐질 일을 낙관할 수가 없었다. 만약 그렇게 오랜 시간이 걸리는 일이라면 패니가 헨리 크로포드에게 마음의 문을 열었을 때, 막상 상대방은 지쳐 버릴지도 모른다는 걱정이 앞섰기 때문이었다. 그러나 모든 것은 하늘에 맡기고 최선의 결과를 바랄 수밖에 없었다.
 패니는 매리 크로포드가 맨스필드 파크를 방문하지나 않을까 두렵고 떨리는 마음을 억누르고 있었다. 작은 소리에도 흠칫흠칫 놀라면서 하루하루를 걱정스럽게 보내고 있었다. 헨리 크로포드의 동생으로서, 그녀는 당연히 편파적으로 행동할 것이다. 그녀는 몹시 화를 내면서 자신의 생각을 거침없이 밝힐 것이라고 생각하니까, 그녀를 만난다는 것이 그저 두렵고 피하고 싶을 따름이었다.
 매리 크로포드와 얼굴을 마주칠 때, 다른 사람들이 곁에서 함께 있어 주었으면 하고 바랄 수밖에 없었다. 패니는 버트램 부인 곁에서 가능한 한 떠나려고 하지 않았고, 동쪽 방으로 발걸음을 돌리지도 않았고, 정원을 혼자 산책하는 일도 하지 않았다. 혼자 있을 때 갑자기 매리 크로포드가 불쑥 나타나지나 않을까 조바심을 내고 있었다.
 조찬실에서 버트램 부인과 함께 느긋한 시간을 즐기고 있는데, 매리 크로포드가 찾아왔다. 패니는 매리 크로포드의 얼굴을 보게 되자, 당장 자리를 피하고 싶을 만큼 괴로운 심정이었다. 그러나 매리 크로포드는 상냥하게 인사하면서 가벼운 미소를 머금은 채 가까이 다가왔다. 패니의 예상과는 완전히 다른 태도였다.
 매리 크로포드의 친절한 태도를 보자, 패니는 조금 안심이 되었다. 패니는 매리 크로포드가 돌아간 후에 다소 상처받은 마음을 조금만 안정시키고 달래면 될 것 같다는 희망을 가졌다. 그러나 그것은 너무 안이한 생각이었다. 매리 크로포드는 패니와 단 둘이 이야기할 시간을 가지려고 굳게 마음먹고 있었다.

패니는 좀처럼 버트램 부인이 있는 조찬실에서 떠나려고 하지 않았다. 잠시 후에 매리 크로포드가 작은 소리로 이렇게 말했다.

"어디 조용한 곳으로 가서 몇 분 동안 이야기를 나누고 싶어요."

패니는 매우 예민하게 이 말을 받아들였다. 그러나 도저히 거절할 수가 없었다. 패니는 누가 어떤 말을 하는 즉시, 그 말에 따르는 게 몸에 배어 있었다. 그렇기 때문에 매리 크로포드의 말이 떨어지자마자 패니는 자리에서 벌떡 일어났다. 그리고 조용히 방을 나갔다. 비참하고 두려운 생각이 들었지만, 도저히 피할 수 없는 일이었다.

조찬실에서 나가자마자 매리 크로포드는 금방 장난기가 감도는 웃음을 터뜨렸다. 매리 크로포드는 부드러운 비난이 담긴 눈빛으로 패니를 쳐다보았다. 그리고 패니의 손을 잡더니 그 즉시 이야기를 하지 않고는 견딜 수 없다는 듯한 태도를 보였다.

"야속한, 정말로 야속한 아가씨야! 언제쯤 잔소리를 안 하게 해 줄까?"

매리 크로포드는 이렇게 말할 뿐 더 이상의 말을 자제했다. 사방이 벽으로 둘러싸인 방에서 단 둘이 남아있게 될 때까지 참을 정도의 분별심은 가지고 있었다.

패니는 계단을 따라 올라가서 매리 크로포드를 방으로 데리고 들어갔다. 그 방은 언제나 쾌적하게 사용할 수 있도록 되어 있었다. 패니는 방문을 열 때 마음이 몹시 아팠다. 이 방에서는 처음이라고 할 만큼 괴로운 일이 벌어질 것이라고 짐작했기 때문이었다.

하지만 패니가 상상하고 있었던 괴로운 일은 일어나지 않았다. 매리 크로포드가 갑자기 생각을 바꾸었던 것이었다. 다시 한 번 동쪽 방에 들어왔다는 사실이 매리 크로포드의 마음에 커다란 감동을 안겨 주었다.

"어머! 또다시 찾아왔군요. 이 동쪽 방에……. 오래 전에도 이 방에 한 번 들어온 적이 있었죠!"

매리 크로포드는 방에 들어서자마자 활기찬 목소리로 말했다. 그리고 잠시 멈추어 서더니 주위를 살피면서 그 당시의 일을 더듬어보기 시작했다.

"맞아요. 이곳에 온 적이 있었어요……. 기억나요, 패니? 리허설을 하기 위해 왔었지요. 에드먼드와 함께 와서 리허설을 했었지요. 패니가 관객 겸 프롬프터 역할을 맡았고……. 정말 즐거운 리허설이었어요. 절대로 잊어버리지 못할 거예요. 바로 이 방이었어요. 여기에 에드먼드가 서 있었고, 나는 이 자리에 있었죠. 의자가 거기에 나란히 놓여 있었죠. 아! 어째서 이런 일은 언제나 옛 추억이 되어버리는 걸까요?"

패니는 매리 크로포드가 자신의 대답을 기다리지 않고 혼자 이야기하고 있는 것이 무엇보다도 다행스러웠다. 매리 크로포드는 감미로운 추억에 잠긴 채 자기 혼자 이야기하고 있었다.

"연극 연습 장면이 참으로 멋있었어요. 그 연극의 주제는……. 글쎄, 뭐라고 하면 좋을까? 에드먼드는 나를 쳐다보면서 결혼 생활에 대해 설명했었죠. 지금도 그 모습이 눈에 선해요. 에드먼드는 정색을 하고 침착한 목소리로 이렇게 말했지요. '뜻이 맞는 두 사람이 부부로 만날 때야말로 결혼 생활이 행복한 것이라고 할 수 있겠지요.' 영원히 잊혀지지 않을 거예요. 이 대사를 외울 때의 그의 얼굴과 목소리와 인상은 잊을 수가 없어요. 신기해요. 정말 신기해요. 우리가 그런 장면을 연기하게 되었으니까……. 우리 일생 중에서 어느 일주일을 현재로 되돌릴 수 있는 힘이 나에게 있다면, 그건 그 일주일, 연극 연습에 열중했던 일주일을 가져오려고 할 거예요. 당신이 뭐라고 생각하든지 간에 패니, 단연코 그 일주일이에요. 그처럼 말로 다 표현할 수 없는 행복감을 맛본 적은 지금까지 없었으니까요. 그토록 성격이 강한 에드먼드가 그렇게 다정하게 대해 준 것이 지금도 믿어지지 않아요. 말로 다 표현할 수 없을 만큼 즐거운 일이었어요. 하지만 슬퍼요. 그 날 저녁에 모든 일들이 깨어지고 말았으니까요. 그 날 저녁에 도저히 환영할 수 없는 토마스 경께서 돌아오셨지요. 가련하신 토마스 경, 그 얼굴을 보고 누가 기뻐했을까요? 그렇지만 패니, 아직도 내가 토마스 경에 대해 무례하게 말한다고 생각하지 말아 주세요. 사실 나는 몇 주일 동안이나 그 어른이 몹시 싫었어요. 하지만 이제는 이해해요. 이런 집안의 가장으로서 당연한 태도였으니까요. 아니, 그보다 더 솔직하게 말하자면, 지금은 이 가족 모두를 사랑해요."

매리 크로포드의 목소리에 나타난 애정의 정도는 패니가 지금까지 한 번도 보지 못한 새로운 모습이었다. 그러나 그 모습도 매리 크로포드와 아주 잘 어울렸다. 매리 크로포드는 얼굴을 돌리더니 안정을 되찾았다.

"미안해요. 이 방에 들어선 순간부터 가슴이 뭉클했어요."

매리 크로포드는 장난스럽게 웃으면서 말했다.

"하지만 이제는 차분하게 가라앉았어요. 이제 자리에 앉아서 우리 이야기를 해요. 편안한 마음으로……. 패니, 잔소리를 하려고 단단히 벼르고 찾아왔는데, 막상 패니를 만나고 보니까 도저히 잔소리를 할 용기가 나지 않는군요."

매리 크로포드는 매우 다정스럽게 패니를 껴안았다.

"다정하고 사랑스러운 패니! 얼굴을 대하는 것도 이것이 마지막이겠군요. 언제 다시 볼 수 있을지 모르잖아요. 패니를 사랑하는 것 이외에는 다른 어떤 일도 하지 못할 것 같아요."

이 말을 들은 패니의 눈에서 뜨거운 눈물이 주르르 흘러내렸다. 이것은 전혀 예상하지 못했던 일이었다. 패니의 마음은 마지막이라는 말이 지니고 있는 슬픈 여운에 온통 잠겨 있었다.

패니는 하염없이 울었다. 매리 크로포드가 떠나는 것이 눈물이 날 정도로 슬펐던 것은 아니었다. 하지만 매리 크로포드의 따뜻한 마음씨와 다정했던 모습을 이제 볼 수 없다고 생각하니까 저절로 눈물이

났던 것이다. 매리 크로포드도 패니의 이런 모습을 보자, 오빠 일 때문에 따지려고 했던 마음도 봄눈이 녹듯이 사라지고 말았다.
 "나도 패니와 헤어지는 게 싫어요. 내가 지금 가려고 하는 곳에서는 패니만큼 호감이 가는 사람을 도저히 만날 수 없을 테니까요. 우리가 자매 관계를 맺지 못한다고 누가 말할 수 있겠어요? 우리는 꼭 그렇게 될 거예요. 나는 우리가 태어날 때부터 맺어질 인연이었다는 걸 알아요. 패니도 눈물을 흘리는 것을 보니까 나와 같은 마음이라는 것을 알 수 있을 것 같군요."
 "하지만 당신은 또 다른 친구를 만나기 위해 가는 것이잖아요. 지금 가려고 하는 곳도 친한 친구의 집이잖아요."
 패니가 눈물을 닦으면서 말했다.
 "그래요. 프레이저 부인과는 오랫동안 사귀어온 친구예요. 하지만 그 친구 집에 가고 싶다는 생각은 조금도 없어요. 그곳으로 가야 한다고 생각하면, 헤어져야 할 분들이 떠올라서 안타깝기만 하답니다. 언니와 당신과 버트램 가문의 여러분……. 이분들에게 빼앗긴 나의 마음은 다른 어떤 곳에 가더라도 되찾을 수 없을 것 같아요. 모두가 의지할 수 있고 믿을 수 있는 분들이잖아요. 다른 사람들과의 교제에서는 그런 관계를 맺기가 쉽지 않아요. 프레이저 부인에게 부활절 전에는 못 간다고 할 걸 그랬나 봐요. 방문하기에는 그 때가 훨씬 좋은 시기니까요. 하지만 이제 와서 연기할 수는 없지요. 그리고 프레이저 부인 댁에서의 일이 끝나면 그녀의 언니인 스토너웨이 부인을 방문하기로 약속했어요. 두 사람 중에서 나는 오히려 스토너웨이 부인과 더 친해요. 그렇지만 지난 3년 동안 그분 생각은 별로 하지 않았어요."
 매리 크로포드와 패니는 몇 분 동안 각자의 생각에 잠겨서 침묵을 지키고 있었다. 패니는 우정의 의미에 대해 생각하고 있었다. 매리 크로포드는 그런 철학적이 아닌 다른 일, 연극 연습을 할 때의 일에 대해 생각하고 있었다. 이번에도 먼저 침묵을 깬 것은 매리 크로포드였다.
 "정말 뚜렷하게 기억나요. 당신을 찾기 위해 위층으로 올라가려고 결심했을 때의 일 말이에요. 동쪽으로 왔지만 패니의 방이 어느 방인지 전혀 짐작할 수가 없었어요. 용기를 내서 방을 들여다보니까 당신이 여기 앉아 있는 게 보였어요. 이 테이블에서 일하고 있었죠. 그리고 패니, 에드먼드의 깜짝 놀란 모습, 기억하고 있나요? 방문을 열었을 때, 내가 여기 있었으니까 얼마나 놀랐겠어요? 토마스 경께서 하필 그 날 밤에 돌아오시다니! 정말 안타까웠어요."
 매리 크로포드는 다시 잠시 동안 생각에 잠기더니 화제를 바꾸었다.
 "아, 패니. 잠깐 동안이라도 당신을 런던에 있는 나의 친구들에게 데리고 갈 수 있다면 좋겠어요. 그렇게 되면 당신도 알게 될 거예요. 헨리를 사로잡은 당신의 힘이 어느 정도인지 이해할 수 있을 거예요. 스무 명, 아니 서른 명이 넘는 여성들이 당신을 부러워하고 질투할 거예요. 그녀들은 당신이 오빠를 거절했다는 말을 들으면 이상하게 여기고, 도저히 믿을 수 없는 일이라고 할 거예요. 런던에 오면 당신을 사랑하고 있는 사람의 가치를 알게 될 거예요. 직접 눈으로 보면 알 수 있어요. 오빠에게 구애하는 여자가 얼마나 많은지 그리고 오빠 덕분에 사람들이 얼마나 나에게 친절하고 호의적인지를……. 그런데 이번에는 나를 대하는 태도가 확연히 다를 거예요. 나는 프레이저 부인 집에서도 별로 환영받지 못할 거예요. 당신과 우리 오빠의 관계 때문이죠. 오빠가 당신을 사랑한다는 것을 알면 그 사람들은 분명히 내가 다시 노스햄튼으로 돌아갔으면 하고 바랄 거예요. 프레이저의 전처 딸 마가렛을 헨리에게 시집보내려고 했거든요. 오빠를 마음에 두고 얼마나 애태웠는지! 당신은 아마 짐작도 하지 못할 거예요. 얼마나 큰 소동이 벌어지게 될지, 모두들 얼마나 당신 얼굴을 보고 싶어하는지, 또한 내가 계속되는 질문에 얼마나 시달려야 하는지를 말이에요. 가엾게도 마가렛 프레이저는 줄곧 나에게 당신의 눈이며 이에 대해서, 머리 모양은 어떻게 하고 있는지, 구두는 어느 제품인지 등에 대해서 물을 거예요. 마가렛도 시집을 갈 수 있으면 좋겠는데……. 프레이저 집안은 다른 사람들처럼 평범하지는 않아요. 그래도 그 당시에 자넷으로서는 더 이상 바랄 게 없는 혼처였어요. 모두들 진심으로 기뻐했지요. 상대는 부자이고 자넷은 무일푼이었으니까요. 하지만 결혼을 하고 보니까 남편은 화를 잘 내고 귀찮은 사람이었지요. 젊은 여자, 스물다섯 살의 아리따운 젊은 여자에게 자기처럼 소심한 사람이 되라고 강요하는 거예요. 자넷은 그 사람과 조화를 이루지 못했어요. 어떻게 이끌어 나가는 게 좋을지 몰랐던 것 같아요. 그래서 분위기가 자주 험악하게 변했어요. 이건 정말 품위 없는 일이지요. 그 집에 가면 맨스필드 파크 목사관의 두 분을 생각만 해도 경의를 느낄 수 있어요. 그랜트 박사는 언니를 전적으로 신뢰해서 언니의 판단을 존중하죠. 그러니까 애정이 있다는 것이 느껴져요. 하지만 프레이저 가정에서는 그런 일을 전혀 찾아볼 수 없어요. 내 마음은 언제까지나 맨스필드 파크를 떠나지 않을 거예요, 패니. 아내로서는 우리 언니, 남편으로서는 토마스 버트램 경이 나의 가장 완전한 이상형이거든요. 가엾게도 자넷은 속아서 결혼을 한 것이지요. 그렇다고 해서 자넷의 행동이 경박했던 것은 아니에요. 무턱대고 결혼한 것도 아니고, 미래에 대해 생각하는 것을 게을리한 것도 아니었어요. 자넷은 프레이저로부터 청혼을 받고 난 후에 사흘 동안이나 생각했어요. 그 사흘 동안 친지들에게 그리고 의견을 들어볼 만한 모든 사람들에게 조언을 들었지요. 죽은 숙모에게도 찾아왔었어요. 숙모는 현명했기 때문에 모든 젊은이들이 숙모의 의견을 묻고 결정해 달라고 부탁했었어요. 신용이 상당했거든요. 어쩌면 당연한 일이지만, 숙모도 그 결혼에 찬성이었어요. 이런 것을 보면, 어떤 경우에도 부부의 금실이란 장담할 수 없는 일인가 봐요. 하지만 플로라의 경우는 그렇게 말할 수도 없어요. 근위대 기병 연대의 멋진 청년을 마다하고 끔찍한 스토너웨이 경과 결혼했으니까요. 지적 수준은 러시워스 씨와 비슷하지만 용모는 훨씬 더 험상궂고, 게다가 깡패 같은 성품이었어요. 플로라가 스토너웨이 경과 결혼했을 때, 나는 진심으로 걱정했었어요. 스토너웨이 경은 신사다운 데가 별로 없는 사람이었거든요. 지금 와서 돌이켜보면 분명히 그녀가 잘못 선택한 것이었어요. 플로라 로스는 사교계에 나온 첫겨울, 헨리에게 완전히 반했어요. 오빠에게 반한 여자 이야기를 모두 하려면 끝이 없어요. 그런데 오빠가 마음에 둔 사람은 오직 당신뿐이에요. 오빠에게 무관심에 가까운 마음으로 있을 수 있는 것도 야속한 패니, 당신뿐이에요. 패니, 그런데 정말 헨리에게 무관심하기만 한 것은 아니지요?"

그 순간 패니의 뺨이 붉게 물들었다. 이것을 본 매리 크로포드는 패니가 헨리에게 무관심하지 않다고 추측했다.

"패니, 당신을 더 이상 곤란하게 하는 말은 하지 않겠어요. 그냥 순리대로 맡기도록 해요. 하지만 사랑하는 패니, 청혼을 받은 것이 그렇게 갑작스러운 일도 아니잖아요. 에드먼드는 갑작스러운 일이었다고 생각하고 있지만, 그럴 리가 없어요. 당신도 무엇인가 생각하고 있었을 거예요. 앞으로 어떻게 될 것인지 조금은 짐작을 했었지요? 헨리 오빠가 당신을 기쁘게 하려고 신경을 많이 썼다는 것을……. 무도회가 열렸을 때만 해도 당신 옆에만 머물러 있었다는 것을 알고 있었지요? 그리고 참 무도회 때의 목걸이 말이에요. 그 당시에 당신은 그 뜻을 분명히 알고 받아들였어요. 헨리와 밀접한 관계가 있다는 사실을 분명히 의식하고 있었다는 건 말할 필요조차 없어요. 똑똑히 기억하고 있었으니까……."

"그렇다면 크로포드 씨도 미리 그 목걸이에 대해 알고 있었다는 건가요? 어머! 크로포드 양, 그것은 비겁한 일이에요."

"패니, 그 당시의 일은 전부 오빠가 직접 계획한 거예요. 오빠의 생각이었지요. 부끄러운 일이지만 나는 생각하지도 못하고 있었어요. 하지만 나는 기꺼이 오빠가 시킨 대로 했어요. 당신들 두 사람을 위해서 말이에요."

"맞아요. 그 당시에 약간이라도 눈치채지 않았다고 하면 거짓말이 되겠지요? 당신 표정에 무엇인가 언뜻 떠오르는 것을 느꼈으니까요. 하지만 처음에는 아무것도 눈치채지 못했어요. 정말이에요. 만약 조금이라도 눈치를 챘었다면 그 목걸이를 받지 않았을 거예요. 얼마 전부터 크로포드 씨의 행동이 좀 이상하다 싶었어요. 삼주일 전부터 그랬나 봐요. 하지만 그 당시에는 별다른 뜻이 있는 건 아니라고 생각했어요. 그건 단지 오빠의 버릇일 뿐이라고 생각했어요. 그렇기 때문에 오빠가 나를 두고 진지하게 생각하실 줄은 꿈에도 생각하지 못했어요. 크로포드 양, 나는 지난 여름에서부터 가을까지 헨리와 나의 사촌들 사이에서 일어난 일들을 잘 알고 있어요. 조용히 있긴 했지만 다 보고 있었어요."

"아! 그것은 나도 부정할 수 없어요. 예전에는 오빠도 무척 바람둥이였으니까요. 젊은 아가씨들의 마음을 실컷 흔들어 놓고도 나 몰라라 했었거든요. 가끔씩 이 문제로 나도 오빠에게 잔소리를 했었어요. 그게 오빠의 유일한 결점이에요. 또 이런 말을 할 수 있겠네요. 젊은 아가씨들 중에서 소중히 여기고 싶어 할 만한 마음을 갖게 했던 사람은 극소수였어요. 그리고 패니, 그렇게 많은 사람들이 사랑하고 싶어 했던 사람을 차지한 그 성취감은 어때요? 이런 승리를 사양하다니……."

패니는 머리를 흔들었다.

"여자의 마음을 장난감으로 삼는 분을 좋게 생각할 수는 없어요. 게다가 그녀들은 무척 큰 고통을 당했을 거예요."

"오빠를 변호하지는 않겠어요. 전적으로 당신이 너그럽게 이해해 주기를 바랄 수밖에 없어요. 하지만 이것만은 말하고 싶어요. 오빠는 다른 아가씨들에게 약간의 연정을 불러일으켜 주면서 재미를 느끼지만, 자기 스스로가 다른 사람을 좋아하는 것은 아니라는 것이에요.

그러니까 오빠는 자신의 아내를 절대로 불행하게 만들지 않지요. 나는 정말 그렇게 믿어요. 당신에 대한 오빠의 애정은 지금까지 한 번도 없던 일이에요. 오빠는 마음을 다 바쳐서 당신을 사랑하고 있으며, 영원히 당신을 사랑할 거예요. 만약 남성이 여성을 영원히 사랑한 적이 있었다고 하면, 헨리도 그런 사랑을 당신에게 바칠 거라고 생각해요."

패니는 가벼운 미소를 지을 뿐 아무런 대답도 하지 않았다.

"헨리가 지금까지 가장 큰 행복에 잠겼던 순간은 당신 오빠 윌리엄이 임관 발령을 받는 일에 성공했을 때였어요."

매리 크로포드는 조심스럽게 말했다. 매리 크로포드는 분명히 패니의 가슴을 한 대 때린 셈이었다.

"오! 그래요. 그 일은 너무나 감사하고 있어요."

"오빠는 무척 분주히 뛰어다녀야만 했어요. 어떤 사람들을 움직여야만 했는지 나는 잘 알아요. 제독은 번거로운 일을 싫어하는 성격이어서 다른 사람에게 부탁하는 걸 수치로 생각하죠. 여간한 결심이 아니라면 그런 부탁을 들어주지 않아요. 윌리엄은 정말 행운아예요. 한 번 만나보고 싶어요."

가엾게도 패니의 마음은 가장 괴로운 상태에 놓이게 되었다. 윌리엄 때문에 신세를 진 일을 생각하면, 헨리 크로포드에게 저항할 어떤 결심도 서지 않았다. 저항할 결심을 했다고 하더라도 윌리엄만 떠올리면 언제나 모조리 흩어지고 말았다.

패니는 윌리엄의 임관 생각에 빠져들었다. 매리 크로포드는 만족스러운 표정을 지으면서 패니를 쳐다보고 있었다. 잠시 후에 매리 크로포드가 갑자기 다른 중요한 일이 떠올랐다는 듯이 말했다.

"여기에서 하루 종일이라도 당신과 이야기를 하고 싶지만, 아래층에서 기다리는 분들을 생각하지 않을 수가 없네요. 그러니까 이제 작별을 해야만 하겠어요. 다정하고 사랑스러운 패니, 정식으로 하는 작별은 나중에 조찬실에서 하게 되겠지만 당신과 개별적인 작별은 여기에서 해야 하겠네요. 지금은 헤어지지만 행복한 재회를 바라고 있겠어요. 다음에 만날 때에는 서로 가슴을 열어놓고 이야기해요. 그 때가 되면 서먹서먹한 감정 따윈 이미 사라지고 없겠지요?"

매리 크로포드는 패니를 끌어안으면서 무척 다정하게 포옹했다.

"에드먼드와는 곧 런던에서 만나게 될 거예요. 얼마 있지 않아서 떠난다고 하셨으니까요. 그리고 봄이 되면 아마 토마스 경도 뵙게 될 거예요. 톰 씨와 러시워스 부부 그리고 줄리아와는 자주 만나게 될 거예요. 안타깝게도 만날 수 없는 건 당신뿐이에요. 패니, 당신에게 두 가지 부탁이 있어요. 하나는 편지, 나에게 편지를 보내 달라는 거예요. 그리고 또 다른 하나는 가끔씩 그랜트 부인을 찾아가서 내가 떠난 빈 자리를 좀 채워 주세요. 어때요, 패니? 나의 부탁을 들어 줄 수 있겠지요?"

패니는 이 두 가지 중에서 편지를 보내 달라는 부탁은 받고 싶지 않았다. 그러나 도저히 거절할 수가 없었다. 패니는 자기 자신도 이상하다고 여길 만큼이나 즉각적으로 그 요청을 받아들였다. 패니는 너그럽고 솔직한 매리 크로포드의 부탁을 거절할 수가 없었다. 패니는 누군가 자신을 다정하게 대해주면 금방 감격하는 버릇이 있었다. 그때까지 패니는 그런 경험이 매우 적었으므로 매리 크로포드의 다정한 태도에 더욱 마음이 흔들렸던 것이다. 그리고 서로를 마주 쳐다보면서 나누는 대화의 고통을, 생각했던 것보다 일찍 끝내준 것에 대한 감사의 뜻도 담겨 있었다.

저녁나절에 또 하나의 이별이 있었다. 헨리 크로포드가 찾아와서 잠깐 이야기를 하고 돌아갔다. 패니는 잠시 동안 헨리 크로포드에게 다정한 태도로 대해 주었다. 헨리 크로포드도 마음이 숙연해지는 모양이었다. 평소와 달리, 헨리 크로포드는 거의 말이 없었다. 헨리 크로포드가 울적한 표정을 짓자, 패니는 측은한 마음이 들었다. 그러나 헨리 크로포드가 누군가 다른 여자의 남편이 될 때까지 두 번 다시 만나지 않았으면 좋겠다고 생각했다.

이별의 시간이 되자, 헨리 크로포드는 막무가내로 패니의 손을 잡았다. 그렇지만 말은 한 마디도 하지 않았다. 마침내 헨리 크로포드가 방에서 나갔다. 패니는 그 정도로 우정의 표시를 한 것은 잘한 일이라고 여겼다.

다음날 아침이 되자, 크로포드 남매는 맨스필드 파크에서 떠나갔다.

제 37 장

　헨리 크로포드가 떠나자, 토마스 경은 즉시 다음 계획을 세웠다. 토마스 경은 패니가 헨리 크로포드로부터 구애를 받게 되자, 처음에는 곤혹스럽게 느꼈을 것이라고 생각했다. 그러나 막상 헨리 크로포드가 사라지면 패니도 허전한 느낌을 받게 될 것이라고 여겼다. 패니는 한참 동안 자신이 주인공이 된 듯한 느낌과 기분을 맛보았을 것이다. 그렇기 때문에 그것이 사라지면 마음속에는 일말의 허전함과 후회가 싹트게 될 것이라고 추측했던 것이다. 토마스 경은 이런 생각을 품고 패니를 지켜보았다.
　그러나 도대체 어느 정도로 자신의 예상이 들어맞았는지 거의 짐작할 수가 없었다. 그녀의 기분이 변한 것인지 그렇지 않은 것인지 도무지 분간할 수가 없었던 것이다. 평소에도 얌전하기만 하고 내성적인 성격이었기 때문에 토마스 경은 패니의 감정을 잘 헤아릴 수가 없었다. 토마스 경은 패니를 이해하지 못했으며, 패니 자신도 그렇게 느끼고 있었다.
　토마스 경은 더 이상 기다리지 못하고 에드먼드를 불렀다.
　"에드먼드, 패니와 이야기를 좀 해 보았니? 현재 패니의 심정은 어떤지, 헨리가 떠나고 무슨 생각을 하고 있는지 궁금하구나. 예전에 비해서 더 행복한지 허전한지 한 번 물어 보거라."

"아직 그 점에 대해 이야기를 나누지 않았지만, 저의 판단에 따르면 패니는 전혀 허전하지 않는 것 같아요. 그리고 헨리가 떠난 지 겨우 나흘밖에 지나지 않았잖아요. 벌써부터 그런 감정이 생길 리가 있을까요?"

에드먼드는 조심스럽게 대답했다. 사실은 에드먼드도 아무런 변화가 없는 패니의 행동을 보고 의아스럽게 생각하고 있었다. 토마스 경의 생각과 다른 이유에서 비롯된 것이지만, 에드먼드가 놀란 것은 그렇게 친하게 지냈던 매리 크로포드가 떠나가도 쓸쓸한 빛이 조금도 눈에 뜨이지 않았기 때문이었다. 패니는 단 한 마디도 그녀에 대한 이야기를 꺼내지 않았으며, 이별에 대한 자기의 심정도 털어놓지 않았다.

크로포드 남매가 떠나고 난 후에 패니는 마음이 편안하지 않았다. 그 이유는 토마스 경의 기대와 달리 매리 크로포드 때문이었다. 매리 크로포드의 미래가 에드먼드와 더이상 아무 관련도 없다고 확신할 수 있다면 그리고 그녀가 이곳으로 돌아오는 것이 먼 훗날의 일이라는 희망을 가질 수 있다면 패니의 마음도 한층 가벼워졌을 것이다.

그렇지만 현실은 패니의 기대와 사뭇 달랐다. 매리 크로포드와 에드먼드의 결혼은 이전보다 훨씬 더 순조롭게 진행되고 있었다. 그래서 패니의 마음은 무겁기만 했다. 에드먼드는 매리 크로포드와 결혼할 뜻을 더욱 강렬하게 내비쳤다. 매리 크로포드에게도 에드먼드를 대하는 모호한 태도가 많이 줄어들었다. 에드먼드의 마음속에 남아 있던 마지막 장애물, 다시 말하자면 목사의 사명감에서 비롯되는 마음의 부담이 완전히 사라진 것 같았다. 어떻게 된 일인지 전혀 알 수가 없었지만 말이다. 그리고 매리 크로포드의 야심에 대한 우려나 걱정도 극복한 것 같았다. 이것 역시 명백한 이유가 하나도 없었다. 그저 두 사람이 나누는 애정의 깊이가 깊어졌기 때문이라고 말할 수밖에 없었다. 에드먼드의 부담감과 매리 크로포드의 야심은 모두 사랑의 힘에 밀려서 멀리 사라졌다. 그리고 사랑은 두 사람을 하나로 결합시키고 있었다.

에드먼드는 손턴 레이시에 관한 일이 모두 끝나면 곧 런던으로 출발하기로 예정되어 있었다. 아마도 이주일 이내에 떠날 것이다. 에드먼드는 런던으로 간다는 것을 즐거운 마음으로 이야기했다. 에드먼드가 다시 매리 크로포드를 만나면 그 자리에서 정식으로 청혼할 것이다. 매리 크로포드가 청혼을 받아들이는 것도 의심할 수 없는 확실한 것으로 되어가고 있었다. 이런 생각을 떠올리는 것만으로도 패니는 몹시 슬퍼졌다.

매리 크로포드가 떠나기 바로 전에 마지막으로 이야기를 나누었을 때, 그녀는 조금은 사랑스러운 느낌도 들고 여러 가지로 친절한 태도를 보여주었다. 하지만 매리 크로포드의 천성은 전혀 변하지 않았다. 단지 그런 사실을 깨닫지 못했을 뿐이었다. 에드먼드와 매리 크로포드는 좀처럼 어울리지 않았다. 두 사람 사이에서 공통된 감정이란 하나도 없다고 패니는 믿고 있었다.

패니는 매리 크로포드의 천성이 개선될 여지가 전혀 없다고 생각했다. 그리고 에드먼드의 사랑이 매리 크로포드의 흐린 판단력과 일방적인 사고방식을 바로잡는 일에 무기력하고 역부족일 것이라고 생각했다. 그러므로 매리 크로포드를 향한 에드먼드의 사랑은 결국 돼지에게 진주를 주는 격이 된다고 생각했다. 좀더 나이가 들어서 지혜를 갖춘 사람이라면 이 생각에 전적으로 동의할 것이라고 생각했다.

물론 매리 크로포드도 여자로서 자기가 사랑하고 존경하는 남자의 사고방식을 따르게 될 것이라는 사실은 부정할 수 없을 것이다. 그러나 패니는 매리 크로포드를 그렇게 보지 않았다. 그러므로 매리 크로포드에 대해 말하는 것은 고통스러운 일이었다.

토마스 경은 희망을 버리지 않고 계속 패니를 지켜보았다. 헨리 크로포드가 없다는 것이 패니의 기분에 상당한 영향을 미칠 것이라고 기대했던 것이다. 한 번 연인으로부터 사랑을 받으면 그것이 다시 반복되기를 바라는 마음이 생겨나는 것은 너무나 당연하다고 느끼고 있었기 때문이었다. 그리고 이런 마음이 아직까지 생기지 않는 것은 윌리엄이 올 것을 기대하고 있기 때문이라고 생각하게 되었다. 윌리엄을 만난다는 기대감으로 인해 패니가 허전함을 느끼지 않는 것이라고 생각했다.

윌리엄은 열흘 동안의 휴가를 얻었다. 윌리엄은 그 동안 노스햄튼에서 패니와 함께 지내려는 계획을 갖고 있었다. 윌리엄은 이제 막 임관한 신참 소위였기 때문에 자랑스럽게 군복을 보여주기 위해서 찾아오는 것이다.

마침내 윌리엄이 도착했다. 군복 차림을 자랑할 수 있었으면 좋았을 텐데 군복을 입고 오지 못했다. 공무 이외에는 군복을 착용할 수 없다는 엄격하고 무정한 관례 때문에 입을 수가 없었던 것이다. 그래서 군복은 포트무스에 보관해 놓고 윌리엄은 사복 차림으로 와야만 했다. 결국 패니는 군복을 입은 윌리엄의 모습을 구경할 수가 없었다.

에드먼드는 소위의 군복 자체를 중요하게 생각하지 않았다. 그 군복이 치욕의 상징이 될 수도 있다고 생각했던 것이다. 왜냐하면 무엇보다도 1년이나 2년 넘게 소위로 복무를 하더라도 자신보다 다른 동료가 먼저 중위로 진급하는 꼴을 봐야 하는 소위의 군복만큼 꼴불견이고 시시한 것은 없기 때문이었다.

에드먼드가 이런 생각을 하고 있는 동안 토마스 경이 새로운 계획을 털어 놓았다. 패니에게 영국 군함 스러쉬 호에 승선한 해군 소위의 화려한 모습을 볼 수 있도록 만들어 주자는 것이었다. 토마스 경의 계획은 패니를 윌리엄과 함께 포트무스로 돌려보내서 잠시 동안 친가 식구들과 같이 지내도록 해 주자는 것이었다.

토마스 경은 여느 때처럼 진지한 묵상을 하던 중에 이것이 가장 적절하고도 바람직한 수단이라고 생각했다. 토마스 경은 마지막으로 결정을 내리기 전에 에드먼드와 신중하게 상의했다. 에드먼드는 이 문제를 여러 가지 측면으로 검토한 끝에 좋다는 결론을 내렸다. 그 자체가 좋은 일이며, 시기도 아주 적절했다. 패니가 매우 기뻐할 것은 의심할 여지가 없었다. 토마스 경은 에드먼드의 동의 아래 그렇게 하기로 결정을 내렸다.

이 문제에 대한 의논을 마친 후에 토마스 경은 매우 흐뭇한 표정을 지었다. 토마스 경은 기쁜 마음을 다소 누그러뜨리고 조용히 의자에 앉았다. 사실 토마스 경이 패니를 집으로 보내려고 하는 것은 에드먼드에게 말한 그 이상의 효과를 기대하고 있었기 때문이었다. 패니를 보내는 일에 있어서 첫번째 목적은 부모와 재회하게 한다는 것이었지만, 그것은 지극히 적은 것이었다. 또한 패니를 행복하게 해 주려는 생각과도 전혀 관계가 없었다. 토마스 경이 바라고 있었던 목적은 패니가 이번 방문 기간 동안 가난한 자기 집에 대해 싫증을 느끼는 것이었다. 맨스필드 파크의 고상하고 사치스러운 분위기에서 잠시 떠나 있으면 그녀의 마음이 좀더 현실을 직시하게 될 것이라고 기대했다. 안락한 환경을 누릴 수 있는 가정의 가치를 좀더 냉정하고 올바르게 평가하게 되고, 물질적인 풍요를 누리는 일의 소중함을 알게 될 것이라는 생각에서였다.

토마스 경은 이 계획으로 인해 패니가 현실을 직시하게 되기를 바라고 있었다. 토마스 경은 패니의 판단력이 흐려진 것은 9년 동안이나 유복하고 품위있는 집에서 살았기 때문이라고 생각했다. 그러므로 자기 아버지의 집에서 살다보면 틀림없이 넉넉한 수입의 가치를 깨달을 것이라고 믿었던 것이다. 그래서 토마스 경은 패니를 당분간 집으로 돌려보내자는 의견을 내었던 것이다.

토마스 경은 자신의 계획 덕분에 패니가 앞으로의 삶을 더욱 현명하게 선택하게 될 것이라고 예상했다. 패니는 분명히 행복한 여성이 될 것이다. 토마스 경은 패니를 불러서 다정하게 이야기했다.

"패니, 이번에 윌리엄이 오면 오빠와 함께 포트무스에 다녀 오거라. 부모님과도 오랫동안 떨어져 있었고 동생들도 많이 컸을 텐데 보고 싶지 않니? 친가로 돌아가서 얼마 동안 함께 지내다가 돌아오도록 해라."

패니는 기쁜 일이 생겼을 때에도 그것을 절제하고 좀처럼 겉으로 표현하지 않는 것이 습관처럼 배어 있었다. 그렇기 때문에 숨이 넘어갈 정도로 기쁜 소식을 들었을 때에도 자신의 감정을 절제하고 진정할 수 있었다.

부모님과 동생들, 그들은 패니의 생애에 있어서 거의 절반 동안이나 헤어져서 살아온 사람들이었다. 그런데 이모부의 배려로 인해 그들과 두 달 가량 같이 지낼 수 있게 되었던 것이다. 패니는 다시 유년 시절의 추억 속으로 되돌아갈 수 있게 되어서 무척 기뻤다. 그리고 여행을 하는 동안 윌리엄의 보호를 받게 될 것이다. 더욱이 윌리엄이 육지에서 머무르는 마지막 시각까지 계속 만날 수 있게 되어서 기뻤다.

만약 패니가 자신의 기분을 절제하지 못하고 그대로 표현하는 성격이었다면 펄쩍펄쩍 뛰거나 마구 고함을 지르면서 좋아했을 것이다. 패니는 정말 기뻐하고 있었다. 하지만 패니의 행복감은 조용하고 깊고 가슴이 두근거리는 그런 것이었다. 패니는 원래부터 말이 많지 않았다. 게다가 몹시 감동했을 때에는 더욱 입이 무거워졌다. 패니는 이모부에게 감사하다고 고개를 숙이면서 인사했다. 그것이 패니의 기쁨과 감사를 표현하는 행동의 전부였다.

처음에는 믿어지지 않던 이 기쁨도 점차 시간이 지나자 조금씩 피부에 와 닿았다. 패니는 윌리엄과 에드먼드에게 자기의 감정을 들려주면서 이야기를 나누었다. 하지만 여전히 말로는 표현할 수 없는 감정도 있었다. 아주 어린 시절에 기뻤던 일과 집에서 나와 이모네 집으로 혼자 가야만 했을 때의 괴로움을 비롯한 추억들이 마치 필름처럼 지나갔다. 이제 집으로 돌아가면 이별 때문에 생긴 마음의 상처가 깨끗이 씻어질 것 같았다.

가족들과의 모임에서 소외되었던 패니는 집으로 돌아가면 모임의 중심이 되고, 부모와 형제들에게 진정한 사랑을 받을 수 있을 것이라고 기대했다. 또한 모든 가족들로부터 지금까지 경험할 수 없었던 사랑을 받게 될 것이라고 생각했다. 항상 사촌들과 비교당하던 패니는 집으로 돌아가면 다른 사람들과 서로 비교당하지 않고 형제들과 대등한 입장이 될 수 있다는 생각이 들었다. 그런 생각들이 패니를 더욱 기쁘게 만들었다. 그리고 크로포드 남매에 대한 이야기가 나올 걱정도 없었고, 그 일로 인해 비난하는 사람도 없을 것이다. 패니는 이런 생각에 젖어서 사뭇 행복한 기분이 되었다.

에드먼드로부터 두 달이나 혹은 세 달 동안 떨어져 있으면 좋은 수양이 될 것 같았다. 멀리 떨어져 있으면 에드먼드의 시선이나 친절을 받지 않는 것에 대해 익숙해질 수도 있을 것이다. 그렇게 되면 스스로의 마음을 타일러서 좀더 차분한 심정이 될 수도 있을 것 같았다. 런던에서 결혼을 준비하고 있을 에드먼드의 모습을 생각하더라도 비참해지지 않을 수 있을 것이다. 맨스필드 파크에서는 도저히 견딜 수 없었던 일도 포트무스에 가면 아주 사소한 일이 될 것 같았다.

그런데 한 가지 마음에 걸리는 것은 바로 버트램 부인이었다. 자기가 집으로 돌아가면 버트램 부인이 불편하지 않을까 하는 일이 걱정되었다. 패니는 특별히 버트램 부인에게 큰 도움이 되고 있었다. 그러므로 패니가 없으면 버트램 부인은 상상 이상으로 많은 불편을 겪게 될 것이다. 실제로 이 점을 해결하는 것이 토마스 경으로서도 제일 어려운 일이었다. 그와 동시에 그것은 오직 토마스 경만이 해낼 수 있는 일이기도 했다.

토마스 경은 맨스필드 파크의 주인이었다. 무슨 일을 하기로 일단 결정했다면 언제든지 실천에 옮길 수 있었다. 이번 경우에도 이 문제에 대해 한참 동안 대화를 하고, 때로는 가족을 만나는 것도 패니의 의무라고 설명하면서 아내의 동의를 얻었다. 그러나 버트램 부인이 패니를 떠나보낼 생각을 한 것은 어쩔 수 없어서 한 것이지, 그녀의 진심은 아니었다. 버트램 부인은 단지 이모부가 패니를 보내야 한다고 주장하기 때문에 보내려고 하는 것뿐이었다.

 버트램 부인은 방으로 들어가서 조용히 혼자 생각해 보았다. 남편의 말에 끌려들지 않고 자기 나름대로 생각을 정리했다. 버트램 부인은 패니가 자기의 부모가 있는 곳으로 돌아가야 할 필요성을 전혀 발견할 수가 없었다. 그들은 지금까지 패니가 없더라도 잘 살고 있었다. 하지만 버트램 부인에게 있어서 패니는 무척 필요한 존재였다.

 노리스 부인은 패니가 없어도 끄떡없다고 말했지만, 버트램 부인은 그렇게 생각하지 않았다. 버트램 부인은 한결 같이 패니를 보내려고 하지 않았다. 토마스 경은 차분한 목소리로 버트램 부인을 설득했다.

 "여보. 패니가 없으면 당신이 불편하다는 것은 잘 알고 있소. 그렇기 때문에 당신이 허락해야 패니가 다녀올 수 있소. 당신이 어려워도 조금만 참고 패니에게 시간을 주면 안 되겠소? 너그러운 마음으로 이번 한 번만 친절을 베풀어 주시오. 불편해도 얼마 동안 당신이 희생해 주기를 바라오."

 "언니, 패니가 없다고 해서 문제 될 게 뭐가 있어요? 패니가 없더라도 조금도 곤란하지 않아요. 필요하다면 내가 도와주면 되잖아요. 실제로 패니는 필요하지 않아요. 패니가 없어도 곤란할 것은 아무것도 없어요."

 패니를 못마땅하게 여기던 노리스 부인은 패니가 필요없다는 사실을 애써 강조했다.

 "그야 그럴지도 모르지. 네 말이 맞을지도 몰라. 하지만 나는 그

애가 없으면 몹시 곤란할 것 같아."
 버트램 부인은 계속 망설였다. 그 다음으로 처리해야 할 일은 포트무스와 연락을 취하는 일이었다. 패니는 집으로 가도 좋은지 물어보는 편지를 썼다. 어머니로부터 온 답장은 짤막하면서도 애정이 넘쳐 있었다. 몇 줄의 간단한 말로 딸과 재회할 수 있다는 자연스럽고 어머니다운 기쁨을 표현하고 있었다. 패니는 그 편지를 읽고 어머니 곁으로 돌아가면 행복하게 될 것이라는 생각이 더욱 굳어졌다.
 패니는 엄마의 마음이 몹시 따뜻하다고 믿었다. 하지만 그 엄마는 지금까지 패니에게 사랑을 보여준 적이 거의 없었다. 그러나 패니는 항상 그것은 자기가 부족한 탓이라고 생각했다. 자신은 언제나 여러 가지 걱정거리 속에 빠져서 헤어나오지 못하고 패기가 없고 까다로운 성격을 갖고 있다 보니까 엄마의 사랑을 외면하게 된 것이라고 생각했다. 그리고 많은 가족 중의 한 사람으로서 부당하게 혼자만 욕심을 부리는 것은 도리에 어긋난 일이라고 여겼다.
 하지만 지금은 집안일을 거들 수도 있고, 인내심도 생겼으니까 엄마도 기뻐할 것이라고 생각했다. 엄마라고 해서 어린 아이들로 가득 차 있는 집에서 밑도 끝도 없는 일들에 얽매여 있을 필요는 없다. 혼자 휴식을 취할 수 있는 시간도 있어야 하며, 그것을 누릴 수 있는 마음의 여유도 있어야 한다. 패니는 이제 곧 모녀간의 사랑을 나누게 될 것이라고 내심 기대했다.
 윌리엄도 패니 못지않게 이 계획을 기뻐했다. 윌리엄의 입장에서 보면 출항 전의 마지막 순간까지 패니가 집에 있으며, 그리고 아마 첫 항해에서 돌아왔을 때에도 그녀가 집에 있을 것이라는 사실이 가장 행복한 소식이었다. 게다가 윌리엄은 출항하기 전에 항구에 정박한 스러쉬 호를 꼭 패니에게 보여주고 싶었다. 스러쉬 호는 영국 해군이 보유한 전함 중에서 가장 멋진 슬루프함이었다. 대대적으로 확장한 공창(군대에서 보유한 각종 무기와 장비들을 제조하거나 수리하는 공

장:역주)들도 패니에게 구경시켜 주고 싶었다.
 "어떻게 된 영문인지 모르겠지만 아버지 집에서는 예의범절이나 단정한 분위기가 좀 부족해. 집안은 언제나 무질서하지. 하지만 네가 오면 틀림없이 모든 일들이 순조롭게 해결될 거야. 어머니도 너에게 많은 장점들을 배울 수 있겠지. 수잔에게 큰 도움을 줄 수도 있고, 베시한테 공부도 가르쳐줄 수 있을 거야. 남동생들도 네 말을 잘 따르겠지? 모든 것들이 잘 정돈되고 기분이 좋아질 거야."
 윌리엄은 패니가 얼마 동안이라도 집에서 머물러 준다면 다른 가족들에게 매우 도움이 될 것이라고 말했다. 그리고 먼저 머리 속으로 그 모습을 그려 보았다.
 프라이스 부인의 답장이 도착할 무렵, 이미 맨스필드 파크에서 보낼 날짜가 불과 며칠밖에 남아 있지 않았다. 그러던 도중에 윌리엄과 패니에게 몹시 당황스러운 일이 발생했다. 두 사람이 포트무스까지 여행하는 방법에 대한 이야기가 오고 갔을 때, 노리스 부인은 돈을 절약하기 위해 조금 값싼 차를 타고 가도 된다고 주장했다. 하지만 토마스 경은 노리스 부인의 주장에 찬물을 끼얹었다.
 결국 두 남매는 전세 마차로 가게 되었다. 토마스 경은 그 비용을 충당하라고 윌리엄에게 돈을 건네주었다. 이것을 보고 있다가 노리스 부인은 마차에 한 사람 더 앉을 자리가 있다는 것을 깨달았다. 그러자 갑자기 자기도 여행을 가고 싶은 충동에 사로잡혔다. 노리스 부인은 자신도 불쌍하고 그리운 동생 프라이스를 만나기 위해 찾아가겠다고 말했다.
 "얘들아, 이번에 나도 너희와 같이 가고 싶구나. 불쌍하고 그리운 동생 프라이스를 만나지 못한 게 벌써 20년이 넘었구나. 프라이스를 만나는 것이 나의 간절한 소원이란다. 그리고 경험이 많은 내가 같이 가면서 너희를 보살펴 주면 이 여행이 훨씬 즐거워질 거야. 프라이스도 이런 기회에 내가 같이 가지 않으면 무척 야속하다고 생각할 것 같구나. 그러니까 나도 같이 가는 것이 좋겠다."

노리스 부인이 장황하게 설명했다. 윌리엄과 패니는 생각만 해도 겁이 나서 몸이 떨릴 지경이었다. 두 사람만의 자유로운 여행의 즐거움은 당장이라도 끝나고 말 것 같았다. 윌리엄과 패니는 걱정스러운 듯이 서로의 얼굴을 마주 쳐다보았다. 두 사람의 불안은 두 시간 가량 지속되었다.

노리스 부인의 제안을 듣고 어떻게 생각하는가에 대해 아무도 입을 열지 않았다. 이 일의 결정은 전적으로 노리스 부인에게 달려 있었다. 두 사람은 몹시 초조한 마음으로 기다릴 수밖에 없었다. 다행스럽게도 결과는 희망적이었다. 윌리엄과 패니가 바라던 대로 해결되었던 것이다.

얼마 후에 노리스 부인은 당분간 맨스필드 파크를 떠나서는 절대로 안 되겠다고 말했다. 노리스 부인은 토마스 경과 버트램 부인에게 꼭 필요한 사람으로서, 단 며칠이라도 그들을 혼자 있게 내버려 둘 수가 없었다. 그것은 노리스 부인의 체면이 서지 않는 일이었다. 따라서 토마스 경과 버트램 부인에게 도움이 될 수 있다면, 당연히 다른 계획이 취소되어야만 했다.

노리스 부인이 여행을 가지 않겠다고 선언한 데는 또 다른 이유가 있었다. 포트무스까지는 공짜로 따라간다고 해도 집으로 돌아올 때에는 아무래도 자기 돈을 써야만 했던 것이다. 그러므로 노리스 부인은 그리운 동생 프라이스를 만나기 위해 찾아가려고 했던 계획을 백지화시켰다.

에드먼드의 계획도 패니의 여행으로 인해 영향을 받았다. 에드먼드는 맨스필드 파크에 남아 있어야만 했다. 얼마 후에 에드먼드는 런던으로 떠나려고 했다. 그런데 아버지와 어머니를 남겨둔 채 멀리 여행을 떠날 수 없는 일이었다. 막상 패니가 떠나게 되면 부모님이 불편한 일을 겪게 될 수밖에 없었던 것이다. 그래서 에드먼드는 이주일

가량 여행을 연기했다. 사실 에드먼드는 이 여행에서 자신의 행복을 영원히 결정짓도록 하겠다는 생각을 하고 있었다.

 에드먼드는 이 문제에 대해 패니와 의논했다. 패니는 이미 에드먼드의 결심과 계획을 잘 알고 있었다. 그러므로 에드먼드는 어느 누구보다도 패니와 이야기하는 것이 편안했다. 어떤 이야기를 해도 패니는 자신의 마음을 다 이해해 준다고 생각했던 것이다.

 두 사람은 여행에 대한 이야기를 나누다가, 다시 한 번 자연스럽게 매리 크로포드가 화제로 떠올랐다. 패니는 에드먼드와 함께 지금처럼 편안한 기분으로 매리 크로포드에 대해 이야기하는 것이 이번이 마지막이라는 생각이 들었다. 그러자 더욱 가슴이 아팠다.

 "패니야, 집에 도착하면 곧 편지하거라. 자주 편지하도록 하고……. 나도 너에게 부지런히 편지를 보내겠다."

 밤이 되자 버트램 부인이 패니를 부르더니 이렇게 말했다.

 "나도 편지를 보내겠어, 패니. 정말 중요한 일이 생기면 말이야. 아마도 너는 다른 사람의 입을 통해 그 일을 전달받고 싶지 않을 거야."

 에드먼드도 나지막한 목소리로 말했다. 만약 이 말 속에 담긴 뜻을 패니가 이해하지 못했다고 해도, 눈을 들었을 때의 에드먼드의 얼굴은 이것이 무슨 말인지 분명하게 말해 주고 있었다. 패니는 이 편지에 대해 단단히 각오해야만 했다. 에드먼드가 보내는 편지가 공포의 대상이 되다니! 패니는 아직도 자신의 경험이 부족하다고 느끼기 시작했다. 천변만화하는 이 세상에서 시간이 흐르고 환경이 변하면, 사람의 의견이나 감정은 여러 가지로 달라지게 마련이었다.

 가엾은 패니! 오랫동안 학수고대하던 여행을 떠나기 전날 밤에 맨스필드 파크에서 마지막 밤을 보내려고 하니까 저절로 눈물이 나왔다. 도저히 말로 표현하기 힘든 고통이 패니의 마음을 억눌렀던 것이다. 저택의 방들 하나하나에, 그리고 더욱 사랑하는 가족들 한 사람 한 사람 모두에게 이별의 눈물을 흘렸다.

패니는 자기가 없으면 쓸쓸할 거라고 하면서 버트램 부인에게 매달리고, 화나게 해 드려서 죄송하다고 사죄하면서 토마스 경의 손에 입을 맞추었다. 그리고 에드먼드를 만났다. 패니는 너무나 서러워서 말을 할 수도, 눈을 들 수도, 생각을 할 수도 없었다. 에드먼드는 패니에게 오빠로서 애정 어린 작별의 키스를 해 주었다.

맨스필드 파크를 떠나기 전날 밤에 패니는 이별의 인사를 모두 끝냈다. 아침 일찍 출발해야만 했기 때문이었다. 토마스 경과 버트램 부인 그리고 에드먼드는 아침 식사를 하기 위해 자리에 함께 모여 앉았다. 그들은 윌리엄과 패니가 벌써 한 정거장쯤은 갔을 것이라고 이야기하면서 허전한 마음을 달랬다.

제 38 장

　패니는 여행에서 느끼는 신기함과 윌리엄이 곁에 있다는 기쁨으로 인해 조금씩 기분이 나아졌다. 그래서 맨스필드 파크가 보이지 않게 되고 그들이 최초의 역참에 도착해서 마차를 바꾸어 탈 무렵이 되었을 때 패니의 기분은 매우 좋아졌다. 마침내 패니는 늙은 마부에게 밝은 얼굴로 작별 인사를 하고 안부까지 전할 수 있게 되었다.
　오빠와 누이동생의 즐거운 이야기는 잠시도 쉬지 않고 계속 이어졌다. 특히 모든 일에 대해 흥미를 보이는 윌리엄은 잔뜩 신바람이 나서 고상한 화제들 사이사이에 우스갯소리와 실없는 농담을 곁들이기도 했다. 그들의 이야기가 처음에 어떤 식으로 시작되었든지 간에, 나중에 가서는 언제나 스러쉬 호에 대한 찬사로 돌아갔다.
　윌리엄은 나중에 자신이 어떤 임무를 맡게 될 것인지 마음껏 상상했다. 윌리엄은 막강한 전력을 갖춘 적군과의 전투 계획을 세우면서, 이 전투의 승리가 자신에게 큰 출세를 선사할 것이라고 장담했다. 또한 윌리엄은 포획 상금을 꿈꾸며 그것을 집으로 가져가서 가족들에게 나누어 줄 것이라고 했지만, 안락한 작은 집 한 채를 마련하기에 충분할 만큼은 남겨 놓겠다고 말했다. 그리고 윌리엄과 패니는 이 집에서 중년과 노년을 줄곧 같이 살기로 약속했다.

제38장 203

　패니가 그 순간 가장 마음에 걸려하고 있던 일은 바로 헨리 크로포드에 관한 것이었다. 하지만 그들은 그것에 관해서 아무런 대화도 나누지 않았다. 윌리엄도 이미 이야기를 전해 들어서 내용을 대충 알고 있었다. 윌리엄은 헨리 크로포드가 매우 뛰어난 인물이라고 생각했으며, 그 사람에게 패니가 이토록 쌀쌀한 반응을 보이는 것에 대해 서운한 마음을 감추지 못하고 있었다. 그러나 동생의 나이가 아직 어려서 함부로 비난할 수도 없는 일이었다. 게다가 동생의 기분도 어느 정도 짐작이 되어서 이 문제에 대해서는 아무런 내색도 하지 않기로 결정했다. 물론 당장은 헨리 크로포드에 대해 말을 꺼내고 싶었지만 동생을 괴롭히지 않기 위해 참기로 결심했다.
　패니로서는 자신이 아직 헨리 크로포드에게 잊혀지지 않았다고 생각할 수 있는 여러 가지 근거가 있었다. 크로포드 남매가 맨스필드 파크를 떠난 후 삼주일 동안 매리 크로포드는 패니에게 여러 통의 편지를 보냈다. 편지의 끝부분에는 항상 헨리 크로포드가 입으로 직접 고백했던 말 못지않게 열렬하고 분명한 그의 사랑 고백이 몇 줄씩 덧붙여져 있었다. 그러나 이 편지는 패니에게 불쾌감만 안겨주었다.
　매리 크로포드의 다정하고 들뜬 듯한 문체 역시 억지로 읽게 되는 헨리 크로포드의 글과는 또 다른 의미의 괴로움을 안겨 주었다. 그 이유는 에드먼드에게 편지의 중요한 부분을 패니가 직접 읽어 주어야만 했으며, 그 이후에 에드먼드가 매리 크로포드의 다정한 말씨와 따뜻한 애정에 감동하는 것을 억지로 들어야만 했기 때문이었다.
　그러나 매리 크로포드의 편지에는 날마다 새로운 소식이 가득했고, 또한 추억이 담겨져 있었으며, 맨스필드 파크에 대한 이야기도 언급되어 있었다. 그러나 패니는 이것이 에드먼드에게 하는 말이라고 생각하지 않을 수 없었다. 결국 패니는 매리 크로포드의 목적에 억지로 휘말려 들어서 편지를 주고받아야만 했다. 그렇게 하는 동안 사랑하지도 않는 남자의 사랑 고백을 들어야만 하고, 그 남자의 어긋난 애정 행각을 돕고 있다는 생각이 들자 도저히 참을 수가 없었다.
 이런 측면에서 보더라도 이번에 패니가 맨스필드 파크를 떠나는 것은 여러 가지 유익한 점이 있었다. 에드먼드와 같은 집에 있지 않으면 굳이 메리 크로포드가 패니에게 편지를 보낼 이유가 없을 것이므로 포츠머스에 닿으면 두 사람 사이의 편지 왕래도 점차 시들해질 것이라고 생각했다.
 이런 일들을 생각하면서 패니의 여행은 유쾌한 것이 되기 시작했다. 땅이 질퍽질퍽한 시기인 2월이기에 신속하게 이동할 수 없었지만, 그들은 무리하지 않을 정도의 속도로 계속 여행했다. 그들은 뉴베리에 도착해서야 겨우 저녁과 밤참을 겸한 식사를 할 수 있었다. 이것으로 인해 즐거움과 피로가 뒤섞인 여행 첫날의 하루 일과가 끝나게 되었다.
 두 사람은 이른 새벽에 일어나서 출발했다. 아무런 사고나 장애물도 없이 순조롭게 여행해서 드디어 포츠머스의 교외에 도착하게 되었다. 겨우 날이 밝아오기 시작했다. 패니는 주위를 돌아보면서 새로운 건물을 놀라운 눈빛으로 바라보았다. 이윽고 도개교를 건너서 시내로 들어가자 햇빛이 비치기 시작했다. 윌리엄은 힘찬 목소리로 가야 할 방향을 지시했다. 마차는 덜커덕거리면서 좁은 길로 들어가더니 프라이스 씨가 살고 있는 작은 집 앞에서 멈추었다.
 패니는 가슴이 두근거려서 안절부절못하고 있었다. 패니의 가슴은 온통 희망과 불안으로 가득 차 있었다. 마차가 멎는 순간, 단정하지 못한 차림의 하녀가 기다리고 있었다는 듯이 앞으로 나왔지만 그들이 내리는 것을 도와주지는 않고 큰 소리로 말했다.
 "스러쉬 호는 벌써 출항했어요. 그리고 사관 한 분이 오셨어요."
 그 말이 끝나자마자 체격이 좋은 열한 살짜리 사내아이가 갑자기 집안에서 뛰쳐나오더니 직접 마차 문을 열고 있던 윌리엄을 향해 소리쳤다.

"때를 잘 맞추어서 왔어, 형! 반시간 동안이나 형이 도착하기를 기다렸어. 스러쉬 호는 오늘 아침에 출항했어. 나도 그 광경을 보았는데 정말 아름답더군. 아마도 하루 이틀 내로 명령이 떨어질 거야. 아! 그리고 캠블 씨가 형을 만나기 위해 찾아왔었어. 때마침 스러쉬 호의 보트가 있어서 여섯 시 가량에 그걸 타고 군함으로 간다고 하더군. 캠블 씨가 형도 같이 타고 갈 수 있도록 시간 잘 맞추어서 오라고 했지."

패니는 윌리엄의 손을 붙잡고 천천히 마차에서 내렸다. 그러나 사내아이는 패니를 한두 번 물끄러미 바라만 볼 뿐 그녀에 대해 아무런 관심도 나타내지 않았다. 물론 패니가 자신에게 입 맞추는 것을 거부하지는 않았지만, 여전히 스러쉬 호의 출항에 관한 이야기를 하는 일에 열중하고 있었다. 물론 사내아이가 그 일에 이토록 큰 관심을 보이는 것은 어쩌면 너무나 당연한 일이었다. 왜냐하면 윌리엄은 이제 막 그 배에서 선원 생활을 시작하려는 참이었기 때문이었다.

패니는 현관의 좁은 복도에 서서 어머니의 팔에 안겼다. 어머니는 너무나 다정스러운 얼굴로 패니를 반갑게 맞이했다. 패니는 어머니의 얼굴을 보자 버트램 이모의 모습이 떠올라서 어머니에게 더욱 깊은 사랑을 느낄 수 있었다.

물론 패니에게는 두 명의 여동생도 있었다. 성장이 빠른 열네 살짜리 소녀는 수잔이었고 베시는 막내로 다섯 살 정도 되어 보였다. 여동생들은 나름대로 언니를 만나서 기뻐했지만, 그녀를 반기는 태도는 결코 패니의 마음에 들지 않았다. 그러나 자신을 사랑해 주기만 하면 그것으로 충분하기 때문에 패니는 예절 따위는 신경쓰지 않기로 하였다.

잠시 후에 패니는 거실로 안내되었다. 그러나 방의 크기가 너무나 작아서 패니는 그곳이 다른 큰 방으로 건너가는 대기실이라고 생각했다. 패니는 그 자리에 우뚝 선 채 누군가 앞장을 서 주기를 기다리고 있었다. 그러나 다른 방문도 보이지 않고 사람이 살고 있는 흔적이 보이자 패니는 비로소 자신의 판단이 잘못되었다는 사실을 느낄 수 있었다. 곧이어 패니는 자신을 나무라면서 혹시라도 다른 가족들이 눈치채지 않았을까 걱정했다. 그러나 어머니는 눈치를 챌 만한 시간이 없었다. 왜냐하면 곧바로 바깥으로 나가서 윌리엄을 맞이해야만 했기 때문이었다.

"윌리엄! 잘 돌아왔구나. 그런데 너, 슬러시 호에 관한 이야기는 들었니? 예정보다 사흘이나 일찍 출항했다고 하더구나. 나는 샘의 물건들을 어떻게 처리하면 좋을지 모르겠다. 준비할 시간도 없는데 자칫하면 내일이라도 명령이 떨어질지 모르잖니. 정말 날벼락이지 뭐냐. 너도 서둘러 스핏헤드로 가야 하겠구나. 아! 그리고 캠블 씨가 찾아 왔었단다. 너에 대해 몹시 걱정하더라. 너는 앞으로 어떻게 할 생각이니? 너와 하룻밤이라도 느긋하게 지내려고 했는데, 모든 일들이 갑자기 한꺼번에 들이닥쳐서……."

"괜찮아요, 어머니. 염려하지 마세요."

윌리엄은 어머니를 쳐다보면서 밝게 웃었다. 윌리엄은 집에 도착하자마자 서둘러 떠나야만 하는 자신의 불편 따위는 전혀 염두에 없는 것 같았다.

"물론 배가 항구에 있었다면 더욱 좋았겠지요. 그렇다면 두세 시간 동안이나마 어머니와 정답게 이야기를 나눌 수 있었을 텐데 말이에요. 하지만 만약 보트가 남아 있다면 서둘러 떠나는 게 좋을 거예요. 물론 아쉽지만 어쩔 수 없잖아요? 그나저나 슬러시 호는 스핏헤드의 어디쯤에서 정박하고 있을까? 캐노퍼스 근처일까? 어쨌거나 그런 건 아무래도 좋아요. 패니는 거실에 있는데 우리는 복도에서 지금 뭐하고 있는 거죠? 어머니! 같이 가요. 어머니는 귀여운 패니를 아직 똑바로 보지도 못했잖아요?"

두 모자는 다정스럽게 거실로 들어갔다. 어머니는 다시 한 번 딸에게 키스를 하고, 그녀가 예쁘게 자란 모습에 칭찬을 아끼지 않았다.
 "가엾기도 하지. 둘 다 무척 고단하겠구나. 베시하고 둘이서 반시간 동안이나 기다렸는데 너희가 오지 않아서 이제는 안 오겠거니 포기하고 있었단다. 이제부터 무엇을 하는 게 좋을까? 그래, 밥은 먹었니? 그렇지 않으면 뭐 먹고 싶은 거라도 있니? 여행 후에 식사를 하는 게 좋은 건지 아니면 차만으로도 충분한지 잘 모르겠구나. 미리 먹을 만한 걸 준비해 두었으면 좋았을 텐데……. 게다가 캠블 씨까지 올까봐 겁이 나서 스테이크를 만들 시간도 없었단다. 정육점도 근처에 없고 말이다. 같은 구역에 정육점이 없는 건 참 불편한 일이야. 전에 살던 집이 훨씬 좋았는데……. 아무래도 먼저 차를 마시는 게 좋겠구나. 금방 차를 준비할 테니까 잠시 기다리렴."
 "좋아요. 차를 마시도록 하죠."
 윌리엄이 고개를 끄덕였다.
 "자, 베시! 얼른 부엌으로 달려가서 레베카가 물을 끓이고 있는지 살펴보고 오너라. 그리고 빨리 차 도구를 가져오라고 전해 주렴. 미리 벨을 수선했더라면 좋았을 텐데……. 하지만 베시도 이제는 잔심부름 정도는 잘 한단다."
 새로 나타난 멋쟁이 언니에게 자신의 솜씨를 보여줄 수 있어서 의기양양해진 베시가 잽싸게 밖으로 뛰쳐나갔다.
 "어머나! 불이 왜 이 모양이지? 추워서 온 몸이 얼어붙을 것 같은데……. 이놈의 불이 말썽이구나. 얘들아! 의자를 좀더 가까이 당겨 앉도록 하거라. 석탄을 가져오라고 한 지가 반 시간도 넘었는데, 레베카는 도대체 뭘 하고 있는지 모르겠다. 수잔! 네가 불을 좀 봐 주었더라면 좋았을 걸 그랬구나."
 "저는 이층에서 물건들을 옮기고 있었어요, 엄마."
 수잔이 어머니를 쳐다보면서 태연한 표정으로 변명했다. 그 순간 패니는 깜짝 놀라지 않을 수가 없었다.

"조금 전에 엄마가 결정하신 거잖아요. 패니 언니와 저는 저쪽 방을 쓰게 될 거라구요. 그래서 그 방을 치우고 있었어요. 더구나 레베카가 도와주지 않아서 저 혼자 했단 말이에요."

여러 가지 소동으로 인해 대화는 더 이상 계속 이어질 수가 없었다. 가장 먼저 마부가 요금을 받기 위해 찾아왔다. 그 다음에는 샘과 레베카 사이에 싸움이 일어났다. 문제의 발단은 패니의 트렁크를 어떻게 운반하는가 하는 것이었는데, 샘이 자기 방식대로 처리하겠다고 우겼던 것이다. 사태가 진정될 무렵에 드디어 아버지가 들어오셨다.

아직 사람의 모습은 보이지 않았지만, 조금 떨어진 곳에서 탁하고 굵은 목소리가 들려왔다. 아버지는 복도에 놓여 있는 아들의 여행 가방과 딸의 모자 상자를 걷어차면서 양초를 가져오라고 고함을 치기 시작했다. 그러나 양초를 갖다주는 사람은 아무도 없었다.

드디어 아버지가 방 안으로 들어왔다. 패니는 아버지를 맞이하기 위해 불안한 마음을 억누르면서 조심스럽게 일어났다. 그러나 방 안이 어두웠기 때문에 패니는 좀처럼 눈에 뜨이지 않았고 아버지도 역시 딸의 존재에 대해 전혀 눈치채지 못하고 있었다. 패니는 이내 그 사실을 깨닫고 다시 제자리에 조용히 앉았다. 아버지는 아들과 정답게 악수를 하더니 힘찬 목소리로 말하기 시작했다.

"오! 내 아들이 돌아왔구나. 반갑다. 그런데 너 소식은 들었냐? 슬러시 호는 오늘 아침에 출항했단다. 아무래도 서두르는 게 좋겠구나. 그래도 아슬아슬하게 시간을 잘 맞추어서 돌아왔다. 그리고 군의관이 찾아왔더라. 보트가 준비되어 있는데 여섯 시 가량에 스핏헤드로 떠난다고 하더구나. 그러니까 너도 같이 가는 게 좋겠구나. 아마도 일이 잘 풀릴 것 같다. 내일이라도 당장 명령이 떨어질지 모르겠구나. 하지만 풍향이 지금과 같아서는 당분간 항해를 할 수가 없겠지. 물론 서쪽으로 갈 예정이라면 말이다. 월시 대위의 말에 따르면 슬러시 호는 서쪽으로 갈 거라고 하던데……. 어쩌면 엘리펀트와 함께 움직일지도 모른다고 하더구나. 그렇게 되면 정말 좋겠구나. 하지만 슐리 영감의 말에 따르면 일단 텍셀도로 갈 거라고 하던데……. 뭐, 그런 건 아무래도 좋다. 준비는 다 되어 있으니까 말이다. 나는 무슨 일이 일어나더라도 걱정하지 않는다. 그런데 사실 네가 아침에 여기에 없어서 굉장한 구경거리를 놓쳤지 뭐냐. 슬러시 호의 출항 말이다. 만약 누군가가 1천 파운드를 줄 테니까 그걸 보지 말라고 하면 나는 차라리 1천 파운드를 사양할 거란다. 아침에 슐리 영감이 뛰어와서는 그 배가 밧줄을 풀고 떠날 준비를 하는 중이라고 말해 주더구나. 그 말을 듣자마자 나는 단숨에 언덕으로 뛰어 올라갔단다. 아마도 완벽한 미인이 바다 위에 떠 있다는 건 그걸 두고 하는 말일 거야. 지금은 슬러시 호가 스핏헤드에 정박하고 있는 중이라고 하더구나. 나는 오늘 오후에 무려 두 시간 동안이나 언덕 위에 서서 그걸 지켜보고 있었단다. 슬러시 호는 엔디미온 근처에서 머무르고 있더라."

"그렇군요. 바로 그곳이었어요. 저라도 그곳에 정박시킬 겁니다. 스핏헤드에서 가장 좋은 정박 장소잖아요."

윌리엄이 소리쳤다.

"그런데 아버지. 동생이 왔어요. 패니 말이에요. 주위가 어두워서 미처 보지 못하셨군요."

윌리엄이 패니를 아버지 앞으로 데리고 오면서 말했다.

"내가 깜박 잊고 있었구나."

아버지는 패니를 살짝 껴안으면서 반갑게 맞이했다. 아버지는 이제 완전히 성숙한 여자가 되었다고 하면서 이제 곧 시집을 보내도 되겠다고 말했지만, 금방 패니에 대해 잊으려는 듯이 그것으로 끝이었다.

패니는 약간 몸을 움츠린 후에 다시 제자리로 돌아갔다. 그러나 아버지의 천박한 말씨와 싸구려 술 냄새로 인해 마음이 몹시 슬퍼졌다. 아버지는 끊임없이 윌리엄만 쳐다보고 있었으며 슬러시 호에 대한 이야기만 주절주절 늘어놓았다. 윌리엄도 역시 슬러시 호에 대해 많은 관심이 있었지만, 중간에 몇 번이나 아버지의 말을 끊고 패니에 대한 이야기를 끌어내려고 노력했다. 윌리엄은 패니의 오랜 부재와 긴 여행에 대해 아버지의 관심을 이끌어 내려고 애썼지만 아버지는 도통 패니에게 아무런 관심도 보이지 않았다.

잠시 후에 촛불이 밝혀졌지만 아직까지도 차는 나오지 않고 있었다. 부엌에서 돌아온 베시의 말에 따르면 차가 나오기까지는 적잖게 시간이 걸릴 것 같았다. 윌리엄은 우선 옷을 갈아입고 배를 타는데 필요한 준비를 하기 시작했다. 그래야만 나중에 차를 천천히 마실 시간을 벌 수 있기 때문이었다.

윌리엄이 방에서 나가자마자 지저분하고 우중충한 모습의 사내 아이 두 명이 들어왔다. 사내아이들은 학교에서 수업이 끝나자마자 숨가쁘게 달음박질을 친 듯이 헐떡거리면서 슬러시 호가 출항했다고 신이 나서 말했다.

사내아이들의 이름은 톰과 찰스였다. 찰스는 패니가 집을 떠난 후에 태어났다. 그리고 톰은 패니가 어렸을 적에 가끔씩 보살핀 적이 있었다. 그래서인지 패니는 톰을 만난 것이 더욱 반가웠다. 패니는 톰과 찰스에게 다정하게 입맞춤을 해 주었다. 그리고 톰을 자기 곁에 앉혀 놓고 그 옛날 자기가 귀여워했던 아기의 모습을 찾아보려고 애를 썼다. 패니는 톰이 아기였을 때 자기를 따라다니던 이야기를 들려주고 싶었다. 그러나 톰은 그런 대접을 받을 생각이 전혀 없었다.

사내아이들이 집으로 돌아온 것은 조용히 이야기를 나누기 위해서가 아니라, 시끄럽게 뛰어놀면서 떠들기 위해서였다. 사내아이들은 이내 밖으로 뛰쳐나갔다. 그들이 거실의 문을 쾅 하고 요란하게 닫았기 때문에 패니는 머리가 욱신욱신 쑤실 지경이었다.

이제 집에 남아 있는 가족들은 모두 만나 본 셈이었다. 아직까지 만나지 못한 가족은 패니와 수잔 사이의 두 남동생뿐이었다. 그 중 하나는 런던에서 공무원으로 일하고, 또 다른 하나는 동인도 회사 소속 무역선의 견습생으로 일하고 있었다. 집에 있는 가족들을 모두 만나기는 했지만, 그들이 떠드는 소리를 전부 들었던 것은 아니었다.

15분 가량 지나자 왁자지껄하게 떠드는 소리가 들렸다. 윌리엄이 삼층으로 이어지는 계단에 서서 어머니와 레베카를 부르고 있었다. 윌리엄은 놓아둔 물건이 제자리에 없어서 애를 먹고 있었다. 열쇠가 어디 있는지도 알 수 없었다. 베시가 새 모자를 함부로 만져서 망가뜨려 놓았고, 미리 부탁해 놓았던 군복 조끼의 손질도 전혀 되어 있지 않았다.

어머니와 베시와 레베카는 차례대로 올라가서 저마다 잔뜩 변명을 늘어놓았다. 그 중에서도 군복 조끼를 손질해 놓지 않았던 레베카의 목소리가 제일 컸다. 어쨌거나 그 일은 재빨리 서둘러야만 했다. 윌리엄은 베시를 다시 아래층으로 내려 보내거나 아니면 그냥 남아 있더라도 짐을 꾸리는 일에 방해가 되지 않도록 하려고 노력했다. 그러나 베시는 좀처럼 말을 듣지 않았다.

집 안의 방문들은 모두 열려 있었다. 그래서 거실에 있어도 모든 소리를 들을 수 있었다. 굳이 예외를 찾는다면, 이따금씩 계단 아래 위를 서로 뒤쫓으면서 뒹굴고 환호성을 지르는 샘과 톰과 찰스가 내는 더욱 큰 소음에 압도되었을 때뿐이었다.

패니는 너무나 시끄러워서 귀가 멍멍해졌다. 비좁은 방과 얇은 벽 때문에 모든 소리가 바로 곁에서 들리는 것 같았다. 설상가상으로 여행의 피로와 최근에 겪었던 마음의 고생으로 인해 머리가 아파오기 시작했다. 패니는 이것을 어떻게 참아야 할지 모를 지경이었다.

다행스럽게도 패니가 있는 방 안은 조용했다. 수잔은 조금 전에 다른 사람들과 함께 밖으로 나갔다. 그러므로 방에 남아 있는 사람은 아버지와 패니뿐이었다. 아버지는 언제나 이웃에서 빌려오는 신문을 집어들고 탐독했다. 아버지는 패니가 곁에 있다는 사실조차도 의식하지 않는 것 같았다. 하나뿐인 촛불은 아버지가 신문 사이에 놓고 있었다. 아버지는 패니의 사정에 대해서 전혀 아랑곳하지 않았다. 패니는 머리가 더욱 아팠다. 패니는 집으로 돌아오자마자 이런 번잡스러운 모습들을 보게 되어서 마음이 혼란스러웠다. 패니는 슬픈 생각에 잠겨서 의자에 가만히 앉아 있었다.

패니는 몇 년 만에 겨우 집으로 돌아왔다. 그러나 하나도 기쁘지 않았다. 슬픈 생각이 파도처럼 밀려올 뿐이었다. 패니가 상상하던 집은 절대로 이런 분위기가 아니었다. 그러나 패니는 금방 자신의 생각을 억눌렀다. 자신에게는 가족을 향해 뽐낼 권리가 없고 환영받을 만한 일을 한 것도 아니라고 마음을 달랬다. 패니는 오랫동안 가족들에게 한 번도 얼굴을 보이지 않았던 것이다. 가족들에게 있어서 윌리엄이 가장 소중한 것도 너무나 당연한 일이었다. 그것은 새삼스러울 것도 없는 일이었다. 어디로 보나 윌리엄에게는 그럴 만한 권리가 있었다.

하지만 다들 패니에게 이토록 무관심하다니……. 아무도 패니에게 말을 걸지 않았고, 아무런 질문도 하지 않았다. 심지어 맨스필드 파크에 대해서도 아무도 묻지 않았다. 패니는 가족들이 맨스필드 파크에 대해 완전히 잊고 지낸다는 사실을 알게 되자 가슴이 아팠다. 그곳에는 패니에게 그토록 잘 대해 주었던 사람들이 살고 있었다. 모두들 그리운 사람들이었다.

여기에서는 모든 가족들이 한 가지 일에 정신이 팔려서 다른 일은 죄다 뒷전이었다. 아마 그렇게 되지 않을 수 없었겠지만, 지금은 슬러시 호의 행선지가 무엇보다도 관심이 컸던 것이다. 모든 가족들이 신이 나서 그 이야기를 나누었다. 그 일에 대해 흥미를 갖고 있지 않았던 사람은 오직 패니뿐이었다.

패니는 내심 하루나 이틀이 지나면 상황이 조금 달라질 수도 있을 것이라는 기대를 품었다. 하지만 맨스필드 파크에서는 절대로 이런 일이 벌어지지 않을 것이다. 이모부의 집에는 때와 장소에 어울리는 이야기, 화제의 제한, 정중한 예의범절, 다른 사람들에 대한 마음의 배려라는 것이 있었다. 그런데 여기에는 그런 것이 하나도 없었다.

패니는 30분 가량 이런 생각을 하고 있었다. 그런데 아버지가 갑자기 버럭 고함을 질렀다. 패니는 깜짝 놀랐다. 그러나 아버지 고함 소리도 패니의 이런 생각을 가라앉히는 일에 아무런 도움이 되지 않았다. 복도에서 우당탕 뛰어다니고 킥킥거리는 소리가 유난히 크게 들려오자, 아버지가 거칠게 소리쳤던 것이다.

"이런! 개구쟁이 녀석들! 왜 이렇게 떠들어! 샘의 소리가 제일 크군. 저 녀석은 뱃사람의 우두머리 노릇도 할 수 있을 거야. 이봐, 누구냐? 샘이냐? 그 꽥꽥거리는 소리 좀 그만 두고 조용히 하거라. 그렇지 않으면 잡아서 야단을 치겠다!"

하지만 이 협박의 효과는 5분도 채 가지 않았다. 잠시 후에 세 명의 사내아이들이 일제히 방 안으로 뛰어 들어왔다. 패니는 그들이 지칠 대로 지쳤다고 생각했다. 그들의 달아오른 얼굴, 헐떡거리는 숨소리가 그것을 증명하고 있었다. 그러나 아버지의 바로 코앞에서 그들은 다시 서로의 정강이를 걷어차는가 하면, 갑자기 무언가 생각난 듯이 고함을 지르기도 했다.

이윽고 다시 방문이 열렸다. 차 도구들이 들어오고 있었다. 아무래도 오늘 밤 안에는 도저히 구경할 수 없을 것이라고 내심 포기하고 있던 참이었다. 수잔의 등 뒤에서 매우 초라한 모습의 소녀가 식사에 필요한 물건들을 들고 뒤따라오고 있었다.

수잔은 불 위에 주전자를 올려놓으면서 패니를 힐끗 쳐다보았다. 집안일을 도와주는 자신의 행동을 과시하는 즐거움과, 이런 일로 인해 자신의 품위가 떨어지는 것은 아닐까 하는 착잡한 심정이 수잔의 얼굴에 고스란히 드러나 있었다.

"부엌으로 가서 샐리가 토스트를 굽고 버터빵을 만드는 것을 도와주었어. 그렇게 하지 않고는 언제 차를 마시게 될지 모를 테니까……. 언니가 여행을 하고 난 후에 무엇인가 먹고 싶어 할 것 같아서……."

패니는 수잔이 무척 고마웠다. 패니는 차를 좀 마셨으면 좋겠다고 말했다. 수잔은 금방 찻잔에 물을 붓기 시작했다. 수잔은 자기 혼자 이런 일을 하는 것을 매우 흐뭇하게 여기는 것 같았다. 그리고 별로 부산을 떠는 일도 없이 남동생들을 좀더 얌전하게 만들려고 계속 주의를 주었다. 그것이 헛된 노력이라는 사실을 잘 알고 있으면서도 말이다.

수잔은 자신에게 주어진 임무를 훌륭히 처리했다. 패니는 서서히 기운을 차리면서 기분도 조금씩 좋아지기 시작했다. 수잔의 친절 덕분에 머리도 마음도 맑아지게 되었다. 수잔은 명랑하고 이해심이 많은 수녀처럼 보였으며, 아름다운 용모를 지니고 있었다. 패니는 수잔이 윌리엄을 닮았다는 느낌이 들었다. 패니는 수잔의 성품도 윌리엄을 닮았으면 좋겠다고 생각했다.

주위의 일들이 다소 정리되었을 때, 윌리엄이 다시 들어왔다. 그 뒤를 이어서 어머니와 베시도 뒤따라왔다. 윌리엄은 소위의 군복을 차려 입고 있어서 키도 더욱 커 보이고 탄탄한 인상을 주었으며 동작도 우아하게 보였다. 윌리엄은 무척 행복한 듯한 미소를 지으면서 곧바로 패니를 향해 걸어왔다.

패니는 자리에서 일어나서 한참 동안이나 윌리엄을 바라보았다. 패니는 자신도 모르는 사이에 나지막이 탄성을 질렀다. 그러다가 윌리엄의 목을 두 팔로 감싸안고 고통과 기쁨이 뒤섞인 감정을 흐느낌으로 나타내었다.

혹시 자신이 슬퍼하고 있다는 듯한 인상을 주면 안 된다는 생각이 들자, 패니는 이내 눈물을 닦았다. 그리고 윌리엄이 입고 있는 복장의 돋보이는 부분을 하나하나 지적하고 칭찬하기도 했다.

윌리엄은 패니에게 출항할 때까지는 날마다 잠깐씩 상륙할 수 있을 것이며, 스핏헤드까지 데려가서 슬루프 함을 보여 주겠다고 약속했다. 윌리엄의 말을 듣자, 패니는 다시 힘이 생겼다.

잠시 후에 캠블 씨가 방문했다. 캠블 씨는 슬러시 호의 군의였는데, 무척 예의바른 청년이었다. 캠블 씨는 윌리엄을 맞이하기 위해 찾아온 것이었다. 캠블 씨를 위해 서둘러 의자가 마련되고 차가 준비되었다. 약 15분 동안 남자들 사이에서 열정적인 이야기가 이어졌다.

마침내 시끄럽게 떠들면서 남자와 아이들이 일제히 자리에서 일어났다. 윌리엄이 출발해야 할 시간이 다가왔던 것이다. 준비는 모두 끝났다. 윌리엄은 작별 인사를 하고 길을 떠났다. 세 명의 사내아이들은 어머니의 반대에도 불구하고 형과 캠블 씨를 샐리포트까지 전송하겠다고 우겼다. 결국 그들의 소원대로 모두 같이 나갔다. 아버지도 이웃에서 빌려온 신문을 돌려주기 위해 나간다고 하면서 함께 일어났다.

이제 주위가 조용하게 가라앉고 차분한 분위기가 되었다. 어머니는 레베카를 불러서 찻잔 세트를 치우도록 시켰다. 그리고 와이셔츠를 찾기 위해 얼마 동안 방 안을 분주히 돌아다녔다. 베시가 부엌의 서랍 속에서 와이셔츠를 찾아왔다.

이제 여자들만의 조촐한 모임이 시작되었다. 어머니는 다시 한 번 샘의 출발 준비가 제시간 내에 끝나지 않을지도 모른다고 걱정했다. 그런 다음에 어머니는 고개를 돌려서 패니를 쳐다보았다. 비로소 패니와 맨스필드 파크의 친척들을 떠올릴 틈이 생긴 것이다.

어머니는 두세 가지의 질문을 던졌다. 하지만 그 질문들은 고작 '버트램 언니는 하녀 문제를 어떻게 처리하고 있을까?' 하는 것들뿐이었다. 그나마 어머니는 얼마 있지 않아서 노스햄튼에 대한 일은 더 이상 입 밖으로 꺼내지도 않았다. 어머니의 입에서 쏟아지는 이야기들은 모두 집에 있는 하녀들에 대한 불만뿐이었다. 포트무스의 하녀는 모두 너무나 수준이 낮고 그 중에서도 우리 집에 있는 두 명은 가장 최악이라는 등의 이야기만 늘어놓을 뿐이었다.
 버트램 일가의 이야기는 완전히 젖혀두고, 레베카에 대한 험담이 시작되었다. 수잔도 덩달아서 여러 가지 험담을 늘어놓았고, 꼬마 베시까지도 한몫 거들었다. 레베카는 장점이라곤 전혀 없는 것 같았다.
 "그렇다면 1년 후에 그만 두라고 하면 되잖아요."
 패니가 조심스럽게 말했다.
 "1년이라니! 1년이나 있으면 안 되지. 그렇다면 우리 집에서 11월까지 일한다는 말이 되니까……. 지금 포트무스에서는 하녀가 6개월 이상 있으면 기적이라는 말이 있단다. 하녀들도 일자리를 구했다고 안심하면 안 된단다. 하지만 레베카를 그만 두게 하더라도 더욱 나쁜 하녀가 들어올 뿐이니까 그게 걱정이란다. 내가 혼자 생각해 봐도 내가 그렇게 성미가 까다로운 여주인은 아닌데 왜 이렇게 내 마음에 들도록 일을 못하는지……. 게다가 우리 집은 아주 편한 셈이지. 항상 일을 도와주는 아이들이 있고, 게다가 일의 절반 정도는 내가 직접 해 주니까……."
 어머니는 못마땅한 얼굴로 말했다. 패니는 입을 다물고 조용히 앉아 있었다. 그러나 그것은 어머니의 말에 동의했기 때문이 아니었다. 베시를 보고 있는 동안 또 다른 여동생 메리가 문득 생각났기 때문이었다. 메리는 무척 귀여운 여자 아이였는데, 패니가 맨스필드 파크로 떠날 때 지금의 베시와 비슷한 또래였었다. 그런데 몇 년 후에 메리가 죽었다. 메리는 유난히 귀여운 점이 있어서, 패니는 수잔보다 메리를 더욱 좋아했었다. 그런데 그런 메리가 죽었던 것이다.
 패니는 맨스필드 파크에서 메리가 죽었다는 소식을 뒤늦게 듣고 한참 동안이나 깊은 슬픔에 잠겼었다. 베시는 마치 작은 메리처럼 보였다. 그러나 그런 이야기를 꺼내서 어머니의 마음을 슬프게 해서는 안 된다. 이런 생각을 하면서, 패니는 베시를 물끄러미 바라보고 있었다. 베시는 조금 떨어진 곳에서 수잔에게 무엇인가를 보여 주더니 금방 감추었다. 베시는 수잔의 주의를 끌기 위해 노력했다.
 "베시야, 네가 가지고 있는 게 뭐야? 이리 와서 나에게 보여 주겠니?"
 패니의 말이 끝나자마자, 베시는 그것을 보여주었다. 그것은 은으로 만들어진 나이프였다. 수잔은 깜짝 놀라더니 베시를 향해 달려들었다.
 "그건 내 나이프잖아."
 수잔은 단번에 그것을 빼앗으려고 했다. 그러자 베시는 재빨리 어머니의 품속으로 뛰어들었다. 수잔은 더 이상 쫓아가지 못했다. 수잔은 화를 내면서 베시를 비난했다. 수잔은 패니를 자기편으로 끌어들이고 싶은 눈치였다.
 "내 나이프를 내가 가질 수 없다니, 정말 너무해. 언니, 저건 내 나이프야. 메리가 죽을 때 나에게 준 것이거든. 훨씬 전부터 내가 가졌어야 하는 건데, 엄마는 항상 베시가 갖도록 해 줘. 결국애는 베시가 저것을 망가뜨려서 제 것으로 만들어버릴 거야. 엄마는 베시한테 주지 않겠다고 나에게 약속하고선 항상 베시에게 준다니까……."
 수잔이 투덜거리면서 말했다.
 "애, 수잔. 정말 너는 왜 그렇게 화를 내는 거냐? 항상 그 나이프 때문에 싸움을 하잖니? 동생과 싸우는 것 좀 그만 둘 수 없니? 너는 베시가 불쌍하지도 않니? 수잔, 너는 화를 너무 잘 내서 탈이야. 수잔, 네가 서랍에서 그 나이프를 꺼낸 것이 잘못이란다. 내가 베시에게 수잔이 화를 낼 테니까 더 이상 그 나이프를 만지지 말라고 한 것을 너도 알고 있겠지? 네가 아예 그 나이프를 꺼내지 않았으면 이런 일이 없었을 거야. 그걸 감추어 두어야만 하겠구나. 죽은 메리는 상상도 못했을 거란다. 이것이 싸움의 원인이 될 것이라는 사실을……."
 어머니는 엄중한 목소리로 수잔을 꾸중했다.

"이 나이프는 메리가 죽기 두 시간 전에 나에게 맡긴 거란다. 가엾게도 잘 들리지도 않는 작은 목소리로 이렇게 말했단다. '수잔 언니에게 이 나이프를 주세요, 엄마. 내가 죽어서 무덤에 묻히면……..' 가여운 메리. 패니야, 메리는 이 나이프를 무척 좋아했단다. 몸이 아파서 드러누워 있는 동안에도 계속 머리맡에 두고 있었지. 그 나이프는 메리가 대모였던 맥스웰 제독 부인으로부터 받았던 선물이었지. 죽기 불과 6주일 전이었지. 가여운 메리, 착한 애였는데! 하지만 덕분에 장래의 고생을 모면했다는 생각이 들어서 다행이라는 느낌도 든단다."

어머니는 패니를 향해 고개를 돌렸다.

"베시, 너는 운이 없게도 그런 좋은 대모가 없구나. 네 대모인 노리스 이모는 말이다, 너무 먼 곳에 살고 있어서 너 같은 꼬마에게까지 신경을 쓰지 못하고 있는 거란다."

어머니는 다시 눈물을 흘리고 있는 베시를 달래면서 말했다. 베시의 대모는 노리스 이모였다. 하지만 패니는 베시의 대모인 노리스 이모로부터 대녀가 착하고 열심히 공부하기를 바란다는 편지밖에는 아무것도 받아오지 못했다. 맨스필드 파크의 응접실에서 기도서를 보낼까 하고 한순간 가볍게 중얼거리는 것을 들은 적은 있었지만, 그 후에는 그런 말조차도 없었다. 노리스 이모는 그 일을 기억하고 집으로 돌아가서 죽은 남편이 사용하던 낡은 기도서 두 권을 찾았었다. 그런데 하나는 글씨가 너무 작아서 아이들이 읽을 수 없었고, 또 다른 하나는 너무 두꺼워서 들고 다닐 수가 없는 것이었다. 그래서 노리스 이모는 그냥 모른 척했다.

패니는 지금 너무나 지쳐 있었다. 어머니가 자라고 권하자마자 당장 자리에서 일어났다.

"오늘은 언니가 돌아온 날이니까 한 시간만 더 있다가 자고 싶어."

베시가 시끄럽게 떠드는 소리가 채 끝나기도 전에, 패니는 방에서 나갔다. 아래층은 여전히 혼란과 소음으로 가득 차 있었다. 남자 아이들은 토스트가 먹고 싶다고 소리를 지르고, 아버지는 술을 갖고 오라고 호통쳤다. 레베카는 잠시도 자리에 앉아 있을 수가 없었다.

패니는 수잔과 같은 방을 쓰게 되었다. 그 방은 좁고 답답해서 마음이 밝아질 만한 것이라곤 아무것도 없었다. 그 집의 방들은 모두 다 작았고 복도와 계단은 몹시 비좁았다. 솔직히 말해서 패니는 그 방을 보면서 깜짝 놀라고 말았다. 맨스필드 파크의 작은 지붕 밑 다락방도 무시할 게 아니라는 생각이 들었다. 그 집에서는 너무나 작아서 편안하게 쉴 수 없다고 생각하던 방이었는데, 정작 이곳에 와 보니까 그립기만 했다.

제 39 장

 집에 도착한 다음날 아침이 되자 패니는 버트램 이모에게 잘 도착했다는 내용의 편지를 썼다. 만약 토마스 경이 패니의 지금 심정을 알았다면 절대로 헨리 크로포드와의 결혼에 대해서 절망적인 생각을 가지지 않았을 것이다. 푹 자고 나니까 한결 기분이 나아진 패니는 조금만 기다리면 윌리엄을 만날 수 있다는 생각에 상쾌한 아침을 맞이했다. 톰과 찰스는 벌써 학교로 갔으며, 샘은 무엇인가 다른 일이 있어서 밖으로 나갔다. 아버지는 언제나처럼 그저 소일거리를 찾기 위해 산책을 나갔기 때문에 집안의 분위기는 비교적 조용했다. 그래서 어제보다는 훨씬 더 기분이 좋은 상태에서 편지를 쓸 수 있었다. 패니는 자기의 집에 대해 좋은 이야기만을 쓰려고 노력했기 때문에 그 편지 속에는 토마스 경이 바라던 내용은 하나도 없었다.
 그러나 패니가 아무리 감추고 싶어도 이 집은 분명히 숱한 결점들을 가지고 있었다. 그것은 아무리 싫어도 사라질 수 없는 것이었다. 패니 자신도 그런 점을 분명히 인식하고 있었다. 만약 토마스 경이 패니가 자기 집에 대해 느낀 실망과 짜증 그리고 맨스필드 파크에 대한 그리움을 절반만이라도 눈치챘다면 자신의 지혜에 대해 만족했을 것이다.

패니는 집으로 돌아온 지 채 일주일도 되기 전에 벌써 모든 것에 대해 실망하고 말았다. 패니가 실망한 이유는 여러 가지가 있었지만, 그 중에서도 가장 큰 것은 윌리엄이 떠나버린 것이었다. 상부의 명령을 받았던 슬러시 호는 윌리엄과 패니가 포트무스에 도착한 지 나흘째 되던 날 출항했다. 이 나흘이라는 기간 동안에 윌리엄을 만났던 것은 단지 두 번뿐이었다. 그것도 윌리엄이 공적인 일로 인해 상륙했을 때 잠시 동안 급하게 만났을 뿐이었다. 자유로운 대화도, 성벽 산책도, 공창 견학도, 슬러시 호 구경도 할 수가 없었다. 패니와 윌리엄이 미리 계획하고 기대했던 일들은 아무것도 할 수가 없었던 것이다.

모든 일이 죄다 빗나갔다. 여전히 변함이 없는 것은 윌리엄의 애정뿐이었다. 집을 떠나기 전에 윌리엄은 패니에 대해 진심으로 걱정했다. 윌리엄은 가던 걸음을 멈추고 현관 앞으로 되돌아오더니 어머니에게 이렇게 부탁했다.

"패니를 잘 돌봐 주세요, 어머니. 저 애는 몸이 약해요. 그리고 다른 우리 식구들처럼 거친 생활에 별로 익숙하지 않아요. 어머니, 제발 부탁드려요. 패니를 소중히 잘 보살펴 주세요."

이 말을 남기고 윌리엄은 떠나버렸다. 그리고 패니가 남게 된 집은 모든 점에서 그녀가 원하던 것과는 정반대였다. 이것은 패니도 스스로에게 숨길 수 없을 만큼 분명한 사실이었다.

이곳은 집이 아니라 온갖 소음과 소란과 무례함의 소굴이었다. 자신에게 주어진 의무를 이행하는 사람은 아무도 없었다. 무슨 일이든지 제대로 되는 일이란 하나도 없었다. 패니는 부모를 존경하려고 노력했지만 생각만큼 잘 되지 않았다.

아버지에 대해서는 애당초 별로 기대하지도 않았다. 아버지는 패니가 생각했던 것 이상으로 집안일을 소홀히 여겼으며 습관도 나쁠 뿐만 아니라 태도도 천박했다. 능력이 모자라지는 않았지만 자기 직업

이외에는 호기심도 지식도 전혀 찾아볼 수가 없었다. 고작 읽는 것이라곤 신문과 해군 사관 명부뿐이었고, 화제라고는 공창과 항구와 스핏헤드와 머더뱅크 호에 대한 것뿐이었다. 그리고 함부로 추잡한 욕지거리를 퍼부었으며 고주망태가 되도록 술을 마셨다.

아버지의 행동은 불결하고 거칠었다. 아버지의 행동 속에서 애정 비슷한 감정을 느낀 적이 한 번도 없었다. 난폭하고 목소리가 크다는 인상만이 남아 있을 뿐이었던 아버지는 몇 년 만에 겨우 만난 딸을 거의 거들떠보지도 않았다. 고작 이따금 야비한 농담을 던질 뿐이었다.

어머니에 대한 실망은 더욱 컸다. 패니는 어머니에게 많은 기대를 걸었는데, 좋은 점이라고는 거의 발견할 수가 없었다. 어머니에게 소중한 사람이 되겠다고 마음을 먹었던 것도 모두 계획만으로 끝나고 말았다. 패니는 어머니의 애정과 신뢰를 얻어서 더욱 사랑스러운 존재가 되고 싶었다. 그러나 패니가 집에 도착한 첫 날 다정하게 맞이해 주었던 것 그 이상은 전혀 기대할 수 없었다. 그것은 어머니가 매정한 사람이었기 때문이 아니었다. 어머니의 마음속에 있는 애정의 샘은 조금도 흐르지 않았다. 여유가 조금도 없었던 어머니는 패니를 위해 할애할 수 있는 시간이나 애정이 전혀 없었던 것이다.

어머니에게 있어서 딸들은 그 전부터 중요한 존재가 아니었다. 어머니는 아들들, 특히 윌리엄을 사랑하고 있었다. 어머니가 관심을 가졌던 딸은 베시가 처음이었다. 어머니는 무분별할 정도로 너그러운 태도로 베시를 대했다. 어머니에게 있어서 윌리엄은 자랑거리, 베시는 귀염둥이였다. 그리고 존, 리처드, 샘, 톰, 찰스가 겨우 남아 있는 어머니의 사랑을 죄다 나누어 가져서 교대로 그녀의 자랑거리가 되고 위로가 되었다. 어머니의 시간은 가사와 아이들 돌보는 일과 하녀를 다루는 일에 모두 쓰였다.

하루하루가 소동의 소용돌이에 휩싸인 채 지나가서 항상 바쁘면서도 일은 진척되지 않고, 항상 일거리가 밀려 불평하면서도 방법을 개선해 보려는 노력조차 하지 않았다. 절약을 하기 위해 애쓰면서도 방법을 연구하지 않았고, 무질서한 생활을 바로잡기 위해 규율을 세우는 일도 없었다. 하녀에게 불만이 많으면서도 제대로 훈련시킬 능력이 없었고, 일을 거들어 주거나 잔소리를 늘어놓거나 달래거나 해도 존경을 받지 못했다.

어머니는 두 언니들 중에서 노리스 이모보다는 버트램 이모를 더욱 많이 닮았다. 노리스 이모는 살림을 좋아했다. 그러나 어머니는 어쩔 수 없어서 살림살이를 꾸려나갈 뿐이었고 부지런하지도 않았다. 원래 성품이 태평스럽고 게으른 점은 버트램 이모와 비슷했다. 어머니도 버트램 이모처럼 유복하고 한가한 신분의 부인이 훨씬 어울렸을 것이다. 하지만 무분별한 결혼으로 인해 노력과 인내의 삶을 그 대가로 치루고 있었던 것이다. 만약 어머니가 좋은 가문의 부인이었다면 버트램 이모 못지않게 훌륭했을 것이다. 하지만 적은 수입으로 아홉 명의 아이를 키우는 어머니로서는 적합하지 않았다. 오히려 그것은 노리스 이모가 더욱 잘 감당할 것 같았다.

패니는 벌써부터 이런 일들을 눈치채고 있었다. 입 밖으로 꺼내서 말하는 것을 삼가고 있을 뿐이었다. 하지만 어머니가 부모로서 불공평하고 어리석고 느리며 체신머리가 없다는 것을 느끼지 않을 수 없었다. 아이들을 교육시키고 통제하는 일에는 관심도 없었고, 집안은 온갖 시행착오와 마음을 불편하게 만드는 일 투성이였다. 재능도 없을 뿐더러 흥미있는 대화도 할 줄 몰랐다. 딸에게 애정도 없었으며, 딸을 좀더 알려는 호기심도 없었고, 존경을 받겠다는 생각조차도 하지 않았다. 자주 접촉을 하면 딸의 기분도 좀 나아질 텐데 그런 노력조차도 할 생각이 없었다.

패니는 자기가 집에 도움이 되기를 간절히 바랐다. 그리고 자기 집을 얕잡아 본다든가, 집안일을 할 마음이 부족하다든가, 손님처럼 행동한다는 오해를 받고 싶지 않았다. 그래서 부지런히 샘을 위해 일하기 시작했다. 이른 아침부터 밤늦은 시간까지 잠시도 쉬지 않고 부지런히 바느질을 해서 샘의 속옷을 마련했다. 샘은 패니가 준비한 속옷을 챙겨서 떠났다.

패니는 자기가 집안일에 도움이 되었다고 생각하니까 무척 기뻤다. 하지만 또 다른 한편으로는 자기가 없었더라면 과연 어떻게 되었을지 한심하기도 했다. 샘은 비록 목소리가 크고 거만했지만 막상 그가 집을 떠나고 나니까 약간 서운했다. 샘은 영리하고 이해력이 빨랐으며 시내로 심부름가는 일을 기꺼이 맡아주었다. 그리고 수잔의 잔소리에는 반발했지만 패니의 다정한 태도와 부드러운 설득을 듣고 감화를 받기 시작했던 것이다. 그런데 샘이 떠나고 나니까 세 명의 남동생 중에서 가장 좋은 동생이 없어졌다는 생각에 섭섭하기만 했다.

톰과 찰스는 나이가 어린 탓으로 아직 사물을 느끼고 생각하기에는 역부족이었다. 누나에게 좋은 인상을 심어주려고 노력하는 것이 좋다는 사실을 깨닫지 못했다. 누나와 가까운 사이가 되려는 생각조차 하지 않았다. 패니는 이내 그들을 다소나마 감화시켜 보겠다고 했던 생각을 단념했다. 패니가 아무리 애를 써도 그 아이들을 도무지 길들일 수가 없었다. 날마다 오후가 되면 어김없이 집안을 뛰어다니는 그들의 소란스러운 놀이가 시작되는 것이다.

베시도 정말 골치아픈 아이였다. 알파벳을 아직까지도 외우지 못했고, 마음대로 하녀들과 어울려 놀았고, 하녀들의 행동을 고자질하곤 했다. 패니는 베시를 귀여워하거나 도와주는 일도 곧 단념해 버렸다. 수잔의 성품에 대해서는 여러 가지 의문이 있었다. 어머니와 항상 의견이 다르고, 톰과 찰스를 상대로 마구 입씨름을 하고, 베시에게 화를 내는 것들은 아무래도 걱정스러운 일이었다. 물론 화가 날 때도 있지만, 패니는 그것을 참을 줄 알아야 한다고 생각했다. 수잔의 투박한 성품은 전혀 사랑스럽지도 않았다. 그것은 수잔 자신을 위해서도 좋지 않은 일이었다.
　패니는 이곳으로 오기 전에는 집으로 돌아가면 맨스필드 파크를 잊어버리고 에드먼드를 조용한 마음으로 생각할 수 있을 것이라고 생각했다. 그런데 지금 패니는 맨스필드 파크와 사랑하는 가족들, 그 행복했던 생활만을 그리워하고 있었다. 맨스필드 파크의 고상함, 예의범절, 규칙, 조화 그리고 무엇보다도 평화와 고요가 하루 종일 끊임없이 패니의 머리 속에서 떠올랐다. 이곳에서는 그런 것들을 거의 찾아볼 수가 없었다. 이곳은 모든 것들이 맨스필드 파크와 정반대였던 것이다.
　잠시도 그칠 사이가 없는 소음 속에서 산다는 것은 패니처럼 몸과 성품이 섬세하고 신경질적인 사람에게 있어서 커다란 고통일 수밖에 없었다. 아무리 품위와 조화가 적절하게 이루어진다고 하더라도 완전히 해결될 수는 없었다. 그것은 모든 것 중에서 최대의 불행이었다.
　맨스필드 파크에서는 말다툼하는 소리도, 높은 목소리도, 갑작스러운 고함 소리도, 거친 말소리도 들리지 않았다. 만사가 명랑하고 올바른 질서 속에서 규칙적으로 진행되었으며, 모든 사람들이 소중한 사람이었고, 다른 사람의 기분에 관심을 기울이면서 배려해 주었다. 비록 애정이 모자랐을지는 모르지만 그래도 양식과 교양이 있었다.
　노리스 이모가 가끔씩 내는 짜증도 잠깐 동안이었으며 대수롭지 않은 것이었다. 그 당시에는 길게 느껴졌었지만, 지금 이 집에서 벌어지고 있는 시끄러운 소동에 비한다면 그것은 넓은 바다의 물 한 방울과 같았다.
　여기에서는 모든 것들이 시끄러웠다. 어머니만 제외하고 모두 목소리가 컸다. 어머니는 버트램 이모처럼 부드러운 목소리였지만, 고생을 많이 한 탓으로 화를 잘 내게 되었다. 식구들 모두가 무엇인가 필요한 물건이 있으면 언제나 고함을 질러대면서 어디 있는지 물었으며, 하녀도 부엌에서 큰 소리로 대답했다. 방문이 쉴 새 없이 쾅쾅거리며 닫혔고, 계단은 조용할 때가 없었다. 무슨 일을 하든지 덜커덕 거리고, 아무도 가만히 앉아 있지 않았다. 그리고 누가 말을 해도 아무도 주의해서 듣지 않았다.

일주일이 지날 때까지 패니는 자기 눈에 비친 두 집의 모든 것을 비교해 보았다. 그리고 결혼 생활과 독신 생활에 대한 존슨 박사의 유명한 말을 대입해 보았다. "맨스필드 파크에는 약간의 고통이 있을지언정, 포트무스에는 즐거움이 전혀 없다."(존슨 박사는 결혼 문제에 대해서 다음과 같은 명언을 남겼다. "결혼 생활에는 고통이 뒤따르지만, 독신 생활에는 즐거움이 전혀 없다":역주)

제 40 장

 패니의 예상대로 매리 크로포드의 편지는 점점 뜸해졌다. 처음 두 사람이 편지 왕래를 시작했을 때처럼 자주 오고가는 일은 없었다. 매리 크로포드의 편지가 도착한 것은, 지난 번 편지가 온 이후에 제법 오랜 시간이 흐르고 난 다음이었다. 이렇게 편지가 띄엄띄엄 오면 무척 마음이 홀가분하게 될 것이라고 생각했었는데, 사실은 그렇지가 않았다. 그렇게 생각한 것이 잘못이었다. 이것 또한 이상한 심정 변화의 하나였다.
 마침내 매리 크로포드의 편지가 도착하자, 패니는 너무너무 기뻤다. 품위있는 교제와 일체의 흥미있는 모든 것으로부터 멀리 떨어져서 지내다 보니까, 마음이 통하는 친구가 보낸 애정과 품위가 담긴 편지만큼 반가운 것이 없었던 것이다.
 매리 크로포드는 먼저 그 동안 초대가 많아서 자주 편지하지 못했다고 하면서 변명을 늘어놓았다.

 패니, 내가 지금 편지를 쓰기는 하지만 오늘 편지는 읽을 가치조차 없을 거예요. 왜냐하면 편지 끝부분에 늘 실려 있던 사랑의 작은 선물이 없기 때문이죠. 세상에서 가장 헌신적인 헨리 크로포드의 사랑이 넘치는 서

너 줄의 글이 오늘은 없어요. 오빠는 노퍽 주로 떠났거든요. 열흘 전에 볼 일이 있어 에버링검에 갔어요. 어쩌면 볼 일이 있는 것처럼 꾸몄는지도 모르죠. 당신과 같은 시기에 여행하기 위해서 말이에요. 어쨌거나 지금 그곳에 있는 것만은 분명해요.

패니, 오빠가 옆에 없는 것도 편지를 자주 쓰지 못한 한 가지 이유가 되었다면 이해하시겠어요? '그런데 매리, 언제 패니에게 편지를 쓸 거니? 패니에게 편지 쓸 때가 되지 않았니?' 하고 재촉하는 사람이 없어졌으니까요.

몇 번이나 만나보려고 애쓴 덕에 가까스로 당신 사촌인 줄리아와 러시워스 부인을 만났어요. 두 사람이 어제 나를 찾아왔더군요. 우리는 서로 다시 만난 것을 기뻐했지요. 하지만 만나서 무척 반가운 척 했을 뿐, 사실은 약간 반가운 정도였다고 생각해요.

당신의 이름이 나왔을 때 러시워스 부인이 어떤 표정을 지었는지 아세요? 옛날에는 자제력이 모자란 사람이라고는 생각하지 않았는데, 오늘 만나 보니까 상당히 모자라는 것 같았어요. 두 사람 가운데 오히려 줄리아가 안색이 밝아 보였어요. 최소한 당신 이야기가 나온 이후부터는 말이죠. 내가 패니를 자매처럼 말하자, 러시워스 부인의 얼굴빛이 영 달라지더군요. 하지만 러시워스 부인이 밝은 표정을 지을 날도 얼마 있지 않아서 찾아오겠지요.

러시워스 부인에게 파티 초대를 받았어요. 파티가 열리는 날은 28일이에요. 그 날이 되면 러시워스 부인도 이전처럼 아름다운 얼굴이 되어 있겠죠. 윔폴 가의 일류 저택에서 파티를 개최하니까 말이죠. 나는 2년 전에 그 집에 가 본 적이 있답니다. 그 당시에는 라슬스 부인의 집이었죠. 런던에서 내가 아는 어느 집보다도 마음에 들어요.

물론 러시워스 부인도 잘 알고 있을 거예요. 속된 말일지도 모르지만, 돈을 낸 만큼의 값어치는 있다고 말이에요. 헨리 오빠는 러시워스 부인에게 그만한 집을 사줄 능력이 없어요. 러시워스 부인도 그 사실을 잊지 말고 궁전의 여왕 같은 생활로 만족하면 좋겠네요. 비록 왕이 뒤에 물러나 있을 때가 가장 돋보이는 사람이라고 해도 말이에요.

　나는 러시워스 부인을 놀리거나 괴롭힐 생각은 없어요. 그러니까 두 번 다시 당신 이름을 먼저 말하지 않을 생각이에요. 러시워스 부인도 차차 냉정한 태도를 되찾게 될 것이라고 믿어요. 들리는 소문에 의하면 빌덴하임 남작이 아직까지도 줄리아에게 관심이 많다고 해요. 하지만 그것이 정말 줄리아에게서 좋은 마음이 있어서였는지 그것에 대해서는 잘 모르겠어요.

　줄리아에게는 아직도 좋은 상대가 얼마든지 있어요. 빈털터리 도련님은 좋은 상대라 할 수 없지요. 게다가 줄리아가 빌덴하임 남작을 정말 좋아한다고 상상할 수 없어요. 왜냐하면 호언장담하는 것을 빼고 나면 가엾게도 남작에게 남는 것은 아무것도 없으니까요. 글자 하나가 얼마나 엄청난 차이를 가져오는지! 만약 남작의 수입이 호언장담하는 것만큼만 된다면 얼마나 좋겠어요.

　당신의 사촌인 에드먼드는 정말 동작이 느리군요. 어쩌면 교구의 일로 묶여 있을지도 모르죠. 아니면 손턴 레이시에 전도해야 할 노파가 있을 수도 있겠죠. 설마 젊은 아가씨 때문에 에드먼드에게 무시를 당했다고 생각하고 싶지는 않군요.

　잘 지내요. 그립고 다정한 패니. 런던에서 보낸 것치고는 긴 편지죠? 아기자기한 회답을 기대할게요. 돌아오면 헨리가 기뻐할 테니까요…….

　이 편지는 패니로 하여금 여러 가지 생각을 하도록 만들었다. 어떤 측면에서 보면 별로 유쾌한 내용이 아니었고 불안한 생각까지 들도록 했다. 그러면서도 이 편지는 패니와 함께 있지 않은 사람들을 연결해 주었고, 그녀가 궁금하게 여기는 사람이나 일들에 대해 소식을 전달해 주었다. 이런 편지를 매 주일마다 받을 수 있다면 얼마나 기쁠까? 이곳에서는 버트램 이모와의 서신 연락이 고상한 취미를 살리는 유일한 일이었다.
 패니는 포트무스에서 교분을 넓히고 이 집에서의 결함을 조금이라도 보충했으면 하고 바랐다. 그러나 아버지와 어머니가 아는 사람들 중에 다소라도 그녀에게 만족을 가져다주는 사람은 없었다. 자신의 내성적인 성격과 소극성을 극복하면서까지 애써 사귈 만한 사람은 없는 것 같았다. 남자는 모두 거칠고 여자는 주제넘고 한결 같이 교양이 없었다. 전에 알던 사람이나 새로운 친지를 소개받아도 패니는 도무지 만족할 수 없었고, 상대방에게 만족을 주지도 못했다.
 패니를 사귀고 싶어하는 아가씨들도 처음에는 그녀가 토마스 경의 집에서 왔다고 해서 다소 경의를 품고 있었다. 그러나 곧 공연히 잘난 척 한다면서 기분 나쁘게 생각했다. 왜냐하면 패니는 피아노도 칠 줄 몰랐을 뿐더러 고급 케이프를 걸치고 있지도 않았기 때문에, 자세히 보면 뽐낼 이유가 전혀 없다고 생각했기 때문이었다.
 힘들고 어려운 생활 속에서 그나마 패니가 찾았던 첫번째 위안은 이제 수잔의 성품을 조금 알 것 같았고, 수잔에게 도움이 되어 줄 수 있다는 희망을 갖게 된 것이었다. 수잔은 언제나 언니를 친절하게 대했지만, 패니는 수잔의 단호한 태도와 분위기에 깜짝 깜짝 놀라면서 섬뜩한 느낌을 받곤 했다. 그런데 이주일을 지내면서 패니는 비로소 자기와 다른 수잔의 성격을 점차 이해하기 시작했다. 자기 집안의 못마땅한 점을 여러 모로 잘 알고 있던 수잔은 그 점을 바로잡고 싶었던 것이다. 열네 살의 소녀가 자기 혼자의 판단력으로 행동할 경우, 그 방법에 잘못이 있는 것은 당연했다.
 패니는 곧 열네 살이라는 어린 나이에 그토록 올바른 견해를 지켜 나가고 있는 수잔의 천성에 감탄했다. 집안을 개혁하고자 하는 강한 의지에서 비롯된 수잔의 성격이나 행동의 결점을 더 이상 비판할 수가 없었다. 수잔의 행동의 근거가 되는 진실, 수잔이 찾는 세계에 대해서는 패니도 전적으로 동의하고 있었다. 그러나 기력이 부족하고 성격이 온순한 패니로서는 강력하게 주장하지 못했던 것이다.

하지만 수잔은 구체적으로 행동하고 부딪히면서 상황을 바꾸기 위해 노력하고 있었다. 만약 패니였다면 어디론가 도망가서 우는 일 말고는 아무것도 할 수 없었을 것이다. 수잔은 확실히 집안을 이끌어 나가는 일에 큰 힘이 되고 있었다. 비록 만사가 엉망진창이기는 했지만, 수잔의 그러한 노력이나 간섭마저도 없었다면 더욱 엉망이 되었을 것이다.

어머니와 베시도 수잔 덕분에 지나치게 제멋대로 행동하거나 천박하게 굴지 못했다. 어머니를 상대로 언쟁을 벌일 때마다, 이론상으로 언제나 수잔이 우세했다. 문제는 어머니의 맹목적인 편애였다. 수잔은 어머니가 자신을 더 사랑해주고 자신의 편을 들어주는 것을 한 번도 경험해보지 못했다. 과거에도 현재에도 사랑을 받지 못했기 때문에 감사하는 마음도 가질 수 없었다. 그러므로 수잔은 다른 동생들에게 어머니의 애정이 지나치게 표시되면 참을 수가 없었던 것이다.

이런 사정을 죄다 알게 되자, 패니는 수잔에 대해 동정심과 애정을 품게 되었다. 그러나 수잔의 태도나 표현 방법은 도저히 옳다고 할 수 없었다. 수잔의 방법은 너무 엉뚱하고 황당했으며, 표정이나 말씨는 몹시 난폭하고 버릇이 없었다. 하지만 그것도 고칠 수 있다는 희망을 갖게 되었다.

수잔은 내심 패니를 존경하고 있었으며 호감을 사려고 애를 썼다. 패니로서는 권위있는 표정을 짓는 일이 난생 처음이었다. 지금껏 자신에게 누구를 지도하고 교육할 힘이 있다고는 상상조차 하지 못했다. 그러나 패니는 수잔을 틈틈이 가르쳐 주며, 그녀의 발전을 위해 마음을 썼다. 가족들에게 어떤 배려를 해야 하는지, 또한 어떻게 하는 것이 자신에게 가장 현명한 처사인지, 올바른 생각을 가르쳐 주려고 노력했다. 패니는 이모 댁에서 교육을 받은 덕에 이런 것이 마음에 새겨져 있었던 것이다.

패니가 영향력을 발휘하고 수잔을 의식적으로 교육시키게 된 것은 수잔에게 한 가지 친절을 베푼 일에서부터 시작되었다. 그것은 여러모로 신경을 쓰면서 망설이다가, 마침내 용기를 내어서 행한 일이었다. 패니는 약간의 돈만 있으면 은제 나이프로 인해 생기는 문제가 해결될 것이라고 생각했다. 그러므로 베시와의 다툼의 근원이 되는 이 문제를 해결하고 더 이상 싸우지 않게 해 주어야 하겠다고 생각했다.

패니에게는 이곳으로 떠날 때 이모부가 준 10파운드가 있었다. 패니는 그 돈으로 베시에게 은제 나이프를 하나 사 줄 생각이었다. 하지만 지금까지 가난한 사람 이외에는 자선을 베푼 적이 한 번도 없었으며, 비슷한 나이 또래의 사람을 도와주거나 친절을 베푼 경험이 없었던 패니는 혹시라도 다른 동생들이 귀부인인 척하면서 뽐낸다고 생각할까봐 걱정이 되어서 망설이고 있었다. 이 선물을 해도 될 것인지 안 될 것인지 판단이 서지 않았던 것이다. 그러나 마침내 패니는 결심을 하고 그 일을 실천에 옮겼다.

베시는 새로 구입한 은제 나이프를 받고 몹시 기뻐했다. 그전 것에 비하더라도 모든 점에서 월등히 좋았던 것이다. 이제 수잔은 자기 나이프의 소유권을 확보할 수 있었다. 베시는 훨씬 아름다운 나이프를 선물받았으므로 더 이상 수잔의 나이프가 필요없다고 말했다. 둘 다 아주 만족했다. 어머니 역시 몹시 기뻐하면서, 이 일에 대해서 비난하는 눈치를 보이지 않았다. 이 일은 커다란 성공이었다. 집안에 싸움을 일으키던 원인 하나가 완전히 해결된 것이다.

그 덕분에 수잔도 패니에게 속마음을 털어놓게 되었다. 그리고 자신의 섬세한 마음씨를 드러내었다. 수잔은 2년이 넘도록 다투어온 나이프를 손에 넣게 되어서 무척 기뻤다. 하지만 패니의 판정이 자신에게 불리하지는 않은지, 집안의 평화를 위해 이런 물건을 사야 할 만큼 자신이 동생과 다툰 일에 대해서 비난하는 뜻이 담겨 있는 것은 아닌지 불안하게 여겼다.

수잔은 개방적인 성격이었다. 그녀는 패니에게 자기가 지금 어떤 걱정을 하고 있는지 솔직히 털어놓았다. 그리고 동생과 심하게 싸운 것은 자기 잘못이라고 말했다. 패니는 수잔이 지니고 있는 장점을 알게 되었다. 그리고 수잔이 진심으로 자신의 호감을 얻으려고 한다는 것과 자기의 판단에 의지하려고 한다는 사실을 깨달았다. 패니는 수잔이 더욱 사랑스럽게 여겨졌다. 그리고 이처럼 도움을 필요로 하고 또한 도와 줄 가치가 있는 사람에게 힘이 될 수 있다는 희망을 갖기 시작했다.

패니는 수잔에게 여러 가지 조언을 들려주었다. 수잔은 그 조언을 저항없이 잘 받아들였다. 패니가 조용하고 자상하게 설명하고 이해시켜 주었기 때문에 수잔의 기분을 상하게 만드는 일도 없었다. 패니는 수잔이 점차 나아지고 있다는 사실을 느낄 수 있었다. 그것만으로도 충분했다. 패니는 수잔에게 순종과 인내가 필요하다고 강조했다.

패니는 수잔이 나쁜 짓인 줄 알면서도, 곧잘 화를 내고 부모를 업신여기며 성급한 행동을 취한다고 생각했다. 그렇지만 얼마 있지 않아서 사리분별이 확실하고 올바르다는 사실을 깨달았다. 패니는 태만과 과오 속에서 자란 수잔이 사물이 갖고 있는 본래의 모습에 대해서 이처럼 올바른 생각을 갖고 있다는 사실이 신기하기만 했다. 수잔에게는 생각을 인도해 주고 원칙을 정해 주는 사촌 오빠 에드먼드도 없었는데 말이다.

이렇게 해서 두 사람 사이에 시작된 교제는 서로에게 매우 유익했다. 함께 위층 방에 앉아 있으면, 집안에서 벌어지는 시끄러운 소동을 얼마쯤은 피할 수가 있었다. 패니는 평화를 즐길 수 있었고, 수잔은 조용히 바느질을 했다.

수잔과 패니는 난롯불도 피우지 않고 추운 방에 앉아 있곤 했다. 하지만 패니에게 있어서 그 정도의 불편은 익숙한 것이었다. 그 덕분에 맨스필드 파크의 동쪽 방을 떠올릴 수 있어서 별로 고통스럽게 여겨지지도 않았다. 그러나 오직 춥다는 사실 하나만 비슷할 뿐이었고 넓이나 밝기, 가구, 조망 등을 비롯한 모든 측면에서 두 방은 너무나도 달랐다. 패니는 책과 상자가 갖추어진 동쪽 방의 안락함을 기억하면서 가끔씩 한숨을 내쉬었다.

패니와 수잔은 점차 아침 시간의 대부분을 위층에서 보내게 되었다. 처음에는 재봉일을 하면서 서로 이야기만 주고받았다. 그런데 며칠이 지나자 책 생각이 간절해졌고, 패니는 어떻게 해서든지 다시 책을 구해 보아야 하겠다고 마음먹었다.

아버지의 집에는 책이 한 권도 없었다. 그러나 부자가 되면 사치스럽고 대담해지는 법이다. 패니는 책을 빌려주는 집을 찾아가서 돈을 내고 회원이 되었다. 자신의 이름으로 무엇인가를 할 수 있다는 사실이 그저 놀랍고 신기할 뿐이었다. 패니는 정성껏 책을 골랐다. 모두 다 수잔을 향상시키기 위한 책들이었다. 패니는 너무나 행복했다. 수잔은 아직까지 한 번도 책을 읽어본 적이 없었다. 패니는 자신이 처음 책을 읽었을 때 느꼈던 기쁨을 동생에게도 나누어주고 싶었다. 또한 자기가 아주 좋아하는 위인전이나 시에 대한 취미를 일깨워주고 싶었다.

또 한 가지, 패니는 책을 읽음으로써 맨스필드 파크에 대한 추억을 지워버리고 싶었다. 손으로는 아무리 분주하게 일을 해도, 머리 속은 곧 그 추억에 사로잡히곤 했던 것이다. 특히 요즘에는 모든 생각의 방향이 에드먼드를 향하고 있었다. 에드먼드의 뒤를 좇아서 런던으로 달려가는 생각들을 막는 일에 책을 읽는 것이 가장 효과적일 것만 같았다.

버트램 이모가 보낸 지난 번 편지에 에드먼드가 런던으로 갔다는 소식이 적혀 있었다. 앞으로 어떻게 될 것인지에 대해서는 더 이상 의심할 여지가 없었다. 결혼 약속을 했다는 편지가 금방이라도 도착할 것 같았다. 이웃집에서 우편배달부가 문을 두드리는 소리만 들려와도 패니는 두려움에 사로잡히곤 했다. 만약 책을 읽는 몇 분 동안만이라도 이런 생각을 몰아낼 수 있다면, 그것은 커다란 소득이 아닐 수 없었다.

제 41 장

 아마도 에드먼드는 벌써 일주일 전에 런던에 도착했을 것이다. 그런데 지금까지 아무런 소식이 없었다. 에드먼드로부터 소식이 전혀 없자, 패니는 그 이유를 세 가지로 추측해 보았다. 패니의 마음은 그 세 가지 추측들 사이에서 이리저리 방황하고 있었다. 상황에 따라서 그 세 가지 추측은 모두 사실처럼 느껴졌다. 에드먼드가 런던으로 출발하려던 계획을 연기했을 수도 있었다. 그렇지 않으면 매리 크로포드와 단 둘이 만날 기회를 아직까지 얻지 못했을 수도 있었다. 마지막으로는 편지를 쓸 만한 여유가 없을 만큼 행복한 시간을 보내고 있을 수도 있었다.
 이 무렵 패니는 거의 매일 아침마다 맨스필드 파크를 떠난 지 얼마나 되었는지 세어보곤 했다. 맨스필드 파크를 떠난 것도 벌써 4주일이 지나가고 있었다.
 어느 날 아침에 패니는 여느 때처럼 수잔과 함께 위층으로 올라가려고 했다. 그런데 뜻하지 않은 손님이 문을 두드리는 소리가 들렸다. 패니는 걸음을 멈추고 현관을 힐끗 쳐다보았다. 레베카가 재빨리 현관으로 달려갔다. 레베카에게 있어서 이 일은 다른 어떤 일보다도 흥미로운 일이었다. 현관에서 낯익은 남자의 목소리가 들렸다. 그 목소리를 듣자, 패니의 얼굴이 새하얗게 변했다. 그 남자는 바로 헨리 크로포드였던 것이다.

잠시 후에 헨리 크로포드가 방으로 들어왔다. 패니는 당장이라도 숨이 멎는 것만 같았다. 하지만 겨우 정신을 차리고 호흡을 가다듬었다.

"어머니, 이 사람은 헨리 크로포드예요. 윌리엄의 친구이구요."

패니는 헨리 크로포드를 어머니에게 소개했다. 패니는 자신이 이런 상황에서 한 마디라도 말할 수 있을 거라곤 짐작하지도 못했다. 어머니가 헨리 크로포드를 윌리엄의 친구로만 알고 있다는 것이 너무나 다행스러웠다. 헨리 크로포드에 대한 소개가 끝나자, 모두 다시 자리에 앉았다.

'그런데 이 사람이 왜 여기까지 찾아왔을까?'

패니는 다시 두렵고 떨리기 시작했다. 그 공포는 너무나 커서 당장이라도 쓰러질 것만 같았다. 패니는 의식을 잃지 않으려고 안간힘을 쓰고 있었다. 헨리 크로포드는 변함없이 다정한 모습으로 다가와서 인사했다. 그리고 현명하고 친절하게도 금방 다른 곳으로 눈길을 돌려주었다.

헨리 크로포드는 어머니에게 인사를 드리기 위해 걸어갔다. 패니가 마음을 진정시킬 만한 시간을 주기 위해 배려하는 것 같았다. 헨리 크로포드는 말을 걸거나 이야기를 들을 때, 더할 나위가 없을 정도로 정중하고 예의바르게 행동했으며, 약간의 친밀감이 깃들어 있는 듯한 태도를 보였다. 헨리 크로포드의 행동은 거의 완벽했다.

어머니의 태도 역시 흠잡을 만한 곳이 없을 정도로 만족스러웠다. 어머니는 아들의 친구를 만나게 되자 몹시 감격한 것 같았다. 어머니는 약간 들뜬 표정을 지으면서, 여기까지 찾아온 것에 대해 감사하다고 인사했다. 아무런 꾸밈도 없는 어머니의 태도는 헨리 크로포드에게 좋은 인상을 심어주고 있었다.

헨리 크로포드는 아버지가 집에 없는 것을 매우 아쉽게 여겼다. 그러나 패니는 그것을 전혀 유감으로 여기지 않았다. 오히려 다행스럽게 여기고 있었다. 패니는 여러 가지 사정으로 인해 불안감을 품고 있었다. 이런 집에서 살고 있는 모습을 헨리 크로포드에게 보여주게 되어서 부끄럽다는 생각이 들었다. 그런 생각은 패니를 더욱 불안하게 만들었다. 패니는 이런 한심한 생각을 하는 자기 자신을 야단치고 싶었다. 하지만 그런다고 해서 이런 마음이 사라지는 것은 아니었다. 패니는 자신의 처지를 부끄럽게 여겼다. 그 중에서 아버지를 가장 부끄럽게 여기고 있었다.

헨리 크로포드와 어머니는 윌리엄에 대한 이야기를 나누고 있었다. 어머니에게 있어서 윌리엄의 이야기를 나누는 것은 언제 어느 때라도 즐거운 일이었다. 헨리 크로포드는 윌리엄을 열심히 칭찬했다. 어머니는 무척 기분이 좋은 것 같았다. 어머니는 헨리 크로포드처럼 인상이 좋은 남자는 난생 처음 만나본다고 생각했다. 또한 이렇게 훌륭하고 상냥한 헨리 크로포드가 포트무스까지 온 것은 해군 기지 사령관이나 고위직 관리를 만나기 위한 일이 아니고, 와이트 섬으로 갈 계획이 있었던 것도 아니고, 공창 견학을 할 예정이었던 것도 아니고, 오직 윌리엄을 만나기 위해 찾아온 것이라는 사실을 알게 되자 깜짝 놀라면서 감격하고 말았다.

헨리 크로포드는 어제 밤늦은 시간에 도착했다. 헨리 크로포드는 이곳에서 하루 이틀 가량 머무를 예정으로 크라운 호텔에 투숙했다. 도착을 한 이후에 해군 장교 두 명을 우연히 만나기는 했지만, 헨리 크로포드가 이곳을 찾아온 목적은 그런 일 때문이 아니었다.

이윽고 헨리 크로포드는 패니를 향해 시선을 돌렸다. 그리고 이제는 패니에게 말을 걸어도 될 때라고 생각했다. 패니도 그럭저럭 헨리 크로포드의 시선을 견딜 수 있었다.

"런던을 출발하기 전날 밤에 나는 30분 정도 매리와 같이 있었습니다. 매리가 편지를 쓰고 싶어했지만, 시간이 너무 촉박해서 쓰지 못했습니다. 하지만 안부를 꼭 전해 달라고 부탁하더군요. 겨우 30분만이라도 매리를 만난 것은 정말 다행스러운 일이었습니다. 노포크에서 돌아온 후에 다시 떠날 때까지 런던에서 겨우 하루 동안 머물렀기 때문이었습니다. 에드먼드는 지금 런던에 있는데, 며칠 전에 왔다는 말을 들었습니다. 하지만 에드먼드를 만나지는 못했습니다. 에드먼드는 무척 건강하고 맨스필드 파크의 사람들도 모두 잘 있다는 소식을 들었을 뿐입니다."

패니는 차분한 마음으로 에드먼드에 대한 이야기를 전해 들었다. 오히려 모든 사정이 분명하게 되자, 지친 마음도 가벼워지는 것 같았다.

'지금은 모든 것이 결정되었겠구나.'

이런 생각이 패니의 마음속을 스치고 지나갔다. 하지만 패니는 아무런 말도 하지 않았다. 붉게 상기된 얼굴이 패니의 마음을 대변할 뿐이었다.

헨리 크로포드는 패니에게 있어서 맨스필드 파크의 이야기가 가장 흥미로운 화제라는 사실을 잘 알고 있었다. 그래서 맨스필드 파크에 대한 이야기를 한참 동안이나 늘어놓았다. 그런 다음에 이른 아침의 산책이 멋질 것 같다고 말하면서 패니의 마음을 슬쩍 떠보았다.

"정말 멋진 아침입니다. 이 계절에는 날씨가 아침에 개었다가도 곧 흐려지는 일이 많은데, 오늘은 참 맑군요. 운동하러 나가기에 아주 좋은 날씨입니다."

하지만 패니는 아무런 반응도 보이지 않았다. 그러자 헨리 크로포드는 프라이스 부인과 딸들에게 산책을 나가자고 권유했다.

"나는 일요일 이외에는 좀처럼 외출하지 않아요. 가족이 많다 보니까 항상 처리해야 할 일이 많거든요. 아이들을 돌보려면 산책할 틈조차도 없답니다."

어머니가 정중하게 사양했다.
"그렇다면 따님들과 함께 이 날씨를 느낄 수 있도록 해 주십시오. 제가 동행하는 것을 허락해 주시겠습니까?"
"물론이죠."
어머니는 활짝 웃으면서 허락했다.
"딸애들은 정말 너무나 오랫동안 집 안에만 틀어박혀 있었어요. 포트무스의 분위기는 음산해요. 게다가 집안일도 바쁘고 해서 별로 바깥에 나가지 않았습니다. 시내에 무슨 볼 일이 있을 때를 제외하고는……. 오늘 같은 날 크로포드 씨가 같이 동행해서 시내에서 볼 일도 보고 돌아온다면 딸애들도 무척 기뻐할 것 같군요."
패니는 몹시 어색하고 난처했지만, 어쩔 수 없이 헨리 크로포드와 함께 집을 나섰다. 그런데 이상한 일이었다. 헨리 크로포드와 나란히 걸어가는 것이 그다지 싫지 않았던 것이다. 수잔도 두 사람과 함께 가고 있었다. 그들은 큰 길을 향해 나란히 걸었다.
그런데 10분 가량 지났을까? 매우 난처한 일이 발생하고 말았다. 큰 길로 나가자마자 곧 아버지를 만난 것이다. 아버지의 몰골은 그날이라고 해서 다를 리가 없었다. 결코 만족할 수 없는 모습이었다. 하지만 패니는 아버지 앞에서 걸음을 멈추었다. 아버지의 모습이 아무리 신사답지 않다고 해도 헨리 크로포드에게 소개하지 않을 수가 없었다.
헨리 크로포드가 얼마나 놀랐는지 의심할 여지도 없었다. 헨리 크로포드는 정말 황당한 기분이 들었을 것이다. 패니와 결혼하겠다는 생각이 완전히 사라졌을 것이 너무나 뻔한 일이었다. 헨리 크로포드의 상사병이 낫기를 간절히 바랐지만, 이런 방법을 원했던 것은 아니었다. 이렇게 해서 병이 낫는 것보다는 차라리 병이 낫지 않는 것이 훨씬 더 나을 것 같았다. 아버지의 천한 품위 때문에 그 남자의 마음이 변한 것보다 차라리 사랑하지 않는 남자이지만 그에게 구애받는 편이 나왔다. 다른 아가씨들도 아마 나의 생각과 같을 것이다.
 그러나 가까이 다가오고 있는 아버지를 보자, 패니는 어느 정도 안심이 되었다. 아버지는 평소와 완전히 다른 모습이었다. 그리고 헨리 크로포드를 대하는 태도 역시 집에서 자기 가족에게 둘러싸여 있을 때와 전혀 달랐다. 아버지의 태도는 세련되지는 않았지만 품위가 있고 활기가 있었으며 남자다웠다. 말씨도 자식을 끔찍하게 아끼는 아버지, 분별력이 있는 아버지처럼 보였다. 아버지의 높은 음성도 푸른 하늘 밑에서는 그다지 나쁘지 않았으며, 욕설 따위는 한 마디도 하지 않았다. 아버지는 교양을 갖추고 있는 헨리 크로포드의 언동에 대해 본능적으로 경의심을 품었던 것이다. 패니는 정말 다행스러운 일이라고 생각했다. 패니는 비로소 편안한 마음을 가질 수 있었다.
 "크로포드 씨, 공창을 구경하지 않겠소?"
 아버지는 헨리 크로포드와 몇 마디의 인사를 나눈 후에 이런 제의를 했다.
 "네, 좋습니다."
 헨리 크로포드는 벌써 몇 번이나 공창을 구경했지만, 아버지의 제안을 거절하지 않았다. 헨리 크로포드는 너그러운 태도로 아버지의 호의를 받아들였다. 그렇게 하면 그만큼 패니와 함께 있는 시간이 길어진다는 생각에 오히려 이 제의를 매우 고맙게 여겼던 것이다.
 "아가씨들이 피곤하다고 여기지 않는다면, 저는 어디를 가더라도 좋습니다."
 헨리 크로포드는 아버지를 따라서 공창으로 향했다. 그래서 모두 공창으로 가게 되었다. 공창으로 가는 도중에 큰 거리를 지나게 되었다.
 "패니, 수잔과 여기에서 볼 일이 있다고 했지요? 여기에서 기다릴 테니까 조금도 걱정하지 말고 다녀오십시오."
 이러한 헨리 크로포드의 배려가 없었다면, 아버지는 당장 공창으로 향했을 것이다. 헨리 크로포드는 일이 있어서 가려고 했던 그 상점에서 패니와 수잔이 무사히 볼 일을 볼 수 있도록 신경을 써 주었다.
 그 일은 별로 오래 걸리지 않았다. 패니는 다른 사람을 지루하게 하거나 기다리게 하는 일을 몹시 싫어했기 때문에 서둘러 일을 끝마쳤다. 아버지와 헨리 크로포드가 상점 앞에서 최근의 해군 법규에 대해서 혹은 얼마 전부터 취항하고 있는 삼층함(상, 중, 하로 구분되어 있는 갑판을 가진 그 당시 최대의 범선)의 보유 숫자에 대해 논의가 끝나기도 전에 일을 마치고 상점에서 나왔다.
 그들은 곧장 공창으로 향했다. 그런데 아버지의 걸음이 너무나 빨랐다. 두 딸들이 잘 따라오는지, 뒤에 처져 있지는 않는지 하는 것은 아랑곳하지도 않았다. 아버지는 헨리 크로포드를 데리고 빠른 걸음으로 앞에서 걸어갔다.
 헨리 크로포드는 아가씨들이 자주 뒤쳐진다는 사실을 눈치채고 가끔씩 간격을 맞추면서 기다리곤 했다. 하지만 그것도 결코 만족할 만한 정도는 아니었다. 헨리 크로포드는 패니와 떨어져서 걷지 않으려고 애썼다. 하지만 아버지는 이런 헨리 크로포드의 마음을 모르고 자꾸만 앞서 나갔다. 네거리나 번화한 곳에 이르러서도 아버지는 이렇게 소리칠 뿐이었다.
 "빨리 오너라. 얘들아. 패니, 수잔. 조심해라. 주위를 잘 살피고……."
 아버지는 패니와 수잔이 가까이 다가오기도 전에 다시 앞에서 걸어갔다. 그러나 헨리 크로포드는 아가씨들에게 특별히 신경을 쓰면서 잘 데리고 가려고 애썼다.
 드디어 그들은 공창에 도착했다. 헨리 크로포드는 공창으로 들어가고 난 후에 비로소 패니와 이야기할 수 있는 기회가 생겼다. 왜냐하면 그곳에서 아버지의 산책 친구 한 명을 만났기 때문이었다. 그 사람은 거의 날마다 공창을 구경하기 위해 찾아오는 남자였는데, 아버지는 그를 만난 것이 반갑기만 했다. 아버지는 그 친구와 무척 만족스러운 듯이 나란히 걸어 다니며 끝도 없는 이야기를 흥미진진하게 나누었다.
 그 동안 젊은 사람들은 구내에 쌓아둔 재목 위에 걸터앉기도 하고, 배의 갑판에서 휴식처를 찾기도 했다. 패니는 지금 휴식이 필요했던 것이다. 헨리 크로포드는 패니가 피곤한 것이 다행스럽게 생각되었다. 조용한 곳에서 단 둘이 이야기를 나눌 수 있는 의외의 행운이라고 생각했다. 헨리 크로포드는 내심 수잔이 자리를 피해 주었으면 좋겠다고 생각했다.
 수잔은 눈치가 빠른 소녀였다. 버트램 이모와는 정반대로 몸 전체가 눈과 귀였던 것이다. 그렇기 때문에 헨리 크로포드는 수잔 앞에서 중요한 말을 한 마디도 할 수가 없었다. 헨리 크로포드는 상냥한 얼굴로 수잔에게 말을 걸었다. 그리고 가끔씩 패니에게 눈짓하거나 자신의 사랑을 은근히 암시하면서 만족해야만 했다.
 헨리 크로포드는 주로 노포크에 대해 말했다. 잠시 동안 노포크에 가 있었는데, 헨리 크로포드의 현재의 계획 때문에 그곳의 모든 것들이 아주 중요하게 되었다. 헨리 크로포드와 같은 남자는 어떤 지방에서 그리고 어떤 사교계에서 오든지 간에 반드시 무엇인가 흥미로운 이야기를 가져오는 법이다. 수잔은 헨리 크로포드의 여행담과 그가 아는 사람들의 이야기들이 모두 처음 듣는 것들이었으므로 재미있고 즐겁기만 했다.
 헨리 크로포드는 패니를 쳐다보면서 자신이 참석했던 몇 가지 파티의 뜻하지 않은 즐거움에 대해 말했다. 헨리 크로포드는 그럴 계절도 아닌데 노포크까지 찾아갔던 특별한 이유를 말하면서 패니의 환심을 사려고 노력했다. 헨리 크로포드가 노포크에서 처리했던 일은 임대한 토지 계약의 갱신에 관한 것이었다.
 "어느 부지런한 가족이 제가 소유한 토지를 빌려서 쓰고 있었습니다. 그런데 그것을 관리하는 대리인이 무엇인가 음모를 꾸미고 있었지요. 그 대리인은 저에게 이 가족의 가장에 대해 나쁜 이야기만 늘어놓았습니다. 저에게 편견을 심어주려고 했던 것이지요. 저는 직접 그곳으로 가서 옳고 그름을 철저하게 밝히는 게 좋겠다고 결심했습니다. 그래서 노포크 지방으로 갔던 것이지요. 그곳에 가서 공정하게 일을 처리하고 돌아왔습니다. 그 소작인에게 도움을 주게 되어서 참 잘 되었다고 생각합니다. 그 일로 인해 저 또한 매우 기쁩니다. 그리고 지금까지 만나보지 못했던 소작인들도 몇 사람 만났습니다. 그리고 기쁜 소식이 한 가지 더 있습니다. 이번에 그곳에서 작은 별장도 보고 왔는데, 저는 얼마 전까지만 해도 그런 게 있는지도 몰랐었지요. 그런데 보고 나니까 몹시 아담하고 아름다운 별장이라는 생각이 들더군요."

이것은 물론 패니를 염두에 두고 한 이야기였다. 헨리 크로포드의 의도는 적중했다. 헨리 크로포드가 이런 건전한 생각을 한다는 것은 듣는 사람의 마음까지도 흐뭇하게 만들었다. 헨리 크로포드는 올바른 일을 했던 것이다. 가난하고 학대받는 사람들의 편에 서 있었던 것이다. 이것보다 유쾌한 일이 어디 있을까?

그래서 패니는 헨리 크로포드에게 다정한 눈길을 보내려고 했다. 그런데 그 생각은 겁에 질린 듯이 갑자기 사라지고 말았다. 헨리 크로포드가 너무나 노골적인 이야기를 했기 때문이었다.

"패니, 이 일을 하는 동안, 저를 좀 도와주지 않겠습니까? 당신이 저의 협력자이자 친구이며 지도자가 되어주기를 간절히 바라고 있습니다. 에버링검과 그 주위의 모든 것들을 이전보다 더욱 소중한 것으로 만들어줄 사람이 당신이기를 저는 간절히 바라고 있습니다."

헨리 크로포드는 앞으로 더욱 많은 자선을 베풀겠다고 약속하면서 이렇게 말했다.

'이런 말을 하지 않았다면 얼마나 좋을까?'

패니는 헨리 크로포드를 애써 외면하면서 이렇게 생각했다. 패니는 이제 막 헨리 크로포드가 자기가 평소에 생각했던 것 이상으로 좋은 사람이라고 인정하려던 순간이었다. 하지만 그 순간 패니는 지금까지 또한 앞으로도 헨리 크로포드가 자신에게 전혀 맞지 않는 사람이라고 생각했다. 패니는 이 생각만은 변함이 없을 것이라고 굳게 결심했다. 자신의 처지를 생각하면 생각할수록 헨리 크로포드의 사랑을 받아들일 수가 없었기 때문이었다.

헨리 크로포드는 에버링검에 대한 이야기는 이걸로 충분하고 무엇인가 다른 것을 이야기하는 편이 낫겠다고 생각했다. 헨리 크로포드는 화제를 맨스필드 파크로 돌렸다. 이것은 패니의 주의와 시선을 즉각적으로 되돌릴 수 있는 좋은 화제였다.

패니는 맨스필드 파크에 대해 이야기를 나누는 것을 정말 좋아했다. 이미 그곳의 모든 사람들로부터 오랫동안 떨어져 있었기 때문에 더할 나위가 없을 정도로 반가웠던 것이다. 헨리 크로포드의 이야기를 들으면서, 패니는 정말로 그곳 사람들의 목소리를 듣는 것 같은 착각이 들었다.

패니는 헨리 크로포드가 맨스필드 파크에 대해 이야기하는 것을 들으면서 그 아름다움과 쾌적함을 찬양하는 애정어린 감탄사를 쏟아내었다. 헨리 크로포드는 그곳의 식구들을 진심으로 칭찬하면서 찬사를 아끼지 않았다.

"맞아요. 이모부는 현명하고 선량한 분이지요. 그리고 이모는 가장 다정한 성품을 갖고 계세요."

"저도 맨스필드 파크에 대해 커다란 애정과 관심을 갖고 있답니다. 그래서 저는 많은 시간을 항상 그곳에서, 또는 그 근처에서 보내고 싶다는 생각을 하고 있지요. 특히 이번 여름과 가을은 그곳에서 아주 행복한 시간을 보내게 되기를 바라고 있습니다. 아니, 반드시 그렇게 되겠지요. 작년 여름과 가을은 아주 의미있고 특별했습니다. 활기있고 화기애애한 시간이었지요. 올해는 더욱 멋진 시간이 되기를 기대하고 있습니다. 맨스필드 파크, 소더튼, 손턴 레이시……. 이런 집들 사이에서 멋진 교제가 이루어지겠지요. 미클머스(성 미가엘 경축일. 9월 29일을 가리킨다:역주) 무렵이 되면 아주 많은 것들이 달라질 것입니다. 작은 사냥용 오두막집이 가까운 장소에 생기게 될지도 모르겠네요. 언제인가 에드먼드가 저를 쳐다보면서 이런 질문을 한 적이 있었어요. '손턴 레이시를 함께 사용하면 어떨까?' 아주 기분좋은 말이었지요. 하지만 그 계획이 이루어지려면 두 가지 어려움이 있을 것 같습니다. 아름다운 두 사람, 매리와 패니 말입니다."

패니는 입을 다물었다. 그러나 그 순간이 지나자 후회하는 마음도 생겼다.

'억지로라도 헨리 크로포드가 말하는 뜻의 절반은 이해했다고 말하고, 매리와 에드먼드에 대한 이야기를 좀더 들었어야만 했는데……. 그 이야기를 들을 용기가 없어서 이렇게 망설이면 안 되지. 정말 듣고 싶지 않지만, 얼마 있지 않아서 두 사람의 결혼 소식이 들려온다면 그 때는 어떻게 할 거야?'

이런 생각이 들자, 패니의 마음은 몹시 불편했다. 그 때 아버지와 친구가 패니를 향해 걸어오는 것이 보였다. 헨리 크로포드는 패니와 어느 정도 하고 싶은 이야기를 나눈 다음이었기 때문에 가벼운 마음으로 돌아갈 준비를 했다.

집으로 돌아오는 도중에 헨리 크로포드는 수잔의 눈을 피해서 패니와 비밀스러운 이야기를 나눌 시간을 1분 가량 가질 수 있었다.

"제가 포트무스까지 온 것은 당신을 만나기 위한 것이었습니다. 오로지 당신을 만나기 위해서 이틀 가량의 예정으로 찾아온 것이랍니다. 패니와 헤어져 있는 것을 더 이상 참을 수 없었거든요."

헨리 크로포드는 나지막한 목소리로 말했다. 패니는 몹시 난처했다. 정말 난처했다. 헨리 크로포드가 더이상 다른 말들을 하지 말아 주었으면 하고 바랐다. 하지만 지난번에 만났을 때보다는 훨씬 나아진 것 같았다. 헨리 크로포드는 맨스필드 파크에 있을 때보다 훨씬 더 점잖고 정중하며 다른 사람의 기분에 신경을 쓰고 있었다.

헨리 크로포드가 지금처럼 호감을 주었던 적은 한 번도 없었다. 아버지를 대하는 헨리 크로포드의 태도도 불쾌하지 않았으며, 수잔에게 관심을 나타낼 때에도 친절하고도 예의바른 점이 마음에 들었다. 헨리 크로포드의 태도는 확실히 나아진 점들이 많았다. 패니는 빨리 내일이 지나갔으면 좋겠다고 생각했다. 헨리 크로포드가 단 하루만의 예정으로 찾아왔으면 좋았을 것이라고 생각하기도 했다. 그러나 염려할 것은 없었다. 맨스필드 파크에 대한 이야기만 나누면 되는 것이다. 그 즐거움은 정말 너무나 컸다.

헤어지기 직전에, 패니는 헨리 크로포드 덕분에 또 한 가지 적지 않은 기쁨을 맛보았다.

"크로포드 씨, 우리와 함께 저녁 식사를 하는 것이 어떻겠소?"

아버지의 갑작스러운 이 말에 패니는 오싹 소름이 끼치는 것을 느꼈다. 그러나 헨리 크로포드는 아버지의 초대를 정중하게 거절했다.

"감사합니다. 하지만 선약이 있어서 어려울 것 같습니다. 오늘과 내일 식사 약속이 있는데, 취소할 수 없는 매우 중요한 약속입니다. 크라운 호텔에서 만나기로 한 사람이 있습니다. 정말 죄송합니다. 내일 오전 중에 다시 한 번 방문하겠습니다."

마침내 그들은 헤어졌다. 패니는 이토록 끔찍한 화를 모면하게 되자, 무한한 행복감에 젖어들었다. 헨리 크로포드가 이 집에서 식사를 하다니……. 그 식사에 참석해서 보잘것 없는 모든 걸 보게 되다니……. 그것은 정말 생각할 수도 없는 일이었다. 레베카가 만든 요리와 베시의 조심성없이 마구 집어먹는 경박한 식사 태도. 게다가 베시는 테이블 위의 물건을 함부로 끌어당기는 행동도 저질렀다. 이런 것들은 패니도 참기 어려운 것이었다. 그렇기 때문에 식사를 제대로 할 수 없던 적도 많았다.

패니가 이런 것을 참을 수 없었던 것은 천성이 까다롭고 섬세하기 때문이었다. 하지만 헨리 크로포드는 사치와 향락 속에서 살아왔기 때문에 이런 것을 참기 어려울 것이다. 패니는 헨리 크로포드가 저녁 식사를 거절하고 돌아간 것이 너무나 다행스러운 일이라고 생각했다.

제 42 장

다음날 프라이스 가족들이 모두 교회에 가려고 할 무렵이었다. 그런데 헨리 크로포드가 불쑥 나타났다. 헨리 크로포드가 찾아온 것은 이 집에 들어오기 위한 것이 아니라 교회에 함께 가기 위한 것이었다.

"크로포드 씨, 우리는 지금 교회에 가려던 중이었소. 우리와 같이 가는 것이 어떻겠소?"

아버지가 헨리 크로포드에게 제안했다.

"네, 저도 그런 생각을 하고 있었습니다."

그들은 모두 다 같이 교회로 향했다. 주일이 되면 프라이스 가족들의 옷차림도 돋보였다. 신은 이 일가족에게 상당한 미모를 선물로 주었다. 주일이 되면 깨끗한 피부에 옷도 나들이옷으로 갈아입고 있었으므로, 그들의 인물은 더욱 돋보였던 것이다. 그렇기 때문에 주일이 되면 패니도 항상 흐뭇한 마음을 품게 되었다. 더구나 그 날은 더욱 특별했다.

가련한 처지의 어머니는 항상 초라할 수밖에 없었지만, 그날만은 버트램 부인의 동생으로서 별다른 손색이 없었다. 이런 일에 대해 생각하면 생각할수록 마음속 밑바닥까지 슬픔에 잠길 수밖에 없었다.

어머니와 버트램 이모는 너무나 대조적이었다. 태어날 때에는 별다른 차이가 없었는데, 환경에 의해 이렇게 큰 차이가 생긴 것이다.

어머니는 버트램 이모 못지않은 미인이었으며, 나이도 몇 살이나 젊었다. 그런데 이렇게 마르고 늙고 궁상맞고 채신머리가 없고 초라하게 보이다니……. 정말 마음 아픈 일이 아닐 수 없었다.

그러나 주일에는 어머니도 제법 멋지고 그런 대로 밝은 표정의 프라이스 부인이 되었다. 아이들과 함께 교회에 가서 예배를 드리고 여유있는 시간을 가지면서 일주일 동안의 고생으로부터 잠시 해방을 맛보는 것이었다. 마음이 언짢아지는 것도 다만 남자 아이들이 위험한 짓을 하는 것을 보거나, 레베카가 모자에 꽃을 달고 지나가는 것을 볼 때뿐이었다. 교회 안에서는 양 편으로 갈라져서 앉아야만 했다. 헨리 크로포드는 패니와 많이 떨어지지 않으려고 신경을 썼다. 그리고 예배가 끝난 후에 패니와 더불어 성벽 위를 산책했다.

프라이스 부인은 날씨가 좋으면 주일마다 성벽 위를 산책하곤 했다. 오전 예배가 끝나면 곧장 성벽 위로 가서 점심시간까지 그곳에서 머물렀다. 그곳은 어머니에게 있어서 일종의 사교장이었다. 그곳에서 아는 사람들을 만나고, 약간의 새로운 소식을 듣고, 포트무스 하녀들의 저질스러운 행동을 힐난하며, 다음 엿새 동안 지낼 수 있는 활력을 얻는 것이었다.

그들은 지금 그 성벽 위를 향해 걷고 있었다. 헨리 크로포드는 패니와 수잔이 자기의 보호 아래 있다고 생각했다. 마침내 그곳에 도착하게 되었을 때, 어느 틈에 패니도 믿을 수 없는 일이 생겼다. 어떻게 해서 그렇게 되었는지 모르는 동안에 헨리 크로포드가 두 자매의 팔을 잡고 그들 사이에서 걷고 있었던 것이다. 패니는 이런 행동을 중단시킬 수 있는 마땅한 방법이 생각나지 않았다. 패니는 기분이 언짢았다. 하지만 그것도 잠시뿐이었다. 맑은 하늘과 멋진 풍경을 보게 되자 마음이 밝아지고 기분은 금방 풀렸다.

날씨는 무척이나 쾌청했다. 아직까지도 3월이었지만 그 훈훈한 공기와 상쾌한 산들바람 그리고 잠깐씩 구름에 가려지는 밝은 태양은 마치 4월인 것 같은 착각에 빠져들도록 만들었다. 이러한 하늘 때문에 모든 것들이 아름답게 보였다. 끊임없이 빛깔이 변하는 바다, 철썩거리는 파도가 경쾌한 소리를 내면서 성벽에 부딪혔다. 이 모든 것들이 하나가 되어서 형용할 수 없는 매력을 엮어내고 있었다. 패니는 그 아름다움을 가슴 속 깊이 느끼고 있었다.

잠시 후에 패니는 헨리 크로포드가 자신의 팔을 잡아준 것을 다행이라고 여기게 되었다. 패니는 헨리 크로포드의 팔 힘이 필요하다는 사실을 깨달았던 것이다. 패니는 일주일 내내 조금도 운동을 하지 못했다. 그 동안 쌓여온 운동 부족으로 인해 두 시간의 산책이 패니를 힘겹게 만들었다. 규칙적인 운동을 할 수 없게 된 것이 패니에게 점차 영향을 주기 시작하고 있었던 것이다. 포트무스에 온 이후부터 패니의 건강은 쇠약해지고 있었다. 헨리 크로포드와 맑은 날씨가 아니었다면 패니는 금방 주저앉고 말았을 것이다.

헨리 크로포드도 패니처럼 해맑은 날씨와 풍경의 아름다움을 느끼고 있었다. 그들은 자주 동일한 기분, 동일한 감동을 느낄 수 있었다. 그들은 걸음을 멈추고 몇 번씩 벽에 기대고 풍경을 바라보면서 감탄하곤 했다. 헨리 크로포드는 자연의 매력을 감상할 줄 아는 사람이었다. 아름다운 풍경에 대해 감탄하는 표현도 대단히 능숙했다.

패니는 이따금 감상적인 사색에 잠기곤 했고, 헨리 크로포드는 그 시기를 틈타서 조심스럽게 패니의 얼굴을 바라보았다. 헨리 크로포드는 패니의 얼굴이 황홀할 정도로 아름다운 것은 변함이 없었지만, 혈색은 지난번보다 좋지 않다는 사실을 알게 되었다.

패니는 자신이 매우 건강하다고 말하면서, 다른 사람들도 그렇게 보아주기를 바라고 있었다. 하지만 헨리 크로포드는 전반적으로 지금 있는 집이 편안할 리가 없으며, 따라서 패니의 건강을 위해서도 좋지 않다고 확신했다. 헨리 크로포드는 패니가 맨스필드 파크로 돌아갔으면 좋겠다고 생각했다. 그곳이라면 패니의 입장에서도, 또한 패니를 만나는 자신의 입장에서도 훨씬 더 행복할 수 있을 것이라고 생각했던 것이다.

"이곳으로 온 지 한 달 가량 됩니까?"

"아뇨. 아직 1개월은 되지 않았어요. 내일이면 맨스필드 파크를 떠난 것도 4주일이 되네요."

"아주 정확하고 꼼꼼하게 계산하시는군요. 저라면 그냥 한 달이라고 말했을 겁니다."

"여기에 도착한 것이 화요일 저녁이었으니까요."

"예정은 두 달이었나요?"

"네, 이모부께서 두 달이라고 하셨으니까요. 그 기간보다 짧아지지는 않을 거예요."

"맨스필드 파크로 돌아갈 때에는 어떻게 하십니까? 누가 데려가기 위해 찾아옵니까?"

"글쎄요. 잘 모르겠어요. 어떻게 될 것인지 아직은 잘 모르겠어요. 그 문제에 대해서는 이모부께서 아무런 말씀도 하지 않으셨어요. 어쩌면 좀더 오랫동안 이곳에서 머무르게 될지도 모르겠구요. 꼭 두 달 후에 저를 데리러 온다는 것도 쉬운 일은 아닐 거예요."

패니가 차분한 목소리로 말했다. 헨리 크로포드는 잠시 동안 생각에 잠기는 것 같았다.

이윽고 헨리 크로포드가 입을 열었다.

"저는 맨스필드 파크의 사람들을 잘 알고 있어요. 그들의 사고방식과 당신에 대한 잘못된 태도도 알아요. 지금 당신은 아무래도 그곳 사람들의 기억 속에서 잊혀진 것 같군요. 그들은 당신이 편안하고 안락한 환경 속에서 살아야 한다는 것에 대해서는 별로 관심이 없어요. 물론 집안의 다른 식구들 중에서 누군가가 불편한 환경에서 살게 된다면 사정이 다르겠지만요. 어쩌면 당신은 언제까지라도 이곳에서 그냥 머무르게 될지도 모릅니다. 토마스 경이 계획을 세워서 직접 이곳으로 오시거나 혹은 당신의 이모님이 하녀를 보내 주신다면 혹시 모르지만요. 그것도 세 달 정도 지난 후에, 토마스 경이 결정을 내렸을 때 가능한 일이지요. 하지만 그건 안 됩니다. 두 달이면 충분합니다. 아니, 저의 생각에 따르면 6주일이면 충분해요."

헨리 크로포드는 다시 수잔을 향해 고개를 돌렸다.

"지금 저는 언니의 건강 문제에 대해 생각하고 있어요. 포트무스에서 머무르는 것은 좋지 않아요. 언니는 항상 바깥바람을 쐬면서 운동을 해야 하니까요. 저 만큼 언니를 잘 알게 되면 저의 말이 맞다고 하면서 찬성할 거예요. 언니는 신선한 공기와 시골의 자유로운 생활에서 오랫동안 떠나 있어서는 안 되거든요."

헨리 크로포드는 다시 패니를 향해 돌아서면서 말했다.

"그러니까 만약 건강 상태가 좋지 않게 되면, 그리고 맨스필드 파크로 돌아가는 과정에서 무엇인가 문제라도 생긴다면 즉시 매리에게 연락을 하세요. 두 달을 다 채우려고 할 필요는 없어요. 그런 것은 하나도 중요하지 않아요. 만약 조금이라도 평소보다 몸이 안 좋다거나 기분이 좋지 않다고 느껴지면 망설이지 말고 서둘러 매리에게 연락하세요. 딱 한 마디로 충분합니다. 당장 저와 매리가 달려와서 맨스필드 파크로 모시고 가겠어요. 이 일이 아주 쉽고 즐거운 일이라는 것을 잘 아시겠죠? 그런 일을 할 때의 우리 심정이 어떨지 짐작할 수 있겠어요?"

"고마워요."

패니는 인사를 하면서 이 이야기를 그냥 웃으면서 넘겨 버리려고 했다.

"이것은 저의 진심입니다. 그리고 당신도 몸이 아픈데 미련하게 감추거나 참고만 있지는 않겠지요? 정말 그래서는 안 됩니다. 내가 그렇게 하도록 내버려두지 않을 겁니다. 당신이 매리에게 보내는 편지에 분명히 '건강해요'라고 쓰는 동안만 당신이 건강하다고 생각하고 있겠어요. 당신이 거짓말을 할 사람이 아니라는 것은 알고 있으니까요."

패니는 다시 한 번 감사하다고 인사했다. 패니는 헨리 크로포드의 말에 감동을 받았다. 패니는 난처한 표정을 지으면서 무슨 말을 어떻게 해야 하는지 생각만 할 뿐, 고작 몇 마디 말밖에 하지 못했다. 산책이 거의 끝나갈 무렵의 일이었다.

헨리 크로포드는 마지막까지 패니와 같이 걸었다. 패니의 집 앞에 도착하자, 헨리 크로포드는 비로소 작별 인사를 나누었다. 헨리 크로포드는 이제부터 식사가 시작될 것이라 생각하고, 다른 곳에서 기다리는 사람이 있는 것처럼 행동했다. 그것은 패니에게 부담을 주지 않으려는 행동이었다. 다른 사람들은 모두 집 안으로 들어갔다. 헨리 크로포드는 다시 패니를 붙잡으면서 말했다.

"많이 피곤한 것은 아니겠지요? 당신이 생기를 되찾는 모습을 보고 난 후에 작별하고 싶군요. 런던에서 무엇인가 당신을 도와드릴 일이 있을까요? 저는 다시 한 번 노포크 지방으로 가 볼까 하는 생각을 하고 있습니다. 영지 관리인의 일이 아직까지도 만족스럽지 않거든요. 그 사람은 지금까지도 기회만 있으면 저를 속여서 자기 사촌을 물레방앗간에서 살게 하기 위해 애쓰고 있지요. 아무래도 그곳으로 가서 결론을 지어야만 하겠어요. 이 재산의 주인은 바로 저라는 사실을 그 사람에게 알리려고 합니다. 지난번에는 그 정도까지 이야기하지 않았으니까요. 그런 사람이 영지에 끼치는 피해는 주인의 신용이나 가난한 사람들의 복지 차원에서 헤아릴 수 없이 큽니다. 지금 곧바로 노포크 지방으로 돌아가서 모든 일을 마무리짓고, 앞으로는 꼼짝도 하지 못하게 만들어 놓을 계획입니다. 그 관리인은 영리하기 때문에 그만 두라고 하고 싶지는 않아요. 제가 그 사람에게 보기 좋게 속아 넘어가다니……. 정말 어리석은 노릇이지요. 그러나 인정없고 욕심 많은 그 사람 때문에 정직한 사람이 내쫓긴다면 그저 어리석다는 말로 끝날 일이 아니지요. 그렇죠? 역시 제가 직접 그곳으로 가는 것이 좋겠죠? 당신이라면 가라고 권유하시겠지요?"

"제가 어떻게 권유하겠어요? 무엇이 올바른 일인지 당신도 잘 알고 계시는데요."

"그래요. 당신이 의견을 말해주면 언제나 무엇이 올바른 것인지 알게 됩니다. 당신의 판단이 저에게는 정의의 기준인 걸요."

"그런 말씀은 하지 마세요. 누구나 다 자신의 마음속에 좋은 안내자를 가지고 있어요. 그 말을 잘 들으면 다른 사람의 의견을 듣는 것보다 한결 낫죠. 안녕히 가세요. 내일 여행이 무사하시기를 빌겠어요."

"런던에 가서 도와드릴 일은 없나요?"

"없어요. 이렇게 신경을 써 주셔서 정말 감사드려요."

"다른 전할 말은?"

"크로포드 양에게 안부를 전해 주세요. 그리고 에드먼드를 만나면 전해 주세요. 가까운 시일 안에 소식이 있기를 바란다고 말이에요."

"알았습니다. 만약 에드먼드가 게으름을 피우거나 편지 쓰기를 소홀히 여기면 제가 대신에 변명의 편지를 쓰지요."

헨리 크로포드는 더 이상 말할 수가 없었다. 패니를 계속 붙잡아둘 수가 없었기 때문이었다. 헨리 크로포드는 패니와 악수를 하고 난 후에 떠나갔다.

얼마 후에 헨리 크로포드는 일류 호텔이 마련할 수 있는 최상의 식사가 마련되어 있는 식탁에 앉았다. 헨리는 마음껏 식사를 즐겼다. 패니는 집으로 들어가서 검소한 식탁 앞에 앉았다. 두 사람이 하는 평소의 식사는 전혀 다른 것이었다. 패니가 운동을 제외하고도 부모님의 집에서 얼마나 많은 곤란을 겪고 있는지 알았다면 헨리 크로포드도 그녀의 안색이 오히려 그때보다 많이 나빠지지 않았다는 사실에 대해 놀랐을 것이다. 패니는 레베카가 만든 푸딩이나 잘게 썬 고기 요리는 도저히 입에 댈 수가 없었다. 식탁에 오를 때에도 음식은 대충 씻은 접시에 담겨져 있었고, 나이프와 포크는 반도 채 씻지 않은 것들이었다. 그러므로 패니는 도저히 그것들을 먹을 수가 없었다. 패니는 저녁 무렵이 되어서야 남동생들에게 비스킷을 사러 보낸 적이 한두 번이 아니었다. 맨스필드 파크에서 품위있게 자란 패니가 포트무스의 환경에 적응하기에는 이미 때가 늦었던 것이다.

만약 토마스 경이 이런 상황을 전부 알고 있었다면, 모든 일들이 아주 순조롭게 진행되고 있다고 생각했을 것이다. 결국 몸과 마음이 굶주린 패니는 헨리 크로포드와의 교제를 긍정적으로 여기게 될 것이다. 헨리 크로포드가 소유한 넉넉한 재산을 좀더 정당하고 필요한 것으로 평가하기 시작했다고 믿었을 것이다. 하지만 그런 사실을 깨닫도록 만들기 위해 포트무스에서 계속 머물렀다가는 패니가 치료를 받는 도중에 죽어버릴지도 모른다고 걱정했을 것이다.

패니는 그날 하루 종일 마음이 울적했다. 이제 더 이상 헨리 크로포드와 만나지 않아도 되었기 때문에 마음이 놓였지만, 마음이 착잡하게 되는 것은 어쩔 수가 없었다. 다정한 친구와 헤어진 것과 다를 바가 없었다. 헨리 크로포드가 떠난 것은 기쁜 일이었지만, 다른 한편으로는 버림받은 듯한 기분도 들었다. 다시 말하자면 맨스필드 파크와의 이별이 확인된 것과 다름이 없었던 것이다. 헨리 크로포드가 런던으로 돌아가서 매리와 에드먼드를 자주 만날 것이라는 생각이 들자, 질투하는 마음까지 들었다. 그러나 그런 감정이 드는 자기 자신이 몹시 역겹게 느껴졌다.

패니의 우울증은 주위에서 일어나는 일들로 인해 더욱 심해지게 되었다. 아버지의 친구 두 분이 찾아왔다. 아버지는 그들과 함께 밖으로 나가는 대신, 오랫동안 눌러앉아서 6시부터 9시 30분까지 소란스럽게 떠들면서 독한 술을 마셨다. 패니는 기분이 몹시 울적했다.

패니는 이상하다는 생각이 들 정도로 헨리 크로포드가 좋아졌다. 패니에게 위안이 되는 것은 이것뿐이었다. 패니는 전혀 다른 부류의 사람들 속에서 살아가다가 헨리 크로포드를 만났다. 이러한 대조의 효과가 매우 크다는 점을 생각하지도 못했다. 패니는 헨리 크로포드가 이전보다 놀랄 만큼 점잖게 행동하고 다른 사람들에게 신경을 쓰는 사람으로 변했다고 생각했다. 그리고 사소한 일에 대해 그런 태도를 보인다면 큰 문제에 대해서도 그럴 것이라고 기대했다.

패니는 자신의 건강과 행복을 염려하는 헨리 크로포드의 섬세한 말투와 태도에 대해 커다란 감동을 받았다. 패니는 지금까지 헨리 크로포드의 청혼을 괴롭게 여기면서 완강하게 거절했다. 그러나 이제는 더 이상 거절하지 않아도 좋을 것이라는 생각이 들었다.

제 43 장

 패니는 헨리 크로포드가 다음날 아침에 런던으로 돌아갔을 것이라고 짐작했다. 헨리 크로포드의 모습이 더 이상 프라이스 가족의 집에 나타나지 않았기 때문이었다. 그리고 이틀 후에 그것이 사실로 확인되었다. 매리 크로포드가 편지를 보냈던 것이다. 패니는 걱정스러운 마음으로 이 편지를 읽었다.

 사랑하는 패니.
 당신을 만나기 위해 포트무스까지 찾아갔던 헨리가 돌아왔어요. 헨리는 돌아오자마자 당신과 함께 지냈던 행복한 시간들에 대해 이야기를 들려주었어요. 지난 주 토요일에 당신과 함께 공창까지 가서 즐거운 산책을 하고, 다음날에는 성벽 위에서 더욱 잊을 수 없는 산책을 했다면서요?
 부드러운 바람, 반짝반짝 빛나는 바다 그리고 너무나 아름다운 당신의 모습과 당신이 들려 주었던 이야기들. 그 모든 것들이 하나가 되어서 흐뭇한 조화를 이루었다고 하더군요. 오빠는 생각만 해도 그 당시의 황홀한 감동이 전해 온다고 했어요.
 포트무스를 방문했던 오빠는 두 번의 산책과 당신의 가족들, 특히 아름다운 여동생을 보았다는 것을 자세하게 들려주었답니다. 그 여동생은 열

다섯 살의 아름다운 아가씨인데 성벽 위에도 함께 갔었다고 하더군요. 어떤 것이 첫사랑인지 교육을 받은 셈이 아닐까 하는 생각이 들었습니다. 지금 오빠의 부탁으로 편지를 쓰고 있는 거예요. 그런데 길게는 쓸 시간이 없군요. 비록 있다고 해도 장소가 마땅하지 않아요.

사랑스러운 패니.
 만약 지금 당신이 여기에 있었다면 얼마나 많은 이야기를 나눌 수 있을까요? 지칠 때까지 내 이야기를 들어주고, 지칠 때까지 내게 이야기를 해 주어야만 할 거예요. 하지만 내 마음에 가득 차 있는 이 숱한 이야기의 100분의 1도 편지에 담을 수가 없군요. 그래서 나는 그 일에 대해서 한 마디도 쓰지 않으려고 해요. 그냥 좋으실 대로 상상하세요. 당신의 상상에 맡기도록 하겠어요.
 정치에 대한 이야기는 물론 들으셨겠죠? 그리고 내가 요즘 날마다 접촉하고 있는 여러 사람들의 이름이나 파티에 대한 이야기로 당신의 귀를 더럽혀 드리는 것도 칭찬받을 일이 아니겠죠?
 아참! 당신의 사촌 오빠의 첫 파티 광경을 알려 드렸어야 했는데 그만 게으름을 피웠군요. 하지만 그것도 이제는 꽤 오래된 이야기가 되고 말았어요. 그래도 이것만은 말하고 싶군요. 그 파티는 아주 만족스럽게 진행되었어요. 에드먼드의 옷차림과 예절도 정말 감탄할 만한 것이었어요. 내 친구 프레이저 부인도 그렇다고 고백했답니다. 따라서 나는 비참한 생각은 들지 않았어요.
 부활절이 지나면 스토너웨이 부인 댁으로 갈 예정입니다. 스토너웨이 부인은 매우 원기가 왕성하고 행복한 것 같아요. 아마도 스토너웨이 경도 가정에서는 매우 유쾌하고 상냥한 분일 거예요. 그리고 나도 예전처럼 스토너웨이 경이 아주 못생겼다고는 생각하지 않아요. 그 사람보다 못생긴 사람을 많이 보았는 걸요. 물론 당신의 사촌 오빠 에드먼드를 곁에 세우면 상대도 되지 않지만요.

이야기가 나온 김에 에드먼드에 대해서 이야기를 해야 하겠군요. 에드먼드에 대한 이야기를 하지 않는다면 이상하게 생각하시겠죠? 그 동안 나는 두세 번 에드먼드를 만났어요. 이곳에 있는 나의 친구들도 에드먼드의 신사다운 태도에 무척 감탄하고 있어요. 상당히 눈이 높은 프레이저 부인도 체격이나 키나 용모가 에드먼드처럼 멋진 사람은 런던에 세 명밖에 없다고 단언했을 정도예요. 솔직히 말해서 지난번에 여기에서 식사하셨을 때, 아무리 주위를 둘러보아도 에드먼드와 상대가 될 만한 사람은 없더군요. 열여섯 명이나 모였는데도 말이에요.

에드먼드가 나빠요. 귀찮을 만큼 나의 머리 속에서 그 모습이 자꾸만 떠오르니까요. 하마터면 잊을 뻔했군요. 한 가지 매우 중대한 일이 있어요. 나와 헨리가 꼭 전해 드려야 할 이야기예요. 우리가 당신을 노스햄튼까지 데리고 가려고 해요.

사랑스럽고 귀여운 패니.

포츠머스에 너무 오랫동안 머물러서 고운 얼굴을 망치는 일이 없도록 하세요. 그런 바다 바람은 미모와 건강을 엉망으로 만들어 버린답니다. 가엾은 나의 작은 어머니는 해변에서 10마일 이내의 거리로 들어서면 금방 그 영향을 느끼시더군요. 물론 작은 아버지는 전혀 믿으려고 하지 않았지만요. 하지만 나는 작은 어머니가 정말로 그랬다는 걸 알고 있어요.

나는 당신과 오빠의 명령대로 하겠어요. 어느 때라도 좋아요. 정말 좋은 계획이라고 생각하지 않으세요? 약간 길을 돌아서 노스햄튼으로 가는 도중에 에버링검으로 안내하죠. 그리고 런던을 지나서 하노버 광장에 있는 세인트조지 교회(상류 계층의 결혼식이 자주 거행되는 곳으로 유명하다:역주) 내부를 구경하는 것이 어떨까요? 하지만 그 때에는 당신의 사촌 오빠 에드먼드가 오지 않도록 해 주세요. 내가 엉뚱한 생각을 하면 곤란하니까요. 편지가 너무 길어졌군요.

한 마디만 더 하겠어요. 헨리는 당신이 동의했다고 하면서 다시 한 번 노포크 지방으로 가는 것을 고려하고 있는 것 같습니다. 하지만 이 일은 다음 주 중간까지는 어려울 거예요. 14일까지는 어떤 일이 있어도 오빠를 놓아 줄 수가 없거든요. 왜냐하면 그날 저녁에 파티를 여니까요. 그런 경우에 헨리 같은 남자가 얼마나 가치가 있는지 당신은 짐작도 하지 못할 거예요. 그러니까 내 말을 듣고 오빠의 가치가 매우 높다는 사실을 믿어 주세요.

오빠는 러시워스 부부도 만날 거예요. 사실 나는 그 일이 난처하다고 생각하지는 않아요. 약간의 호기심도 있으니까요. 오빠도 그럴 거라고 믿어요. 내색은 전혀 하지 않고 있지만요.

이런 내용의 편지를 읽으면 자꾸만 깊이 생각하게 된다. 그래서 만사가 이전보다도 더욱 모호하게 되는 경향이 있다. 그렇지만 한 가지 확실한 것이 있다. 아직까지 결정적인 일은 아무것도 일어나지 않았다는 사실이었다. 에드먼드는 여전히 사랑을 고백하지 않았던 것이다.

이제부터 매리 크로포드는 어떻게 행동할 것인가? 매리 크로포드가 에드먼드를 생각하는 마음이 이전에 헤어졌을 때와 달라지지 않았을까? 만약 그 마음이 줄어들었다면 앞으로 그것은 더욱 줄어들 것인가? 그렇지 않으면 시간이 흐르면서 다시 더욱 커질 것인가? 패니는 이런 일들에 대해 추측했다. 그날부터 날마다 곰곰이 생각해 보았다. 하지만 아무런 결론도 나오지 않았다.

어쩌면 처음에 매리 크로포드는 런던의 습관에 다시 빠져들게 되어서 에드먼드에 대한 마음이 식어버리고 또 마음이 흔들렸다고 생각할 수 있다. 하지만 결국에는 에드먼드에 대한 깊은 사랑 때문에 그를 단념할 수 없다는 사실을 스스로 확인하게 될 것이다. 매리 크로포드는 커다란 야망을 갖고 있을 것이다. 그래서 에드먼드를 괴롭히고 어려운 조건을 제안하면서 여러 가지 시도를 할 것이다. 하지만 결국 마지막 순간에는 에드먼드의 요구를 받아들일 것이다.

패니는 이런 생각을 가장 많이 하게 되었다. 런던에 집을 갖는다는 것은 아무래도 이룰 수 없는 소망일 것이다. 그러나 매리 크로포드가 어떤 것을 요구할지 알 수 없는 일이었다. 에드먼드의 장래는 점차 어두워져 가고 있었다. 에드먼드를 화제로 삼으면서도 고작 외모에 대해서만 이야기하는 여성이라니! 얼마나 보잘것 없는 애정인가! 프레이저 부인의 칭찬을 듣고 흐뭇한 마음을 품는 일이나, 6개월이 넘도록 가까이 사귀었으면서도 외모에 대해서밖에 말할 것이 없다는 것이 너무나 가볍게 보였다.

패니는 다시 한 번 편지를 읽어보았다. 패니는 얼마 있지 않아서 크로포드 남매가 노포크로 떠날 것이라고 예상했다. 패니는 도대체 무엇 때문에 매리 크로포드가 헨리 크로포드와 러시워스 부인이 얼굴을 마주칠 기회를 만드는지 알 수가 없었다. 그것은 최악의 행동이었으며, 더할 나위가 없을 정도로 불친절하고 잘못된 생각이었다.

그러나 패니는 헨리 크로포드가 그런 비열한 호기심에 동요되지 않을 것이라는 희망을 품었다. 헨리 크로포드는 그런 만남을 원하지 않을 것이다. 매리 크로포드는 오빠가 자기보다는 훨씬 더 양심적이라는 사실을 알아야 한다.

이 편지를 받은 이후에 패니는 이전보다 더 런던에서 보낼 또 다른 한 통의 편지를 기다리게 되었다. 그래서 패니는 이제 곧 도착할 그 편지로 인해 며칠 동안 침착성을 잃어버렸다. 수잔에게 가르치던 독서와 대화는 자꾸만 중단되었다. 도무지 정신을 집중할 수가 없었던 것이다.

만약 헨리 크로포드가 에드먼드에게 전할 말을 잊어버리지 않았다면, 에드먼드는 아마도 아니, 만사를 제쳐두고 반드시 편지를 보낼 것이라고 생각했다. 에드먼드는 평소에 항상 친절하게 행동했기 때문에 이런 생각을 하는 것도 당연한 일이었다. 하지만 나흘이 지나도 에드먼드의 편지 오지 않았다. 패니는 안정을 찾을 수가 없었으며, 안절부절 못하는 상태가 되었다.

그러다가 패니는 마침내 안정을 되찾았다. 이것도 저것도 아닌 상태에 얽매여서 살아갈 수 없다고 다짐했던 것이다. 점차 시간이 흐르자 그런 결심은 어느 정도 도움이 되었다. 패니는 다시 수잔을 돌보는 일에 힘쓰게 되었다. 패니는 그 일에 대해 이전보다도 더욱 큰 흥미를 느꼈다.

수잔은 언니를 무척 따르게 되었다. 패니는 어릴 때부터 책을 아주 좋아했지만 수잔에게는 그런 면이 전혀 없었다. 수잔은 한 곳에 조용히 앉아서 공부를 하거나 지식을 추구하는 성격이 아니었다. 그러나 무식한 인상을 주고 싶지 않다는 욕심은 아주 강했다. 수잔은 뛰어난 이해력을 가지고 있어서 패니의 가르침을 잘 받아들였다. 그리고 수잔은 은혜를 아는 학생이었다.

수잔에게 있어서 패니의 말은 마치 신이 하는 말과 같았다. 패니의 설명이나 비평은 역사책의 각 장에 딸린 중요한 부록과도 같았다. 옛 시대에 대한 패니의 이야기는 수잔의 마음속에 골드스미스(18세기에 활동했던 영국의 문인. 몇 권의 훌륭한 역사서를 집필했다. :역주)의 글보다도 더욱 큰 인상을 남겨 놓았다. 수잔은 다른 어떤 작가의 것보다도 언니의 문체를 더욱 좋아했다. 그것은 패니에게도 영광스러운 일이었다.

두 사람이 나누는 이야기는 역사나 도덕 같은 고상한 것만이 아니었다. 다른 것들이 화제가 되는 일도 있었다. 그런 화제 중에서 가장 자주 입에 올리고 또한 두 사람 사이에서 가장 오랫동안 지속되었던 것은 바로 맨스필드 파크에 대한 이야기였다. 맨스필드 파크의 사람들이 보여주는 예절과 오락 그리고 생활 방식에 대한 내용들이었다. 수잔은 원래 예의가 바르고 자상한 것을 좋아하는 성격이었기 때문에 패니의 말에 열심히 귀를 기울였다. 패니도 무척 좋아하는 화제여서 열심히 이야기를 들려주었다.
　수잔은 패니의 말을 듣고 맨스필드 파크에 너무나 가고 싶어했다. 이모부 집에서 이루어지는 대화나 행동 하나하나에 대해 수잔은 진심으로 감탄하고 있었다. 나쁠 것은 없다고 생각하고 들려주었던 이야기였는데, 일이 이렇게 되자 패니는 자신이 혹시 잘못한 게 아닌가 하는 생각이 들었다. 맨스필드 파크에 대한 동경을 불러일으켰지만, 그것을 도저히 채워줄 수 없었기 때문이었다.
　가엾은 수잔은 패니처럼 이 집에 도무지 어울리지 않는 소녀였다. 패니는 이내 그 사실을 알게 되었다. 그래서 포트무스에서 떠날 때가 되더라도 수잔을 두고 가야만 하기 때문에 가슴이 아플 것이라는 사실을 깨달았다. 수잔은 어느 모로 보더라도 좋은 자질을 가지고 있었다. 그런 수잔을 제대로 교육조차 시키지 않는 부모에게 계속 맡겨두어야 한다는 생각이 들자 패니의 마음은 더욱 아팠다.
　만약 패니가 동생을 부를 수 있는 집을 가질 수 있다면 얼마나 행복할까? 헨리 크로포드의 호의를 받아들인다면, 패니의 부탁을 절대로 반대하지 않을 것이라는 생각이 들었다. 패니는 그런 생각을 하면서 스스로를 위로했다.
　패니는 헨리 크로포드의 마음씨가 정말 착하고 너그럽다고 생각했다. 패니는 머리 속으로 헨리 크로포드가 기꺼이 자신의 계획을 받아들이는 모습을 떠올렸다. 패니는 그런 상상을 하는 것만으로도 무척 행복했다.

제 44 장

 드디어 애타게 기다리던 에드먼드의 편지가 도착했다. 패니가 포트 무스에 도착한 지 거의 7주일이 끝나갈 무렵이었다. 봉투를 뜯자 상당히 긴 내용의 편지가 들어 있었다.
 패니는 이 편지 속에 에드먼드와 매리 크로포드가 행복하게 보낸 이야기가 자세히 담겨 있을 것이라고 예상했다. 에드먼드의 운명을 가늠하게 될 여주인공이 되는 행운을 얻은 매리 크로포드에 대한 사랑과 찬양의 말들이 가득할 것이라고 짐작했던 것이다. 그러나 편지의 내용은 다음과 같았다.

 사랑하는 패니에게.
 그 동안 소식을 전하지 못해서 미안하구나. 헨리 크로포드로부터 네가 내 편지를 기다리고 있다는 말을 전해 들었단다. 하지만 런던에서 편지를 쓰기가 쉽지 않아서 소식을 전하지 못했구나. 소식이 없어도 그럴 만한 이유가 있었을 것이라고 이해하면서 기다렸겠지?
 만약 몇 줄이라도 기쁜 이야기를 써서 너에게 알릴 수 있었다면 게으름을 피우지 않았을 거야. 하지만 그런 일은 생기지 않았단다. 맨스필드 파크로 돌아온 지금은 떠날 때보다 더욱 마음이 안정되지 않은 상태란다.

매리 크로포드와 잘 될 것이라는 희망은 매우 적아졌단다. 너도 이런 점에 대해서 이미 눈치를 챘겠지?

 매리 크로포드는 너와 매우 친하니까 자연스럽게 자기의 마음을 이것저것 털어놓았을 것이라고 생각되는구나. 그 이야기를 들었다면 너도 지금의 내 심정을 충분히 짐작하고 있겠구나. 그렇다고 해서 내가 직접 이야기를 하기 싫다는 것은 아니야. 매리 크로포드나 내가 솔직한 속마음을 너에게 털어 놓는다고 해서 그 이야기가 상대방에게 그대로 전달되지는 않겠지. 내가 그 일에 대해 따지거나 물어보지는 않을 테니까······.

 너와 내가 똑같이 매리 크로포드와 친구로 지내고 있다고 생각하니까 어쩐지 마음이 놓인다. 매리 크로포드와 나는 불행하게도 결혼에 대한 의견에 차이가 있지만 너를 사랑하는 점에서는 일치하고 있구나. 현재 형편이 어떤 것이든지 간에 일단 나의 계획을 너에게 말하려고 하니까 마음이 좀 안정되는 것 같구나.

 패니야.

 내가 맨스필드 파크로 돌아온 것은 지난 토요일이었단다. 나는 런던에서 3주일 동안 머물렀는데, 매리 크로포드와 자주 만났단다. 프레이저 부부는 더 이상 기대할 수 없을 정도로 나에게 아주 많은 친절을 베풀어 주었단다. 하지만 매리 크로포드는 나에게 냉담하게 대했어. 아무래도 맨스필드 파크에서의 관계와 같은 친밀한 교제를 원하면서 런던으로 간 것이 무리한 일이었던 것 같구나.

 내가 런던에서 매리 크로포드와 만났던 횟수가 적었던 것은 아니었어. 가장 큰 문제는 그녀의 태도였지. 나를 대하는 태도만 그렇지 않았다면 나도 이렇게 불만스럽지는 않았을 거란다. 그러나 매리 크로포드는 나를 만났을 때부터 이미 변해 있었어. 처음부터 나를 대하는 태도가 내가 마음속으로 바라던 것과 너무나 달랐단다. 당장 런던을 떠나고 싶은 마음이 들었을 정도였지.

 이 일에 대해 자세히 말할 필요는 없겠지. 매리 크로포드의 인품이 어

편지에 대해서는 너도 잘 알고 있으니까. 어떤 의견, 어떤 말들이 나를 괴롭혔는지 아마 너도 상상할 수 있을 거야. 매리 크로포드는 몹시 들떠서 부산하게 행동했으며, 또한 주위의 사람들까지도 그녀의 지나치게 활발한 마음을 부추겼단다.

나는 도무지 프레이저 부인에게 호감을 가질 수가 없구나. 프레이저 부인은 마음이 차갑고 허영심이 강한 여자였는데, 오로지 실속만 차려서 결혼을 했단다. 그녀의 결혼 생활은 불행한 것 같았어. 자기가 행복하지 않은 원인이 그릇된 판단, 성격상의 결함, 또는 남편과 나이 차이가 많다는 점에 있다고 생각하지는 않는 것 같았어. 그녀는 그 원인을 자신이 다른 친척들보다 가난하기 때문이라고 믿는 것 같았단다. 특히 여동생인 스토너웨이 부인이 자신보다 더욱 부유하기 때문에 불행하다고 생각했단다. 프레이저 부인은 돈과 공명심에 관련된 일이라면 무조건 지지하는 그런 사람이란다.

나는 매리 크로포드가 이 두 자매와 친분을 맺고 있는 것이 마음에 들지 않는구나. 매리 크로포드와 내 생애에 있어서 최대의 불행이라고 말할 수 있을 정도란다. 이 두 사람이 오랜 세월 동안 매리 크로포드를 나쁜 길로 끌어들이고 있는 것 같구나. 어떻게 해야 매리 크로포드가 그 사람들과 인연을 끊을 수 있을까?

나는 가끔씩 그 일이 전혀 가능성이 없는 일은 아닌 것 같다는 생각이 든단다. 두 사람은 매리 크로포드를 매우 좋아하고 있지만, 그녀가 두 사람을 패니 너처럼 사랑하고 있지는 않은 것이 확실하기 때문이지. 매리 크로포드가 너를 생각하는 마음과 또한 너를 대하는 태도를 생각하면 실제로 그녀는 전혀 다른 사람, 모든 고귀한 요소를 갖춘 사람처럼 생각된단다.

패니, 나는 매리 크로포드를 단념할 수가 없구나. 내가 아내로서 생각할 수 있는 사람은 이 세상에 오직 한 사람, 바로 매리 크로포드뿐이란다. 그녀가 나에게 전혀 관심이 없다면, 나도 이런 말은 하지 않겠지. 하지만 그녀도 나에게 관심을 갖고 있는 것이 분명하단다. 나는 그 사실을 확신할 수 있어.

내가 간절히 원하는 것은 매리 크로포드 주위에 있는 사람들 중에서 누군가를 멀리 하도록 만드는 것이 아니란다. 나는 상류층 사교계의 분위기 전체가 못마땅하단다. 나는 매리 크로포드가 그런 분위기에서 조금이라도 멀어지기를 기대하고 있단다. 내가 걱정하는 것은 돈이 많은 사람들의 나쁜 습관이야.

물론 매리 크로포드가 자기의 분수도 모를 만큼 욕심을 부린다는 것은 아니야. 하지만 그녀가 원하는 것은 우리 두 사람의 수입에 비추어서 좀 무리라고 말할 수밖에 없단다. 때로는 그런 사실이 나에게 좀 위안이 되기도 한단다. 만약 내가 매리 크로포드와 헤어지게 된다고 하더라도 그 이유가 부자가 아니기 때문이라는 것이, 내 직업 때문이었다는 것보다는 참기 쉬운 일이니까…….

그럴 경우에 한 가지 분명하게 되는 점이 있지. 매리 크로포드가 나를 사랑하는 애정의 깊이로는 그만한 희생을 견딜 수가 없었다는 거야. 처음부터 그런 희생을 요구하는 것이 무리였을 수도 있어. 만약 내가 거절당하게 되면 이 사실이 정당한 이유가 될 수도 있겠지.

패니, 지금 생각이 나는 대로 막 쓰고 있는 글이어서 어쩌면 앞뒤가 맞지 않고 두서없는 글일지도 모르겠구나. 하지만 내 마음을 솔직하게 말하고 있는 거야. 일단 이렇게 쓰기 시작하니까 내가 느끼고 있는 것을 모두 너에게 말할 수 있어서 좋구나.

하지만 패니, 나는 매리 크로포드를 단념할 수가 없어. 우리 두 사람이 지금까지 지낸 것처럼 앞으로도 잘 지내고 싶고 그 마음이 변하지 않았으면 좋겠어. 내가 매리 크로포드를 포기한다는 것은 나에게 있어서 가장 친한 몇 사람과 교제를 단념하고, 무엇인가 어려운 일이 생기면 위로받기 위해 찾아갈 수 있는 집과 친구로부터 스스로를 몰아내는 것과 마찬가지야. 나에게 있어서 매리 크로포드를 잃는다는 것은 헨리 크로포드와 패니, 너를 잃어버리게 되는 것까지도 포함하고 있는 거란다.

만약 매리 크로포드가 단호하게 거절한다면, 그것을 어떻게 받아들이고 어떻게 견딜 수 있을지, 내 마음을 사로잡고 있는 그녀의 매력에서 어떻게 빠져나올 수 있을지 걱정이구나. 하지만 점차 시간이 흐르면서 그 방법도 알게 되겠지. 몇 년이라는 시간이 흐르면 내 마음도 어느 정도 정리되겠지. 그렇게 되기까지는 아무래도 그녀를 포기하지 못할 것 같구나.

매리 크로포드의 마음을 사로잡을 수 있는 가장 효과적인 방법이 무엇일까? 어떤 방법을 쓰면 그녀와 사이좋게 지낼 수 있을까? 부활절이 지난 후에 다시 한 번 런던으로 가 볼까 하는 생각도 들고, 한편으로는 매리 크로포드가 맨스필드 파크로 돌아올 때까지 아무런 일도 하지 말고 그냥 내버려 두자는 생각이 들기도 한단다.

매리 크로포드는 6월이 되면 맨스필드 파크로 오겠다고 말했단다. 하지만 6월이 되려면 아직도 멀었어. 아마도 매리 크로포드가 맨스필드 파크로 오기 전에 편지를 쓰겠지. 나는 편지로 내 마음을 설명하려고 결심했단다.

현재의 내 상태는 비참할 정도로 엉망이란다. 아무리 생각해도 편지를 써서 설명하는 것이 제일 좋은 것 같구나. 말로 할 수 없는 것도 이것저것 쓸 수가 있고, 그녀의 입장에서 보더라도 마음을 결정해서 답장을 쓸 때까지 충분히 생각할 여유가 생기게 될 테니까……. 그러나 깊이 생각하지도 않고 충동적으로 답장을 써서 보내지나 않을까 걱정이 되기도 한단다.

그러나 그것보다도 더욱 큰 걱정은 매리 크로포드가 나와의 문제를 프레이저 부인과 의논을 하는 것이란다. 나는 멀리 떨어져 있고 글을 써서 보내는 것이니까 내 생각과 마음을 죄다 보여주지는 못할 거야. 하지만 프레이저 부인은 가까운 곳에 있지. 만약 프레이저 부인과 의논하면, 매리 크로포드가 그녀의 생각에 물들지 않을까 걱정이란다. 완전한 결심이 서지 않을 때, 좋지 않은 조언자가 곁에 있으면, 불행하게도 나중에 후회하게 될 결론을 내릴 때가 많으니까 말이다. 아무래도 이 문제에 대해서는 좀더 신중하게 생각해 봐야 할 것 같구나.

지금까지 내 이야기만 너무 길게 늘어놓았구나. 이런 편지는 이해심이 많은 너라도 몹시 지루할 것 같구나. 이제 다른 이야기를 하도록 하자.

얼마 전에 프레이저 부인의 저택에서 파티가 열렸었단다. 그곳서 나는 헨리 크로포드를 만났었지. 직접 만나서 이야기를 나누니까 그 사람이 더욱 마음에 들더구나. 헨리 크로포드는 네가 아무리 거절해도 전혀 마음이 흔들리지 않더구나. 이미 결심이 단단히 서 있는 것 같았어. 자기가 결정한 일에 합당한 행동을 취하고 있었지. 이것은 매우 놀라운 일이란다.

헨리 크로포드와 마리아가 한 방에 있는 걸 보았단다. 그러자 나는 네가 이전에 하던 이야기를 기억하지 않을 수가 없었지. 두 사람은 전혀 친구처럼 만날 수가 없는 것 같았어. 마리아는 분명히 냉정한 태도였단다. 두 사람은 서로 한 마디 말도 하지 않았어. 나는 헨리 크로포드가 당황하면서 물러가는 모습을 보았단다.

마리아도 이제 러시워스 부인이 되었으니까, 결혼하기 전에 당했던 하찮은 모욕 따위는 마음에 새겨두어서는 안 되는데 그것이 유감이란다. 마리아가 러시워스의 아내로서 잘 살고 있는지 너도 궁금하겠지? 마리아는 그다지 불행한 것 같지 않았다. 그럭저럭 잘 사는 것 같았어. 나는 마리아와 함께 윔폴 가에서 두 차례 식사를 했단다. 그 이후에도 자주 만났어야만 했지만, 오빠로서 러시워스와 자리를 같이 한다는 것이 불편했단다.

줄리아는 런던 생활을 무척 즐기고 있는 것 같았어. 나는 별로 즐겁지 않았는데……. 그러나 이곳으로 돌아오고 나니까 훨씬 재미가 없구나. 이 집에는 전혀 활기를 찾아볼 수 없어. 모든 사람들이 네가 돌아왔으면 하고 바라고 있단다. 나도 말로 표현할 수 없을 만큼 너를 애타게 그리워하고 있어. 어머니는 너에게 안부를 전해 달라고 부탁하시면서 너의 답장을 기다리고 있겠다고 말씀하셨어.

어머니는 항상 너에 대한 이야기만 하신단다. 어머니가 너도 없이 앞으로 몇 주일 동안이나 지내야만 한다는 생각을 하니까 안쓰럽구나. 아버지는 너를 직접 데리러 가시겠다고 말씀하셨어. 아마도 부활절 이후에 런던에서 볼 일이 생길 무렵이 될 것 같구나.

 너는 포트무스에서 편안하게 지내고 있겠지? 나는 네가 집으로 빨리 돌아왔으면 좋겠어. 손턴 레이시의 일 때문에 너의 의견을 듣고 싶으니까……. 집을 고치는 일은 비용이 많이 드니까 아내가 생기기 전까지 미루는 게 좋겠어.

 그랜트 부부의 바스 행은 완전히 결정되었단다. 두 사람은 월요일에 맨스필드 파크를 출발할 예정이야. 참 잘된 일인 것 같구나. 나의 기분이 울적하니까 다른 사람의 기분을 맞추어주는 것도 힘들단다.

 어머니는 맨스필드 파크의 모든 소식을 내가 전달하는 것에 대해 약간 섭섭한 눈치를 보이셨어. 아무래도 어머니가 직접 너에게 전달하고 싶어 하시는 것 같구나.

 사랑하는 패니, 안녕,

"이제는 절대로 편지를 기다리지 않을 거야."
 패니는 편지를 읽고 난 후에 이렇게 결심했다.
 "정말 실망스럽고 슬픈 일이야. 부활절 이후라니! 그때까지 어떻게 참아? 가엾게도 버트램 이모는 내 이야기만 하신다는데!"
 패니는 부활절 이후에 이모부가 데리러 온다는 말이 너무나 서운하고 속이 상했다. 이모부가 이모나 자기에게 참으로 무관심하고 불친절하다는 생각이 들어서 짜증이 났다. 하지만 버트램 이모가 자신의 이야기만 하신다는 말에 위안을 받고 가까스로 참았다.
 에드먼드의 편지 중에는 패니의 짜증을 해소시킬 만한 내용이 아무것도 없었다. 패니는 짜증스러운 나머지 에드먼드를 향해 화까지 내었다.
 "이렇게 질질 끌면 어떻게 해! 왜 빨리 결정해 버리지 않는 거야? 오빠는 눈이 멀어버린 거야. 무엇으로도 그 눈을 뜨게 할 수 없어.

오빠의 판단은 벌써 틀렸어. 그토록 오랫동안 진실을 눈앞에 보고도 왜 그렇게 행동하는지 알 수가 없어. 매리와 결혼하게 되면 돈이 떨어지게 되고 나중에는 비참하게 살게 될 거야."

패니는 조용히 앉아서 기도를 드렸다.

"하나님, 제발 에드먼드가 매리의 유혹에 빠져서 자신의 품위를 떨어뜨리는 일이 없게 하소서!"

패니는 다시 한 번 편지를 천천히 읽었다.

"매리가 나와 친하다구? 아니야. 모두 우스꽝스러운 소리뿐이야. 매리가 사랑하는 것은 그 누구도 아닌, 자기 자신과 오빠뿐이야. 친구들이 매리를 오랜 세월 동안 나쁜 길로 끌어들였다구? 천만에! 내 생각에 따르면 매리가 자기 친구들을 나쁜 길로 끌어들인 것 같아. 아마도 서로가 상대방을 타락시켰겠지. 그런데 그쪽 사람들이 매리를 아주 좋아하는 반면에 매리는 그 반대라면, 오히려 매리의 피해가 적은 셈이지. 오빠가 매리를 아내로 생각할 수 있는, 이 세상에서 오직 하나뿐인 여성이라고 믿는 것은 의심의 여지가 없어. 오빠는 진심으로 모든 것을 다 바쳐서 사랑했으니까……. 허락을 받든지 거절을 당하든지 오빠의 마음은 이제 영원히 매리에게 묶여 있어. 매리를 잃는다는 것은 헨리 크로포드와 나를 잃게 되는 뜻이 포함되어 있다고 생각한다구? 오빠는 나에 대해 잘 모르고 있어. 서로 다른 두 가문이 결합될 리가 없잖아? 오빠가 억지로 결합시키지 않는 한 말이야. 오빠, 매리에게 편지를 써. 깨끗하게 정리하란 말이야. 이렇게 어정쩡한 상태는 아무런 도움이 안 돼. 빨리 결단을 내려."

그러나 패니의 이런 마음은 원망에 가까운 것이었다. 패니는 더 이상 독백을 계속 이어나갈 수가 없었다. 패니의 마음은 이내 진정되기 시작했다. 패니는 슬픔에 잠겼다. 에드먼드의 따뜻한 호의와 친절한 말, 전적으로 자신을 신뢰해 준 것에 대해 생각하니까 가슴이 벅차올랐다. 패니는 에드먼드가 자신에게 분에 넘치는 사람이라고 생각했다. 결국 이 편지는 패니가 무척 받고 싶었던 에드먼드의 소중한 편지였던 것이다.

별로 할 말도 없는데 편지를 쓰는 버릇이 있는 사람은 누구나 버트램 부인의 처지를 동정할 것이다. 버트램 부인은 운이 나빴다. 그랜트 부부의 바스 행이 확실하다는 멋진 소식이 결정되었음에도 불구하고 그 내용을 담은 편지를 쓸 수가 없기 때문이었다. 버트램 부인은 무척 아쉬웠을 것이다. 그런 놀라운 소식이 그 고마움을 모르는 에드먼드에 의해 간단히 해결되었기 때문이었다. 버트램 부인이라면 편지지 한 장에 걸쳐서 방대하게 소개할 분량을 에드먼드는 편지의 맨 끝부분에다가 간결하게 전달하고 말았기 때문이었다.

버트램 부인은 편지를 쓰는 일에 경험이 많고 소질도 있었다. 결혼 초기에는 달리 할 일도 없고, 토마스 경이 국회에 나가 있는 형편이기도 해서, 편지로 교제하는 습관을 들였었다. 버트램 부인은 매우 담담하고 느슨한 좋은 문체를 갖고 있었기 때문에 아주 적은 사실로도 한 장 분량의 편지를 충분히 쓸 수가 있었다.

하지만 새로운 사실이 전혀 없다면, 어떻게 할 도리가 없는 것이다. 비록 상대가 조카딸이라고 하더라도 편지에 쓸 말이 있어야만 했다. 더구나 곧 그랜트 박사에 대한 소식을 전혀 모르게 되고 그랜트 부인이 오전에 방문하는 일도 없어지게 되면, 이 사람들의 이야기를 편지에 올리는 일도 사라지게 될 것이다. 그것은 부인에게 있어서 무척 안타까운 일이었다.

그러나 그 보상은 충분히 마련되어 있었다. 부인에게도 적절한 기회가 돌아왔던 것이다. 에드먼드의 편지를 받고 난 후에 며칠이 지났다. 버트램 부인이 쓴 한 통의 편지가 도착했다.

사랑하는 패니.
매우 놀라운 일을 알리기 위해 펜을 들었다. 너도 몹시 걱정이 될 것이라고 생각한단다.

어차피 편지를 쓸 바에야 이것은 그랜트 부부가 예정하고 있는 여행에 대해 여러 가지 상세한 일을 알리는 것보다 훨씬 더 나은 일이었다. 왜냐하면 이 편지는 앞으로 며칠을 두고 계속 이어질 것 같은 성질의 내용이었기 때문이었다.

버트램 이모는 몇 시간 전에 '장남 톰이 중병을 앓고 있다는 소식'을 속달로 전달받았다. 톰은 친구들과 함께 런던에서 뉴마킷(영국 동부 지방에 위치한 도시. 경마로 유명한 곳이다:역주)으로 갔었다. 톰은 그곳에서 말을 타다가 그만 말에서 떨어지고 말았다. 그런데 치료도 제대로 받지 않은 상태에서 함부로 술을 마시다가 그만 열병에 걸렸던 것이다.

일행들이 모두 헤어졌을 때에 혼자 몸도 움직일 수가 없었다. 그래서 동료 중의 한 젊은이 집에 혼자 남아서 질병과 고독을 달래고 있었다. 처음에는 금방 회복되어서 친구들을 따라갈 작정이었지만, 병세는 점점 더 심해졌다. 톰은 자신이 중태라는 사실을 깨닫고 의사의 지시에 따라서 맨스필드 파크로 편지를 보낸 것이다.

버트램 이모는 톰의 편지를 받고 난 후에 걱정스러운 마음을 패니에게 고스란히 전달했다.

패니야.
이런 소식을 듣고 우리는 몹시 당황했단다. 먼저 불쌍한 톰이 어느 정도로 아픈 것인지 걱정스러웠고, 그를 돌보기 위해 찾아가야 하지 않을까 걱정했단다. 이모부는 위독한 상태일지도 모른다고 염려하셨단다. 에드먼드는 친절하게도 톰을 간호하기 위해 여행을 떠나겠다고 하더구나. 달리 선택의 여지가 없는 일이었지. 그래도 이모부가 내 곁에 남아 있어서 마음이 놓인단다. 이모부가 괴로운 이 시기에 나를 혼자 있게 하지 않은 것이 너무나 다행스럽구나. 이모부마저도 이 집에서 떠났다면 틀림없이 괴로운 일이 아니었겠니?

아마도 가족이 줄어든 우리 집에서 에드먼드까지 톰에게 가면 몹시 쓸쓸할 거야. 하지만 에드먼드가 그곳에 도착하게 되면, 톰도 염려했던 것만큼 중태는 아니라는 사실을 알게 되겠지. 그렇게 되면 에드먼드가 톰을 맨스필드 파크로 데리고 오게 되겠지. 이모부도 그것이 가장 좋을 것 같다고 하시면서 그렇게 하자고 말씀하셨단다. 나도 시간이 조금 지나면 가엾은 톰도 조금씩 회복되고 별다른 불편한 일 없이 맨스필드 파크로 오게 될 것이라고 믿는단다.

사랑하는 패니야.

어쩌면 너도 이 소식을 듣고 우리처럼 걱정이 많겠구나. 사정이 어떻게 되어가고 있는지 곧 다시 편지하도록 하마.

패니는 지금 맨스필드 가족들이 겪고 있는 어려움에 대해 진심으로 걱정했다. 중병에 걸린 톰도, 톰을 보살피기 위해 떠난 에드먼드도, 에드먼드까지 떠나서 텅 비어버린 맨스필드 파크에 쓸쓸히 남아 있는 이모와 이모부도 걱정스럽고 안타까웠다.

버트램 이모는 잊지 않고 패니에게 계속 편지를 보내 주었다. 에드먼드도 맨스필드로 자주 보고를 했으며, 그 보고를 받은 이모는 또한 규칙적으로 패니에게 소식을 전달했다. 이모 특유의 산만한 문체가 아니었다면 한결 편지를 읽기가 편했을 것이다. 이모의 편지를 읽다 보면 '틀림없이'라든가 '아마'라든가 '어쩌면' 같은 단어들이 마구 뒤범벅이 되어 있다는 사실을 발견할 수 있었다.

버트램 이모는 톰의 상태를 눈으로 보지 않았기 때문에 그의 고통을 상상할 수도 없었다. 버트램 이모는 그다지 심각하게 생각하지 않았고 조금은 안이하게 생각했다. 가엾은 그 애 생각으로 인해 마음이 안정되지 않는다거나 걱정스러워서 힘들다는 등의 내용을 담은 편지를 쓰는 동안 톰은 맨스필드 파크로 실려 왔다.
 버트램 이모는 톰의 병약한 모습을 직접 두 눈으로 보았다. 버트램 이모는 비로소 톰의 병이 중하다는 사실을 깨달았다. 지금 패니의 손에 들려 있는 버트램 이모의 편지는 지금까지 쓰던 내용과 전혀 다른 문체였다. 버트램 이모는 진정으로 톰에 대해 걱정하고 있었다. 끝부분에 패니가 했을지도 모를 말을 그대로 적고 있었다.

 패니.
 톰은 방금 집으로 돌아와서 부축을 받으며 이층으로 올라갔단다. 톰을 보자마자 내 가슴은 철렁 내려앉았어. 어떻게 하는 게 좋을지 모르겠더구나. 톰의 병세가 아주 위중한 것 같았어.
 가엾은 톰. 그 애를 생각하니까 가슴이 아프고 더럭 겁이 나는구나. 이모부의 마음도 마찬가지란다.
 만약 네가 곁에 있어서 위로해 주었다면 얼마나 좋을까? 이모부가 오랫동안 여행을 한 탓도 있을 것이라고 하시면서 내일이면 상태가 조금 좋아질 것이라고 말씀하고 계시는구나.

 어머니의 가슴에 비로소 싹튼 진정한 염려가 쉽게 사라지지 않았다. 톰은 집과 가족의 안락함을 누리고 싶어서 맨스필드 파크로 오기를 간절히 원했다. 지금 환자를 수송하는 것이 무리인 것 같았지만, 톰이 너무나 원했기 때문에 서둘러 맨스필드 파크로 돌아온 것이다. 그런데 너무 일찍 서둘러서 옮긴 것이 화가 되었다. 그만 열병이 도지고 말았던 것이다. 톰은 일주일 동안 이전보다 더욱 위험한 상태가 되었다. 모든 가족들이 가슴이 죄는 듯한 심정이었다.
 버트램 이모는 그 공포감을 견디지 못하고 날마다 패니에게 편지를 썼다. 패니는 패니대로 오늘의 편지에 괴로워하고 내일의 편지를 초조하게 기다리는 이 두 가지 일 사이에서 나날을 보내고 있었다. 맨스필드 파크에서 보내는 편지에만 의지하고 살아간다고 할 정도였다.
 패니는 가장 큰 오빠인 톰에게는 특별한 애정을 느끼지 않았었다. 그러나 톰의 병이 위중하자 마음씨 착한 패니는 톰의 건강을 진심으로 걱정하고 있었다. 이제는 톰을 무엇하고도 바꿀 수 없는 소중한 존재라고 생각하게 되었다. 지금까지 톰의 생애가 거의 아무 짝에도 쓸모가 없는, 제멋대로였다는 사실을 생각할 때, 패니의 애타는 마음은 더욱 간절해지는 것이었다.
 패니의 이런 마음과 얘기를 들어주는 유일한 벗은 수잔이었다. 수잔은 패니의 이야기에 언제나 귀를 기울여주고 동정해 주었다. 다른 사람들은 1백 마일 이상이나 떨어져 있는 환자이며 자신과는 별다른 상관도 없는 사람의 병세에 대해 관심을 가질 리가 없었다. 어머니도 패니가 편지를 들고 있는 것을 보았을 때, 그저 한두 마디 짧은 질문을 하거나 가끔씩 조용히 중얼거리는 정도였다.
 "버트램 언니도 걱정이 많겠어."
 두 사람은 오랫동안 떨어져서 살았고 처지도 완전히 달라서 이제는 혈연관계가 없는 것과 마찬가지였다. 원래 애착심이 없는 성격이어서 관계가 더욱 소원했다.
 어머니가 버트램 이모를 생각하는 마음은, 버트램 이모가 어머니를 생각하는 마음과 엇비슷했다. 프라이스 가문의 아이들 중에서 서너 명이 목숨을 잃더라도 버트램 이모는 아무렇지도 않게 생각했을 것이다. 패니와 윌리엄만 빼놓는다면, 어느 아이든지 상관이 없었다. 모든 아이들이 죽는다고 하더라도 말이다. 어쩌면 노리스 이모는 이런 위선적인 말을 했을지도 모른다.
 "불쌍한 동생 프라이스. 하지만 프라이스도 무척 다행스럽고 고맙게 생각해야만 해. 그 동안 그 애들을 위해서 그토록 애썼으니까……. 이제는 그만 무거운 짐에서 좀 벗어날 때도 되었어."

제 45 장

 톰이 맨스필드 파크로 돌아온 지 일주일 정도 지났을 무렵이었다. 이제 환자가 위험한 고비를 넘겼다는 의사의 말을 듣고, 버트램 이모는 겨우 마음을 놓았다. 버트램 이모는 이미 병으로 신음하는 무력한 아들의 모습에 익숙해진 상태였지만, 병세가 더욱 나빠질 것이라고는 한 번도 생각하지 않았다. 버트램 이모는 당황하는 성품도 아니었고, 상황을 올바르게 판단하는 지혜가 있는 것도 아니었다. 그렇기 때문에 버트램 이모는 의사의 말을 그대로 믿었다.
 이윽고 톰의 열이 내리기 시작했다. 톰은 오랫동안 고열에 시달리고 있었기 때문에, 가족들은 열이 내리자 금방 원기를 회복할 것이라고 기대했다. 버트램 이모는 그렇게 생각할 수밖에 없었다. 패니도 이모의 말을 듣고 안심하고 있었다.
 그러던 도중에 패니는 에드먼드로부터 한 통의 짧은 편지를 받았다. 그것은 톰의 병세에 대해 좀더 확실한 것을 알리는 내용이었다. 의사는 에드먼드와 이모부에게 사실대로 말했던 것이다. 톰은 너무나 심한 열병을 앓았기 때문에 열이 내린 후에도 그 증세가 완전히 없어지지 않았다. 열기가 톰의 폐까지 침범해서 화농을 남겨 놓았던 것이다.

에드먼드와 이모부는 버트램 이모가 걱정에 사로잡히지 않게 하는 것이 상책이라고 판단했다. 그래서 버트램 이모에게 톰의 병세가 점차 회복되고 있다고 말했던 것이다. 그러나 패니에게는 사실대로 알려 주었다. 에드먼드의 편지는 불과 몇 줄뿐이었지만 환자와 병실의 광경을 정확히 짐작할 수 있도록 해 주었다.

톰의 상태를 관찰하고 묘사하는 것에 대해서는 버트램 이모를 따라갈 수 있는 사람이 없었다. 병든 아들을 위해 아무런 도움도 줄 수 없다는 사실에 대해 괴로워하는 마음도 이모보다 더한 사람은 없었다. 하지만 이모가 할 수 있는 일이란 그저 가만히 병실로 들어가서 아들을 물끄러미 바라보는 것뿐이었다.

다행스럽게도 톰은 다른 사람들과 대화를 나누거나 독서를 할 수 있을 정도로 회복되었다. 그러자 톰은 에드먼드에게 도움을 요청했다. 버트램 이모는 불필요한 말을 많이 늘어놓고, 이모부는 말을 끊거나 소리를 낮추어서 환자를 배려하는 방법을 체득하지 못했다. 그래서 톰은 가장 절실하게 에드먼드를 필요로 하고 있었던 것이다. 패니는 물론 그 말이 사실이라는 것을 잘 알고 있었다.

패니는 형을 간호하고 돕고 격려하고 있는 에드먼드의 모습을 상상해 보았다. 에드먼드는 패니가 지금까지 생각했던 것보다 훨씬 더 높은 점수를 받을 자격이 충분했다. 중병을 앓고 난 후의 쇠약한 형의 상태를 보살펴야 할 뿐만 아니라 상처입은 신경, 울적한 기분을 위로하고 격려해야만 하기 때문이었다. 그리고 또 한 가지 톰의 마음을 올바른 길로 이끌어 주어야 하는 일도 있었다. 그것은 아무나 할 수 있는 일이 아니었다.

버트램 가문에는 폐 계통의 질병을 앓은 사람이 아무도 없었다. 그래서 패니는 톰의 병세를 걱정하기보다 곧 나아질 것이라는 희망을 가졌다. 다른 식구들도 모두 희망을 잃지 않았다. 그러나 매리 크로포드만은 톰의 중병을 오히려 다행이라고 여겼다. 역시 에드먼드는 행운이라는 생각이 머리에 떠오르기도 했다. 자기중심적인 허영심에 사로잡힌 매리 크로포드에게 에드먼드가 외아들이 된다는 것이 커다란 행운이었을 것이다. 형이 아픈 중에도 에드먼드는 매리를 잊지 않고 있었다. 매리는 그만큼 운이 좋은 여자였다. 에드먼드의 편지에는 다음과 같은 추신이 적혀 있었다.

내가 지난번에 말했던 것처럼 매리 크로포드와 서로 소식을 주고받는단다. 그런데 형이 앓았던 병 때문인지 한 번 찾아오라고 하더구나.
나도 그녀를 만나보고 싶단다. 그곳에 있는 사람들의 영향력에 모든 것을 맡긴다는 것이 조금 염려스럽구나. 형의 병세가 좀더 호전되면 한 번 찾아갈까 하는 생각이 든단다.

맨스필드 파크의 상황은 여전히 이런 모습을 유지하면서 거의 아무런 변화도 없이 부활절까지 계속 이어졌다. 가끔씩 버트램 이모의 편지에 에드먼드가 한 줄씩 추신을 써 넣는 방식으로 소식을 전달했다. 톰의 회복은 걱정스러울 만큼 더디게 진행되었다.
이윽고 부활절이 되었다. 그 해는 유난히 시간이 느리게 흘렀다. 부활절까지 포트무스를 떠날 가망이 없다는 말을 처음 들었을 때, 패니는 무척 서글픈 심정이었다. 정말 멀게만 느껴지던 그 부활절이 되었다. 그럼에도 불구하고 패니가 맨스필드 파크로 돌아가는 것에 대한 이야기는 전혀 나오지 않았다. 패니가 돌아가기 위해 미리 선행되어야 할 런던 행에 대한 이야기조차도 나오지 않았던 것이다.
버트램 이모는 패니에게 자주 돌아와 달라고 부탁했지만, 정작 결정권을 가진 이모부로부터 아무런 예고나 소식도 없었다. 토마스 경도 아픈 아들을 간호해야 할 사람이 필요하다는 사실을 알고 있을 것이다. 그럼에도 불구하고 패니가 맨스필드로 돌아가는 것은 자꾸만 연기되었다. 패니는 괴롭고 겁이 났다.

4월 말이 다가오고 있었다. 패니가 포트무스의 집으로 온 것도 벌써 세 달째가 가까워지고 있었다. 그 동안 패니는 맨스필드 파크의 가족으로부터 떨어져서 괴로운 나날을 보내고 있었다. 하지만 패니는 이모나 이모부가 자신의 이런 사정을 모두 이해해 주기를 바라지 않았다. 자신을 데리러 올 수 있는 여유가 언제 생길 것인지 초조하게 기다리고 있었던 것이다. 그러나 그것은 아직까지 아무도 알 수가 없었다.

패니가 맨스필드 파크로 돌아가고 싶은 열망과 초조한 마음 그리고 애타는 동경은 쿠퍼의 《티로키니엄》(18세기에 활동했던 영국의 시인 쿠퍼가 학교생활을 신랄하게 풍자한 작품이다:역주)에 나오는 한 구절과도 같았다. 패니는 항상 〈애타는 마음으로 내 집을 그리워하네〉라는 구절을 읊조렸다. 그리고 이것이야말로 동경심에 대한 가장 진실한 묘사라고 생각하면서, 지금 자기만큼 절실히 이 그리움을 느낀 사람은 없을 것이라고 믿었다.

처음에 포트무스로 올 때, 패니는 이곳을 내 집이라고 불렀다. 마침내 집으로 돌아간다고 말하면서 좋아했던 것이다. 내 집이라는 것은 패니에게 있어서 너무나 그리운 말이었던 것이다. 지금도 그 점에는 조금도 변함이 없었다. 하지만 내 집이라는 말은 맨스필드 파크에 적용시켜서 사용해야만 했다. 패니의 집은 이제 맨스필드 파크였다. 포트무스는 그냥 포트무스였고, 맨스필드 파크가 그리운 집이었던 것이다.

홀로 떨어진 패니에게 있어서 무엇보다도 큰 위로가 되는 것은 버트램 이모도 같은 말을 하고 있다는 사실이었다.

"무엇보다도 유감스러운 것은 이 어려운 시기에 네가 집에 없다는 일이란다. 나는 얼마나 괴로운지 모른다. 제발 앞으로는 두 번 다시 이렇게 오랫동안 집을 비우는 일이 없기를 진심으로 바란단다."

이런 말은 패니에게 더할 나위가 없을 정도로 커다란 기쁨이 되었다. 그러나 그것은 혼자 은밀하게 즐기는 기쁨이었다. 이모부의 집이 얼마나 좋은지에 대한 자신의 생각을 부모님에게 사실대로 털어놓을 수가 없었던 것이다.

패니는 맨스필드로 돌아가고 싶은 마음을 겉으로 드러내지 않으려고 애써 노력했다. 언제나 맨스필드로 돌아가면 이런저런 일을 하겠다는 식으로만 말했다. 패니는 오랫동안 신중하게 처신했다. 그러나 점점 커지는 그리움으로 인해 조심성이 없어지고 말았다. 어쩌다가 집으로 돌아가면 무슨 일을 하겠다고 말해버린 것이다. 패니는 그런 말을 한 즉시, 이내 실수했다고 생각하면서 얼굴을 붉혔다. 패니는 겁을 먹은 듯한 표정으로 아버지와 어머니를 쳐다보았다.

그러나 패니가 불안하게 여길 필요가 전혀 없었다. 아버지와 어머니는 불쾌한 기색도 없었고 그 말에 귀를 기울인 눈치도 아니었다. 그들은 맨스필드 파크를 질투하는 마음이 전혀 없었다. 패니가 그곳으로 가고 싶거나 혹은 포트무스에서 머물거나 간에 그것은 전적으로 패니의 자유라고 생각했다.

패니는 봄의 즐거움을 몽땅 잃어버렸다는 사실이 서글펐다. 3월과 4월을 도시에서 보내는 동안 초목이 싹트고 자라는 모습을 지켜보는 즐거움을 잃어버린 것이다. 맨스필드 파크에서는 계절이 바뀌는 아름다운 모습을 보고 느낄 수 있었다. 봄이 되면 몸도 마음도 서서히 활기를 되찾기 시작했다. 날씨는 변덕을 부리지만 이 계절은 정말 아름다웠다. 정원의 양지바른 곳에서 일찍 피어나는 꽃 한 송이에서부터 사유지의 숲 속에서 움트는 나뭇잎과 지저귀는 새들의 노래에 이르기까지 아름답지 않은 것은 하나도 없었다.

그 아름다움을 지켜보는 즐거움을 잃어버렸다는 것은 결코 사소한 일이라고 할 수가 없었다. 더구나 그것을 잃어버린 대신에 기막힐 정도로 시끄러운 집에서 옹색하게 살고 탁한 공기와 악취를 맡아야 한다는 것은 더욱 심각한 문제였다. 자유와 상쾌함과 향기와 초목의 푸

르름과 바꾼 것이 고작 이것이라니!

  이런 생각은 맨스필드로 돌아가고 싶어하는 마음을 더욱 자극했다. 맨스필드의 사람들이 자기를 보고 싶어한다는 확신과 그 사람들에게 도움을 주어야 하겠다는 마음은 더욱 간절했다. 패니는 만약 집으로 돌아가면 자신이 모든 사람에게 도움이 될 수 있을 것이라고 확신했다. 맨스필드 파크의 가족들에게 정신적 육체적으로 위로가 되어주고 그들의 수고를 덜어줄 수 있을 것이다. 가령 버트램 이모의 기분을 북돋아주고, 고독하고 외로울 때 같이 있어주고, 책을 읽어 드리면서, 다정한 이야기 상대가 될 수 있을 것이다. 또한 계단을 오르내리는 번거로움을 많이 덜어주면서 여러 가지 요긴한 심부름을 할 수도 있을 것이다. 혹시 일어날지도 모르는 어떤 일에 대한 마음의 준비를 하도록 하기 위해 힘쓰기도 할 것이다. 또한 자기의 훌륭함을 돋보이도록 하기 위해 곧잘 위험을 과장하면서 침착하지 못하고 수다를 떠는 노리스 이모로부터 지켜주는 것만으로도 패니가 있다는 사실은 버트램 이모에게 커다란 도움이 될 것이라고 생각했다.

  그런데 패니가 깜짝 놀랐던 것은 톰의 누이동생들인 마리아와 줄리아의 반응이었다. 이런 다급한 시기에 마치 아무런 일도 없다는 듯이 런던에서 머물러 있다는 것이 도저히 이해가 되지 않았다. 벌써 몇 주일 동안이나 톰은 중병을 앓고 있는데 말이다.

  마리아와 줄리아는 언제든지 마음만 먹으면 즉시 맨스필드로 돌아갈 수 있을 것이다. 그것도 그리 어려운 문제는 아니었을 것이다. 그런데 마리아와 줄리아가 왜 맨스필드 파크로 돌아가지 않는지 그 까닭을 알 수가 없었다. 물론 러시워스 부인은 시댁의 일을 핑계삼아서 오지 않을 수도 있을 것이다. 하지만 줄리아는 언제라도 마음만 먹으면 런던을 떠날 수 있었다. 버트램 이모가 보낸 편지에 의하면, 줄리아는 즉시라도 맨스필드 파크로 돌아오겠다고 말했다. 그러나 그것은 말뿐이었다. 줄리아는 언제까지나 런던에서 그대로 눌러있고 싶은 것이 분명했다.

　패니는 런던의 분위기가 사람들을 이기적으로 만들고 있다고 생각했다. 그 증거가 바로 매리 크로포드였으며, 또한 마리아와 줄리아였다. 에드먼드에 대한 매리 크로포드의 애정은 꽤나 진지했다. 매리 크로포드가 패니에게 보여주었던 우정도 나무랄 데가 없는 것이었다. 그런데 지금은 그 두 가지 모두가 완전히 사라지고 말았다.

　패니는 제법 오랫동안 매리 크로포드로부터 편지를 받지 못했다. 옛날에 그토록 야단스럽게 표현하던 우정도 대수롭지 않은 것이었다고 생각하게 되었다. 벌써 몇 주일 동안 매리 크로포드와 런던에 있는 사람들에 대해서는 맨스필드에서 오는 소식을 통해서만 듣고 있었다. 패니는 헨리 크로포드가 노포크로 다시 갔는지의 여부도 다음에 만날 때까지는 알지 못할 것이라고 생각했다. 그리고 올해 봄에는 매리 크로포드로부터 편지를 받기가 힘들 것이라고 믿기 시작했다.

　그런데 패니의 예상과는 달리 매리 크로포드의 편지가 도착했다. 그 편지는 과거의 다정했던 감정을 되살아나게 했으며, 새로운 감정을 몇 가지 싹트도록 만들었다.

　　사랑하는 패니.
　제법 오랫동안 소식을 전하지 못해서 미안해요. 물론 마음속으로는 용서할 수 없는 일이겠죠. 그렇지만 겉으로 만이라도 용서한다고 말해 주세요. 제발 부탁이에요. 당신은 다정한 사람이니까, 어렵더라도 꼭 이 부탁을 들어줄 거라고 믿어요.
　패니, 이 편지를 받은 후에 곧장 답장을 주시겠어요? 맨스필드 파크의 소식을 알고 싶어요. 당신은 틀림없이 그곳의 소식을 잘 알고 있을 것이라고 생각해서 이렇게 펜을 들었어요. 토마스 경이나 버트램 부인을 비롯해서 집안의 모든 식구들의 마음이 얼마나 아플지 충분히 예상할 수 있어요. 어떤 위로의 말을 해야 좋을지 모르겠군요.

가엾게도 톰 버트램 씨가 완쾌될 가능성이 별로 없다는 소식을 들었어요. 그게 사실인가요? 그가 아프다는 소식을 처음 들었을 때에는 별로 대수롭지 않은 병이라고 생각했었죠. 그는 조금만 몸이 불편해도 온통 야단법석을 떠는 사람이라고 생각했었거든요. 그래서 나는 주로 간호하는 분들만을 염려했었죠.

  그런데 이게 어떻게 된 일인가요? 다들 톰 버트램 씨의 병이 가볍게 넘길 수 있는 정도가 아니라고 말하더군요. 폐병에 걸려서 증세가 매우 위험하다면서요? 최소한 가족들 중에 몇 사람은 그 사실을 알고 있다고 하던데, 당신도 그 소식을 알고 있는 사람들 가운데 한 명이겠죠?

  패니, 내가 알고 있는 소식이 사실인지 아닌지 확인하고 싶어요. 어느 정도로 정확한 소문인지 알려 주었으면 합니다. 내가 알고 있는 것이 사실이 아니고 무슨 착오에 의한 것이었다면 얼마나 좋을까요? 그러나 소문이 제법 많이 퍼져서 여간 불안하지 않군요.

  그렇게 훌륭한 청년이, 한창 나이에 요절한다는 것은 정말 슬픈 일이에요. 불쌍하게도 토마스 경께서 크게 상심하시겠군요. 나는 이 소문을 듣고 너무나 놀라서 도저히 마음을 안정시킬 수가 없었어요.

  패니, 당신이 생긋 웃으면서 귀여운 표정을 짓는 모습이 눈에 선하군요. 나는 이 세상에 태어난 이후부터 지금까지 의사를 불러 본 적이 없어요. 그래서 건강에 대해 깊게 생각하지 않았었지요. 그런데 톰 버트램 씨가 당한 사고는 정말 유감스러운 일입니다. 아직 젊은 나이인데…….

  만약 톰 버트램 씨가 요절을 한다면, 이 세상에서 가난한 청년 한 사람이 줄게 되겠지요. 나는 조금도 두려워하지 않고 말할 수 있어요. 대담한 목소리로 누구를 만나더라도 당당하게 말할 수 있어요. 부와 지위는 톰 버트램 씨와 에드먼드, 두 사람 중에서 더욱 훌륭한 사람의 손에 넘어간 것이라고 말이에요.

  작년 크리스마스의 일은 정말 어리석고 경솔한 행위였어요. 하지만 그것은 조금씩 지워버릴 수 있어요. 새롭게 왁스를 칠하고 금박을 입히면

잡다한 얼룩도 죄다 감추어지는 법이죠. 에드먼드라는 이름 뒤에 신사라는 칭호가 없어지고 준남작이 되는 것이에요. 톰 버트램 대신에 에드먼드가 준남작의 지위를 계승하게 되겠지요.

패니, 에드먼드를 향하는 애정을 가진 나는 더욱 심한 일을 당하더라도 냉정하게 대처할 수 있어요. 이 일에 대해 염려하는 나의 마음을 이해하면서 곧 답장을 보내 주세요. 제발 나를 초조하게 만들지 말고 빨리 답장을 주세요. 있는 그대로 진실을 말해 주기를 바라겠어요. 맨스필드 파크로부터 직접 전해들은 그대로를 말이에요.

당신과 내가 서로에게 쑥스러운 감정을 갖게 되면 안 되겠지요? 나는 우리 두 사람이 서로에게 솔직하기를 원하고 있어요. 정말 그것이 내가 원하는 것이에요. 나는 우리의 감정이 아무런 꾸밈도 없이 솔직하기를 바라고 있어요. 양심에 손을 얹고 생각해 보세요. 다른 어떤 사람보다도 에드먼드 경이 버트램 가문의 재산을 물려받게 되는 것이 세상을 위해서도 좋은 일이 아닐까요?

만약 그랜트 부부가 집에 있다면 그들에게 물어 보았겠지요. 하지만 지금은 이 사실을 물어볼 사람이 오직 당신뿐이에요. 러시워스 부인과 줄리아도 나와 가까운 곳에 있지 않기 때문이죠.

패니, 당신도 잘 알고 있겠지만 러시워스 부인은 트위큰햄의 에일머 저택에서 부활절을 보내고 있는데, 아직까지 돌아오지 않고 있어요. 그리고 줄리아는 베드퍼드 광장 근처에 사는 친척집에서 머무르고 있어요. 하지만 나는 그 친척과 거리의 이름을 죄다 잊어버렸어요.

지금 러시워스 부인과 줄리아 가운데 한 사람에게 이 일에 대해 물어볼 수 있다고 하더라도 나는 역시 당신에게 부탁하고 싶군요. 나의 생각에 따르면 두 사람 다 자신들의 즐거움이 방해받는 것이 싫어서 일부러 톰 버트램 씨가 아프다는 사실을 외면하고 있는 것 같아요. 아마도 러시워스 부인의 부활절 휴가도 그렇게 오랫동안 지속되지는 않을 거예요. 물론 지금까지는 무척 한가하게 보냈겠지요. 에일머 부부는 좋은 사람이고, 러시워스 씨가 집을 비우고 있었으니까 즐거운 시간을 보낼 수 있었을 거예요. 러시워스 씨는 효자답게 러시워스 부인에게 어머니를 마중하기 위해 바스까지 나가라고 권유했어요. 시어머니와 한 지붕 밑에서 살게 되면 호흡이 잘 맞을까요?

헨리는 지금 내 곁에 없어요. 그래서 헨리가 전하는 소식은 아무것도 없네요. 에드먼드도 훨씬 이전에 런던으로 올 예정이 아니었을까요? 톰 버트램 씨가 아프지 않았다면 말이에요.

안녕.

매리로부터.

세상에! 편지를 접고 있는데 헨리가 들어왔군요. 러시워스 부인은 폐병이 전염되는 것이어서 몹시 걱정하고 있다고 합니다. 오늘 아침에 헨리가 러시워스 부인을 만났다고 하네요. 러시워스 부인은 오늘 웜풀 거리로 돌아왔습니다. 시어머니가 도착하셨기 때문이죠.

패니, 그런데 지금 이상한 상상을 하면서 걱정하고 있는 것은 아니겠지요? 오빠가 지난 사흘 동안 리치먼드(런던 서부 지역에 있는 거리의 명칭. 트위큰햄 근처에 위치하고 있다:역주)에 가 있었다고 해도 걱정할 필요는 조금도 없어요. 그것은 해마다 봄에 열리는 연례행사예요.

안심하세요, 패니. 오빠는 오직 당신 생각만을 하고 있답니다. 지금 이 순간에도 당신을 만나고 싶어서 조바심을 내고 있어요. 오빠는 어떻게 해서든지 당신을 만나고 싶어합니다. 오빠는 자기의 기쁨이 패니의 기쁨이 되도록 했으면 좋겠다는 생각만 하고 있어요. 포트무스에서 말한 대로 우리가 당신을 데리러 가는 일을 기다리면서 계획을 세우고 있는 것이 그 증거예요. 물론 나도 오빠와 같은 생각이에요.

사랑하는 패니. 곧 답장을 주면서 우리에게 빨리 오라고 말해 주세요. 그것은 우리 모두를 위하는 일이니까요. 오빠와 나는 목사관에 가면 되니까 맨스필드 파크의 가족들에게 별로 폐가 되지 않을 거예요. 또한 그분

들을 만난다는 것은 정말 기쁜 일이기도 하지요. 게다가 사람들이 좀 많
아져서 떠들썩한 분위기가 되는 것도 맨스필드 파크의 가족들에게 조금이
라도 도움이 될지 모르죠. 패니, 당신도 맨스필드 파크에서 당신이 돌아
오기를 무척 기다리고 있다고 생각하고 있죠? 그곳으로 돌아갈 방법이 있
음에도 불구하고 돌아가지 않는다는 것이 말이 됩니까? 그것은 당신의 양
심도 허락하지 않을 것 같군요.
　헨리의 마음을 절반이라도 전할 수 있다면 좋겠군요. 모든 사람들이 당
신을 향한 변함없는 사랑의 마음을 간직하고 있다고 믿어 주세요.

　패니는 매리 크로포드의 편지를 읽고 나자 불쾌한 기분이 들었다.
패니는 매리 크로포드가 정말 혐오스러웠다. 패니는 매리 크로포드와
에드먼드가 만나는 것이 정말 싫었다.
　패니는 지금 이 상황에서 매리 크로포드가 편지의 마지막 부분에서
제안한 것을 받아들여야 하는지 거절해야 하는지 제대로 판단할 수가
없었다. 맨스필드 파크로 같이 가자는 제의는 패니에게 무척 반가운
일이었다. 어쩌면 사흘 안으로 맨스필드 파크에 가 있을 수 있다는
생각도 들었다. 그것은 더할 나위가 없을 정도로 큰 행복이기도 했
다. 그러나 그 과정에는 중대한 단점이 따르고 있었다. 그 행운을 주
선하는 사람의 마음이나 행동이 전혀 마음에 내키지 않았던 것이다.
우선 매리 크로포드의 무분별한 허영심과 헨리 크로포드의 공명심은
패니의 마음을 불편하게 만들었다.
　헨리 크로포드가 아직까지도 러시워스 부인과 만나고 있고, 더구나
해서는 안 될 사랑의 흉내를 계속 유지하고 있는 것은 정말 한심한
일이었다. 패니는 헨리 크로포드에게 일말의 희망이 남아 있다고 생
각하고 있었다. 그런데 그가 러시워스 부인을 다시 만난다고 생각하
니까 한심스럽기 짝이 없고 실망스러웠다.
　그러나 패니는 혼자 두 가지 사실을 놓고 비교하면서 결정하는 일

은 하지 않기로 결심했다. 서로 정반대되는 기분이나 생각 사이에서 고민할 필요는 없었다. 에드먼드와 매리 크로포드를 떼어놓아야 하는지 어떤지를 결정할 필요도 없었다. 패니에게는 지켜야 할 규칙이 있었다. 그것이 모든 일을 결정하고 있었다. 그것은 바로 토마스 이모부에 대한 존경이었다.

"내가 돌아가는 것이 이모부를 무시하는 일이 되지 않을까?"

패니는 이 점이 걱정스러웠다. 그래서 패니는 이내 앞으로 어떻게 할 것인지 결정할 수 있었다. 매리 크로포드 제안은 절대로 받아들일 수가 없었다. 반드시 거절해야만 하는 것이다. 적당한 시기가 되면 이모부가 맨스필드 파크로 불러주실 것이다. 이모부가 그 일에 대해 한 마디 말씀하시기도 전에 돌아가면 어떨지 물어보는 것은 너무나 뻔뻔스러운 행동이었다. 그것은 변명의 여지도 없었던 것이다. 패니는 매리 크로포드에게 감사의 뜻을 표시하면서 그 제안을 정중하게 거절했다.

나중에 때가 되면 이모부께서 나를 데려가기 위해 찾아오실 거예요. 오빠는 벌써 몇 주일 동안이나 중병을 앓고 있어요. 그 동안 내가 필요하다고 여기셨다면 벌써 데리러 오셨겠지요.

하지만 지금은 내가 필요하다고 여기시지 않는 것 같아요. 만약 지금 맨스필드 파크로 돌아가면 환영을 받지 못하고 방해만 될 것이라고 생각합니다. 적당한 시기가 되면 이모부께서 연락을 주실 것이라고 생각해요. 나는 그냥 이곳에서 조용히 기다리고 있겠습니다.

패니는 톰의 병세에 대해서 자기가 믿는 대로 전달했다. 그것은 아마도 매리 크로포드가 애타게 기다리던 내용은 아니었을 것이다. 매리 크로포드의 기대를 충족시킬 수 있는 그런 내용은 절대로 아니었을 것이다.

매리 크로포드의 입장에서 보면 에드먼드가 목사라는 사실도 어떤 일정한 부가 충족되는 조건이라면 용납이 되는 것 같았다. 에드먼드는 매리 크로포드가 목사에 대한 편견을 극복했다고 하면서 기뻐하고 있을 것이다. 하지만 그것도 결국 돈의 힘으로 인해 극복될 수 있는 정도의 애정이었다. 매리 크로포드는 오직 돈만 소중하게 생각한다는 사실이 확인되었다.

제 46 장

　아마도 매리 크로포드는 패니의 답장을 받고 난 후에 몹시 실망했을 것이다. 패니도 그 사실을 잘 알고 있었다. 톰의 근황에 대한 것도 그렇고 맨스필드 파크로 가자는 제안을 거절한 것도 역시 매리 크로포드를 실망시켰을 것이다. 결국 매리 크로포드가 원하던 내용은 하나도 없었다. 그러나 매리 크로포드는 그냥 포기하지 않을 것이다. 패니는 매리 크로포드가 다시 한 번 맨스필드 파크로 같이 갈 것을 제의할 것이라고 예상하고 있었다.

　하지만 일주일이 지난 후에도 두번째 편지는 오지 않았다. 그럼에도 불구하고 패니는 여전히 매리 크로포드가 또다시 맨스필드 파크로 가자고 제의하는 편지를 보낼 것이라고 생각했다.

　얼마 후에 매리 크로포드가 보낸 편지가 도착했다. 패니는 편지를 받아든 순간 짧은 편지라는 사실을 알 수 있었다. 패니는 이 편지가 몹시 다급한 내용을 담고 있을 것 같다고 예상했다. 그 내용은 보지 않아도 알 수 있을 것 같았다. 조금도 의심할 여지가 없었다. 패니는 이 편지가 두 사람이 오늘 포트무스로 온다는 사실을 예고하는 내용을 담고 있을 것이라고 생각했다. 만약 그렇게 되었을 때, 패니는 어떻게 해야 좋을지 알 수가 없었다.

패니는 조바심을 내면서 편지를 뜯었다. 그런데 크로포드 남매가 토마스 경으로부터 허락을 받기나 했을까? 이런 걱정이 패니의 머리 속에서 떠올랐다. 그러나 패니의 예상은 빗나가고 말았다. 그 편지는 이런 사연을 담고 있었다.

패니.
조금 전에 몹시 야릇하고 이상한 소문을 들었습니다.
사랑하는 패니, 내가 이렇게 편지를 쓰는 것은, 만약 그런 소문이 포트 무스까지 퍼지더라도 조금도 믿지 말라는 부탁을 하기 위해서예요. 분명히 어떤 착오가 있었을 거예요. 이틀 가량 지나면 사정이 명백하게 밝혀지겠지요. 어쨌거나 헨리에게는 죄가 없어요. 비록 일시적인 실수는 있었다고 하더라도 말이에요.
패니, 이 일에 대해 알게 되더라도 당신 이외의 다른 사람에 대해서는 생각하지 마세요. 그리고 아무런 말도 하지 마세요. 아무것도 듣지 말고 아무런 추측도 하지 마세요. 험담을 하거나 수군거리지도 말아 주세요.
나중에 다시 편지를 보내겠어요. 이 소문은 신문에 실릴 만한 가치조차도 없어요. 만약 그렇게 된다고 하더라도 러시워스 씨가 바보였다는 것만 증명될 거예요. 만약 두 사람이 떠났다고 해도 그것은 맨스필드 파크로 가기 위해서였을 거예요. 분명히 그럴 거예요. 줄리아도 함께 말이에요.
그런데 왜 우리가 당신을 데리러 가지 못하게 하는 거죠? 나중에 후회하지 않으면 좋겠어요.
안녕.

패니는 편지를 읽은 후에 그 자리에서 멍하니 서 있었다. 도대체 무슨 일이 벌어진 걸까? 야릇하고 이상한 소문이라니? 패니는 그런 소문을 들은 적이 없었기 때문에, 이 편지의 내용을 이해할 수가 없었다. 매리 크로포드가 무슨 말을 하고 있는 것인지 알 수가 없었던 것이다.

다만 패니가 알 수 있는 사실은 윔폴 가와 헨리 크로포드 사이에서 무슨 일이 벌어졌다는 것뿐이었다. 패니는 무엇인가 몹시 불미스러운 일이 최근에 발생해서 세상의 이목을 끌고 있는 것이라고 추측했다. 매리 크로포드는 만약 패니가 이 소식을 들으면 질투할지도 모른다고 걱정하고 있는 것 같았다.

그러나 매리 크로포드가 패니에 대해 걱정할 필요는 조금도 없었다. 패니가 가슴 아프게 여기는 것은 당사자와 그리고 맨스필드 파크의 사람들뿐이었다. 그러나 아직까지는 그곳까지 소문이 퍼지지는 않았을 것이다. 만약 매리 크로포드가 말하는 것처럼 러시워스 부부가 맨스필드 파크로 떠났다고 한다면 무엇인가 불쾌한 소문이 먼저 전달되거나 하는 것은 있을 수 없는 일이었다.

패니는 헨리 크로포드가 이 일로 인해 자기 자신의 성품을 깨닫게 되기를 바랐다. 헨리 크로포드는 한 여자에게 변함없는 사랑을 간직할 수 없는 사람이었다. 그래서 더 이상 자신을 귀찮게 설득하는 일은 부끄러워서라도 하지 못할 것이라는 희망을 품었다.

그것은 정말 이상한 일이었다. 패니는 헨리 크로포드가 진심으로 자기를 사랑한다고 여기기 시작했으며, 또한 그의 애정이 보통이 아니라는 생각을 조금씩 하고 있던 중이었다. 그리고 매리 크로포드는 오빠가 다른 여자는 아예 생각하지도 않는다고 편지에서 항상 강조하고 있었다.

그러나 헨리 크로포드가 러시워스 부인에게 무엇인가 확실한 애정표시를 한 것이 분명했다. 두 사람 사이에서 어떤 무분별한 행위가 있었던 것이다. 매리 크로포드가 보낸 편지를 읽으면서, 패니는 그 사실을 더욱 확신할 수 있었다.

패니는 편지의 내용을 제대로 파악할 수가 없어서 몹시 답답했다. 패니는 문제를 일으킨 헨리 크로포드에 대해 화가 치밀었다. 하지만 다시 매리 크로포드의 편지가 도착할 때까지 무작정 기다리는 수밖에 없었다. 패니는 이 편지의 내용을 잊어버리기 위해 노력했다. 하지만 좀처럼 머리 속에서 떠나지 않았다. 온통 편지에 대한 생각뿐이었다.

"도대체 무슨 일이 벌어진 것일까?"

패니는 항상 이 문제에 대해 생각에 잠겼다. 그러나 다른 사람과 의논하면서 위로를 받을 수도 없었다. 매리 크로포드는 패니에게 제발 비밀을 지켜 달라고 몇 번이나 강조했다. 하지만 그럴 필요가 전혀 없었다. 이것은 사촌 언니에 관한 일이기 때문에 어떻게 처신해야 하는지 패니는 어느 누구보다도 잘 알고 있었다.

다음날이 되어도 두번째 편지는 오지 않았다. 패니는 무척 실망하고 말았다. 오전에는 그 일 이외에 거의 아무것도 생각할 수가 없었다. 오후가 되자 아버지는 언제나 하던 대로 신문을 들고 집으로 돌아왔다. 패니는 잠시 동안 다른 생각에 잠겨 있었다. 포트무스에 도착한 첫날 저녁에 이 방에서 벌어졌던 일이 떠올랐다. 그것은 아버지와 신문에 관한 것이었다. 아버지는 신문을 읽으면서 촛불을 가리고 있었다. 패니의 처지는 전혀 아랑곳하지 않았던 것이다. 그러나 지금은 촛불이 필요없는 시간이었다. 해가 지려면 앞으로 1시간 30분 정도는 더 지나야만 했다.

"벌써 세 달이나 지났어."

패니는 조용히 생각에 잠겼다. 강렬한 햇살이 거실을 비추고 있었다. 패니는 마음이 한층 더 서러워졌다. 패니는 지금 포트무스와 맨스필드 파크의 햇빛을 전혀 다른 것으로 느끼고 있었던 것이다. 포트무스의 태양은 가만히 있어도 숨이 탁 막힐 것처럼 답답하게 내리비치고 있었다. 그냥 가만히 내버려두면 보이지 않을 먼지를 일부러 눈 앞에 드러내는 일에 도움이 될 뿐이었다. 포트무스의 햇빛은 건강에 도움이 되는 것도 아니고 상쾌함을 선사하는 것도 아니었다. 패니는 무덥고 답답한 햇빛 속에서 이리저리 떠돌아다니는 먼지를 바라보고 있었다.
 패니는 약간 고개를 돌려서 주위를 둘러보았다. 아버지가 등을 기대고 있는 벽과 동생들이 칼로 상처를 낸 식탁이 보일 뿐이었다. 그 식탁 위에는 한 번도 깨끗하게 씻은 적이 없는 쟁반, 행주질을 한 자국이 얼룩으로 남아 있는 찻잔과 접시, 먼지가 떠서 연푸른 빛깔이 된 우유, 레베카가 처음 만들었을 때보다도 점점 더 기름기가 많아진 버터빵이 있었다.
 아버지는 신문을 읽고 있었다. 어머니는 차가 준비되는 동안 언제나 하는 것처럼 닳아빠진 양탄자를 쳐다보면서 잔소리를 퍼붓고 있었다. 레베카가 잘 손질해 두었으면 좋았을 것이라고 하면서 못마땅한 표정으로 잔뜩 불만을 늘어놓았다.
 갑자기 아버지가 패니를 향해 말을 걸었다. 비로소 패니는 정신을 차렸다. 아버지는 헛기침을 하면서 무엇인가 특별한 기사를 자세히 읽었다. 그러더니 패니를 향해 질문을 던졌다.
 "패니, 이름이 뭐라고 했지? 런던에서 살고 있는 지체 높은 네 사촌 언니 말이다."
 "러시워스예요, 아버지."
 "윔폴 가에 살고 있었지?"
 "네, 맞아요. 아버지."
 "그렇다면 앞으로 큰 소동이 벌어지겠구나. 이걸 보거라."
 아버지는 패니를 향해 신문을 내밀었다.
 "너도 훌륭한 친척을 둔 셈이구나. 토마스 경은 이 일에 대해 어떻게 생각할지 모르겠구나. 국회에서 일을 하고 있는 최고의 신사이니까 딸을 어떻게 하지는 못하겠지. 만약 내 딸이 그런 짓을 저질렀다면 나는 서 있을 수 없게 될 때까지 밧줄로 계속 때렸을 거야. 사내든 계집이든 간에 좀 두들겨 패는 게 이런 일을 막는 가장 좋은 방법이지."

패니는 잠자코 신문을 읽었다.

　우리는 깊은 우려를 하면서도, 윔폴가 러시워스 가문의 비극을 알리지 않을 수가 없다. 아름다운 러시워스 부인은 최근에 제임스 러시워스와 결혼식을 올렸다. 러시워스 부인은 상류 사교계를 이끄는 인사로 각광을 받고 있었다. 그런데 그녀는 러시워스 씨의 친구인 저명하고도 매력적인 C씨와 함께 저택을 떠났다고 한다. 그들의 행방은 편집국에서도 알지 못하고 있다.

　"이건 잘못된 거예요, 아버지. 잘못된 게 분명해요. 그럴 리가 없어요. 아마도 딴 사람일 거예요."
　패니는 본능적으로 수치스러운 일을 감추고 싶어서 이렇게 말했다. 커다란 충격과 절망감이 패니를 휩싸고 있었다. 패니는 아버지에게 변명을 하면서도 그 신문 기사가 사실이라는 것을 이미 알고 있었다. 그 기사를 읽어나가는 동안 그 모든 것들이 사실이라는 것을 깨달았던 것이다. 패니는 도저히 그 충격을 감출 수가 없었다. 나중에 생각하니까 그런 일 앞에서 말을 하고 숨을 쉴 수 있었다는 것이 신기할 정도였다.
　아버지는 별로 그 기사에 대해 관심도 없다는 듯이 별다른 대답을 하지 않았다. 그러다가 한 마디 툭 던졌다.
　"어쩌면 사실이 아닌지도 모르지. 그러나 훌륭한 귀부인들이 오늘날 이런 식으로 숱하게 지옥으로 떨어지고 있는 것은 아무도 말릴 수 없어."
　"설마 그게 사실이겠어요? 너무나 끔찍한 일이잖아요."
　어머니는 서글픈 말투로 대답했다. 하지만 어머니의 관심은 금방 양탄자에 대한 한탄으로 바뀌었다.
　"레베카에게 적어도 열 번은 양탄자 손질을 하라고 했을 거야. 그렇지 않니, 베시? 10분도 안 걸릴 일인데 말이야."
 패니는 이루 말로 표현하기 힘든 공포를 느끼면서 이 사건을 받아 들였다. 그리고 그 뒤를 이어서 벌어질 불행을 어느 정도 인식하기 시작했다. 처음에는 그저 망연자실한 상태였지만, 어느 정도 시간이 흐르자 무서운 재앙이 찾아올 것이라는 사실을 생생하게 깨달을 수 있었다. 의심할 여지는 전혀 없었다. 신문기사가 오보라는 안이한 희망에 젖어 있을 수도 없었다.
 이미 패니는 매리 크로포드의 편지를 몇 번이나 읽어서 한 줄 한 줄을 모두 외우고 있을 정도였다. 그런데 그것은 무서울 정도로 이 기사와 일치하고 있었다. 매리 크로포드는 애써 오빠를 변호하고 있었다. 게다가 그 소문이 신문기사거리가 되지 않을 것이라는 헛된 희망도 품고 있었다. 매리 크로포드는 몹시 동요하고 있는 것 같았는데, 그것은 모두 이 사태와 완전히 일치했던 것이다. 만약 이러한 죄악을 사소한 일로 취급하면서 그것을 속이려 하고 처벌받지 않기를 바라는 사람이 있다면 그것은 바로 매리 크로포드일 것이다. 그런 매리 크로포드가 몹시 당황하면서 편지를 쓴 것을 보면 이것은 너무나 분명한 사실이었다.
 지금 생각해 보면 패니는 매리 크로포드의 편지 중에서 두 사람이 떠났다고 한 말을 잘못 이해하고 있었다. 러시워스 부부가 떠난 것이 아니라 러시워스 부인과 헨리 크로포드가 떠났던 것이다.
 패니는 난생 처음으로 커다란 충격을 받은 사람 같은 표정을 짓고 있었다. 마음이 편안할 리가 없었다. 초저녁은 오직 비참한 심정뿐이었으며, 밤에는 잠이 오지 않았다. 가슴을 옥죄는 듯한 고통이 밀려들었으며, 전기가 통하듯이 머리끝에서 발끝까지 공포가 전달되었다. 머리가 화끈 달아오르는가 하면 온몸에 한기를 느끼기도 했다.
 이 사건은 너무나 충격적이었다. 패니는 그런 일은 결코 벌어질 수 없다고 부정하기도 했다. 진정으로 믿기 어려운 일이었기에 결코 받아들일 수 없었던 것이다. 여자는 불과 6개월 전에 결혼했으며, 남자는 다른 여자에게 사랑을 고백하고 있었다. 아니, 결혼을 하겠다고 공언하지 않았던가? 그런데 마음을 바치고 있던 사람의 사촌과 도망을 가다니⋯⋯. 두 사람의 가족들은 제각기 이중삼중의 끈으로 묶여진 친구이며, 서로 절친하게 지내던 사이가 아니었던가? 죄악이 뒤섞인다고 해도 이것은 너무나 무서운 일이었다. 문명의 혜택을 받지 않은 미개한 상태라면 몰라도 이것은 인간이 할 짓이 아니었다.

그러나 결국 모든 것은 사실이었다. 남자는 패니가 자신의 사랑을 받아주지 않자 마음을 정착시키지 못한 채 허영심에 흔들리고 있었고, 마리아는 여전히 그 남자에게 미련이 남아 있었다. 이것은 두 사람 모두 자제심이 부족했기 때문에 생긴 일이었다.

"결과는 어떻게 될까? 누가 화를 당하지 않을까? 누구의 장래에 영향을 끼치지 않을까? 누구의 평화가 영영 파괴되지 않을까? 매리 크로포드와 에드먼드까지도⋯⋯."

그러나 그 정도로 깊이 생각하는 것은 너무나 위험한 일이었다. 이 일로 인해 맨스필드 파크의 가족들이 받게 될 충격과 고통과 불행은 의심할 여지가 없었다. 그러나 패니는 가족의 불행에 대해서만은 생각하지 않으려고 노력했다. 만약 이 죄악이 확실히 드러난다면, 너무나 수치스러워서 세상에 얼굴을 들 수 없는 사태가 실제로 나타난다면 모든 사람들이 비참한 처지에 놓이게 될 것이다. 버트램 이모와 이모부의 고통⋯⋯. 패니는 잠시 동안 생각을 멈추었다. 줄리아와 톰 그리고 에드먼드⋯⋯. 패니는 여기에서 좀더 오랫동안 생각을 멈추었다.

이 일로 인해 가장 큰 충격을 받게 될 사람은 버트램 이모부와 에드먼드일 것이다. 자식에 대한 이모부의 사랑과 명예와 예절을 소중히 여기는 마음, 에드먼드의 고결한 이상과 의심할 줄 모르는 성품 그리고 순수한 감정에 대해 생각이 미치자, 그들이 이러한 치욕을 당하고도 생명과 이성을 지킬 수 있을 것이라고 도저히 믿어지지 않았다. 만약 맨스필드 파크의 가족들을 지킬 수만 있다면, 패니는 그 모든 사람들을 대신해서 죽을 수도 있을 것 같았다.

하지만 다음날, 그 다음날이 되었지만 아무런 일도 생기지 않았다. 그러나 패니의 공포는 조금도 약해지지 않았다. 매리 크로포드가 보냈던 첫번째 편지의 내용을 보충할 수 있는 두번째 편지는 아직 도착하지 않았다. 맨스필드 파크에서도 연락이 없었다. 이미 이모가 편지를 보낼 시기도 지났다. 이것은 불길한 징조였다.

패니의 마음을 진정시킬 수 있는 희망은 그림자조차 보이지 않았다. 패니의 마음은 침울하게 변했다. 안색은 창백하게 질리고 몸은 가늘게 떨리고 있었다. 패니의 변화를 알아차리지 못한 사람은 프라이스 부인뿐이었을 것이다.

이윽고 사흘째 되는 날, 가슴을 때리는 듯한 노크 소리가 들리고 한 통의 편지가 패니의 손에 쥐어졌다. 그것은 런던의 소인이 찍힌 에드먼드의 편지였다.

사랑하는 패니.
지금 우리의 모습이 얼마나 비참할 것인지에 대해서 너도 잘 알고 있을 거라고 생각해. 너도 같은 심정이겠지만, 하나님의 힘에 의지하면서 참아내기를 바란다. 아버지와 함께 이곳에 온 지도 벌써 이틀이나 지났는데, 어떻게 달리 손을 쓸 수가 없구나. 우리는 도저히 두 사람의 행방을 알 수가 없단다.

패니, 최후의 일격을 얻어맞은 이야기는 아직까지 듣지 못했겠지? 줄리아가 가출을 했단다. 예이츠와 함께 스코틀랜드로 떠났다고 하더구나. 우리가 도착하기 몇 시간 전에 런던을 떠났어. 다른 때라면 이 일이 우리에게 커다란 충격을 주었겠지만, 지금은 별다른 일도 아닌 것 같다는 생각이 든단다.

하지만 아버지는 좌절하지 않으셨어. 지금 편지를 쓰는 것은 아버지의 말씀을 너에게 전달하기 위한 거야. 아버지가 너에게 집으로 돌아오라고 말씀하셨어. 아버지는 어머니를 위해 네가 집으로 서둘러 돌아오기를 바라고 계시단다. 네가 이 편지를 받은 다음날 아침 무렵에 내가 포트무스로 갈 거야. 부디 맨스필드 파크로 떠날 준비를 해 주기 바란다.

아버지는 네가 수잔과 함께 맨스필드 파크로 가기를 원한다고 말씀하셨어. 아버지는 수잔이 맨스필드에 두어 달 동안 머물다 갔으면 하시는데 어떻겠니? 네가 좋을 대로 결정해라. 때가 때인 만큼 아버지의 이런 심중을 너도 깨닫고 받아들일 수 있겠지? 아버지의 뜻을 네가 올바로 이해하기를 바래. 내가 제대로 아버지의 마음을 전달하지 못했을지라도 말이야.

나의 현재 상태가 어떨 것인지 너도 충분히 짐작하고 있겠지? 잠시도 쉬지 않고 불행이 우리 가족을 향해 다가오고 있구나. 내일 아침 일찍 우편 마차를 타고 네가 있는 곳으로 갈 거야.

안녕.

그 당시에 패니는 너무나 지쳐 있었다. 그러나 이 편지 속에 담긴 내용만큼 패니의 원기를 회복시키는 것은 아무것도 없었다. 내일! 내일! 드디어 내일 포트무스를 떠나게 되는 것이다!

패니는 너무나 기뻤다. 이렇게 많은 사람들이 비참한 고통 속에 빠져 있는데, 혼자만 지나치게 행복한 것은 아닌가 싶을 정도였다. 이 불행으로 인해 맨스필드 파크로 돌아갈 수 있게 된 것이다. 패니는 포트무스를 떠나서 맨스필드 파크로 갈 수 있게 된 것이 너무나 행복했다. 또한 수잔을 데리고 돌아갈 수 있게 되어서 더욱 기뻤다. 이러한 행운으로 인해 패니의 마음은 행복으로 가득 차게 되었다. 패니는 모든 고통에서 멀어지는 듯한 느낌을 받았다.

잠시 후에 패니는 자기가 사랑하는 사람들과 함께 고통을 나눌 수 없게 되지나 않을까 두려운 생각이 들었다. 줄리아의 사랑의 도피 소식은 패니에게 별다른 영향을 끼치지 않았다. 패니는 조금 놀라기는 했지만 충격을 받는다거나 그 사실이 마음속 깊은 곳에서 떠나지 않는다거나 하는 일은 없었다. 무서운 일이나 끔찍한 일이라고 생각되지도 않았다.

패니는 즉시 떠날 준비를 하기 시작했다. 슬픔을 잊어버리기 위해서는 몸을 움직이면서 일하는 것이 제일 좋은 방법이었다. 패니는 처리해야 할 일이 아주 많았기 때문에 러시워스 부인에 대한 끔찍한 이야기도 처음보다는 한층 안정된 마음으로 받아들일 수 있었다. 그 이야기는 이제 더 이상 마음을 괴롭히지 않았으며, 비참한 고통에 빠질 겨를도 없었다.

패니가 애타게 기다리던 날이 마침내 다가왔다. 맨스필드 파크로 돌아가는 날이 내일로 다가온 것이다. 이제 24시간 이내에 포트무스를 떠나게 된 것이다. 이 사실을 아버지와 어머니에게 말씀드리고 수잔에게도 마음의 준비를 시켜야만 했다. 서둘러 처리해야 할 일이 너무나 많아서 하루만 가지고는 부족할 지경이었다.

패니는 아버지와 어머니에게 내일 아침에 맨스필드 파크로 떠나겠다고 말했다. 물론 그 전에 러시워스 부인의 나쁜 소식을 간단히 들려주었다. 패니는 그런 말을 하는 것이 무척 괴로웠다. 아버지와 어머니는 수잔이 동행하는 일에 대해 기꺼이 동의를 해 주었다. 패니와 수잔이 함께 떠나는 것에 대해 만족하는 것 같았다. 게다가 수잔은 몹시 기뻐하면서 어쩔 줄 모르는 듯한 표정을 지었다. 이것은 패니의 기분을 전환시키는 일에 도움이 되었다. 버트램 가족의 불행도 이 집에서는 별로 대수롭지 않게 받아들여지고 있었다.

"그런데 수잔의 옷을 어디에 담지? 레베카는 상자란 상자는 모조리 가져가서 못쓰게 만든다니까······."

어머니는 수잔의 짐을 챙기는 일에 신경을 쓰고 있었다. 수잔은 뜻하지 않게 큰 소원이 이루어지자 무척 기뻐했다. 하지만 그런 마음을 함부로 드러내지는 않았다. 무거운 죄를 저지른 사람들이나 그 일로 인해 고통받고 있는 사람들이나 모두 한 번도 본 적이 없는 사람들이었기 때문에 수잔은 그들의 고통을 느낄 수가 없었다. 다만 그저 자신의 행운에 대해 좋아하거나 떠들어대지 않는 것만으로 우울한 분위기를 맞추고 있었다. 사실 이것만으로도 열네 살짜리 소녀에게는 힘겨운 일이었다.

패니와 수잔의 준비는 모두 다 끝났다. 이제 여행에 대비하기 위해 잠을 푹 자는 것만 남았다. 하지만 패니는 좀처럼 잠자리에 들 수가 없었다. 눈만 감으면 사촌 오빠 에드먼드가 포트무스를 향해 달려오고 있는 모습이 떠올랐기 때문이었다. 그것은 수잔도 역시 마찬가지였다. 수잔의 마음도 가슴 벅찬 흥분으로 가득 차 있었던 것이다.

이윽고 아침 여덟 시가 되자, 에드먼드가 포트무스에 도착했다. 위층에서 기다리고 있던 패니와 수잔은 에드먼드가 집으로 들어오는 소리를 들었다. 패니는 재빨리 아래층으로 내려갔다. 이제 곧 에드먼드를 다시 만난다고 생각하니까 러시워스 부인의 소식을 처음 들었을 때의 충격이 되살아났다. 패니는 에드먼드가 그 일로 인해 얼마나 괴로워하고 있는지 잘 알고 있었다.

패니는 당장이라도 쓰러질 듯한 기분이 들었다. 패니는 초조한 마음을 애써 억누르면서 거실로 들어갔다. 에드먼드는 혼자 거실에서 패니를 기다리고 있었다. 에드먼드는 패니를 보자마자 천천히 다가서더니 가슴에 꼭 끌어안았다. 에드먼드는 나지막한 목소리로 중얼거렸다.

"패니, 누이동생은 이제 너 하나뿐이야. 나에게 위안이 되는 것은 오직 너뿐이구나."

패니는 아무런 대답도 할 수가 없었다. 에드먼드도 몇 분 동안 아무런 말도 하지 않았다.

"패니……."

제46장

 이윽고 에드먼드가 입을 열었다. 에드먼드의 목소리는 아직도 약간 더듬거렸지만 태도는 아주 침착했다. 에드먼드는 더 이상 난처한 문제에 대한 이야기는 하지 않겠다고 결심한 것 같았다.
 "아침 식사는 했니? 언제 떠날 수 있겠어? 수잔도 같이 가는 거지?"
 에드먼드는 미처 패니의 대답을 듣기도 전에 또 다른 질문을 퍼부었다. 에드먼드가 바라는 것은 최대한 일찍 떠나는 일이었다. 에드먼드는 맨스필드 파크에서 벌어지고 있는 일 때문에 마음이 몹시 조급했던 것이다.
 "30분 후에 마차를 현관 앞에 대기시켜 놓겠어."
 에드먼드가 초조한 듯이 말했다.
 "알았어. 그 시간 안에 아침 식사를 마치고 떠날 준비를 모두 끝내도록 할께."
 패니가 머리를 끄덕였다. 패니와 수잔은 이제 곧 아침 식사를 먹을 참이었다. 에드먼드는 두 사람이 식사를 끝내는 동안 성벽을 한 바퀴 돌아볼 예정이었다. 에드먼드는 천천히 밖으로 나갔다. 에드먼드는 안색이 별로 좋지 않았다. 에드먼드는 불안한 마음을 애써 억누르고 있었던 것이다.
 마침내 마차가 도착했다. 에드먼드는 패니와 수잔을 데려가기 위해 다시 집으로 들어왔다. 아버지와 어머니는 고작 몇 분 동안 딸들과 작별의 인사를 나누었다. 딸들을 멀리 떠나보내는 부모라고 하기에는 너무나 담담한 모습이었다.
 에드먼드가 집으로 들어올 때 패니와 수잔은 막 아침 식사를 하려고 하던 참이었다. 아침 식사는 이례적으로 아주 빨리 준비된 것이었다. 포트무스에서의 마지막 아침 식사는 처음 이 집에 도착했을 때처럼 잘 차려진 것이었다. 패니와 수잔은 서둘러 아침 식사를 끝마쳤다. 그리고 맨스필드 파크를 향해 떠났다.
 포트무스의 경계를 막 벗어났을 때, 패니의 마음은 온통 커다란 기쁨과 행복으로 충만했다. 또한 수잔의 얼굴에는 잠시도 웃음이 떠나지 않았다. 그것은 손쉽게 상상할 수 있는 일이었다. 그러나 앞으로 몸을 약간 내밀고 앉아 있었던 수잔의 얼굴은 모자에 살짝 가려 있었기 때문에 웃는 모습은 잘 보이지 않았다. 아무래도 이번 여행은 별로 말이 없을 것 같았다.

에드먼드의 깊은 한숨이 가끔씩 패니의 귀에 와 닿았다. 만약 에드먼드와 패니만 마차를 타고 있었더라면 이 정도까지 침울하지는 않았을 것이다. 그러나 지금은 수잔도 타고 있었다. 그렇기 때문인지 에드먼드는 무난한 화제가 나와도 그저 묵묵히 앞만 바라보고 있었다.

그들은 오랫동안 아무런 말도 하지 않았다. 패니는 걱정스러운 마음으로 에드먼드를 바라보았다. 가끔씩 시선이 마주칠 때마다 에드먼드는 부드러운 미소를 지었다. 비로소 패니는 마음이 편안해지는 것을 느꼈다.

패니는 집으로 돌아가는 첫날이 모두 지나갈 때까지 에드먼드의 마음을 짓누르고 있는 일에 대해 한 마디도 물어보지 않았다. 다음날 아침에 그 문제에 대해 약간 이야기를 나누었다. 옥스퍼드를 출발하기 직전이었다. 수잔이 창가에 바싹 붙어앉아서 한 가족이 숙소에서 나가는 광경을 열심히 구경하는 동안, 패니와 에드먼드는 난로 곁에서 대화를 나누고 있었다.

에드먼드는 패니의 얼굴이 수척하게 변한 것을 보고 깜짝 놀랐다. 패니가 포츠머스에서 어떤 일을 하고 살았는지 모르고 있었던 에드먼드는 그녀의 얼굴이 수척하게 변한 것이 최근에 일어난 일 때문이라고 생각했다. 에드먼드는 패니의 손을 잡더니 작지만 힘이 실려 있는 목소리로 말했다.

"패니, 얼굴이 많이 상했구나. 이 일이 너한테도 커다란 충격을 안겨 주었겠지. 그래, 너도 무척 괴로울 거야. 너를 사랑한다고 해 놓고 이렇게 버리다니……. 그러나 패니, 너는 이제 막 시작한 단계였잖니? 하지만 나는 사정이 달라. 나를 좀 생각해 봐."
 여행의 첫날은 잠시도 쉬지 않고 달렸기 때문에 좀처럼 쉬지 못했다. 옥스퍼드에 도착했을 때, 그들은 무척 지쳐 있었다. 그러나 그 다음날의 여행은 훨씬 빨리 끝났다. 아직 정오가 되지 않은 시간이었는데, 맨스필드 파크가 가까워지고 있었다.
 패니와 수잔은 맨스필드 파크로 가는 것을 간절히 기다리고 있었다. 그런데 막상 맨스필드 파크에 도착할 때가 되자 두 자매의 마음은 다소 침울하게 가라앉았다. 패니는 이러한 상태에서 두 이모와 톰을 만나는 것이 두렵게 여겨졌다. 그리고 수잔의 행동에 대해서도 걱정이 되기 시작했다. 수잔은 서둘러 배운 예절에 맞추어서 처신해야 하는 것이다.
 수잔은 지금까지의 습관을 모두 버려야만 했다. 지난날의 비천한 생활태도를 모두 버리고 새로운 예의범절을 익혀야 하는 것이다. 수잔은 두근거리는 마음을 진정시키면서 은으로 만든 포크와 냅킨, 핑거 글라스(디저트를 먹은 후에 손을 씻기 위한 물을 담아놓은 유리 그릇:역주) 등에 대해 생각했다.
 마침내 그들은 맨스필드 파크에 도착했다. 패니의 감각은 더할 나위가 없을 정도로 예민해졌다. 석 달, 맨스필드 파크를 떠난 지 꼬박 석 달이 지났던 것이다. 그 기간 동안 아주 많은 것들이 변했다. 패니는 푸른빛이 선명한 나뭇잎과 잔디밭과 숲을 둘러보았다. 나무들은 아직 옷을 완전히 입지 않았지만 그래도 풍성한 자태를 자랑하고 있었다. 얼마 있지 않아서 더욱 아름답게 변할 것이다.
 패니는 고개를 돌려서 에드먼드를 바라보았다. 에드먼드는 좌석에 등을 기댄 채 깊은 우수에 잠겨 있었다. 에드먼드는 두 눈을 감고 마음을 정리하고 있었다. 아름다운 풍경을 보게 되자 오히려 마음이 우울하게 되어서 차라리 아무것도 보지 않으려고 하는 것 같았다.
 패니는 다시 슬픔에 잠겼다. 맨스필드 파크가 지금 어떤 상황에 놓여 있는지 너무나 잘 알고 있기 때문이었다. 애통한 마음에 잠겨 있던 버트램 이모는 초조한 마음으로 패니가 도착하기를 기다리고 있었다. 엄숙한 표정을 짓고 있는 하인들이 입구에서 대기하고 있었다. 패니가 하인들 앞을 지나가기도 전에 버트램 이모는 응접실에서 뛰어나왔다. 버트램 이모는 다정하게 패니를 맞이했다. 버트램 이모는 패니의 목을 끌어안으면서 말했다.

"사랑하는 패니, 어서 오렴. 이제는 나도 마음이 좀 편안해지겠구나."

제 47 장

　패니와 버트램 이모 그리고 노리스 이모는 제각기 이 세상에서 자기가 가장 비참하다고 생각하면서 서로의 얼굴을 마주 바라보고 있었다. 조카들 중에서 마리아를 가장 사랑했던 노리스 이모는 커다란 상처를 입었다. 사실 노리스 이모는 조카들 중에서 마리아를 가장 좋아하고 귀엽게 여겼다. 마리아의 결혼을 중매한 사람도 바로 노리스 이모였다. 노리스 이모는 평소에 그 사실을 무척 자랑스럽게 여기고 있었다. 그런데 이런 결과가 나타나고 말았던 것이다. 노리스 이모는 거의 기절한 지경이었다.
　노리스 이모는 사람이 완전히 변한 것 같았다. 이제는 말도 별로 하지 않았으며 언제나 멍청한 표정을 짓고 도무지 주위의 일에 대해 관심을 갖지 않았다. 버트램 언니와 톰 그리고 그녀만이 집에 남아 있었으므로, 맨스필드 파크를 관리해야 하는 중대한 임무까지도 맡고 있었다. 하지만 그 일도 헌신짝처럼 내버리고 말았다. 하인들에게 명령을 내리는 것은 고사하고, 자기가 직접 처리해야 하는 일조차도 하지 않았다. 이런 큰일을 당하자 노리스 이모의 활동력은 완전히 위축되고 말았다. 노리스 이모의 열정까지도 시들어버린 것이다.
　결국 버트램 이모나 톰은 노리스 이모로부터 아무런 도움도 받지 못하고 있었다. 노리스 이모는 두 사람을 도와주려는 노력조차 하지 않았다. 그들은 서로를 외면하고 있었던 것이다. 그들은 모두 외로운 외톨이였으며 무기력하고 그 어디에도 의지할 데가 없었다. 그런데 에드먼드와 패니와 수잔이 도착하자, 노리스 이모는 자신이 더 한층 비참하다고 느끼게 되었다.

에드먼드와 패니의 귀환은 분명히 맨스필드 파크의 가족들에게 커다란 도움이 되었다. 그러나 노리스 이모에게는 아무런 이득도 되지 않았다. 에드먼드는 형으로부터, 패니는 버트램 이모로부터 열렬한 환영 인사를 받았다. 그러나 노리스 이모는 그 어느 쪽으로부터도 위로를 받지 못했다.

오히려 패니를 보게 되자 노리스 이모는 더욱 짜증이 날 뿐이었다. 극심한 분노로 인해 이성을 상실하고 만 노리스 이모는 이 사건의 발단이 패니라고 소리치고 싶었다. 만약 패니가 일찌감치 헨리 크로포드의 사랑을 받아들였다면 이런 일이 벌어지지 않았을 것이라고 생각했던 것이다. 수잔도 불만의 씨앗이었다. 노리스 이모는 수잔을 향해 두세 번 쌀쌀한 눈길을 보냈다. 그러나 그것으로 끝이었다. 그 이상의 관심을 보일 만한 힘도 없었다. 노리스 부인은 입을 굳게 다문 채, 수잔이 스파이, 방해물, 가난하고 밉살스러운 조카딸이라고 혼자 생각할 뿐이었다.

그러나 버트램 이모는 수잔을 조용히 맞이했다. 버트램 이모는 수잔에게 말을 걸거나 관심을 가질 생각은 추호도 없었다. 다만 패니의 동생이니까 맨스필드 파크에서 살 수 있는 자격이 있다고 생각했다. 버트램 이모는 수잔의 이마에 입을 맞추면서 반겨 주었다.

수잔은 무척 만족스러운 표정을 지었다. 수잔은 맨스필드 파크에 도착하기 전에 노리스 이모로부터 못마땅한 표정 이상의 것을 기대할 수 없다는 사실을 짐작하고 있었다. 그리고 지금 어떤 상황이 벌어지고 있는지 잘 알고 있었기 때문에 수잔은 다른 사람들로부터 더욱 냉담한 대접을 받았다고 하더라도 여전히 태연하게 행동했을 것이다. 수잔은 맨스필드 파크에서 혼자 있게 되는 경우가 많았다. 그래서 마음대로 저택과 정원을 구경하면서 돌아다녔다. 수잔은 매우 즐거운 나날을 보냈다.

에드먼드와 패니는 제각기 자기 방에서 시간을 보내거나 책임을 지고 있는 사람들을 돌보면서 분주하게 보냈다. 톰은 에드먼드를 의지하고 있었으며, 버트램 이모는 패니의 도움을 애타게 기다리고 있었다. 그것은 에드먼드와 패니도 역시 마찬가지였다. 에드먼드는 분주히 형을 도와주면서 자신의 감정을 정리하려고 노력했다. 그리고 패니는 과거에 자신이 맡았던 모든 일들을 더욱 열심히 처리하면서 고통을 잊으려고 노력했다. 패니는 버트램 이모를 위해 헌신했다. 패니는 자신의 도움을 기다리고 있는 사람들을 위해서 어떠한 일을 해도 오히려 부족하다고 생각하면서 정성을 기울였다.

버트램 이모는 패니에게 이 끔찍한 사건을 이야기하면서 신세를 한탄했다. 그러한 과정을 통해 위로를 받았던 것이다. 패니는 버트램 이모의 말에 귀를 기울이고, 시중을 들면서 서로 고통을 나누기 위해 노력했다. 버트램 이모를 위해서 패니가 할 수 있는 일은 이것이 전부였다. 그 밖의 다른 것들은 아무런 도움도 되지 않았다. 패니의 힘으로 바꿀 수 있는 것은 아무것도 없는 상황이었다.

버트램 이모는 사물의 의미에 대해 깊이 생각하는 사람이 아니었다. 하지만 어느 정도 이모부의 영향을 받아서 중요한 사건에 대해서는 대체로 올바른 생각을 갖고 있었다. 그러므로 버트램 이모는 마리아와 헨리 크로포드가 저지른 사건이 얼마나 끔찍한 것인지를 잘 알고 있었으며, 그 죄악과 파렴치함의 정도까지도 잘 알고 있었다. 그렇기 때문에 이 사건을 가볍게 여기려고 애쓴 적도 없을 뿐더러, 패니에게 그런 조언을 요청한 적도 없었다. 마리아에 대한 버트램 이모의 애정은 예민하지도 않았고 집요하지도 않았다.

얼마 후에 패니는 버트램 이모의 관심을 돌려서 어느 정도 다른 것에 대한 흥미를 되살리게 하는 것이 가능하다는 사실을 깨달았다. 버트램 이모는 단 한 가지의 관점으로 마리아의 일을 바라보고 있었다. 이제는 딸을 영영 잃어버렸으며, 맨스필드 파크는 씻을 수 없는 불명예를 입고 말았다고 생각했던 것이다.

패니는 버트램 이모로부터 지금까지 무슨 일이 벌어졌는가에 대해 자세히 들었다. 버트램 이모의 이야기는 두서가 없었다. 하지만 이모부가 집으로 보낸 몇 통의 편지와 자신이 이미 알고 있었던 내용을 서로 연결한 결과, 이 사건의 진상을 대충 파악할 수 있었다.

러시워스 부인은 부활절 휴가를 보내기 위해 얼마 전부터 친하게 지내게 된 부부와 함께 트위큰햄으로 떠났다. 그들은 쾌활하고 인상이 좋은 사람들이었으며 단정한 품행과 이성적으로 사리판단을 할 수 있는 능력을 가지고 있었다. 그런데 그 부부의 집에는 헨리 크로포드가 출입하고 있었다. 헨리 크로포드가 그 근처에서 머무르고 있었다는 사실은 패니도 이미 알고 있는 것이었다. 그 당시에 러시워스 씨는 어머니와 함께 바스에서 며칠 동안 머무르고 난 후에 런던으로 돌아올 예정이었다. 그렇기 때문에 러시워스 부인은 자유로운 마음으로 친구들과 함께 어울릴 수 있었다.

줄리아는 삼주일 전부터 웜폴 가에서 이사를 한 후에 친척집을 방문하고 있었다. 이모부와 이모는 줄리아가 예이츠를 편하게 하기 위해서 이사를 한 것이라고 추측했다. 러시워스 부부가 웜폴 가로 돌아온 직후에 이모부는 런던에서 살고 있는 옛 친구 하딩 씨로부터 한 통의 편지를 받았다. 그 친구는 러시워스 부인의 행동에 대한 여러 가지 염려스러운 이야기를 듣고 있었다. 그래서 이모부에게 직접 런던으로 와서 딸에게 이 교제를 중지하라고 타이르도록 권유했던 것이다. 그리고 이미 러시워스 부인이 좋지 못한 평판을 받고 있어서 러시워스 씨도 걱정하고 있는 것 같다고 밝혔다.

버트램 이모부는 이 편지를 받자마자 맨스필드 파크의 가족들에게 그 내용을 전혀 알리지 않은 채, 곧장 런던으로 가려고 준비했다. 그런데 그 친구가 보낸 또 다른 한 통의 속달 편지가 날아들었다. 그것은 사태가 거의 절망적으로 접어들고 있다는 사실을 알리고 있었다. 마리아가 러시워스 씨의 집을 나갔다는 것이었다.

사정이 이렇게 되자 러시워스 씨는 몹시 화를 내었다. 러시워스 씨는 이 문제를 해결하기 위해 하딩 씨에게 조언을 해 달라고 요청했다. 하딩 씨는 헨리 크로포드와 마리아 사이에서 무엇인가 무분별한 행위가 있었던 것이 아닌가 하고 우려했다. 러시워스 씨는 그 일을 무마시키기 위해 전력을 기울이면서 부인의 귀가를 애타게 기다렸다. 그러나 러시워스 씨의 어머니가 심하게 반대했다. 그래서 이 일은 커다란 난관에 부딪혔다. 결국 이 사건은 최악의 결과를 낳게 되었던 것이다. 버트램 이모부는 이 놀라운 소식을 더 이상 숨겨놓을 수가 없었다.

버트램 이모부가 런던으로 출발하자, 에드먼드도 같이 가겠다고 따라나섰다. 다른 가족들은 비참한 마음으로 맨스필드 파크에 남아 있었다. 그러나 이런 비참한 처지도 그나마 런던에서 날아온 다음번의 편지를 받은 후의 상태보다 좀 나은 것이었다. 이 무렵에는 모든 것이 절망적일 만큼 세상에 알려지고 말았다. 러시워스 씨의 어머니를 모시던 하녀가 모든 일의 내용을 상세히 알고 있었다. 그 하녀는 조용히 입을 다물려고 하지 않았다. 러시워스 부인은 이 하녀와 잠시 동안 같이 살았던 적이 있었는데 사이가 아주 나빴던 것이다. 그리고 시어머니는 며느리의 행동을 용서할 수가 없었다. 며느리에 대한 나쁜 감정은 러시워스 부인이 무례한 짓을 저질렀기 때문이기도 했지만, 다른 한편으로는 아들에 대한 깊은 애정 때문이기도 했다.

러시워스 씨의 어머니를 회유할 수 있는 길은 아무것도 없었다. 그러나 비록 시어머니가 고집을 부리지 않고, 또한 아들의 의견을 반대할 만한 힘을 갖고 있지 않았다고 하더라도 사태는 절망적이었을 것이다. 러시워스 부인은 두 번 다시 윔폴 가에 나타나지 않았던 것이다. 러시워스 부인이 어딘가에서 헨리 크로포드와 함께 숨어 있다고 결론을 내릴 만한 근거가 충분했다. 헨리 크로포드는 러시워스 부인이 행방을 감추었던 그 날, 여행을 떠난다고 하면서 삼촌의 집을 떠났다.

그러나 버트램 이모부는 좀더 오랫동안 런던에 머무르면서 딸의 행방을 알아내기 위해 노력했다. 이모부는 자신의 체면과 명예를 완전히 잃어버렸지만, 그래도 딸이 악덕의 늪에 더 이상 빠져들지 않도록 구출하려고 노력했던 것이다.

패니는 버트램 이모부의 심정을 충분히 짐작할 수 있었다. 그런 생각을 하는 것만으로도 패니는 마음이 아팠다. 이모부의 자녀들 중에서 요즘 고통을 주지 않는 사람은 오직 에드먼드 한 사람밖에 없었다. 톰의 병세는 누이동생의 일로 인해 충격을 받아서 더욱 악화되었다. 회복의 기미는 전혀 보이지 않았으며, 오히려 점점 더 심해지고 있었던 것이다. 버트램 이모조차도 톰의 상태가 악화되자 깜짝 놀라면서 허둥지둥 이모부에게 소식을 전할 정도였다.

줄리아는 예이츠와 함께 사랑의 도피 여행을 떠났다. 마리아의 행실 때문에 줄리아가 저지른 일은 별로 큰 충격을 주지 않았지만, 그래도 이모부는 몹시 가슴 아프게 생각했을 것이다. 패니는 마치 그림을 보듯이, 이런 상황들을 충분히 예상할 수가 있었다.

버트램 이모부의 편지 속에는 그 안타깝고 절망스러운 심정이 잘 나타나 있었다. 예이츠는 결코 반가운 결혼 상대자가 아니었다. 그것도 이런 식으로 떳떳하지 못한 방법으로 맺어지고, 또한 하필이면 이런 난처한 시기에 그런 일을 저질렀던 것이다. 이모부는 줄리아의 처신을 아주 못마땅하게 여겼다. 줄리아는 정말 너무나 어리석게 행동했던 것이다. 이모부는 화를 억누를 수가 없었다. 줄리아는 어처구니가 없을 정도로 못난 짓을, 최악의 방법으로, 더욱이 최악의 시기에 저질렀던 것이다. 줄리아의 바보스러운 행동은 그래도 마리아에 비해 아직까지는 용서할 수 있을 정도였다. 그러나 줄리아의 어리석은 행동은 비극의 씨앗을 품고 있었다. 언니의 경우처럼 최악의 결말에 이를 가능성이 있었던 것이다.

패니는 이모부를 생각하면서 깊은 동정심을 느꼈다. 이제 이모부에게 남아 있는 희망은 오직 에드먼드밖에 없었다. 다른 자식들은 모두 이모부의 마음을 괴롭히고 있었다. 처음에 이모부는 헨리 크로포드의 청혼을 거절한 패니의 행동에 대해 화를 내었다. 그러나 그 노여움은 노리스 이모와는 다른 입장에서 이제는 완전히 사라지고 없을 것이다. 이모부는 패니의 판단이 올바른 것이었다고 생각하게 되었을 것이다. 헨리 크로포드의 경박한 행동은 패니의 거절이 타당했다고 여길 만한 증거가 되어 주었다.

이것은 패니에게 있어서 매우 중요한 일이지만, 이모부의 입장에서 보자면 별로 위로가 되지 않았다. 패니는 혹시 이모부가 화를 내지나 않을까 싶어서 몹시 걱정되었다. 자신의 판단이 올바른 것이었다고 해서, 이모부에게 항상 감사한 마음과 애정을 품고 있다고 해서, 그것이 이모부에게 무슨 도움이 될 수 있겠는가? 지금 이 순간에 이모부가 의지할 수 있는 것은 오직 에드먼드뿐이었다.

그러나 지금 에드먼드가 아버지에게 고통을 주지 않는다고 생각한 것은 패니의 착각이었다. 그 고통은 다른 사람들이 만들어낸 것에 비하면 아주 사소하다고 할 수도 있었다. 이모부는 에드먼드의 행복이 여동생과 친구의 죄악에 말려들어서 뿌리째 흔들렸다고 생각하면서 안타까워하고 있었다. 또한 에드먼드가 이 사건 때문에 흔들리지 않는 애정을 가지고 결혼하려고 했던 매리 크로포드와 헤어질 수밖에 없다고 생각했다. 더욱이 에드먼드가 사랑했던 여자는 침을 뱉어버릴 정도로 더러운 행동을 한 오빠만 아니었다면, 어느 모로 보더라도 흠잡을 만한 곳이 없는 상대였다고 생각했던 것이다.

　버트램 이모부는 런던에 있을 때, 에드먼드가 다른 모든 일들과 함께 매리 크로포드에 대한 번민으로 인해 얼마나 큰 고통을 당하고 있는지 잘 알고 있었다. 만약 에드먼드가 런던에서 머무르게 되면, 적어도 한 번은 매리 크로포드와 만나게 될 것이다. 그런 일이 벌어지면 두 사람의 가슴은 더욱 찢어질 것이다. 그래서 이모부는 에드먼드를 런던에서 떠나게 하려고 결심했다.

　이모부는 에드먼드에게 패니를 데리고 맨스필드 파크로 오라고 지시했다. 이것은 패니를 위한 일이었을 뿐만 아니라 에드먼드를 위한 일이기도 했다. 패니는 이모부의 마음을 몰랐으며, 이모부는 매리 크로포드의 인품을 몰랐던 것이다. 만약 이모부가 매리 크로포드와 에드먼드의 대화를 은밀히 들어볼 기회가 있었다면, 그녀를 며느리로 맞아들이는 일은 추호도 생각하지 않았을 것이다. 2만 파운드의 결혼 지참금이 4만 파운드로 늘어난다고 해도 단번에 거절했을 것이다.

　패니는 에드먼드가 매리 크로포드와 영원히 이별해야 한다고 생각했다. 어쩌면 에드먼드도 그런 생각을 하고 있을 것이다. 하지만 패니가 혼자 그렇게 믿는 것은 불충분한 일이었다. 패니는 에드먼드의 마음을 확인하고 싶었다. 에드먼드의 솔직한 이야기를 듣고 싶었다. 그러나 그것은 거의 불가능한 일이었다. 좀처럼 에드먼드를 만날 수가 없었던 것이다. 패니와 에드먼드가 단 둘이 남아 있게 된 적은 한 번도 없었다.

　에드먼드는 패니와 단 둘이 남아 있게 되는 것을 의식적으로 피하고 있었다. 이것은 무슨 뜻일까? 마리아의 어리석은 행동이 초래한 불행한 일을 견디는 것은 무척 어려운 일이었다. 게다가 그 일은 에드먼드의 미래와 직접적으로 얽혀 있었다. 그것은 너무나 가슴 아픈 일이어서, 다른 사람에게 털어놓을 수도 없었다. 패니는 에드먼드의 심정을 충분히 이해할 수 있었다.

에드먼드는 매리 크로포드와의 관계를 포기했지만, 그런 결정을 내리기까지는 커다란 고통이 뒤따랐을 것이다. 상당한 시간이 흐르지 않는다면 매리 크로포드의 이름은 결코 에드먼드의 입에서 자연스럽게 흘러나오지 않을 것이다. 패니는 예전처럼 에드먼드를 편안하게 대할 수 없을 것 같다고 생각했다.

패니가 예상했던 것처럼, 에드먼드가 그 일을 꺼내기까지는 제법 많은 시간이 걸렸다. 패니와 에드먼드가 맨스필드 파크에 도착한 것은 목요일이었다. 그러나 에드먼드는 일요일 저녁이 되어서야 비로소 이 문제에 대해 이야기하기 시작했다. 일요일 저녁에는 비가 내렸다. 분위기는 더할 나위가 없을 정도로 좋았다. 가만히 옆자리에 앉아 있기만 해도 마음에 담아 놓은 이야기를 솔직하게 털어놓게 될 것 같았다. 에드먼드와 패니가 나란히 앉았을 때, 그 방에는 버트램 이모밖에 없었다. 그러나 버트램 이모는 조금 전까지 애처롭게 울다가 잠이 든 상태였다.

에드먼드는 평소처럼 자연스럽게 이야기를 꺼내기 시작했다. 그리고 패니를 쳐다보면서 잠시 동안 자신의 이야기를 들어줄 수 있는지 먼저 물었다. 그리고 두 번 다시 이런 이야기 때문에 폐를 끼치는 일은 없을 것이라고 단언했다. 이제 이 이야기는 완전히 금지된 화제가 될 것이다.

에드먼드는 자신과 매리 크로포드 사이에서 벌어진 일과 그에 따른 자신의 고통스러운 마음을 패니는 충분히 공감하고 있을 것이라고 생각했다. 그래서 에드먼드는 비교적 편안한 마음으로 이야기를 하기 시작했다. 패니는 열심히 에드먼드의 말에 귀를 기울였다. 패니가 에드먼드에게 어떤 호기심과 염려의 마음을 갖고 있었는지, 그의 목소리에 온통 신경을 집중하면서 얼마나 주의 깊게 들었는지, 눈도 깜박거리지 않고 그를 쳐다보고 있었는지에 대해서는 충분히 상상할 수 있을 것이다.

패니는 에드먼드의 말을 들으면서 때로는 고통을, 때로는 기쁨을 맛보았다. 에드먼드는 런던에서 매리 크로포드를 만난 것부터 이야기를 하기 시작했다. 에드먼드는 매리 크로포드로부터 먼저 만나자는 제의를 받았다. 에드먼드는 이것이 친구로서의 마지막 만남이 될 것이라고 예상했다. 에드먼드는 매리 크로포드가 이 사건으로 인해 수치심을 느끼면서 참담한 심정이 되어 있을 것이라고 생각했다. 헨리 크로포드의 동생으로서 당연히 그래야만 한다고 믿으면서 매리 크로포드를 만났던 것이다.

그 당시에 에드먼드는 여전히 매리 크로포드에 대한 미련을 갖고 있었기 때문에, 그 순간 패니는 이 만남이 마지막이 될 리가 없다고 염려했다. 그러나 에드먼드가 이야기를 해 나가는 동안 이 걱정은 모두 사라지게 되었다.

마침내 에드먼드는 매리 크로포드를 만나게 되었다. 매리 크로포드는 불안하고 초조한 태도로 에드먼드를 맞이했다. 그리고 에드먼드가 미처 말을 꺼내기도 전에 먼저 이야기를 꺼냈다. 그러나 매리 크로포드의 말은 에드먼드에게 커다란 충격을 안겨 주었다.

"런던에 오셨다는 소식을 들었어요. 일단 서로 만나고 싶었죠. 이 슬픈 사건에 대해서 이야기를 나누어야 할 것 같아서요. 어떻게 이런 일이 일어날 수 있나요? 그들은 너무나 어리석은 짓을 했어요. 나의 오빠와 당신의 동생 말이에요."

에드먼드는 몹시 당혹스러운 표정을 지었다. 어떻게 대답하는 것이 좋을지 알 수가 없었던 것이다. 매리 크로포드는 그 표정을 보면서 에드먼드가 지금 자신을 비난하는 것이라고 생각했다. 매리 크로포드는 날카로울 정도로 감각이 예민한 상태였던 것이다. 그래서 매리 크로포드는 더욱 진지한 얼굴로 이렇게 덧붙였다.

"러스워스 부인에게 화살을 돌려서 오빠를 변호할 생각은 전혀 없어요."

그 이후에도 두 사람은 많은 이야기를 나누었지만 에드먼드는 정확하게 기억나지 않는다고 말했다. 그리고 만약 기억하고 있다고 하더라도 패니에게 그런 이야기를 옮기고 싶지 않다고 덧붙였다.

매리 크로포드가 한 말의 요점은 두 사람의 어리석은 행동에 대해 무척 화가 난다는 것이었다.

"오빠는 아주 어리석은 짓을 저질렀죠. 진심으로 사랑하지도 않는 러시워스 부인에게 이끌려서 정말 사랑하는 패니를 잃어버리게 되었어요. 오빠는 러시워스 부인에게 전혀 사랑하지 않는다고 말했어요. 그러나 가엾은 러시워스 부인은 그 말을 믿지 않았어요. 아직까지도 자기가 오빠의 사랑을 받고 있다고 착각한 것이지요. 그래서 체면과 신분도 버리고 집을 나가버린 거예요. 나는 두 사람이 분별력도 없이 감정에 이끌려서 그런 불장난을 저지른 것이 이해가 되지 않아요. 도대체 왜 그런 어리석은 짓을 했는지 화가 나서 참을 수가 없어요."

에드먼드는 매리 크로포드의 말을 들으면서 몹시 실망하고 말았다. 만약 매리 크로포드가 좀더 차분하게 감정을 억누르면서 절제된 말을 했으면 좋았을 것이라고 생각했던 것이다. 에드먼드는 매리 크로포드가 아무런 거리낌도 없이 함부로 헨리와 마리아를 비난하는 것이 싫었다. 매리 크로포드의 입에서 흘러나오는 저속한 말들은 에드먼드에게 너무나 큰 실망과 충격을 안겨 주었다.

에드먼드는 얼마 동안 조용히 생각에 잠겼다. 그런 다음에 착잡한 마음으로 패니를 향해 말했다.

"패니, 지금 모든 것을 다 이야기하도록 하자. 그리고 앞으로는 두 번 다시 이 일에 대해서 영원히 말하지 않기로 하자. 매리는 이번 일을 저지른 두 사람이 아주 어리석다고 말했어. 하지만 매리가 생각하는 어리석은 행동은 단지 두 사람의 죄악이 탄로가 났다는 것이었어. 만약 탄로가 나지 않고 여전히 감추어져 있었다면 별로 문제가 될 것도 없다는 것이었지. 매리는 두 사람이 평소에 조심하지 않고 감정을 다스리지 못해서 계속 만났다는 것을 그다지 중요하게 여기지도 않았어. 마리아가 트위큰햄에서 머무르고 있는 동안 헨리가 리치먼드에 가 있었다는 것, 시어머니의 하녀에게 꼬리를 잡혔다는 것을 문제로 삼았지. 두 사람의 그릇된 만남 그 자체가 잘못이라는 생각을 전혀 하지 않는 것 같았어. 마리아의 생각이 모자라서 그만 집을 뛰쳐나오고 말았다는 거야. 그래서 헨리도 더욱 중요한 계획을 모두 포기하고 마리아와 사랑의 도피 행각을 하지 않을 수 없게 되었다는 거야."

에드먼드는 무거운 한숨을 내쉬었다.

"그래서? 오빠는 뭐라고 말했어?"

패니가 나지막한 목소리로 물었다.

"아무런 말도 하지 않았어. 그냥 입을 다물고 있었지. 나는 뒤통수를 한 대 얻어맞은 것 같은 기분이 들었어. 한참 동안이나 이야기를 하고 나더니, 매리가 너에 대한 이야기를 하더구나. 매리는 헨리와 네가 헤어지게 된 것이 몹시 안타깝다고 말했어. 사실 그것은 너무나 당연한 말이지. 매리는 오래 전부터 너만은 제대로 평가하고 있었지. '오빠는 그냥 버리고 만 거예요. 두 번 다시 만날 수 없는 그런 좋은 여성을……. 만약 패니를 아내로 맞이했다면 오빠도 안정을 얻었을 텐데……. 오빠를 언제까지나 행복하게 만들 수 있었을 텐데…….' 매리는 줄곧 이런 말을 했단다. 패니야, 이 이야기가 불쾌하지 않지? 괴로운 이야기가 아니지? 어쩌면 정말로 그렇게 되었을지도 모르는 일이니까……. 하지만 이제는 어쩔 수 없게 되었단다. 이 이야기를 더 이상 듣고 싶지 않다고 생각하는 것은 아니겠지? 만약 이런 이야기를 하는 게 싫다면, 그냥 눈짓을 하거나 손을 내저어라. 당장 그만 둘 테니까……."

하지만 패니는 조용히 입을 다물고 있었다.

"나도 겨우 안심이 되는구나. 네가 혹시 이런 이야기를 싫어하는 게 아닌지 걱정하고 있었단다. 패니, 매리는 너에 대해 항상 칭찬을 늘어놓았지. 너에게 깊은 애정을 가지고 있는 것 같았어. 하지만 매리는 너를 원망하기도 했어. '어째서 패니는 오빠를 받아들이지 않았죠? 이건 모두 다 패니 탓이에요. 바보 같은 아가씨. 나는 패니를 용서할 수 없어요. 만약 패니가 정식으로 오빠의 사랑을 받아들였다면, 지금쯤 두 사람은 결혼식을 올릴 준비를 하고 있을지도 모르지요. 만약 그렇게 되었다면 헨리도 너무나 행복해서 다른 일에는 눈길을 주려고도 하지 않았을 거예요. 그렇게 되었다면 다시 러시워스 부인과 가까운 사이가 되지도 않았겠지요. 그저 1년에 한 번씩 소더튼과 에버링검에서 만날 뿐이었을 거예요.' 매리는 나를 쳐다보면서 이렇게 말했어. 나는 그 말을 도저히 받아들일 수가 없었단다."

"잔인해요. 정말 잔인해요. 이런 어려운 시기에 자신의 감정을 절제하지 못하고 그런 경박한 말을 하다니……. 더구나 오빠에게! 이건 정말 잔인한 일이에요."

패니는 머리를 가로저었다.

"잔인하다구? 아니야. 그 점은 나와 의견이 다르구나. 패니, 매리의 성격은 잔인하지 않아. 나는 매리가 나의 마음을 아프게 하기 위해 일부러 그런 말을 했다고 생각하진 않아. 이 문제는 그것보다 훨씬 더 심각해. 매리는 자신이 그런 잘못된 생각을 갖고 있다는 사실을 전혀 깨닫지 못하고 있어. 이 문제를 그런 식으로 결론짓는 것이 자연스럽다고 생각하는 거야. 자신의 마음이 비뚤어졌다는 것을 모르고 있어. 매리는 단지 다른 사람이 말하는 것을 듣고 배운 대로, 그 범위 안에서만 생각했을 뿐이지. 다른 사람은 모두 이런 식으로 말할 거라고 상상하면서 그대로 나에게 말한 거야. 매리가 나에게 고통을 주려고 일부러 한 말은 아닐 거야. 어쩌면 내 생각이 틀린 것일 수도 있지. 하지만 나는 이런 식으로 생각할 수밖에 없어……. 매리는 지금 조심성이 없어지고 마음이 삐뚤어져서 이성적으로 생각하거나 행동하지 못하고 있어. 어쩌면 매리와 헤어지게 된 것이 나에게 좋은 일인지도 몰라. 앞으로 후회할 일이 적어지는 것이니까……. 하지만 꼭 그렇지만도 않아. 매리를 잃은 고통에서 헤어나오는 것은 무척 어려운 일이겠지……. 하지만 나는 기꺼이 견디기 위해 노력하겠어. 매리에 대해 이런 식으로 평가해야 하는 것은 정말 가슴 아픈 일이야."

에드먼드는 자신의 감정을 억누를 수가 없어서 도중에 몇 번씩이나 말을 중단했다.

"얼마 동안 같이 있었어?"

"우리는 25분 가량 대화를 나누었어. 그런데 매리가 계속 이런 말을 하는 거야. 앞으로 마리아와 헨리 두 사람이 결혼식을 올릴 수 있도록 노력해야 한다는 거야. 패니, 매리는 아주 침착하고 진지하게 말했어. '헨리가 러시워스 부인과 결혼할 수 있도록 잘 설득해야만 해요. 땅에 떨어진 체면도 다시 일으켜 세워야 하잖아요. 이건 전혀 불가능한 일이 아니라고 생각해요. 이제는 패니가 오빠를 영원히 받아들일 수 없는 게 확실하잖아요. 패니도 깨끗하게 오빠를 단념해야 할 거예요. 이렇게 된 이상 오빠와 패니 사이가 원만하게 이루어질 거라고 기대할 수는 없어요. 나도 알아요. 헨리와 마리아가 결혼하기 위해서는 아주 많은 어려움이 뒤따를 거예요. 하지만 우리는 두 사람을 결합시키기 위해 노력해야만 해요. 나도 일이 잘 진행되도록 협조하겠어요. 일단 결혼을 해서 버트램 가문으로부터 정식으로 인정받게 되면, 마리아도 사교계에서 어느 정도 지위를 회복할 수 있을 거예요. 물론 절대로 어울리지 않으려고 하는 사람들도 있겠지만……. 하지만 호화로운 파티가 열리면 언제든지 기꺼이 마리아의 친구가 되어 줄 수 있는 사람들도 있어요. 과거와는 달리 이런 점에 대해서는 많이 자유롭고 개방적으로 변했잖아요. 내가 원하는 것은 토마스 경께서 가만히 계셨으면 하는 거예요. 이 일에 간섭하거나 참견해서 모든 걸 그르치게 하는 일이 없었으면 좋겠어요. 일이 진행되는 과정을 가만히 지켜보고만 계시도록 설득해 주세요. 만약 토마스 경의 주장에 따라 마리아가 헨리 곁에서 떠나게 되면, 두 사람이 결혼할 수 있는 가능성이 훨씬 줄어들 거예요. 오빠를 움직이려면 어떻게 해야 하는지 나는 잘 알고 있어요. 토마스 경께서 오빠를 믿고 이 문제를 맡겨 주신다면, 만사는 잘 해결될 거예요. 하지만 함부로 마리아를 데리고 간다면 이 문제는 더욱 어려워질 거예요.'"

에드먼드는 이야기를 마친 후에 허탈한 표정을 짓고 있었다. 패니는 에드먼드를 지켜보면서 잠자코 입을 다물고 있었다. 이런 것을 화제로 삼아서 이야기를 나누어야 한다는 것 자체가 싫었던 것이다.

에드먼드가 다시 입을 열게 되기까지는 많은 시간이 걸렸다. 마침내 에드먼드가 결론을 내리듯이 말했다.

"패니, 내가 해야 할 말은 거의 다 끝났어. 매리의 주장은 두 사람을 결합시켜야 한다는 거야. 나는 매리의 말을 듣고 너무 기가 막혀서 아무런 말도 할 수가 없었지. 한참 후에 나는 겨우 이렇게 말했어. '매리, 이 집의 문을 열고 들어설 때, 나는 이보다 더 고통스러운 일은 있을 수 없다고 생각했어요. 그런데 당신의 말 한 마디 한 마디가 모두 나에게 더욱 깊은 상처를 주는군요. 서로를 알게 된 이후부터 지금까지 중요한 일을 결정할 때 우리의 의견이 많이 다르다는 것을 자주 느꼈습니다. 하지만 그 차이는 지금 겪고 있는 이 일에 비하면 아주 작은 것에 불과했군요. 이 일을 바라보는 우리 생각의 차이가 이렇게 많이 다를 줄은 꿈에도 몰랐습니다. 어째서 헨리와 마리아가 저지른 무서운 죄악을 수용하는 태도, 그 죄악 자체를 받아들이는 방법이 아주 많이 다를 수 있을까요? 당신은 지금 엉뚱한 비난을 할 뿐입니다. 그 불행한 사건은 너무나 잘못된 일이에요. 그런 줄 알면서도 어떻게 감히 뻔뻔스럽게 그대로 밀고 나가기만 하면 된다는 생각을 할 수 있지요? 우리에게 그들의 그릇된 관계가 그대로 지속될 수 있도록 허락하라는 건가요? 당신은 두 사람이 결혼할 수 있을 거라고 생각하세요? 나는 마리아가 헨리와 결혼하는 것을 바라지 않습니다. 무슨 수를 써서라도 두 사람이 헤어지도록 만들 것입니다. 하루 빨리 죄악으로 가득 차 있는 관계에서 빠져나와야 합니다. 지금까지 벌어진 일들을 종합해 보면, 정말 한심스러운 일이지만 모든 것들이 분명하게 밝혀졌습니다. 이제까지 나는 한 번도 당신을 제대로 이해하지 못했던 것 같습니다. 지난 몇 개월 동안 내가 애타게 그리워한 사람은 나의 상상 속에서 머물렀던 가공의 인물이었지, 당신은 아니었던 것 같군요. 어쩌면 이렇게 되는 것이 나에게 가장 좋은 일이겠지요. 당신과 나누었던 우정과 희망이 죄다 사라졌지만 후회하지는 않습니다. 나는 이제 그런 감정들을 모두 버려야만 할 겁니다. 하지만 이것만은 인정하겠습니다. 만약 당신을 예전의 모습으로 되돌릴 수 없다면, 맨스필드 파크에서 내 눈에 비쳤던 모습으로 되돌릴 수 없다면, 이별의 고통이 아무리 크다고 하더라도 그 편을 선택하겠습니다. 그마나 나에게 남아 있는 애정과 존경을 잃어버리지 않을 수 있으니까요.' 패니. 나는 대충 이런 말을 했어. 하지만 지금 너를 쳐다보면서 말하는 것처럼, 차분한 마음으로 조리있게 말한 것은 아니었어. 매리는 깜짝 놀라더구나. 그래, 깜짝 놀란 정도가 아니었지. 나는 매리의 표정이 확연하게 달라지는 것을 볼 수 있었단다. 얼굴이 빨갛게 달아오르더구나. 매리의 마음도 아주 착잡했을 거야. 아주 잠깐 동안이었지만 매리도 고통에 시달리는 것 같았어. 절반은 진실을 받아들이고 싶은 마음, 나머지 절반은 수치스러운 마음으로 가득 차 있었을 거야. 하지만 매리는 이내 웃음을 터뜨렸어. 그런 다음에 비웃는 듯한 투로 이렇게 대답하더구나. '그래요. 정말 훌륭한 설교였어요. 지난번에 했던 설교의 일부인가요? 이런 식으로 나간다면 금방 맨스필드 파크와 손턴 레이시에서 살고 있는 사람들의 마음을 완전히 사로잡을 수 있겠어요. 나중에 다시 당신의 이름을 듣게 될 때에는, 유명한 전도사나 선교사가 되어 있을지도 모르겠군요.' 매리는 여유있는 목소리로 말하기 위해 애를 썼지만, 속마음은 겉보기와 달리 여유가 있는 것 같지 않았어. 나는 매리에게 진심으로 그녀의 행복을 원하고 있으며, 좀더 올바른 판단과 생각을 갖게 되기를 바란다고 말했어. 그런 다음에 곧바로 방에서 나왔지. 몇 발자국 걸어가기도 전에 나의 등 뒤에서 방문이 열리는 소리가 들렸어. '에드먼드.' 매리가 내 이름을 불렀지. 나는 걸음을 멈추고 뒤를 돌아보았어. 매리는 미소를 지으면서 다시 한 번 나를 불렀어. 하지만 그 미소는 조금 전까지 우리가 나누었던 대화와 도무지 어울리지 않는 도발적이고 야릇한 것이었어. 매리는 마치 나를 유혹하려는 것 같았어. 내 마음을 정복하려고 했던 것일까? 하지만 나는 그 미소에 저항했어. 아무런 말도 듣지 못한 것처럼 그대로 걸어나왔지. 가끔씩 나는 그 방으로 되돌아가지 않은 것을 후회하기도 해. 하지만 나의 판단이 올바른 것이었다는 사실은 분명히 알고 있어. 매리와 나의 관계는 모두 끝났어. 세상에! 무슨 사랑이 그랬을까! 나는 두 남매에게 완전히 속은 거야. 헨리도 나를 속였고 매리도 나를 속였어. 지금까지 내 말을 참고 들어주어서 고마워. 패니, 이제는 정말 마음이 후련해졌어. 이걸로 모든 이야기를 끝내기로 하자."

　패니는 에드먼드의 말을 전적으로 믿었다. 그래서 정말 더 이상 이 문제에 대해 말하지 않을 것이라고 생각했다. 그런데 미처 5분도 지나기 전에 이야기가 다시 반복되고 말았다. 버트램 이모가 잠에서 깨어나기 전까지 이런 대화가 계속 이어졌다.

　에드먼드는 줄곧 매리 크로포드에 대한 이야기를 늘어놓았다. 매리 크로포드는 대단히 매혹적이고 아름다운 여자였으며, 만약 어린 시절부터 올바른 생각을 가진 사람의 손에 양육되었다면 훌륭한 인격을 가진 사람이 되었을 것이라고 말했다.

　패니는 매리 크로포드가 어떤 인품을 갖고 있는지 더 이상 말하지 않을 수가 없었다. 그래서 매리 크로포드가 에드먼드와 화해하고 결혼식을 올리는 문제에 대해 다시 생각하게 된 이유가 톰의 병세와 얼마나 큰 관계가 있었는지 말해 주었다. 에드먼드가 이 사실을 알게 되면 마음의 상처가 더욱 커지게 될 것이다. 하지만 패니는 에드먼드를 위해서 진실을 알리는 것이 좋겠다고 생각했다.

에드먼드는 진실을 알게 되자, 한참 동안이나 머리를 흔들면서 그 말을 믿으려고 하지 않았다. 매리 크로포드가 마음을 바꾸어서 에드먼드를 받아들였던 것은 이런 이해관계를 벗어난 일이었다고 여겼던 것이다. 그러나 톰의 위중한 병세가 매리 크로포드에게 영향을 끼쳤다는 사실을 인정할 수밖에 없었다. 사실 에드먼드와 매리 크로포드는 생각이나 습관이 너무나 달랐다. 그래서 문제가 생길 때마다 자주 다투게 되었다. 하지만 에드먼드는 매리 크로포드가 자신을 사랑하고 있었으며, 그래서 점차 태도를 바꾸게 되었다고 생각했다. 에드먼드가 매리 크로포드에게 긍정적인 영향을 미쳤다고 믿었던 것이다. 그러나 이제는 그런 생각들을 모두 버려야만 했다.

에드먼드는 매리 크로포드의 처신에 대해 몹시 실망하고 말았다. 만약 또다시 매리 크로포드를 만나게 되더라도 마음이 흔들리는 일은 없을 것이다. 에드먼드는 매리 크로포드와의 이별을 받아들이기까지 아주 큰 고통을 겪었다. 그러나 시간이 흐르면 그 고통도 자연스럽게 치유될 수 있을 것이다. 완전히 극복할 수는 없더라도 말이다.

"다른 좋은 여자를 만나면 오빠의 마음도……."

패니는 에드먼드를 위로하기 위해 조심스럽게 말을 꺼냈다. 그러나 에드먼드는 화를 내면서 그런 말을 들으려고 하지 않았다. 이 세상에서 에드먼드가 믿을 수 있는 여자는 오직 패니뿐이었다. 에드먼드는 패니와 나누는 우애만을 소중하게 여겼다.

제 48 장

 마리아와 헨리 크로포드의 죄악으로 인해 야기된 불행에 대해서는 이제 그만 이야기하도록 하자. 그런 불쾌한 화제는 가능한 빨리 끝내는 것이 좋다. 아무런 잘못도 없이 고통을 받았던 맨스필드 파크의 가족들을 한시라도 빨리 평안한 상태로 되돌려 주고 싶다.
 이 무렵 패니는 수많은 사건들이 벌어졌음에도 불구하고 무척 행복한 시간을 보내고 있었다. 물론 주위의 사람들이 겪는 고통과 슬픔을 동정하고 함께 나누기도 했지만, 패니는 분명히 행복한 사람이었다. 다른 가족들과 달리 패니는 마음속에 기쁨의 근원을 간직하고 있었던 것이다.
 맨스필드 파크로 돌아온 이후부터 패니는 다른 가족들에게 커다란 도움을 주고 있었다. 그리고 가족들도 패니를 사랑했다. 그렇기 때문에 어느 누구보다도 패니는 행복할 수 있었다. 헨리 크로포드도 더이상 패니에게 청혼하지 않을 것이다. 이런 걱정을 할 필요도 없었기 때문에 패니의 마음은 한결 가벼워졌다.
 마침내 이모부가 맨스필드 파크로 돌아왔다. 이모부는 패니를 소중하게 여길 뿐만 아니라 높이 평가하고 있다는 사실을 자주 표현했다. 패니는 더욱 행복한 마음에 잠겼다. 그러나 그런 일이 전혀 없었더라도 패니는 여전히 행복했을 것이다. 왜냐하면 에드먼드가 더 이상 매리 크로포드에게 속아 넘어가지 않았기 때문이었다.
　이 시기의 에드먼드는 분명히 행복과는 거리가 멀었다. 에드먼드는 깊은 실의에 빠져 있었다. 지난 일을 떠올리면서 슬픔에 잠겨 있었고, 결코 실현될 수 없는 일을 기대하고 있었다. 패니는 에드먼드의 이런 마음을 알고 있었으므로 조금은 슬픈 마음이 생기기도 했다. 그렇지만 그 슬픔도 이내 행복으로 변했다. 에드먼드가 매리 크로포드와 완전히 이별했기 때문이었다.
　맨스필드 파크의 가족 중에서 가장 고통받은 사람은 바로 토마스 경이었다. 토마스 경은 부모로서 자신의 행동이 잘못되었다고 여기면서 자책하고 있었던 것이다. 토마스 경은 마리아와 러시워스의 결혼을 허락한 것에 대해 진심으로 후회하고 있었다. 러시워스에 대한 딸의 감정을 충분히 이해하지 못하고, 너무 외적인 조건들만 따졌던 것이 아닌가 하는 자책이 들었던 것이다. 두 사람의 결혼 속에는 자신의 이기심도 포함되어 있었으며, 경제적인 조건도 많은 영향을 끼쳤다고 느꼈다. 이런 자책감에서 벗어나기까지 많은 시간이 필요했다.
　하지만 시간은 모든 것을 해결하기 마련이다. 물론 마리아는 이모부에게 어떤 위안도 주지 못했지만, 그래도 다른 자녀들은 여러 가지 커다란 위안을 주었다. 줄리아의 결혼은 처음에 생각했던 것보다 훨씬 더 희망적이었다. 이제 줄리아는 겸손한 태도로 부모님에게 무조건적으로 용서를 빌었다. 그리고 예이츠는 맨스필드 파크의 가족들이 자신을 받아들여주기를 진심으로 간청했다. 예이츠는 토마스 경의 말에 충실히 따르려고 노력했다. 예이츠는 별로 신중하지 못한 사람이었지만 그래도 경솔하게 행동하는 점은 많이 줄어들었다. 게다가 제법 가정적인 면모까지 보여 주었다. 한 가지 다행스러운 점은 예상했던 것보다 재산이 많았으며 빚은 적었다. 이모부는 줄리아와 예이츠가 사소한 일들까지 의논하면서 진심으로 용서를 빌자, 다소 마음이 누그러졌다. 점차 이모부는 두 사람으로부터 위안을 얻기 시작했다.
  또한 톰도 이모부에게 커다란 위안을 주었다. 톰은 서서히 건강을 회복하고 있었다. 그럼에도 불구하고 옛날과 같이 무분별하고 자기중심적으로 행동하는 버릇은 나타나지 않았던 것이다. 중병을 앓고 난 이후에 성격이 훨씬 좋아졌으며 고통을 경험했기 때문에 사물을 바라보는 시각이 달라진 것이다.
  톰은 마리아의 잘못에 대해서 커다란 책임감을 느끼고 있었다. 예전에 연극 연습을 할 때, 헨리 크로포드와 마리아가 위험할 정도로 가까운 사이가 되었으며 그래서 마리아도 그런 일을 저지를 수 있었다고 생각했던 것이다. 톰은 자신도 공범이라고 느끼면서 뼈에 사무치도록 후회하고 있었다. 톰은 아버지에게 많은 도움을 주면서 착실하고 조용한 사람이 되었다. 오로지 자신만을 위해서 살아가던 이기적인 측면이 없어졌던 것이다. 톰의 이러한 변화는 정말 커다란 위안이었다. 이모부는 조금씩 마음의 상처를 치료할 수 있었다.
  에드먼드는 저녁마다 패니와 함께 산책하면서 여름을 보냈다. 에드먼드는 시원한 나무 그늘에 앉아서 패니에게 자기의 마음을 솔직하게 고백했다. 에드먼드는 다시 마음의 여유를 되찾았다. 이 무렵까지도 이모부는 상심한 에드먼드 때문에 몹시 낙담하고 있었다. 하지만 이제는 에드먼드도 아버지에게 마음의 평안을 선물했다.
  이러한 여러 가지 상황 덕분에 이모부도 무거운 자책감에서 점차 벗어날 수 있었으며, 자기 자신에 대해서도 용서하게 되었다. 물론 딸의 교육을 그르쳤다는 후회와 고민은 결코 사라지지 않았다. 이모부는 뒤늦게나마 자신의 방식대로 자녀들을 양육하는 것이 인격 형성에 바람직하지 않다는 사실을 깨달았다. 이제까지 이모부는 완전히 상반된 두 가지 방법으로 자녀들을 양육했던 것이다. 노리스 이모는 무엇이든지 아이들의 응석을 받아주었다. 그 반면에 이모부는 언제나 엄격하고 무서웠다. 이렇게 서로 대조적인 교육 방식은 올바른 것이 아니었다. 이모부는 노리스 이모의 약점을 자신의 장점으로 중화시키고, 자신의 약점을 노리스 이모의 장점으로 보상할 수 있다고 여겼다. 그러나 이제는 그것이 틀린 판단이었다는 사실을 깨닫게 되었다.

결국 이모부의 그릇된 교육 방식이 이런 재난을 초래한 셈이었다. 이모부는 항상 딸들에게 아버지 앞에서 자신의 감정을 억제하도록 가르쳤다. 결과적으로 이모부는 딸들이 어떤 생각을 하고 있는지, 어떤 성품을 갖고 있는지 알 수가 없었다. 그러다가 남자를 사귀게 되자, 딸들은 그만 그들의 맹목적인 애정과 과도한 칭찬, 응석을 받아주는 따뜻한 배려에 마음을 빼앗기고 말았던 것이다.

그것은 매우 큰 잘못이었다. 그러나 그 잘못이 아무리 크다고 하더라도 이모부는 이것이 자신의 교육 방침 중에서 가장 중대한 잘못은 아니었다고 생각하게 되었다. 이모부는 딸들에게 한 가지 중요한 원칙을 가르치지 않았다. 그것은 자신의 결정과 행동 속에는 반드시 의무와 책임이 뒤따른다는 사실이었다. 미리 의무와 책임에 대한 교육을 시켰더라면 이런 일은 결코 발생하지 않았을 것이다.

물론 이모부는 딸들에게 종교 교육도 시켰다. 그러나 그것을 날마다 실천으로 옮기도록 하라고 요구하지는 않았다. 어릴 때부터 이모부는 마리아와 줄리아에게 품위를 갖추고 지적으로 뛰어난 사람이 되도록 가르쳤다. 그러나 그런 것은 도덕적으로 올바른 것이 무엇인지 판단하는 일에는 아무런 영향도 주지 못했다. 이모부는 딸들이 훌륭하게 성장하기를 원했다. 하지만 지적인 것과 예절에 대해서만 신경을 썼던 것이다. 인성 교육에 대해서는 별로 관심을 갖지 않았다. 인내와 겸손, 절제의 필요성에 대해서 한 번도 가르친 적이 없다고 말해도 과언이 아니었다.

이모부는 이런 점을 떠올리면서 비탄에 잠겼다. 왜 자신이 그런 측면을 강조하지 않았는지 도무지 이해되지 않았다. 정말 비참한 심정이었다. 최상의 교육을 시키면서 키웠는데, 딸들은 정작 가장 중요한 의무는 모르고 있었다. 그리고 부모도 역시 딸들의 인품과 성격에 대해서는 알지 못하고 있었다.

이모부는 비극적인 일이 벌어진 이후에 비로소 마리아가 얼마나 고집스러운 성격인지 알게 되었다. 마리아는 아무리 타일러도 헨리 크로포드와 헤어지지 않았다. 마리아는 반드시 헨리 크로포드와 결혼하겠다고 우겼다. 그러나 얼마 있지 않아서 그 기대가 허망한 것이라는 사실을 인정하지 않을 수 없었다. 마리아는 몹시 실망한 나머지 성질이 포악하게 돌변했다. 헨리 크로포드에 대한 사랑도 증오로 바뀌게 되었다. 마침내 두 사람은 별거하기로 결정했다. 헨리 크로포드는 동거를 하는 동안, 날마다 마리아에게 자신과 패니의 행복을 망쳐버린 나쁜 여자라는 비난을 퍼부었다. 결국 헨리 크로포드와 헤어졌을 때, 마리아가 얻은 단 하나의 위안은 패니와 그의 사이를 갈라놓았다는 사실뿐이었다. 마리아보다 더 비참한 사람은 아무도 없을 것이다.

러시워스는 별로 어렵지 않게 이혼 판결을 받았다. 러시워스와 마리아의 결혼은 끝났다. 처음 결혼할 때의 상황을 떠올리면, 이보다 나은 결말을 기대할 수 없을 것이다. 아내는 남편을 완전히 무시하고 있었으며, 다른 남자를 사랑하고 있었다. 남편도 그 사실을 알고 있었다. 러시워스는 어리석은 행동으로 인해 벌을 받게 되었다. 마리아도 역시 자신의 부도덕한 행동으로 인해 좀더 큰 벌을 받게 되었다. 러시워스는 이혼하는 굴욕을 당했지만, 얼마 있지 않아서 또 다른 아가씨가 그의 매력에 이끌려 결혼하게 될지도 모르는 일이었다. 그러나 마리아는 평생토록 다른 사람들로부터 손가락질을 당하면서 외로운 생활을 해야만 한다. 마리아는 그 어떤 희망도 갖지 못할 것이다.

이제 마리아의 거취 문제가 가장 중요한 일이 되었다. 노리스 이모는 마리아가 겪는 고통을 보면서 마음이 아팠다. 그래서 마리아를 용서하고 집으로 데려오고 싶었다. 그러나 이모부는 결코 용납하지 않았다. 그러자 노리스 이모는 패니를 더욱 더 미워하게 되었다. 패니가 맨스필드 파크에서 살고 있기 때문에 이모부가 마리아를 집으로 돌아오지 못하게 하는 것이라고 생각했던 것이다. 토마스 경이 아무리 단호하게 패니 때문이 아니라고 단언해도, 노리스 이모는 패니 때문에 결정을 내리지 못하는 것이라고 하면서 비난했다. 그러자 이모부는 엄숙하게 말했다.

"아니오. 내가 그런 결정을 내린 것은 패니 때문이 아니오. 비록 이 집에 패니가 없더라도, 또한 가족 중에 젊은 사람이 없더라도 그리고 마리아의 성격으로 인해 상처받게 될 사람이 없다고 하더라도 나는 마리아가 집으로 돌아오지 못하게 했을 거요. 왜냐하면 이웃 사람들에게 딸을 용서해 달라고 기대하는 듯한 그런 무례한 행동은 절대로 할 수 없기 때문이오."

이모부는 마리아가 자신의 행동을 진심으로 뉘우쳤기를 원했다. 하지만 아버지로서 딸을 보호하고 물질적으로 부족함이 없는 생활을 제공하는 것은 당연한 일이었다. 그리고 마리아가 올바르게 행동하도록 꾸준히 가르치면서 용기를 북돋아줄 생각이었다. 하지만 그 이상의 일은 하고 싶은 마음이 없었다. 마리아는 자신의 평판을 완전히 망쳐버렸다. 이모부는 부정을 저지른 딸을 받아들여서 악덕을 용납하는 결과를 낳고 싶지 않았다. 또한 자신의 수치를 감추려고 무리하게 애쓰다가 다른 사람의 가정에도 똑같은 비극을 불러일으키는 동기를 제공하고 싶지 않았다.

결국 노리스 이모가 불운한 마리아를 위해 헌신하는 것으로 이 문제가 원만하게 해결되었다. 맨스필드 파크와 멀리 떨어진 다른 주에 두 사람을 위한 집이 마련되었다. 시골에 있는 한적하고 조용한 집이었다. 노리스 이모와 마리아는 그곳에서 살게 되었다. 노리스 이모는 따뜻한 마음을 갖고 있지 않았으며, 마리아는 이성적인 판단력이 없었다. 그러므로 두 사람의 성격이 서로에게 커다란 형벌이 되었을 것이라는 사실은 충분히 짐작하고도 남는 일이었다.

마침내 노리스 이모가 맨스필드 파크를 떠나게 되자, 토마스 이모부의 생활은 정신적으로 안정을 되찾게 되었다. 안티섬에서 돌아온 이후부터 줄곧 이모부는 노리스 이모를 좋지 않게 생각하고 있었다. 이모부는 어떤 일을 처리할 때마다 노리스 이모와 성격이 맞지 않아서 몹시 답답하게 여기고 있었다. 결국 이모부와 노리스 이모의 사이는 점점 더 멀어졌다. 지금까지 별다른 문제를 일으키지 않았던 것이 오히려 이상할 정도였다.

토마스 이모부에게 있어서 노리스 이모는 언제나 커다란 짐이었으며 불편한 존재였다. 그러다가 노리스 이모로부터 해방된 것이다. 이모부는 노리스 이모로부터 벗어난 것이 정말 다행이라고 생각했다. 그래서 때로는 사악한 죄악으로 인해 행복한 결과가 생길 수도 있다는 사실을 인정하고 싶은 생각까지 들 정도였다.

노리스 이모가 맨스필드 파크에서 떠나는 것에 대해 아쉬움을 느끼는 사람은 아무도 없었다. 노리스 이모는 자기가 가장 사랑했던 가족들로부터 아무런 사랑도 받지 못했던 것이다. 노리스 이모는 마리아가 사랑의 도피 행각을 벌인 이후로 항상 신경이 날카로운 상태였고, 어디를 가든지 짜증을 내었다. 그래서 사람들은 노리스 이모를 귀찮게 여기면서 피해 다니려고만 했다. 패니도 맨스필드 파크에서 떠나는 노리스 이모를 배웅하면서 눈물을 흘리지 않았다. 어느 누구도 노리스 이모와의 이별에 대해 슬퍼하지 않았다.

하지만 줄리아는 언니의 처지와 다르게 잘못을 너그럽게 용서받았다. 줄리아의 성격이나 상황이 마리아보다 유리하게 작용했던 이유도 있었다. 하지만 그런 점보다는 줄리아가 노리스 이모의 총애를 받지 못한 채, 응석받이로 자라지 않았다는 것이 더욱 커다란 이유였다. 줄리아는 미모나 지적인 측면에서 마리아보다 못하다는 평가를 받는 일에 익숙한 상태였다. 줄리아의 기질은 마리아보다 훨씬 더 유순했으며, 비록 화를 잘 내는 성격이긴 했지만 그래도 통제할 수는 있었다. 그래서 교육을 받을 때에도 그렇게 잘난 척하지 않았다.

헨리 크로포드에게 배신을 당했을 때에도 줄리아는 단념하는 것이 빨랐다. 퇴짜를 맞았다는 사실을 알게 되자, 줄리아는 몹시 실망하게 되었다. 하지만 그 고통을 억누르고 하루 빨리 헨리 크로포드를 잊기 위해 노력했다. 또한 런던에서 다시 재회하고 헨리 크로포드가 마리아에게 관심을 보였을 때에도 줄리아는 뒤로 한 걸음 물러서는 미덕을 보였다. 그리고 그 시간에 다른 친구들을 찾아다니면서 또다시 헨리 크로포드의 매력에 이끌리지 않으려고 애썼다. 줄리아가 사촌들을 찾아간 것도 바로 그런 이유 때문이었다. 그 당시까지만 해도 예이츠와는 아무런 관계가 없었다. 줄리아는 예이츠의 구애를 무시하고 있었으며, 그를 받아들인다는 것을 조금도 생각하지 않고 있었다.

그러나 마리아가 집에서 나가버리는 일이 발생하자, 줄리아는 엄격한 아버지를 더욱 무서워하게 되었다. 줄리아는 이 사건으로 인해 한층 심한 엄격함과 속박이 자신을 억누르게 될 것이라고 생각했다. 줄리아는 무슨 수를 써서라도 눈앞에 들이닥친 아버지의 분노와 난처한 상황에서 피하고 싶었다. 그래서 예이츠와 함께 도망을 가기로 결심했던 것이다. 만약 이런 상황이 아니었다면 예이츠는 절대로 줄리아의 사랑을 얻지 못했을 것이다. 줄리아가 예이츠와 함께 도망을 간 것은 엄격한 아버지의 분노에서 달아나려고 했기 때문이었다. 속박에서 벗어날 수 있는 유일한 출구가 그것뿐이라고 생각했던 것이다. 결국 마리아의 부도덕한 행동이 줄리아의 바보 같은 행동을 유발한 셈이었다.

헨리 크로포드는 일찍이 부모로부터 독립했을 뿐만 아니라 그릇된 가정환경에서 성장했기 때문에 오랫동안 허영심과 변덕에 물들어 있었다. 만약 헨리 크로포드가 사랑스러운 한 여성의 애정을 얻는 일에 만족했더라면, 패니의 존경을 받기 위해 노력하는 과정에서 큰 기쁨을 발견할 수 있었더라면, 성공과 행복을 손에 넣을 수 있었을 것이다. 헨리 크로포드의 애정은 이미 상당 부분 패니의 마음을 감동시키고 있었다. 패니가 헨리 크로포드에게 영향을 미치는 만큼, 그 또한 패니의 마음을 움직이고 있었던 것이다. 만약 헨리 크로포드가 계속 노력했다면 틀림없이 패니의 사랑을 얻을 수 있었을 것이다. 에드먼드가 매리 크로포드와 결혼했다면, 얼마 있지 않아서 패니는 진심으로 기뻐하면서 그의 사람이 되었을지도 모른다.

만약 미리 예정했던 것처럼 포트무스에서 돌아온 이후에 곧장 에버링검으로 갔었더라면, 헨리 크로포드는 행복의 길로 들어섰을 것이다. 그러나 헨리 크로포드는 프레이저 부인의 파티 때문에 그곳을 떠나지 못하고 있었다. 그곳에서 머무르는 동안 헨리 크로포드는 후한 대접을 받았으며, 마리아를 만나게 되었다. 헨리 크로포드는 즉시 호기심과 허영심이 발동했다. 헨리 크로포드는 지금 눈앞에 있는 쾌락이라는 유혹을 물리치기가 어려웠다. 헨리 크로포드는 노포크 주로 가려던 일정을 연기했다. 그런 일은 편지로 처리하면 된다고 생각했을 수도 있었다. 어쩌면 그런 일은 별로 중요하지 않다고 생각했을 수도 있었다. 어쨌거나 헨리 크로포드는 떠나지 않았다.

마리아는 아주 냉담한 태도로 헨리 크로포드를 대했다. 이제 두 사람 사이에는 영원히 멀어지는 일만 남아 있었다. 하지만 헨리 크로포드는 마리아의 행동을 지켜보면서 화가 치밀었다. 지금까지 헨리 크로포드는 마리아의 몸과 마음을 모두 다 지배하고 있었다. 그런 여자에게 냉대를 받다니! 헨리 크로포드는 도저히 참을 수가 없었다. 그래서 마리아의 콧대를 반드시 꺾고 싶다는 생각이 들었다.

그렇지 않아도 헨리 크로포드는 패니 때문에 화가 나 있었다. 이런 식으로 무시만 당하면서 살 수는 없었다. 헨리 크로포드는 러시워스 부인을 다시 한 번 마리아 버트램으로 되돌려 놓겠다고 결심했다. 마리아가 자신을 좋아하도록 만들지 않고서는 참을 수가 없었던 것이다. 이러한 기분으로 헨리 크로포드는 다시 마리아에게 접근하기 시작했다.

 헨리 크로포드는 끈질기게 마리아를 유혹했다. 결국 헨리 크로포드는 마리아의 사랑을 되찾을 수 있게 되었다. 하지만 헨리 크로포드는 이 일을 그저 장난처럼 시작했다. 그 이상의 뜻은 전혀 없었다. 그런데 마리아는 헨리 크로포드의 말을 진심으로 받아들였다. 헨리 크로포드가 정말로 자신을 사랑하고 있다고 믿어버린 것이다. 마리아의 마음속에서 뜨거운 감정의 불길이 타올랐다. 마리아는 그만 사랑의 포로가 되어버리고 말았다. 마리아는 헨리 크로포드를 사랑하고 있었던 것이다.

 상황이 이런 식으로 전개되자, 헨리 크로포드는 몹시 난처하게 되었다. 이제 와서 모든 게 장난이었다고 말할 수 없게 되어버린 것이다. 헨리 크로포드는 그만 자신의 허영심에 발목이 잡혀버렸다. 물론 애정이 남아 있어서 그렇게 한 것은 아니었다. 패니에 대한 사랑은 조금도 변하지 않았다. 그래서 패니와 버트램 일가에게 이 일을 비밀로 만드는 것이 첫번째 목표가 되었다. 이 비밀은 반드시 지켜져야만 했다.

 헨리 크로포드는 리치먼드에서 돌아왔을 때, 더 이상 러시워스 부인을 만나지 않았다면 좋았을 것이라고 후회했다. 그 이후에 벌어진 일은 전부 러시워스 부인의 무분별한 행동의 결과라고 생각했다. 그러나 이미 엎질러진 물이었다. 다시 주워담을 수도 없었다. 결국 헨리 크로포드는 러시워스 부인과 함께 행방을 감출 수밖에 없었다. 이 방법 이외에는 달리 뾰족한 수가 없었기 때문이었다.

 헨리 크로포드는 여전히 패니에게 미련이 남아 있었다. 이윽고 불륜으로 인해 빚어진 소동이 어느 정도 가라앉게 되자, 헨리 크로포드는 패니가 더욱 그리워졌다. 불과 몇 달 동안이었지만 마리아와 함께 사는 동안, 헨리 크로포드는 많은 것들을 깨달을 수 있었다. 마리아와 패니의 서로 대조적인 성격을 비교하게 되었던 것이다. 헨리 크로포드는 패니의 부드러운 성품과 순수한 마음, 훌륭한 절개를 더욱 높이 평가하게 되었다.

헨리 크로포드와 마리아는 자신들이 저지른 행동에 대한 책임을 져야만 했다. 헨리 크로포드는 무거운 걱정과 후회 속에서 헤어나오지 못했다. 걱정은 점점 커져서 자책감으로 변하고, 후회는 비참한 생각으로 변했다. 한 순간의 잘못으로 인해 가정의 평화를 깨뜨렸을 뿐만 아니라, 정열적으로 사랑하던 패니까지도 잃어버렸기 때문이었다.

이런 일이 생겨서 양쪽 집이 마음의 상처를 입고 서먹서먹한 관계가 된 이후에도 버트램 가문과 그랜트 가문이 지금처럼 그대로 가까운 곳에서 산다는 것은 매우 괴로운 일이었다. 그래서 그랜트 부부는 일부러 몇 달씩 여행을 다녔다. 얼마 후에 정말 운이 좋게도 그랜트 부부는 완전히 그곳을 떠날 수 있는 기회가 생겼다. 그랜트 박사는 아는 사람의 소개로 웨스트민스터 사원에서 봉직할 수 있는 기회를 얻었던 것이다. 그랜트 박사는 런던에서 살게 되었으며, 수입도 대폭 늘어났다. 결국 모든 일들이 잘 해결된 셈이었다.

그랜트 부인은 주위 사람들에게 사랑을 베풀고 사랑을 받는 성품의 소유자였기 때문에 오랫동안 지냈던 장소와 사람을 떠난다는 것이 다소 아쉬웠다. 하지만 그런 성품 덕분에 어디를 가든지 어떤 사람들을 만나든지 환영을 받았다. 그랜트 부인은 매리 크로포드를 불러서 조용히 살았다.

매리 크로포드는 지난 6개월 동안 친구들과 마음껏 어울렸다. 그녀를 둘러싸고 있던 것들은 허영과 공명심, 연애, 실연 등이었다. 어느 정도 시간이 흐른 후에 매리 크로포드는 그런 것들이 모두 부질없는 행동이라는 사실을 깨달았다. 결국 매리 크로포드는 언니를 찾아갔다. 언니의 따뜻한 마음과 이성적이고 조용한 생활 속으로 돌아간 것이다.

매리 크로포드는 그랜트 부인과 함께 살았다. 그랜트 박사가 일주일 동안 연달아 취임을 축하하는 만찬회를 세 번이나 치른 끝에 뇌졸중을 일으켜서 사망한 후에도 여전히 같이 살았다. 매리 크로포드는 두 번 다시 차남과는 사랑하지 않겠다고 단단히 결심하고 있었다. 그러나 많은 시간이 흘러도 다른 사람을 만나지 못했다. 매리 크로포드의 미모와 2만 파운드의 지참금에 이끌려서 찾아오는 국회의원이나 부유한 상속인들 중에서 그녀가 맨스필드 파크에서 얻은 고상한 취향을 만족시킬 만한 사람은 아무도 없었다. 매리 크로포드가 소중히 여기게 된 가정적인 행복의 기대감을 충족시킬 만한 사람을 발견할 수가 없었던 것이다. 에드먼드를 잊게 해 줄 만한 훌륭한 인품을 갖춘 사람도 발견할 수가 없었다.

하지만 에드먼드는 이러한 점에서 매리 크로포드와 사정이 달랐다. 에드먼드는 자신의 공허한 마음을 달랠 수 있는 사람이 나타나기를 기다리지 않아도 되었던 것이다. 매리 크로포드와 인연을 끊고 패니에게 두 번 다시 그런 여자를 만나는 것은 불가능할 것이라고 고백하자마자, 어쩌면 전혀 다른 유형의 여자를 만나면 더욱 많이 사랑할 수 있을 것이라는 생각이 들었다. 에드먼드는 패니로부터 지난 날 매리 크로포드에게 느꼈던 사랑보다 더욱 깊은 사랑을 느끼게 되었던 것이다. 에드먼드는 패니가 참으로 귀중한 사람이라고 생각했다. 누이동생이었던 패니의 따뜻한 관심은 부부간의 사랑을 가꾸어 나가는 충분한 토대가 될 수 있을 것이다. 에드먼드는 패니도 별로 어렵지 않게 이런 생각을 받아들일 것이라고 믿었다.

에드먼드가 이런 생각을 하게 된 날짜는 굳이 말하지 않겠다. 이 책을 읽는 독자 마음대로 결정하기를 바란다. 사랑의 고통이 아물고, 그 사랑이 다른 사람에게 옮겨가기까지 어느 정도의 시간이 걸리는지, 그것은 사람에 따라 다르다는 사실을 잘 알고 있기 때문이다. 다만 독자에게 한 가지 부탁하고 싶은 말은, 일주일도 빠르다고 여겨지지 않는, 그렇게 되는 것이 너무나 자연스럽게 보이는 바로 그 순간에, 에드먼드는 매리 크로포드를 잊어버리고 패니와의 결혼을 바라게 되었다는 사실을 믿어달라는 것이다.

에드먼드는 오랜 세월에 걸쳐서 패니에게 호감을 가지고 있었다. 그것은 순진하고 의지할 곳이 없던 어린 소녀가 모든 측면에서 아름다운 여인으로 변하는 모습을 지켜보면서 갖게 된 호감이었다. 그렇기 때문에 이것은 아주 자연스러운 변화였다. 에드먼드는 패니가 맨스필드 파크에 도착했던 날부터 줄곧 그녀를 사랑하고 있었다. 에드먼드는 패니의 인도자이자 보호자였다. 패니는 에드먼드의 친절에 상당 부분 의존하고 있었다. 패니는 맨스필드 파크에서 살고 있는 어느 누구보다도 에드먼드를 소중하게 여겼고, 에드먼드도 그 사실을 알고 있었다. 에드먼드도 패니에게 특별한 관심을 갖고 있었다. 그러므로 두 사람은 서로를 더욱 의지하고 믿을 수 있었던 것이다.

에드먼드는 항상 패니와 함께 있었으며, 무슨 일이 있을 때마다 마음을 털어놓고 솔직하게 대화를 나누었다. 최근에 에드먼드는 매리 크로포드와의 이별로 인해 마음이 공허한 상태였다. 그래서 상냥하고 부드러운 눈빛을 지닌 패니가 에드먼드의 마음을 차지하기까지는 그리 많은 시간이 걸리지 않았다.

에드먼드는 일단 행복의 길로 들어서자, 더 이상 주춤거리거나 망설이지 않았다. 패니의 가치에 대한 의심도, 서로 다른 취미로 인해 생기는 걱정도, 성격의 차이도 생각할 필요가 없었다. 에드먼드는 어느 누구보다도 패니의 마음과 성격, 의견, 습관을 잘 알고 있기 때문이었다. 심지어 매리 크로포드에게 반했을 때에도 에드먼드는 패니의 뛰어난 성품을 인정하고 있었다. 그렇다면 에드먼드는 이미 그 당시부터 패니에게 사랑을 느끼고 있었던 것일까?

물론 패니는 에드먼드가 자신의 반려자로 받아들이기에 패니는 과분한 상대였다. 하지만 자신에게 과분할 정도로 좋은 것을 마다하는 사람이 없듯이, 에드먼드도 역시 패니가 자신에게 과분한 상대라고 해서 망설이지 않았다. 에드먼드는 자신의 심정을 패니에게 고백했다. 패니는 소심하고 걱정이 많고 자신감도 없었다. 하지만 에드먼드의 사랑을 받아들이는 일에 조금도 망설이지 않았다. 패니는 어느 정도 시간이 흐른 후에 그 동안 자신이 품고 있었던 속마음을 모두 에드먼드에게 털어놓았다.

에드먼드는 자신이 그토록 오랫동안 패니의 마음을 차지하고 있었다는 사실을 알고 깜짝 놀랐다. 그리고 하늘을 찌를 듯이 기쁘고 행복했다. 그 감정은 이루 말로 표현할 수가 없을 정도였다. 패니도 커다란 행복을 느끼고 있었다. 에드먼드에게 관심을 갖는 것조차도 억누르고 있었던 패니였다. 그러던 차에 에드먼드로부터 사랑의 고백을 들었을 때, 패니의 기쁨과 행복은 어떤 말로도 형용할 수 없는 것이었다.

에드먼드와 패니는 서로의 사랑을 확인했다. 두 사람의 사랑에는 아무런 장애도 없었다. 가난이나 부모의 반대를 비롯해서 걸림돌이 될 만한 것은 아무것도 없었다. 사실 토마스 이모부도 내심 이 혼담을 바라고 있었다. 이모부는 돈에 대한 욕심으로 인해 빚어진 결혼이 얼마나 허망한 것인지 잘 알게 되었다. 그리고 지조와 순수한 성품이 더욱 고귀하며, 두 사람의 마음이 하나가 되는 것이 가장 중요하다는 것을 잘 알고 있었던 것이다.

토마스 이모부는 두 사람이 행복하게 살기를 간절히 바라고 있었다. 이모부는 순수한 마음으로 이 결혼을 찬성했으며, 두 사람이 서로의 상처를 치료해 주기를 바랐다. 그러므로 에드먼드에게 이 결혼을 기쁜 마음으로 허락한다고 대답했다. 이모부는 패니를 며느리로 맞아하게 되어서 무척 행복하다고 말했다.

이런 모습은 가련한 소녀에 불과했던 패니를 맨스필드 파크로 데려오는 일에 대해 의논하던 때와 완전히 대조를 이루었다. 그리고 모든 것들이 그 당시의 상황과 전혀 반대였다. 패니는 정말 에드먼드가 원하던 그대로의 처녀였다. 에드먼드가 항상 너그럽고 친절하게 패니를 대한 것에 대한 충분한 보상이었다. 두 사람은 진정으로 서로를 이해할 수 있었다. 시간이 흐르면서 사랑은 더욱 커져갔다. 에드먼드는 가급적이면 패니의 마음을 편안하게 해 주려고 많은 신경을 기울였다.

얼마 후에 에드먼드와 패니는 손턴 레이시에서 살게 되었다. 패니는 오랫동안 버트램 이모에게 있어서 매우 중요한 인물이었다. 그것은 물론 버트램 이모의 이기적인 생각에서 비롯된 것이었다. 그렇기 때문에 버트램 이모는 좀처럼 패니를 보내려고 하지 않았다. 아들과 조카딸의 행복조차도 그녀의 마음을 바꿀 수는 없었던 것이다. 그러나 결국 버트램 이모도 패니를 놓아주었다. 수잔이 남아서 패니의 대역을 맡았기 때문이었다.

이제 수잔이 맨스필드 파크에 거주하게 되었다. 수잔은 너무나 기뻤다. 수잔은 이해심도 깊었으며 애써 다른 사람을 도우려는 마음씨를 가지고 있었다. 수잔은 어느 누가 보더라도 패니의 후임자로서 가장 잘 어울리는 사람이었다. 패니가 손턴 레이시로 떠난 이후로 수잔이 자연스럽게 버트램 이모의 손발이 되었다.

수잔은 버트램 이모에게 있어서 반드시 필요한 존재였다. 처음에는 패니의 마음을 위로하기 위해, 그 다음에는 패니의 조수로서 그리고 지금은 패니의 대리인의 자격으로 맨스필드 파크에서 살게 되었다. 수잔은 씩씩하고 명랑했으며, 상대방의 심리를 재빨리 알아차렸기 때문에 만사가 손쉽게 처리되었다. 패니는 천성적으로 겁이 많았지만, 수잔은 활기차고 당당했으며 자신의 소망을 억누르는 일도 없었다. 수잔은 곧 사람들의 환영과 귀여움을 받았다. 그리고 점차 패니보다 더욱 사랑받는 존재가 되었다.

수잔의 유능함과 패니의 미덕, 윌리엄의 선행과 높아가는 평판 그리고 모두 서로를 도와가면서 순조롭게 성공을 거두고 있는 가족들을 보자, 토마스 경은 자기가 그들 모두를 위해 해 주었던 일들에 대해 기뻐하면서 커다란 보람을 느꼈다.

　에드먼드와 패니는 진정한 사랑 안에서 어느 누구보다도 행복한 결혼 생활을 영위하고 있었다. 두 사람은 똑같이 가정적이었고, 전원생활이 주는 아름다움과 여유와 즐거움을 누리고 있었다. 그들의 가정은 사랑과 평화가 넘쳤다.

　얼마 후에 에드먼드와 패니는 또 다른 행복을 누리게 되었다. 에드먼드가 그랜트 박사의 사망으로 말미암아 맨스필드 파크에서 성직 생활을 하게 된 것이다. 때마침 이제 막 결혼한 두 사람에게 좀더 많은 수입이 필요할 무렵이었다. 그리고 손턴 레이시와 맨스필드 파크 사이의 먼 거리가 불편하게 여기지기 시작할 무렵이었다.

　마침내 에드먼드와 패니는 맨스필드 파크로 이사를 하게 되었다. 노리스 이모 부부와 그랜트 부부가 주인으로 있을 때에는 이 목사관이 어쩐지 두렵고 어려운 장소로 여겨졌다. 그래서 패니는 편안한 마음으로 접근할 수가 없었다. 그런데 지금은 패니의 마음에 더할 나위가 없을 정도로 사랑스러운 곳으로 비쳐졌다. 패니는 이 목사관이 너무나 완전하다고 생각했다. 맨스필드 파크에 있는 모든 것들은 과거나 지금이나 조금도 변함없이 아름다운 풍경을 유지하고 있었다.

□ 작품 해설

제인 오스틴의 생애와 작품

김욱동(서강대 영문학과 교수)

　제인 오스틴(1775~1817)이 살던 18세기 말엽에서 19세기 초엽에 이르는 기간은 유럽의 역사에서 격변기와 다름없었다. 이 무렵 나라 안팎으로 영국은 그야말로 큰 시련을 겪었다. 세계사를 통하여 엄청난 파급 효과를 가져온 프랑스 대혁명(1789)이 일어난 것도 바로 이 무렵이요, 프랑스와의 나폴레옹 전쟁(1805~1815)이 일어난 것도 바로 이 무렵이다. 1798년 영국은 아일랜드의 봉기를 진압하여야 했는가 하며, 1799년부터는 인도에서 전쟁을 치르기도 했다. 그런가 하면 대서양 건너 쪽 신대륙에서는 1783년 미국 독립전쟁에서 패한 뒤 영국은 식민지를 넘겨주어야 했다. 나라 안은 나라 안대로 여간 시끄럽지가 않아서 1760년에 왕이 된 조지 3세는 정신착란 증세를 보여 왕위에서 물러나고, 그 아들 조지 4세가 섭정攝政 황태자로 영국을 통치하기 시작했지만 정치적으로나 도덕적으로나 국민들로부터 별다른 신임을 얻지 못했다.

　제인 오스틴은 나라 안팎에서 일어나는 이러한 역사적 사건에 비교적 무관심하였다. 자신의 작품에 외부 세계에서 벌어지고 있는 사건을 좀처럼 다루지 않는다. 그녀가 역사적 사건을 언급하는 것은 기껏 《오만과 편견》(1813)의 한 장면에서이다. 메리튼이라는 곳에 민병대

부대가 훈련을 받고 있어 여주인공들의 댄스 파트너가 되어 주는 것으로 언급할 정도이다. 이렇듯 유럽 전역을 뒤흔들어 놓다시피 한 나폴레옹 전쟁은 제인 오스틴에게 이렇다 할 의미가 없었다. 그러므로 그녀의 작품 세계는 평화롭기 그지없고 때로는 자칫 지루하고 따분하게까지 느껴지기도 한다.

그러나 제인 오스틴의 작품에 갈등이나 긴장이 없다고 보는 것은 좁은 생각이다. 비록 외적인 역사적 사건은 일어나지 않을는지 모르지만 작중인물이 겪는 내적 갈등과 긴장은 마치 활시위처럼 팽팽하다. 그녀는 미국의 소설가 윌리엄 포크너의 말을 빌린다면, "상호 갈등을 일으키는 인간의 마음을 둘러싼 여러 문제"에 깊은 관심을 기울인다. 그녀의 작품에 시간적 특성보다는 오히려 공간적 특성이 훨씬 두드러지게 드러나는 것은 바로 그 때문이다. 오스틴의 작품에서는 트라팔가 해협이나 워털루 바다보다는 작중인물의 마음이 곧 싸움터라고 할 수 있다.

이 점에서는 《맨스필드 파크》(1814)도 예외가 아니다. 《감각과 감성》(1811)을 비롯하여 《오만과 편견》이나 《엠마》(1816) 또는 《설득》(1818)과 마찬가지로 이 작품도 주인공이 온갖 내적 갈등을 겪으며 삶에 대한 새로운 통찰이나 인식에 이르는 과정에 초점을 맞춘다. 바로 이 점에서 비록 정도의 차이는 있을지언정 제인 오스틴의 작품은 거의 하나같이 인식론적 소설로 보아 크게 틀리지 않다. 그런데 그녀의 작품이 으레 그러하듯이 《맨스필드 파크》에서도 결혼은 주인공이 자기 인식이나 통찰에 이른 뒤에 얻게 되는 달콤한 열매이다. 오스틴의 작품에서 결혼은 단순히 적령기의 남녀가 만나 가정을 이루는 것 이상의 깊은 의미를 지닌다. 육체적인 결합뿐만 아니라 더 나아가 물질적이고 지적인 결합이요 정서적인 결합을 뜻한다.

이 작품의 주인공 패니 프라이스는 한편으로는 자신의 참다운 자아를 찾고, 다른 한편으로는 사회의 기존 인습과 전통을 보존하려고 한다. 자아에 충실하면서도 사회의 인습과 전통을 지킨다는 것은 어찌 보면 마치 얼음과 불 사이에서 조화를 찾는 것처럼 불가능하게 보일는지도 모른다. 그러나 패니는 사회의 인습과 전통을 따르고 그것에 적응하되 단순히 부정하거나 그 속에 자아를 함몰시키지 않는다. 또한 자신의 참다운 자아를 찾되 그렇다고 사회의 인습과 전통을 무시하지도 않는다. 패니는 온갖 역경과 시련을 겪으면서 이 둘 사이에서 절묘한 조화와 균형을 꾀하려고 한다.

독자들이 패니를 처음 만날 때 그녀는 자신의 자아를 발견하지도 못하였고 사회의 인습과 전통에도 무관심하였다. 맨스필드 파크에 처음 도착한 그녀는 나이가 어린 탓도 있지만 어색하고 어리둥절하며 외로움을 타는 낯선 이방인일 따름이다. 이 작품의 화자話者는 패니를 두고 "나이에 비해 키도 작고 얼굴빛도 창백하며 그렇다고 눈에 띄는 미모도 없었다"고 밝힌다. 오죽하면 토머스 버트램 경卿이 패니의 남동생 윌리엄의 말을 빌어 "자기 누나가 열여섯 살이 되어도 어떤 점에서는 열 살 때와 똑같다"고 생각할는지도 모른다고 밝혔을까. 그러나 패니는 포츠머스에 살고 있는 자신의 식구들과 정신적으로 이유離乳를 하고 난 뒤 맨스필드 파크의 버트램 가문의 가치관을 받아들이면서 조금씩 내적으로 성장하기 시작한다. 그런데 패니가 이렇게 정신적으로 성장하는 데에는 적지 않은 사람들이 이바지하였다.

맨스필드 파크에 살고 있는 버트램 집안 식구들은 말할 것도 없고 크로포드 집안 사람들이 직접 또는 간접으로 그녀에게 삶에 대한 안내자 구실을 맡는다. 그러나 패니가 새롭게 태어나는 데 누구보다도 가장 중요한 산파 역할을 맡은 사람은 바로 토머스 경의 둘째아들 에드먼드 버트램이다. 에드먼드는 패니의 가슴속 깊이 잠들어 있는 감정을 일깨워 주었을 뿐만 아니라, 더 나아가 잠재적인 지적 능력을 계발해 주기도 한다. 이 작품의 한 장면에서 그는 패니에게 "네가 중요하게 취급받지 말아야 될 이유가 이 세상에 없어. 너는 양식良識

이 있는데다가 성격이 상냥하고 감사하는 마음도 갖고 있지 않니" 하고 말한다. 다른 작중인물들은 패니의 상냥한 성격과 감사하는 마음만을 깨닫고 있을 뿐 에드먼드처럼 그녀가 양식을 지니고 있다는 사실을 미처 깨닫지 못한다. 그러나 에드먼드는 일찍부터 패니가 이 세 가지 특성을 모두 지니고 있다는 사실을 잘 알고 있다. 패니는 에드먼드의 도움을 받아 이러한 양식에 대한 믿음을 가지고 그것을 계발할 뿐만 아니라, 다른 작중인물들에게도 그것을 전해주는 능력을 키워 나간다.

패니의 이러한 태도는 《연인의 맹세》라는 연극을 공연하는 장면에서 잘 드러난다. 톰 버트램의 친구인 존 예이츠가 맨스필드 파크를 방문하면서 젊은이들은 연극 공연에 열을 올린다. 이 무렵 엄격한 가정에서는 연극을 관람하거나 공연하는 것을 금하였다. 실제로 토머스 버트램 경도 맨스필드 파크에서는 연극 공연을 못하게 한다. 심지어는 소설을 읽는 것에 대해서도 달갑지 않은 눈으로 볼 정도였다. 연극이나 소설은 젊은이들에게 삶에 대한 왜곡된 견해를 갖게 해 줄 뿐만 아니라 성욕 같은 불건전한 감정을 부추겨 주기 때문이라는 것이다. 토머스 버트램 경이 집을 비운 사이 톰과 예이츠가 중심이 되어 연극을 공연하기로 하자 패니와 에드먼드는 크게 실망한다. 메리 크로포드의 설득으로 에드먼드는 마지못해 목사 역을 맡지만 패니는 끝까지 연극 공연에 참여하지 않는다. 단순히 어른들이 금하기 때문만은 아니고 그 내용이 외설적이어서 젊은이들이 공연하기에는 부적절하다고 생각하기 때문이다.

《맨스필드 파크》는 무지에서 경험, 미숙에서 성숙에 이르는 자기 인식 과정을 보여줄 뿐만 아니라 조지 4세의 섭정 시대를 다루기도 한다. 이 작품은 비록 간접적이고 묵시적이지만 그 나름대로 섭정 황태자에 대한 비판을 담고 있다. 크로포드 집안 사람들은 여러 모로 조지 4세의 생활 방식과 가치관을 그대로 드러낸다. 헨리 크로포드는 그야말로 바람에 나부끼는 갈대와 같다. 윌리엄의 말을 들으면 선원이 되고 싶어하고, 에드먼드의 말을 들으면 목사가 되고 싶어한다. 이러한 나약한 성격에 그치지 않고 그는 마리아와 줄리아를 희롱하기도 한다. 한마디로 맨스필드 파크의 평화를 깨뜨리는 장본인이다. 그의 누이동생 메리 크로포드도 비록 활기 있고 매력적이며 위트가 있기는 하지만 남을 지배하려는 의지가 무척 강하다. 원하는 것은 무엇이든 육체적 매력으로 그것을 얻을 수 있으며, 만약 육체적 매력으로 얻을 수 없으면 돈을 주고 살 수 있다고 생각한다. 메리는 여러 모로 패니와는 뚜렷한 대조를 보여주고 있다.

《맨스필드 파크》는 작중인물의 성격을 실감나게 묘사한다는 점에서 제인 오스틴의 작품 세계에서 독특한 위치를 차지한다. 그녀가 창조해 낸 작중인물들은 우리가 일상생활에서 쉽게 만날 수 있는 사람들이다. E. M. 포스터는 《소설의 양상》(1927)에서 찰스 디킨즈의 작중인물과 비교해 볼 때 오스틴의 작중인물들이 훨씬 더 실제 인물에 가깝다고 지적한 적이 있다. 어떤 의미에서 디킨즈의 작중인물이 마네킹에 가깝다면, 오스틴의 작중인물은 살아 숨쉬는 실제 인물과 같다. 그녀가 그린 인물이 200년 가까운 세월이 지난 지금까지도 여전히 피부에 와 닿는 것은 바로 그 때문일 것이다.

□ 연 보

1775년   12월 16일, 영국 햄프셔의 스티븐턴에서 목사인 아버지 조지 오스틴과 어머니 카산드라 리의 둘째 딸로 태어남.
1782년   언니와 함께 친지親知 고리 부인이 경영하는 학원에 입학함. 그 뒤에 레딩에 있는 유명한 아베이 스쿨에서 일 년간 교육받음. 그 후로는 줄곧 아버지에게 사숙私淑함.
1788년   〈연애와 우정〉 등 여러 편의 소품小品을 씀. 이것들은 후에 《제인 오스틴의 소품집》에 수록 발표됨.
1791년   소설의 현대 양식인 풍자 소설을 습작.
1792년   본격적인 소설 〈키티나 바우어〉 집필.
1793년   아동을 위한 해학 소설 집필.
1795년   서간체 소설 〈엘리노와 마리안(Elinor and Marianne)〉 완성.
1796년   〈첫인상(First Impression)〉집필. 나중에 〈오만과 편견(Pride and Prejudice)〉으로 제목을 바꿈.
1797년   11월, 토마스 캐들에게 〈첫인상〉 출판을 거절당함. 〈분별과 감수성(Sense and Sensibility)〉 집필.
1798년   8월, 〈노생거 사원(Northanger Abbey)〉 집필.
1801년   아버지가 스티븐턴의 목사직을 장남 제임스에게 넘겨주고 은퇴하자, 어머니와 언니와 함께 바드로 이사. 이로 인한 충격으로 8년 동안 거의 창작을 하지 못함.

1802년	하리스로부터 구혼 신청을 받고 일단 승낙했으나 다음날 아침에 거절. 그 후 언니 카산드라와 함께 일생을 독신으로 보냄.
1803년	〈노생거 사원〉을 개작改作하여 〈수잔(Lady Susan)〉이란 제목을 붙여 영국의 크로스비 출판사에 매도함.
1805년	1월, 아버지의 죽음으로 생활에 큰 타격을 받음. 4월, 셋방살이 시작.
1806년	바드에서 사우댐프턴으로 이사. 단편 〈왓슨(Watson)〉과 〈수잔〉 완성.
1809년	여러 곳을 전전한 끝에 고향과 가까운 초턴으로 이사, 겨우 제 2의 가정으로서 영주永住할 땅을 얻게 됨. 이곳의 아름다운 환경이 그녀의 마음을 완전히 안정시켜 그 후 7년 동안 경이적인 창작을 가능케 함.
1811년	2월, 〈맨스필드 파크(Mansfield Park)〉 집필(1813년 6월에 완성). 10월, 《분별과 감수성》 출판됨.
1812년	2월, 〈첫인상〉을 〈오만과 편견〉으로 개제改題하여 에가튼사社에 110파운드에 매도함.
1813년	1월, 《오만과 편견》 출판. 11월, 《분별과 감수성》과 《오만과 편견》 모두 재판을 찍음.
1814년	1월, 〈엠마(Emma)〉 집필. 5월, 《맨스필드 파크》 출판됨.
1815년	여름에 〈설득(Persuasion)〉 집필. 8월, 《엠마》 출판됨.
1816년	7월, 〈설득〉 완성. 이 무렵부터 건강이 나빠지기 시작. 《맨스필드 파크》와 《엠마》가 불역佛譯으로 출판됨.
1817년	1월, 〈샌디턴(Sanditon)〉 집필. 그러나 병마에 시달려 제 12장에서 작품을 중단함. 5월, 윈체스터로 이사. 《노생거 사원》의 판권을 되찾음. 4월 27일에 자신의 유언장을 작성하고 5월 24일에 명의名醫를 찾아 언니 카산드라와 함께 윈체

스터의 칼리지가街에 하숙하며 치료를 받음. 7월 18일 금요일 아침, 41세로 생애를 마침. 유해는 윈체스터 대사원에 안치됨. 《오만과 편견》 3판 출판됨.
1818년 《설득》과 《노생거 사원》 출판됨.

옮긴이 이옥용

서울에서 태어났으며, 이화여자대학교 영어영문학과와
미국 아이오와 주립대학원을 졸업했다.
역서로는 《하버드의 천재들》 《비밀의 창》 《오페라의 유령2》
등 다수가 있으며, 현재 전문번역가로 활동중임.

맨스필드 파크 (하)

발행일 | 2021년 5월 20일 초판 1쇄 발행
　　　　　 2023년 9월 5일 초판 2쇄 발행

지은이 | 제인 오스틴　　　　**옮긴이** | 이옥용
펴낸이 | 윤형두 · 윤재민　　**펴낸곳** | 종합출판 범우(주)
교　정 | 황인순　　　　　　**인쇄처** | 태원인쇄

등록번호 | 제406-2004-000012호 (2004년 1월 6일)
　　　　　　 (10881) 경기도 파주시 광인사길 9-13 (문발동)
대표전화 | 031-955-6900　　**팩　스** | 031-955-6905
홈페이지 | www.bumwoosa.co.kr　**이메일** | bumwoosa1966@naver.com

ISBN 978-89-6365-339-6　03840

* 책값은 뒤표지에 있습니다.
* 잘못된 책은 바꾸어드립니다.